今夜无鸟入睡

石新民 著

重庆出版集团 重庆出版社

图书在版编目(CIP)数据

今夜无鸟入睡 / 石新民著. —重庆：重庆出版社，2012.1(2012.10 重印)

ISBN 978-7-229-04683-5

Ⅰ. ①今… Ⅱ. ①石… Ⅲ. ① Ⅳ. ①长篇小说—中国—当代 Ⅳ. I247.5

中国版本图书馆 CIP 数据核字(2011)第 238467 号

今夜无鸟入睡

JINYE WU NIAO RUSHUI

石新民 著

出 版 人:罗小卫
责任编辑:张立武
责任校对:何建云
装帧设计:重庆出版集团艺术设计有限公司·周科位
插　　图:段　康　尹丹虹

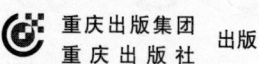

重庆出版集团
重庆出版社　出版

重庆长江二路 205 号　邮政编码:400016　http://www.cqph.com

重庆出版集团艺术设计有限公司制版

自贡兴华印务有限公司印刷

重庆出版集团图书发行有限公司发行

E-MAIL:fxchu@cqph.com　邮购电话:023-68809452

全国新华书店经销

开本:880mm×1 230mm　1/32　印张:11.75　字数:271 千
2012 年 10 月第 1 版　2012 年 10 月第 2 次印刷
ISBN 978-7-229-04683-5

定价:29.80 元

如有印装质量问题,请向本集团图书发行有限公司调换:023-68706683

人物表

李　扼:南华市疾病预防中心主任,本书主人公。

王省长:南华所属省省长,因疫情重大前来南华市坐镇指挥。

火努努:美国人,联合国特别医务官,世界知名传染病专家。

胡道长:遇真观主持,当代隐士,精通医术。

肖云台:南华市卫生局局长,抗击疫情中因被病毒传染而殉职。

鲁　岱:南华市人民医院传染病科主任,工作中不幸染病。

赵鸿图:南华市副市长,德薄才微,前途莫测。

毒　王:一位胡吃海喝的基层官员,发病后逃往深山,毒发而死。

张绝户:职业捕鸟人,在山中捕鸟时被一只老虎吃掉。

虞美人:南华市明星般的商界红人,被控多项罪名。

其他人物若干。

动物表

亮翅:乌鸦的首领,组织和实施了针对人类的报复活动。

黑额尔:一只老乌鸦,乌鸦中的智者。

满　屯:一只会说人话的猴子,差点被人活吃猴脑。

大白牙:一只会认人字的母野猪,外号超级野猪。

非洲二哥:一只会抽烟的猩猩,染了病毒。

另有金雕、老虎吊睛白额、熊幺妹、大灰狼等飞禽走兽无数。

目　录

第一章　秋风沉醉的夜晚

初秋的傍晚，南华市凉风习习，华灯初上，呈现出一派迷人的南国小城景象。太阳刚刚落下山去。在西边的山峰上，晚霞还挂在空中，那一块块暗红色的云团交织着，扭动着，既像是翻滚的海浪，又像是硝烟弥漫的战场，仿佛正有千军万马在往来厮杀。虽然暮色渐浓，但在那晚霞的下方，还依稀可以看到起伏的山峰、片片的森林和延绵的梯田。山的底端，从山脚一直到城市这边，田野上一片金黄，那是已经成熟、正待收割的晚稻。村落散布在田野间，此时正飘着袅袅的炊烟。

田野与城市之间隔着一条江。这条古老的江名叫“鹳江”。就像它的名字一样，这条江曾经是鹳的乐园，不过今天的人们只能去想象江面上那白鹳点点、帆船远去的美丽景象了——鹳江在最近二十年忽然流量锐减，而且被采沙船挖得坑坑洼洼，遍体鳞伤，早就没有了鹳的踪影。直到两年前，政府为了重振此地的旅游业，重新整治和疏浚了河道，在靠近城市这一段，筑了堤坝，形成一个狭长的人工湖，城市才重新有了江的气息。沿着河堤，有一条新修建的大道，这就是南华市有名的“滨江大道”。这条道路里侧行车，外侧，紧临江面，则是一条步行街。每年除了冬天最冷的时节，这条步行街都是市民最乐意的去处之一。

在步行街上熙熙攘攘的人丛中，外科医生李扼下了班，正拎着一只公文包，由北向南，走在回家的路上。他上半年刚从市立人民医院调到疾病预防中心上班。那地方在江的上游，师范学院的旁边，林檎公园后面的小山坡下，一个刚修整出来的小院。从前那儿是个小化工厂，两年前，工厂迁到城外，留下一幢办公楼，被政府置换。李扼以前在医院上班的时候，是习惯骑车的，刚开始是自行车，结婚后改成了摩托车。现在他早晨是坐公交车过去，而下班后，他习惯走回家。这条步行街像一个狭长的花园，成带状沿着河堤延伸下去，约有两公里，一直到堤坝的下游，玉佛山的山脚。走在这条街上，李扼总是心旷神怡。穿行在一丛丛葱绿的麻竹之间，从一棵棵苍翠的小叶榕下走过，闻着黄桂的芬芳，与其说是赶路，还不如说是散步。虽然天气有些凉了（电视里的天气预报说，祖国的北方有些地方已经开始下雪），而且正是准备晚饭的时候，可是这条街上的人并不少。有散步的老人，有嬉戏追逐的孩子，还有坐在童车里好奇地打量着这一切的婴儿。有人坐在长木椅上看报纸，也有人随便在树木花丛间溜达。还不时可以看到外地来的游客。他们徜徉着，拍摄花草树木和江对面的风景，站在江边的护墙前留影。这护墙初建于明朝，全部用烧成暗红色的火砖砌成，后来虽经多次修葺，但始终保持了原来的样式。护墙每隔两百米便开有一个豁口，有一排石阶通向水面，形成一个小码头。每天都有人坐在码头边钓鱼。有几个码头边还停泊着小木船。只要花上五块钱，船工就可以带你划船到江面上转一圈。

来到“皓月楼”的时候，这条步行街随同整条道路在江面一侧绕了一个半圆，为的是给这座古楼让道。这是一座三层木楼，同样建于明朝，是当初与大堤护墙一起修建的。相传从前江水浩荡的时候，每到月明星稀之夜，城里的文人雅士、乡绅官宦常常聚于楼上，观星赏月，诗酒唱和。底楼两侧的厢房里，现在还保留着几十块石碑，上面镌刻着历朝名士的墨迹。古楼的北边，有一片高大茂盛的香樟林，下面是一个露天的茶馆，常常有外地游人从那楼上下来，坐在这儿品着本地特有的“柳叶青”，临风吊古。

李扼就在这儿离开了步行街。他从那茶馆中的一条小径穿过去，踏上一个钢质的螺旋状台阶，上到一个圆形平台上。这实际上是一个桥墩——因为道路的里侧是一个斜坡，有一座天桥驾在山坡里侧的道路与平台之间。李扼在平台上歇了口气。从这儿可俯瞰整条滨江大道。灯光亮起来了。整条路都被映照在江水中，波光潋滟，璀璨夺目，一派繁华。

李扼过了天桥，踏上了一条小街。这是一条顺着地势往上的小街。他穿过这条小街，来到一条大街上，从靠南边的路口穿过这大街，继续往北。这儿又是一条不宽的街。从这儿走出去，他就到了“海棠公园”。这是一个小巧的街心公园，没有围栏和院墙，被几条路分成了几半。海棠开始掉叶子了，不过它那小小的果实大都还挂在树上，一串串的，青中泛白，紧贴着枝干。李扼从树枝下走过，从另一边穿了出来。然后他走过马路，进入了又一条小街。这实际上只算得上是条巷子，有些狭窄，两旁都是小商店。这是一条古老的巷子。它的名字叫“楠竹巷”。巷子两旁一溜的小店，卖的都是本地的特产，除了几种有名的食品，还有毛笔、油纸伞、丝绸和手工艺品。一些外地的游客正在这儿买东西。

李扼总算走出了小巷。现在他来到了另一条大街上。他的家就在街的对面。他还得过一座天桥。他不紧不慢地上了天桥。到了另一边，就在他准备下桥的时候，忽然有个什么东西在他头上抓了一下。李扼一惊，本能地低了一下头。他以为是身后来了熟人在跟他开玩笑，可他回头一看，身后并没有人。

他愣了一下神，继续往前走着。他刚走了几步，忽然又有个东西从他头顶掠过，并抓了他的头发。他再次本能地一低头，并马上抬头张望。这次他看清楚了，一只鸟从后面袭击了他，往前飞去。

“奇怪了！”李扼说着，整理了一下头发，看着远去的鸟儿。

李扼正准备继续前行，却忽然看到两只鸟，一左一右，从前方朝他疾飞过来。它们的翅膀先是远远地扇了两下，然后突然一收，直直地俯冲过来。李扼一惊，连忙弯下身子，随手举起公文包。只听见“噗哧”一声，一只鸟的爪子抓住公文包，力量很大，差点把包抓走，而另外一只鸟，则再次抓了他的头发。李扼迅速转过身，看清了那两只远去的鸟。这是两只黑色的大鸟。

李扼感到头上轻微地有一点痛。一定是鸟儿扯掉了他的几根头发。他紧走几步，到了桥北，从天桥左边的台阶小跑下去。他站在路边，打量着桥上。这两只鸟儿要干什么呢？李扼以医生的直觉并结合他不多的动物学知识快速地思考起来。他很快得出了结论：鸟儿一定是在这附近筑了巢，它们攻击行人，要么是因为刚孵了小鸟，担心人影响到小鸟的安全，要么就是出于饥饿，想要抢夺食物。果然，就在他刚才下来的那儿，紧贴着桥头，有几棵石楠树，他想鸟儿准是在里面筑了巢。他正想走到树下去看个究竟，忽然听到从桥上传来一声惊呼。

李扼抬眼一看，只见一个女子正急急地朝这边小跑过来。两只大鸟正鼓动着翅膀，在她头顶忽上忽下，用爪子抓她的头发。那女子一边挥着手里的小包抵挡、击打着，一边慌忙不迭地跑着。李扼大感意外，不知道鸟儿何以会如此熟练地攻击人类。这当口那女子跑下来了，李扼连忙迎过去问她：“你没事吧？”

“没事，没事，”那女子应着，一边继续往前小跑着，一边惊慌地返身看着空中。她还说了一句“真是讨厌。”那语气似乎遇到的不是鸟儿，而是两个地痞无赖。李扼转回身，睁大眼睛打量着空中。奇怪的是，就这么一小会儿功夫，那两只鸟竟然踪影全无，不知道飞到了哪里。这时从另一侧的台阶上走上去一对老年夫妇，往桥的另一边走去。他们手里拎着装有东西的塑料袋，慢慢悠悠地走过去。李扼紧盯着他们，还有他们头顶已经有些昏暗的天空。可是什么也没有发生。一直到他们从另一边走下桥，那两只鸟也没有出现。

李扼走回桥头，站到那几棵高大的石楠树前，想看看里面是否有鸟的巢穴。这几棵石楠枝繁叶茂，它的枝丫与主干紧紧抱在一起，像一个硕大的热气球。此时已是黄昏，借着不远处昏黄的路灯光，无法看清树冠内的情况。李扼翻过铁栅栏，走到草地中，来到树下，仔细地向上打量着。可是树枝树叶结成厚厚的一团，里面什么也看不见。要是有支手电就好了。里面也没有什么响动。李扼退回来，决定明天过路的时候再看个究竟。几个路人不解地看着他。

五分钟后，李扼回到了家里。他妻子已经把菜端上桌了，只等他一进门就开饭。她几乎是算定李扼会在这个时候进门。他们从小学起就是同学，坐在一张桌子上，后来上了同一所中学，再后来又一起到省城上大学。李扼上的是医学院，她则是外语学院。毕业的时候，李扼本来是准备接着上研究生，她却因为父亲身体不好，回来当了一名中学老师，李扼于是也跟着回来当了医生。然后他们很快结了婚，几年后又有了孩子。因为自小就要好，又成了夫妻，所以两人的生活十分默契。这种默契常常胜过了语言上的交流，有时比时间还要准确。因为时间是固定不变的，是机械的，而这种变动中的默契却可以凭着心心相印而伸缩自如。她是一个美丽的女子，生性恬静安详，虽然三十多岁了，却还保持着少女般洁白的面容。有时候，她坐在那里看书或者批改学生的作业，李扼会久久地看着她。上天把这么一个女子赐予他，让他们相爱、厮守，李扼觉得自己十分地幸福。

儿子正在沙发上看动画片，手里捏着几瓣剥开的橘子，应该拿了好一会儿了。他刚上一年级，是个调皮的孩子，不过看动画片的时候，他是很安静的。李扼洗完手，儿子的动画片也看完了，于是一家人坐下来吃饭。儿子像每次吃饭那样，一边吃着，一边向李扼问这问那。李扼一边吃着，应付着他，一边却还在想着刚才路上遇见的那两只鸟。他把这事告诉了妻子，妻子只是淡淡地应了一声，并未表示出特别的兴趣。她显然对这事没有足够的敏感。

晚饭很快就吃完了。妻子重新回到厨房，去行使洗刷之类的事务。这些事李扼是很少伸手的，所以他仍旧坐着。倒不是他懒，而是因为妻子井井有条地安排好了这一切，从早上带着孩子上学，下午带着他回来，然后准备晚饭。李扼看了会儿电视，然后翻了翻本城的晚报。这是家中唯一坚持订阅的一份报纸。李扼认为，对一个市民来说，随时了解一下这座城市的动向是很有必要的，甚至是一种义务。当然这报纸每次三五分钟就看完了，因为它是一份小报，而且内容大都局限于政府的工作动态和当地领导人的行踪之类。今天的报纸上，只有第四版一则不起眼的新闻让李扼从头到尾把它看完，这新闻说的是，鹳江上游的山中有一个村庄，近几年一直饮用被污染了的井水，政府帮助他们，在最近喝上了从镇上引过来的自来水。报道着眼的是当地政府如何为这些村民做了好事，李扼在思考的却是：井水为什么会被污染。中小学的时候，李扼差不多每年的暑假都会到舅舅家去度过，跟表哥们到树林中玩。那地方在鹳江的上游，与报道中说的地方相距不远。那时候没有饮料什么的，渴了就喝井水。在李扼的印象中，那井水十分地甘冽清甜。

儿子呆在阳台上有一会儿了，李扼起身，想看看他在干什么。儿子正站在一个盆景面前，手里拿着一根木棍，在里面中捅着什么。这盆景是不久前老父亲专门为孙子买来的，里面有山石树木，楼台亭阁，做得相当精致，底部的水池中，有几条小鱼和一只小乌龟。李扼明白，儿子是在捅那只乌龟，想让它出来进食，而乌龟却不见踪影，显然是钻进了石缝里。

“你别老捅它，它可经不起你这么折腾。”李扼说。

这时妻子在里面叫了一声，儿子扔掉木棍，跑到客厅里去了。李扼把那小木棍捡起来放在墙角。他顺手推开了窗户，看着窗外。一阵微风袭来，让他感到了几丝凉意，然而在小区的对面，马路的另一边，却有一些人站在饭馆门前，正在排队等吃饭。这是一家新开的饭馆，彩灯闪烁，新装上的广告牌发着艳丽的光芒，上面写着四个大字“鸦肉火锅”。这四个字牢牢地吸引了李扼的视线，他盯着它们，心中涌起莫名的不快。他回想起前不久的一天，他路过一条街，那儿一字排开了十多家饭馆，家家都打着“鸦”字招牌，鸦肉火锅、老鸦汤、暴炒鸦丁、清炖鸦肉，而这个“鸦”竟然是乌鸦。人为什么会吃乌鸦呢？难道这是一个缺乏肉食的时代？李扼疑惑不解。他曾就此问过一个同事，同事告诉他，饭馆里卖的乌鸦并不是野生的乌鸦，而是人工养殖的二代鸦。他还得知，这股吃鸦风是从沿海的几个大城市传过来的，正在本市风靡。

“真不知道这些人是怎么想的。”想到这里，李扼自言自语地说。

他妻子正在客厅里,隔着门问他:“怎么了?”

“那里,”李扼指指对面路上那个饭馆的招牌,“怎么会吃乌鸦呢?”

“你还不知道吧?”妻子说,“现在吃乌鸦成风气了,许多人都在吃。你看看这个——”她说着,返身从客厅里拿出几页花花绿绿的宣传品,“这是今天在信箱里收到的。”

李扼接过来,看到了几页十六开的印刷广告。不过这几张广告单既不是推销商品的,也不是推销楼盘的,而是在推销一种名为“神鸦补脑精”的保健品。它图文并茂地介绍乌鸦身体中——确切地说——是乌鸦肉的种种神奇之处,声称其中含有人体所必需的60多种氨基酸,70多种高蛋白和80多种不饱和脂肪酸,长期食用,不但能美容养颜,延缓衰老,还对100多种疾病有显著疗效。它每一页都有一个显目的标题,叫做:神鸦补脑精,新世纪的能量之王,下面还附有几句顺口溜:儿童长智慧,老人还青春,男人生精血,女人获芳颜。

“纯粹胡说八道。”李扼自言自语地道。他原来以为,饭馆里吃乌鸦肉的风气只不过源于一些人的猎奇和盲从,没想到居然还有人会把它加工成保健品。

“乌鸦有滋补作用?鬼才信呢,”他对妻子说,“明天我就把它拿到单位去,让人转交给工商局,让他们查一查,这肯定是违法产品。”

“你还以为这玩意就咱们家信箱里有啊?”妻子说,“到处都是。现在没人管这样的事儿。”

“就这么睁眼说瞎话,有人信吗?”

“放心吧,有的是人信,”他妻子说,“这个神鸦补脑精的广告,南华电视台都播了好久了,一到晚上,就有两个人在那里唾沫横飞地吹嘘。不少人买它拿去送礼呢!前几天咱们楼上那个老太太还买了两袋，她告诉我，这玩意儿黑发，正好可以给他儿子用一下。"

"谁说乌鸦肉能黑发?"李扼问。

"你没仔细看那单子吗？那上面说，乌鸦的羽毛之所以是黑色的，是因为它体内有一种黑发素，这黑发素对人也有作用。"

李扼随手打开阳台上的灯，认真把那广告单看了看，果然找到了这样的文字。他很是气愤，说："如此明目张胆地行骗，怎么就没有人管呢?"可是妻子没有回答。他再一看，原来妻子已经进去了，把儿子带到客厅的一角写字去了。

李扼看看远处那排队等着吃鸦肉火锅的人，摇摇头，叹了口气，关上窗户，只留一个半尺宽的小缝透气，准备回到客厅。这时他无意朝天空中瞥了一眼，却发现了异样。只见昏黄的天空中有无数黑点，移动着，遮住了天上的月亮和星星。李扼疑心自己花了眼。他把头凑近窗户，睁大双眼看着空中，只见天幕上密布着黑点，它们组合在一起，就像一张筛子被一双巨手举着，正在急速地移动。

李扼一惊，立刻拿起儿子放在阳台上的望远镜——这是他用来观测天空和远处的风景的。他很快看清楚了，天空中正有无数的鸟儿在结伴飞过，它们扇动着翅膀，朝着同一个方向，队形之整齐似乎是经过专门的训练一样，而这个队伍之庞大，更是令李扼感到震惊——鸟群无边无际，从东边的天空插进来，从西边的天空穿出去，几乎是铺天盖地。

"难道是大雁南迁?"李扼放下望远镜，凝视思索了一小会儿，但他马上否定了这种猜测，因为这既不是大雁南迁的时节，也不是它们迁徙的路线。这当然也不可能是燕子。燕子虽然也有很大一群在空中出现的时候，但那是盛夏的傍晚，而且燕子群飞大都是盘旋往复，很少直行。蝙蝠？同样不可能，蝙蝠怕光，很少光临城市的上空，而且它们的飞翔往往是无序的，为了吃到空中的虫子，它们还都飞得很低。再说空中那些鸟比燕子和蝙蝠大多了。李扼忽然想了一种鸟——乌鸦，对了，只有乌鸦才有那样的体形和飞翔姿态。他再次举起望远镜。此时正好从江边的某座建筑物顶上射过来一束强大的激光，在空中划出一道椎形的光柱，借助这道光，李扼总算看清楚了，果然是乌鸦。

“天啦！”李扼忽然把空中的乌鸦与城市里流行的乌鸦肉、乌鸦汤，以及刚才那广告单上的神鸦补脑精联系到了一起。他放下望远镜，感到一阵莫名的不安。他站在窗户边，看着天空那移动着的云团般的黑色，似乎还能隐隐地听见无数对翅膀发出的“扑呼扑呼”的声音。

本能驱使李扼走进客厅，拨通了卫生局长肖云台的电话。过了好一会儿，总算传出了局长的声音，同时还有人唱歌的声音。李扼听出来了，局长此时正在歌厅里，所以他只得以半开玩笑的口吻先进行了问候。局长之所以不在意李扼听到歌厅这样的伴音，显然是没把他当外人。他不但是李扼的顶头上司，还与李扼他们家有亲戚关系，仔细论起来，李扼还得叫他表叔。李扼就任这个疾病预防中心的主任，也完全得力于他的半拉半劝。那是去年底，中心以前的主任因为一桩基建项目落了马，并顺水拖下了卫生局长。在讨论新的中心主任人选时，刚刚接任局长的肖云台竭力推荐李扼，李扼却不干，表示自己只想当一个医生，而且他的专业是胸外科，疾病预防中心主任这样的职位，理应由流行病和传染病方面的人去上任。“什么专业不专业？在咱们市里，你就是最专业的几个人才之一。”肖云台对他说。他告诉李扼和李扼的父母、妻子，他之所以推荐李扼，绝不是出于私心和交情，而是因为他实在找不出一个懂医学、有才能又值得信任的人。这时李扼才知道，以前的预防中心主任竟然连医生都不是，只是以前一个市领导的亲戚。李扼最后得到一个允诺：疾病预防中心走上正轨、有了合适的专业人士接任后，他仍然回医院当医生。肖云台同意了，于是，李扼在三月初就任了预防中心的主任。

得知肖云台正在歌厅里，李扼并没有感到惊讶。肖云台交游广阔，认识的人很多，下班后很少有准点回家的。李扼也知道，肖云台上班的时候是很敬业的。他是南华市局一级的干部中不多的几个正牌本科生，而且领导、协调能力颇强。最近这一年，他被前任局长留下的烂摊子搞得焦头烂额，最近又忙着推行新医改方案，晚上出去饮酒唱歌的时候应该不会很多。至于李扼自己，除了几次医院工会搞活动，几乎再没有去过这类地方，他通常一下班就回到家里了。

"怎么了？"肖云台在电话里问，口吻也是半开玩笑似的，"不会是发生了什么传染病吧？"

"我刚刚看到无数的乌鸦往西边飞去。"李扼说。

"什么？乌鸦？"肖云台反问道。

"是的，天空中密密麻麻，"李扼说，"我觉得极不正常，从未见过。"

"月明星稀，乌鹊南飞，"肖云台笑道，"你想得太多了，没什么不正常的，现在时兴吃乌鸦，你不知道吗？可能是哪个养殖场忘记了关门，乌鸦们飞了出来。"

肖云台说完，挂断了电话。

肖云台如此轻描淡写，李扼觉得自己可能真是小题大做了。他返回阳台，探头一看，天空中却一只鸟也没有了。他重新举起望远镜，仍然没看到一只鸟，只有冷艳的繁星和如盘的新月。

南华市有名的“美食风情街”坐落在新城区的中间，沿胭脂河北面一字排开。这条街上的三十余家饭馆既集中了本地风味，也有外来的流行菜馆，每天晚上都是食客盈门，生意兴隆。今天因为是星期一，客人比前两日略少些，但仍是灯火辉煌，相当热闹。九点的时候，普通食客大都离去，只留下一些能谈善饮的人。街口近来生意最为红火、以经营乌鸦汤、鸦肉炖锅闻名的“南国鸦补王”里，同样是高峰已过，尤其是在它的二楼，空出了不少桌子。整个大厅里只有四五桌客人还在用餐。服务员们从傍晚起就忙得要命，一刻不停地招待客人，此时总算可以稍微放松一下了。领班们也不再紧盯着他们，任由他们站在大厅两旁几根圆形的廊柱边，或者在收银台那儿。他们虽然还不能坐下来，却可以小声地交谈几句，或者小小地开个玩笑。

本店最常见的客人、绰号“老虎”的那个男人坐在大厅靠北的一张餐桌边，正眯着眼睛，听饭馆老板讲着什么。他五十四五岁年纪，身材魁梧，大方脸，留着寸头。他的称谓很多。店里普通的店员，通常都称他“刘总”、“刘处长”、“刘主任”，级别较高、跟他较为熟悉的领班们，则称他“刘哥”或者“虎哥”。饭馆老板，一个年近五十，经常西装革履的男人则直接叫他“老虎”。老虎既是一个公务员，身居处级，手握权力，但是他又不像一般的公务员那么繁忙，经常是别人还没有下班的时候，他已经坐到饭馆里了。饭馆的员工们不知道他拥有的是一种什么样的权力，但他们知道，经常有些企业和单位会求到他的名下。

老虎不但是这儿的常客，而且给这儿带来了许多买卖。尤其店里推出了号称补品之王的乌鸦汤以来，他更是把他各条道上的朋友都带来了。他是老板的朋友，而且为人爽快，说话风趣幽默，所以店员们大都很喜欢他。坐在老虎旁边的那个女人，约莫三十五六岁的样子，很多店员都知道，她并不是老虎的妻子。不过大家都给她以老虎妻子般的礼遇。在老虎和饭馆老板之间的是一个身材偏矮的白脸男人，四十左右的样子。此人眼睛不大，看谁都带着些许审视的意味。他因此很像一个账目审计员。他还有一个较为明显的标志，那就是他有两颗较为显目的上门牙，而他的下嘴唇似乎比上嘴唇要略长，略微往前突出，这样，当他笑的时候，那两颗上门牙总像要掉下来似的。他抽着烟，不知道讲了一个什么事，桌上的几人哈哈大笑起来。

"妈呀，笑死我了！"老虎大声叫着，站了起来。他擤了一下鼻涕，然后把用来擦拭的纸揉成一团，放到旁边一张无人的餐桌上。他们笑的时候，四围的一些食客便朝他们看去。老虎似乎是很喜欢别人的注目。他响亮地打了两个喷嚏。这喷嚏声显然有刻意夸张增大的成分，再次引来食客的目光。正巧老虎又想打喷嚏了，所以他索性一不做二不休，张了几下嘴，发出雷鸣般的两声"啊——嚏"。

这下子果然引起了轰动。连刚才那些没有被惊动的客人也都循声看去。当他们知道这不过是一次搞笑或者噱头时，发出了各式各样的微笑。老虎挤了挤眼睛，很满意这样的效果。对此，那位账目审计员模样的人无可奈何地看了看他，那女人则推了他一巴掌，而饭馆老板则骂他有病。

大厅里重新回到慢吃慢喝的状态。再过一会儿，有两桌客人先后结了账离去。员工们开始就餐了。服务员、厨师、几位保安，还有两位保洁员，在大厅的里侧坐了三桌。他们的晚饭与卖给客人的有所不同，是一盆米饭和同样一大盆热气腾腾的青菜头炒肉片。

老虎没有像往常那样过去查看他们的饭菜。他一直认为，饭馆员工们自己吃的饭菜比卖给客人的要好。有胃口的时候，他还会过去盛一碗过来，美美地吃下去。他这观点之前已经得到老板的证实。老板说，员工们的晚餐通常只有一两个菜，但却是最地道的家常菜，因而也很可口。他们饿了大半天，用不着对付油腻的七盘八碟，用不着对付酒，也用不着说那些完全多余的话语，因此吃得很香。

忽然，老虎发出了一声大叫，倒在地上。饭馆老板等人开始还以为他又在装怪，只拿眼盯着他，谁也没有伸手。

"妈呀，痒死我了！"老虎喊叫着，几把就扯掉了自己的鸡心领毛衣，然后扯下了贴身的衬衣，伸出双手在胸膛上刨起来，几下就刨出道道血印。如此激烈的举动显然不像搞笑，所以在场的人全都面面相觑。老虎猛地站起来，抓过一只茶杯喝了一大口茶水，然后，他身子往后一仰，像是事先准备好似的，"哇"的一下喷出一大口鲜血来。

旁边的人为防被血溅到身上，纷纷起身。拉动椅子的声音响响成一片。不远处，正在吃晚饭的饭馆员工一阵惊呼，起身往这边观看。老板是这儿见世面最广的人，只有他还保持着镇定，他一手扯住老虎的胳膊，一手托着他的后腰，问："你喝醉了？你喝醉了？"其实他也被这突如其来的变故给弄懵了，忘了老虎今晚只喝了几杯红酒。这样的两杯酒对老虎来说，等于跟没喝一样。不过也许他中午就在别处喝了酒呢？

老虎挣脱了老板的搀扶，再次伸出双手在自己上半身刨起来，同时痛苦地说："妈呀，痒死我了！痒死我了！"他的指甲相当尖锐有力，很快使自己从胸膛到两个肋部都血迹斑斑。同时他捶胸顿足，似乎是痛苦难耐。这时一个饭馆里的伙计正好端着一大盆清水从旁走过，被这一幕惊呆了，站在原地。饭馆里该有水的地方都是有水的，因此很难解释他此举是何用意。不过老虎却瞅得真切，他爬起来，两步抢过去，夺过那盆水，高高举起，“哗”的一声从头浇下，将自己淋成了落汤鸡。

这时老虎那个女人总算回过神了，掩面尖叫，并三两步蹦到了稍远处。老板却不顾满地的水，还在高声喝问：“你怎么了？怎么了？”

老虎却扔下盆，猛地一下掀翻了桌子，然后他迅速捡起一个盘子，“啪”的一声在地上拍碎，手拿半块瓷片，用那瓷片的尖刃在自己胸膛上划起来，同时一边发出“噢噢”的嚎叫。

这一来所有的人都彻底傻了眼，不知所措。老虎很快就在自己胸膛上划出一道道血红的口子，就像外科医生做手术时在病人身上拉开的创口一样。转眼间他就鲜血淋漓，成了一个血人。幸亏他肚皮上的脂肪很厚，否则完全有开膛破肚之虞。因为那瓷片实际上是件凶器，所以尽管目睹他近乎自残的行为，却没有人敢扑过去解救。

老虎这么折磨自己，完全没有感到痛苦，相反，用那尖锐的瓷片在自己身上划了那么一阵后，他似乎好受了许多，因此他扔掉瓷片，踩着满地的水和菜，舞着双手，身体前倾，在地上扑腾起来。一开始谁也没有看出他这是要干什么，只见他扑腾几下，摔倒在地，重新站起来继续扑腾。如此反复几次之后，才有一个后厨的杂工——最近半年他主要负责宰杀各种野味，尤其以鸟禽居多，他看出了老虎姿式的真正含意，大声说：“他这是在学鸟飞！”

老板明白自己摊上麻烦事了。上月曾有一个生意上的朋友给他介绍来一位大师，那大师说他最近有凶灾之兆，让他出五千块钱给他消灾。他看那大师并不像有道行的样子，只给了八百，现在看来是给少了。想到这里，老板明白凶灾已经到来，而且是给他带来客源和财源的朋友带来的，他责无旁贷，唯有面对，于是他转身对那几个还端着饭碗、目瞪口呆的男性伙计说："还愣着干什么？快把他拉住，他疯了！"

伙计们——厨师、杂工和保安，一共七八人，立刻围了过来，准备动手。然而还没有等他们走近，老虎却停止了飞翔，捡起地上的盘子和碗来攻击他们。他甚至抓起菜和汤朝他们撒去。有人躲闪不及，身上立刻留下一片片污渍。伙计们在老板的提醒下，马上拿来了武器——当然都是扫把和墩布之类——从四面逼进老虎。老虎很快找不到顺手的东西了，抓起两根啃过的乌鸦腿扔出去，但厨师长眼疾手快，一把扯下自己的厨师帽，顺势一兜，将那骨头接住。在这场对付"老虎大哥"的战斗中，厨师长表现不俗。他身高体胖，是店中力气最大的，平常掰手腕的时候，连那几个血气方刚的保安都敌不过他。见老虎找不到可以扔的东西了，再次平伸双臂，像鸟一样扑腾的时候，他瞅准一个空子，从斜刺里扑过去，死死地抱住了老虎，然后，另外几个厨师和保安们一齐扑过去，将老虎摁在满是水和菜汤的地上。

老虎几乎没有挣扎，因为他很快又吐了两口鲜血。好在他是匍匐在地上，嘴巴触地，并没有弄脏别人。但是他仍在恶狠狠地咒骂着，所以众人仍是不敢松手。人们找来绳子，将他捆起来，又担心他冷，顺手扯了几张大号的桌布，将他上半身裹得紧紧的。这桌布原本都是雪白的，在地上滚了那么几圈之后，沾了不少汤渍，看起来很像一件穿过了的、类似袍子一样的东西了。也有人觉得，老虎围着这桌布，很像一个非洲酋长。早就有人打了120。根据估计，120的救护车应该很快就到楼下。

老板指挥众人，将老虎连拖带抬往楼下弄。老虎不再挣扎，只是不时发出"哇哇"的叫声。这声音是那么怪诞，谁也说不清它怎么能从人的嗓子眼里发出。他们从电梯里出来，出了大门，往前面的停车场走去。120的急救车已经闪着灯，在场边等着，两个先跑下来的伙计在跟他们接洽。老虎一边被人推着往前走，一边仍旧发出“哇——哇——”的怪叫。人们将他塞上车，由老板、老虎的女人和饭馆里最聪明伶俐的一个领班陪他去医院。“哇哇”的叫声非常响亮清晰，颇有节奏，甚至盖过了救护车呻吟似的警示声。

救护车往前一蹿，一个急拐弯，从停车场猛地并入车道，往前驶去。

停车场的看门人，一个老头儿，站在他工作的亭子边，看着远去的救护车，一脸的茫然。他从头到尾看着这一幕，尤其仔细倾听着老虎的怪叫声。一个自称他徒弟的年轻人请他进入亭子坐下，他却不肯，兀自站着。突然，他很激动地对那年轻人说：

“知道他发出的是什么声音吗？这是老鸹，也就是乌鸦的叫声！”

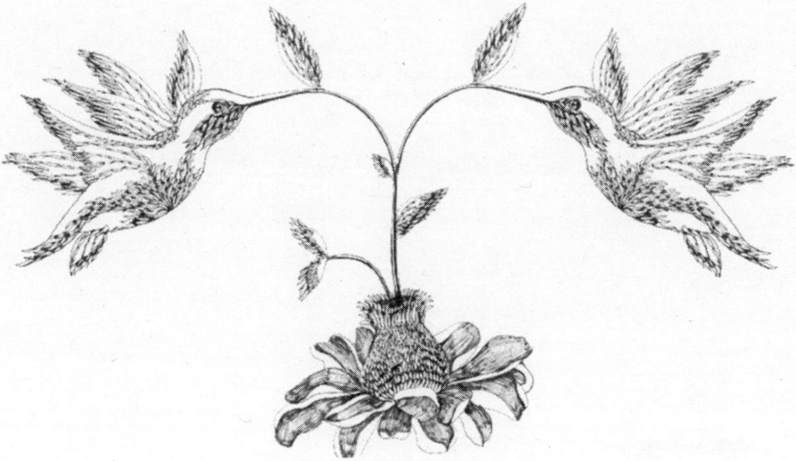

“噗哧噗哧——”，亮翅的开场白话音一落，山谷里立刻响起数万对翅膀扑腾所发出的声音，如海浪扑向大地，如疾风拂过森林。所有的鸟儿都满怀期待，注视着高高的麻栎树。作为对众鸟热情的回忆，亮翅也鼓捣了两下翅膀，然后继续说：“此地一向是我们鸟类的天堂。想想从前，这个地方上有崇山峻岭，下有茂林修竹，又有几条清澈的河流像玉带一样从山谷、大地上穿过，树丛间布满了昆虫，原野上到处都有遗洒的粮食，溪流中鱼虾穿梭，山峦上野果丰盈，风调雨顺，四季分明，我们原本是乐天知命，一向都很知足的。……”

第二章　鸡犬不宁

在如水银般澄澈的月光下，一个马鞍形的山坳里，树上密密麻麻，停满了鸟儿。这地方离城里大约三十公里，在一片绵延的山峦的深处，长满了灌木和乔木。因为山势崎岖，除了采药的人，这儿少有人迹。从前倒是有猎人会在这一带出没，但最近十多年来，因为不再允许打猎，这儿完全成了动物们的地盘。

鸟中最主要的是乌鸦，此外，还有一些世代居住在此的本地鸟儿。乌鸦们的数量之多，是本地土生鸟们有生以来从未见过的。这儿以前倒有不少乌鸦的老巢，每到晚上，都有数百只乌鸦在山坳里过夜，因为这儿食物丰富，大树甚多，还有山峰可以抵御北面吹过来的风。但是最近这几年，这儿只有稀稀落落，总共不到五十只乌鸦了，而且邻居们都发现，这都是些体弱的老鸦。不过今晚这山坳将注定属于乌鸦。还在太阳刚刚下山，月亮浮在山顶的时候，鸟们就得到消息，这儿今晚将有一个史无前例的大会，于是他们从下午起就开始往这儿赶。稍后，天色暗下去之后，一拨接一拨的乌鸦从山外飞来，铺天盖地，挡住了星星和月亮。乌鸦们降落时翅膀的“扑呼”声响成一片。它们落脚之处，树叶簌簌而落。一丛丛树枝因为乌鸦们的降落而上下摇曳，满山晃动。

像每次聚会一样，鸟儿们各就各位。麻雀、黄鹂、翠鸟、毛脚燕、百灵、杜鹃、朱雀和灰喜鹊伫立在枝头，鹧鸪和鹌鹑趴在自己的巢里，石鸡、竹鸡、锦腹野鸡、雉鸡和松鸡守在草丛和小灌木中的窝里，斑鸠蹲在树杈间，旋木雀和啄木鸟站在树洞口，林鸳鸯和灰雁躲在芭茅草的枯叶下面——它们都喜欢风小的地方。在沟底的水潭和溪流边，是水雉、秧鸡、鸻鹬的歇脚处，而在水边的石头上，则是互相依偎着的琵鹭、夜鹭和苍鹭。白头鹳、白鹳和白秋沙在水中的枯树和石块上。猫头鹰、黑鹰和红隼呆在悬崖上的家中，随时注视着下面的动静。本地另外一些不会飞的老居民，如野猪、旱獭、麂子、穿山甲、猴、獐子、兔子，也都呆在各自的家门口，等待着今晚的大会。獾——它们被当地人称为“獾狗”，正在野柿子树上，一边用它的尖爪在熟透的柿子上抓个小洞，吮吸着柿子里的糖稀，一边留意着会场。

大家的目光都集中在山谷中一颗高大、突出的麻栎树上。当月亮越过山顶，山坳里的每一个角落都洒满它的清辉的时候，大会的主角们全都到场了。它们聚集在那棵麻栎树上，主要是本地的白颈乌鸦、山鸦，还有从北边赶过来的秃鼻乌鸦、寒鸦，从西北方赶过来的大嘴乌鸦，从高原上赶来的大个儿渡鸦，甚至还有从国外赶过来的黄嘴山鸦和短嘴鸦。它们都是各个部落的头儿，见多识广、德高望重。在乌鸦的历史上，像今晚这样的聚会还是头一次，真可谓是群贤毕至。

就在刚才，乌鸦们已经开过了一个临时的会议，决定推选一只外号叫做“亮翅”的雄鸦来主持今晚的大会。这个决定是十分英明的，因为这只雄鸦不但才智出众，体格健壮，而且经过战斗的考验，具有领袖的气质。早在还是一只雏鸦的时候，这只乌鸦就显现出它的不同凡俗，经常站在巢边的树技上扇动它的翅膀，想要展翅高飞，而与它同时出壳的那一批小鸦，全部还安卧巢中，等待父母喂食虫子。几只老乌鸦见它的翅膀生得异常宽大结实，通体油亮，于是便将它取名“亮翅”。亮翅一岁多的时候，有天外出觅食回来，得到一个不幸的消息：它的族鸦多半被人掳走了，其中包括它的母亲。亮翅闻讯，立即组织剩余的乌鸦下山寻找。经过多方打听，他们得知，掳走的乌鸦被关在一个饭馆的后面，几颗马褂树下面的铁笼子里，等待成为人的盘中餐。亮翅一看强攻不可能奏效，就带着一些乌鸦，还有别的一些鸟儿，每天飞去停在那树上，聒噪叫骂。终于，一个年老的饭馆杂工，看出了端倪，打开笼子，将那些鸦鸦雀雀放了出来。亮翅从此名声大震，深孚众望。今晚，当时代需要一只乌鸦挺身而出的时候，乌鸦们认为再也没有比亮翅更适合的了。

在麻栎树上最显眼的一根枝桠上，亮翅环视山谷，见所有的动物都怀着期待的目光看着它，就“哇哇”地试了两下嗓子，然后开了口。

“各位鸟兄鸟弟，鸦鸦雀雀，各位芳邻，大家晚上好！”它说，“我们在这里生活了上万年，一直是幸福的！”

“扑哧扑哧——”，亮翅的开场白话音一落，山谷里立刻响起数万对翅膀扑腾所发出的声音，如海浪扑向大地，如疾风拂过森林。所有的鸟儿都满怀期待，注视着高高的麻栎树。作为对众鸟热情的回忆，亮翅也鼓捣了两下翅膀，然后继续说：

“此地一向是我们鸟类的天堂。想想从前，这个地方上有崇山峻岭，下有茂林修竹，又有几条清澈的河流像玉带一样从山谷、大地上穿过，树丛间布满了昆虫，原野上到处都有遗撒的粮食，溪流中鱼虾穿梭，山峦上野果丰盈，风调雨顺，四季分明，我们原本是乐天知命，一向都很知足的。过去的一百多年来，虽然这儿人的数量猛增，不断抢山占水，可是我们的日子也还能过得去。但是最近几年来，我们却再也没法过下去了，原因是，我们正在成为人的盘中餐！他们煎炒我们的肉，熬炖我们的骨头，还把我们集体屠杀，送上流水线，制成一袋袋的鸦干、扒鸦、烧鸦、麻辣鸦；他们提取我们身体中的精华，制成丸子、药片和口服液。一股恶毒的风气正在山下的人中蔓延，它的中心思想就是乌鸦对于人的种种神奇之处，而随着这股歪风，每天都有人在发明吃我们乌鸦的办法，这些办法的手段之广、规模之大，用不了五年，我们乌鸦将永远从地球上消失！这就是今天晚上，我们从四面八方汇集到此地的原因。一句话，再不拿出应对的办法，我们乌鸦即将绝种，而在场的各位芳邻，你们一定也很清楚，我们乌鸦绝种的那一天，也就是你们的末日！”

亮翅此言一出，黑夜的山谷再次喧闹起来，在场的鸟和动物们用它们的爪子和嘴、翅膀发出响亮的义愤填膺，不过，它们都被这严峻的形势震慑住了，马上恢复安静，倾听亮翅的下文：

“其实，在人类成长的过程中，我们鸟待他们不薄。我们中的野鸡被驯化为家鸡，为他们打鸣报时，提供食物，我们中的鸽子为他们传递信息，而金丝雀曾被他们用来试探有毒的气体；人通过观看我们鸟儿的飞翔发明了飞机，从鸟蛋的形状中得到启发示发明了拱桥，根据啄木鸟的头部结构发明了安全帽；我们鸟儿帮人类消灭害虫，为植物传播种子，为花授粉。我们鸟儿曾经是权力和财富的象征，被印在一些国家的国徽和军章上，有地些方，人还宣称他们是某种鸟的后代。我们做这一切，原本是不求回报的，因为我们都是大地之子嘛！可是人这个聪明的动物，他们是如何对待我们的呢？他们一直在利用我们、压榨我们、迫害我们！今晚在座的诸位，你们谁的家人没有遭受过人的祸害？谁？谁？谁？”

亮翅一连问了三声，没有一只鸟和一个动物回答。大家面面相觑，显然谁也不能作出肯定的回答。亮翅于是继续讲道：

“麻雀兄弟，你们家族曾经以数量庞大著称，与人的关系也最近，甚至被叫做家麻雀，如今呢？在稻田和村庄里还能见到你们的影子吗？你们难道不是差点被人赶尽杀绝，跑到这种你们并不习惯的深山老林才得以苟延残喘吗？锦鸡兄弟，从前森林里到处可以看到你们那一身漂亮的羽毛，现在呢，难道你们的许多前辈不是年纪轻轻就被人捕杀，拿去装饰他们那些傻乎乎的居室和军帽了吗？还有你们，斑鸠表弟，你们常常栖身在竹林里，而且成双成对的，可是人为了一盘下酒菜，几把火枪追得你们满山乱窜，还有幸福可言吗？黄鹂和画眉，你们提供不了一两肉，按理是安全的，可是因为你们嗓音好听，不是常常被人抓去关在笼子里等着老死吗？其他别的动物，你们的日子就好过吗？谁没有遭受过人的毒手？黄鳝表侄儿，你们世代居住在稻田里，帮人们松土除草，可落了什么好呢？还不是被他们的农药化肥弄得快要绝种了吗？獾表舅，你们因为被人看做是美味，难道不是天天被追杀，还剩下几只？咱们这儿以前的老居民，老虎、香獐之辈，不也是被人追杀得绝了种吗？咱们这山谷里的兰花兰草，不是被人认为很值钱，结果被掘地三尺，挖得一颗不剩了吗？”

“咱们的日子没法过了！”

“咱们不能等死！”

“现在就造反！”

动物们一阵高呼，群情激愤。亮翅见状，退到一旁，示意一只老乌鸦接着往下讲。这是乌鸦中最聪明的一只，因为额头上有一片白毛中，有一小撮黑毛，被乌鸦们称作“黑额尔”。鸦族每次遇到大事的时候，它常常肩负着出主意的责任。它清了清嗓子，高声道：

“同胞们，朋友们，一个铁的现实摆在我们面前：人已经成为我们动物的头号天敌，其危害的程度远远超过了洪水、山火和地震。他们对我们动植物的残杀和破坏算得上是源远流长。历史上，人类对我们乌鸦、鸟类乃至整个动物界的残害可谓是罄竹难书！在欧洲一个号称文化中心的古城，历史上曾经有过一次声势浩大的屠猫运动，数以万计的猫兄弟遭到残忍的杀戮；在太平洋中的一个岛屿上，数以万计的信天翁被士兵们用机枪和大炮进行围剿，而且他们竟然把这当做一次战斗，由一位将军指挥，并为此制订了专门的作战计划和围剿目标；在咱们这个小地方，山外，离今天几十年前以也发生过对麻雀家族赶尽杀绝般的围剿。我们现在陷入了一个巨大而残酷的悖论：如果人类喜欢你，你将面临灭顶之灾，如果人类不喜欢你，你也将面临灭顶之灾，我们乌鸦的命运，就正在成为这一悖论的注解。

"在本地，我们乌鸦一直是不被人喜欢的。我们一身黑色的羽毛，原本十分漂亮，可是人出于对黑夜的恐惧，武断地认为我们这颜色不吉利，见到我们就谩骂或者以石块投射；他们仅仅根据自己的耳朵，就断定我们的声音不好听，给我们取了"老鸹"、"老哇"这样难听的外号，而从来不称我们的学名。其实我们乌鸦有着许多美好的品质，比方说，我们吃掉了无数蝗虫、蝼蛄和蛾类幼虫——按照人的观点，这些都是害虫；我们甚至吃掉了许多垃圾，清洁自然；我们终生一夫一妻，并且天生就懂得反哺——这种回报孝敬父母的习俗正是人类所一向标榜的；我们是集群性很强的鸟，常常是几百只、几千只生活在一起，因为我们天生具有团队精神。我们不招人的喜欢，这其实是好事，可是这几年，世道变了，人忽然觉得我们乌鸦有用了，于是我们的好日子也就结束了。正如前面亮翅头领所讲的那样，人们正在用各种方法熬我们、炖我们、炒我们。他们将我们这一支吹嘘为'南国神鸦'，目的是为引起更多的人来吃我们。现在他们建立了工厂，用一种他们称为高技术的新鲜玩意儿把我们加工成各种各样的食品，如果了解这种技术，你们就知道，世上没有哪一个物种可以抵挡它异常强大的生产力和破坏力！”

“各位，我们乌鸦一族危在旦夕！”亮翅接过话茬道，“我们乌鸦国的天空，正处于历史上最昏暗悲惨的时刻。为了逃避人的魔爪，大前年，当我们把本族乌鸦从那个万恶的铁笼中解救出来之后，我们没有回山里，而是集合了本地所有的乌鸦，开始了长途迁徙。我们经过两天的飞翔，飘洋过海到了凉菜国，在那儿安顿下来，可是不出半年，吃乌鸦的风气传到了那儿，于是我们再次迁徙，到了烧饼国。在烧饼国我们刚过上几个月的消停日子，那儿的人也开始吃乌鸦，于是我们只好北上。我们越过了十几道纬度线，到了酸菜国。这个国家地大物博，森林密布，地上的人对鸟儿也相当友善，可是冬天一来，我们全都冻得瑟瑟发抖。那地方一到十月就冰天雪地，气温低得我们张不开翅膀。我带出去的鸦们，在那儿冻死了不少，加上在凉菜国和烧饼国被捕杀的，我们出去三万五千只鸦，到今天回来的，只有一万七千只。

“我们回来了，回到了我们的故土，再也不打算走了！各位鸟兄鸟弟，鸦鸦雀雀，各位芳邻，为了生存，我们只有撕破脸皮，跟人类干了，你们同意吗？”

“哇哇”、“呱呱”、“喳喳”、“喈喈”、“咀咀”，山谷中向成一片，数万只乌鸦，无数别的鸟儿和水禽、涉禽，还有别的动物，齐声发出愤怒和赞同的鸣叫。尽管亮翅使出很大的劲来高声尖叫，试图让大家安静下来，却没有奏效。喧嚣持续了约一顿饭的功夫。许多动物忘情地折腾，根本分不清自己是在响应、抗议呢，还是欢呼。终于，多数动物都安静下来了，准备继续倾听亮翅的演讲，几只年老、见多识广的乌鸦却凑到黑额尔身边，进行了一番简短的交流。他们很快提议说,应该立即选举亮翅为鸦王,统领这场对付人的行动。

当这个决定由黑额尔站出来进行宣布后,山坳里再次陷入了空前的激动,乌鸦们——尤其那些跟随亮翅进行过远征的乌鸦,立刻欢呼雀跃,拥护这一提议。其他动物,无论飞的爬的还是走的,也没有谁有异议。庆祝的气氛立刻弥漫在整个山坳里,大家马上接受了亮翅这个首领。有些称它为“大王”,有些叫他“头儿”,有些叫它“当家的”。他们表示,从今以后,整个南华市的野生动物,将全都团结在鸦王亮翅的麾下。一些性急的动物,比如麻雀、黄嘴山鸦、野鸡,一些长期遭受人类欺压的动物,比如野猪、穿山甲和金獾,干脆主张现在就去找人类算账。

看到那么多的飞鸟盘旋在空中,那么多的走兽蠢蠢欲动,亮翅立刻行使起首领的使命来。它重新站到高处,大声说:

“别忙,各位!与人类斗,咱们得有谋划,有安排,不然只会白白送死。首先我提议,这场反对人类的斗争将由我们乌鸦担当主力,其他动物兄弟完全以自愿的原则,担当后盾。”说着,它看了看会场,想观察这一提议是否得到大家的承认,但是动物们却等不及了,异口同声地说:“鸦王,您就不客气了!您就下命令吧!”

鸦王面对这样的热情,果然不再客气,高声叫到:“各位,我就不客气了。现在我就布置下一阶段的工作。秃鼻鸦家族听令!”

一只精悍的秃鼻乌鸦立刻飞了出来,停在鸦王下面的树枝上。鸦王道:“任命你们这一族为侦察鸦,在整个战斗期间,你们负责侦察、搜集有关人的情报。”

“得令!”这只秃鼻鸦领命飞下。

鸦王又道："山鸦家族听令！"

一只羽毛闪亮、气质不凡的山鸦立刻飞上前来。等它在枝头停稳，鸦王说："任命你们这一族为冲锋鸦，有战斗的时候，你要带领你们那一族的弟兄冲在前面！"

"得令！"这只山鸦领命飞下。

"寒鸦家族听令！"鸦王又说。

一只健壮的寒鸦飞上前来。鸦王说："任命你们的部族为魔爪鸦，因为你们全都身高爪大，战斗的时候，请你们尽情地伸出你们的大爪子，朝人狠狠地抓下去。"

这只寒鸦领命而下。

"渡鸦家族听令！"

一只剽悍异常的渡鸦飞了过来。鸦王说："渡鸦大哥，你们生长在高原，有一个利如钢钩的嘴，特任命你们为钢嘴鸦，战斗的时候，请你们用你们的钢嘴，狠狠地啄人，啄得越猛越好。"

"得令！"领命的渡鸦飞了下去。

"山鸦黑额尔听令！"

黑额尔慢腾腾飞了过来。鸦王对他说："黑额尔大叔，您一向有博学和善思辨的美名，特任命你为思想鸦，负责在这场与人类的严峻斗争中统领我们的思想，为我们出谋划策。"

黑额尔漫不经心地说："放心吧，我的光辉思想不是用来开玩笑的，我要让它放出光芒！"

"白颈鸦家族听命！"鸦王又说。

立刻飞过来一只身形俊俏的白颈鸦。鸦王说："任命你们这一族为信息鸦。你们不必参战，只需每天搜集信息，传递情报，为战斗服务。同时你们要广泛结交同道，凡是受过人类欺压的，想找人类出气的，都要团结在我们的旗帜下。"

"得令！"那白颈鸦说着，翩然飞下。

“剩余的乌鸦,以及愿意参战的鸟兄鸟弟,其他动物兄弟,你们则各尽所能,有什么狠招都尽管朝人类使出来。”

“好啊！这次非得让人瞧瞧我们的厉害!”动物们齐声说。

然后,动物们以各自的方式摩拳擦掌起来。这混杂而响亮的声音越过山谷,一直飘到山下,惊醒了一些人的睡梦。

鸦王的命令刚刚下达下去,乌鸦们就出发了。如果按照人类的行为习性来看,它们势必等那些负责侦察的乌鸦带回情报后再采取行动,可事实上,侦察的乌鸦刚刚飞离树梢,山鸦和寒鸦们就飞上了天空。渡鸦不甘落后,迅速集合人马,奔赴战场。因为山鸦是本地鸦,它们的队伍最为壮观,差不多有几千只,像一片乌云一样朝山下飞去。白颈鸦原本是负责联络其他鸟和动物的,本想明天再下山,此时看到其他乌鸦都争先恐后,也不甘落后,集合起一支人马,飞上夜空。

山鸦有最敏捷的身手,而且熟悉本地的地形,率先飞到了有灯光的地方。根据家族一代代的口传身教,它们知道,一到夜晚,越是灯光亮的地方,人就越多,反之,人就越少。它们通常都是根据对食物的需要程度和对人的警惕程度来决定与人类的距离的,但是今晚,人类就是目标,所以他们直扑人类。前段时间,亮翅他们还没有归来的时候,一些山鸦就经常在城里出没。现在,当它们重新飞到城里的时候,领头的山鸦发现,街上灯火阑珊,除了偶尔驶过的车,看不到人影。黄昏的时候,这儿的人还很多。这一趟兴师动众,可不能白来。很快,山鸦们发现,在街的尽头,有几个人挥着扫帚,正在扫街。领头山鸦一声长啸,直朝那几人飞了过去。

南华市长盛区欣荣街道办事处环卫科第二清洁队的李队长正带领几个工友在清扫街道。通常他们是五点才上街的,可是明天，省里要来人检查市容，他们接到指令，要连夜清扫街道，然后洒上水，再把路边所有的花草都喷淋一遍。李队长一边督促工友，一边拿着手机指挥另一条街上的几人。忽然，一群乌鸦朝他们冲过来，抓扯他们的头发，朝他们尖叫，在他们头顶拉屎。工友们从来没有见过这样的阵仗，纷纷都傻了眼。一个年老些的工友拖着扫帚，一边躲闪一边跑，同时说："真怪啊！这城里的鸟怎么还抓人呢？"

李队长因为站在一个公交候车亭下，没有遭到袭击。看到工友们纷纷逃窜，他不解地跳到街上，大声喝道："咋的，见鬼了？"

这时两只乌鸦一前一后，从侧面俯冲过来，双双扑向李队长挥舞着的双手。"啪"的一声，他手中的手机被乌鸦抓走，往前带了几米，落在坚硬的水泥地上。李队长还没有回过神来，另外五只乌鸦又朝他冲过来，他抱头鼠窜，一溜健步跑回候车亭下。

在空中，领头的山鸦发出道道指令。数百只山鸦把几位扫街人追得四散奔逃。

一大群寒鸦却寻到了一个还很热闹的地方。它们是被霓虹灯的光芒吸引过来的。只见彩灯闪烁的几幢楼前，街道上熙熙攘攘，排满了亮着灯的出租车。街道边有一些热气腾腾的小吃摊，生意很是兴隆。有些人不吃东西，就三五成群地站着聊天、抽烟。不时有人从那霓虹灯闪耀的门里走出来，上了出租车离去。两只公鸦去那楼的窗户前侦察了一番，结果发现里面灯红酒绿，挤满了人，正声嘶力竭的又唱又跳。几只寒鸦想冲进去，却发现被大块的玻璃挡住了。

"那就拿外面的人出气！"领头的寒鸦一声令下。

于是，三百多只寒鸦迅速收拢翅膀，朝露天的出租车司机、食客、夜归人扑下去，一时间，街道上人仰马翻，人们被这突如其来的攻击搞懵了，纷纷寻找躲避之策。司机们躲进车里，食客们逃往小巷，吃食摊的伙计们则迅速钻入那放着蔬菜和烤肉串的木板架子下面。

有个小吃摊的老板，完全被这景象搞懵了，以为乌鸦们饿了，来抢吃的，就扯了一张塑料布，想把自己摊上的东西盖起来，可是他刚展开那塑料布，一些乌鸦就朝他冲下来，有的抓他的头发，有的抓他的脸，把他赶回了案板下蹲着。乌鸦们转眼就把他那些摆放好的菜抓得到处都是。有几只乌鸦，还把他装钱的盒子也扑翻了，把里面的纸币叼了起来，飞向空中。有几只大个儿乌鸦，甚至把那张塑料布也叨了起来，拖到旁边一个报刊亭的顶上去了。

在场的人谁也不明白这些乌鸦要干什么。不错，它们中固然有的吃了些菜，可为什么会把钱也叼起来呢？难道它们拿那钱去筑窝？可是乌鸦们“呱呱”乱叫，那么凶猛，谁也不敢出来阻拦。混乱的人群中有个男人，怀中有把火药枪，本来是不轻易使用的，此时借着酒劲，掏了出来，对着空中的乌鸦，“啪”的开了一枪。

只见火星喷射之处，两只乌鸦落了下来。这一下乌鸦们纷纷冲他扑来，嘴啄爪抓，将他从墙角驱到街口，一直到一幢楼前。那人蹿进门去，仍有一些乌鸦追着飞了进去，只听见那人从楼里面传来声声惊叫。

此时一辆消防车出警后回来，正好路过这儿。看到这一街的人被无数乌鸦追得四散奔逃，里面的几个消防队员目瞪口呆。他们把车停住，坐在车里足足看了一分钟，仍然不能明白这是为什么。终于，一个战士说：“甭管三七二十一，救人要紧！”于是，消防车拐弯开了进来，上面的几名战士不顾危险，走下车来，拿起水笼头，对着空中一阵猛扫，这才将乌鸦们驱散。

但那些乌鸦并不离去，只是退到一棵高高的老槐树上，齐声“呱呱”的叫着，让下面的人听得毛骨悚然。

此时，渡鸦一伙也找到了一个人多的地方。这是一个蔬菜批发市场，人们正在忙碌。一些小面包车和平板三轮车围着一排大货车进进出出，各种蔬菜被人们扛着从货车上转移下来。人们搬菜的搬菜，算账的算账，数钱的数钱。领头的渡鸦“嘎嘎”地叫了两声，群鸦蜂拥而上，向这些人发起了攻击，一时间，只见空中菜叶横飞，萝卜、辣椒、西红柿滚得满地都是。见人们如此不堪一击，一些渡鸦大摇大摆地啄食起那些蔬菜来。不一会儿，它们在蔬菜之外，发现了更好吃的，那是一些动物的内脏，其中有切成丝的牛胃，有鲜猪血和鸭血，有鸭肠，长短大小适中，新鲜可口，简直就像专门为他们乌鸦准备的，所以它们更是大快朵颐，全然不顾人的惊讶。

有人从最初的恐慌中回过神来，以为乌鸦是饿了飞来找食的，于是在一个男人的带领下，他们捡着一些棍棒和树枝围了过来，准备驱散乌鸦。领头渡鸦见状，“嗖”地一下平地飞了起来，张开它的钢嘴朝冲在前面的人扑去。那人扭头就跑，其余的人随即也跟着逃命。但是乌鸦们并不罢休，他们三五只一伙，从不同的方向攻击人。一时间，菜市场里人仰马翻，乱作一团。人们开始以为，躲在那些摊位的下面，或者菜堆的角落里可以免除攻击，但很快就发现这完全是徒劳，乌鸦们像是成了精一样，哪个角落都能飞到。有的乌鸦，甚至在地上一步一步跳着，看到藏着的人，才忽然飞啄过去。

后来管理菜市场的人打开了办公室，人们冲进屋去，才将乌鸦挡在外面。虽然暂时安全了，可所有的人都惊魂未定，百思不得其解。

南华市的应急指挥中心,通常下半夜的时候只有两位值班人员。这两位中的一位,这时候还常常在打盹,只有一位是绝对不会睡着的,时刻保持着清醒,准备接听电话。对于一个中等城市,这样的应对状态并不显得松懈,因为多数夜晚,都不会有什么突发的情况,只要电话畅通,就可确保城市的安全。不过这天晚上却有些特别,零点一过,两位值班人员开始不断接到一些电话,有时候,几部电话同时响起,几乎让他们应接不暇。

令两位值班人员纳闷的是,这些打进来的电话全部是关于动物的,它们是:十八个关于乌鸦攻击行人的电话——不排除有些电话是同一起事件的不同见证人打来的,五个关于动物异常的电话——对方报告说,某一片地区忽然有无数的狗和猫在同一时间发出狂吠和怪叫、想要破门而出,因此怀疑是否有地震或者星外来物。还有一个市民打电话来问他们:鸟类最近是否害了鸟瘟,因为他看到,一些鸟半夜三更地在空中乱飞乱蹿,发出阵阵怪叫。

这天晚上在应急指挥中心值班的两个年轻人都是刚毕业的大学生,十分尽职,而且具备相当的职业素养,他们立刻与公安局值班室取得了联系,了解到一些类似的情况:有两起治安事件,在巡警出警后,却发现引发事件的并不是人,而是鸟;至于三起交通事故,当事人全都说是因为受到鸟的攻击。两人觉得这一连串的事件很是反常,于是他们一人继续值守,盯着电话,另一人开始撰写情况报告,准备一上班就报上去。

这时候已经是下半夜,电话却再也没有响起。城市进入了它最安详宁静的时候,连偶尔传来的汽车马达声都消失了,两个年轻人都感到这种宁静与刚才的忙乱比起来,很是有些诡异。可是他们打开窗户,并没有发现什么异样。城市悄无声息，只有路灯还在闪烁。

此时在山中，动物们的地盘上，却是十分地热闹。派下山的队伍，陆陆续续回来了，山鸦、秃鼻鸦、寒鸦和渡鸦都取得了胜利——这些胜利不但在乌鸦的历史上是罕见的，就是那些旁观的鸟儿中比乌鸦凶猛的，也都对它们的成就啧啧称赞。除此之外，负责联络的白颈鸦还从山下带回了许多朋友，它们全都生活在人的地盘上。这其中也有一些乌鸦，它们报告说，自己这一支一直生活在城市的边缘，在一大片树林中，那里有一些高大的臭椿、桤木和黄葛兰，十分适合筑巢，但前几年被人砍伐了，盖成了一栋栋的楼房，它们无家可归，晚上只能栖身在一个高压电线的塔吊上。听说山上起了义，它们就连夜赶了上来。

面对这样的战果，鸦王亮翅喜不自禁，它借机进行了一番演说，号召乌鸦以外的那些动物，不论飞鸟还是走兽，尽快参加它们的行动，把这场反抗人类的活动推向高潮，推向持久和深入。大伙儿群情振奋，鼓噪欢呼了一回。

"凭着我们的爪子和利嘴，凭着其他动物兄弟的力量和速度，要是再找到几位猛兽，这一次，咱们得好好给人一点颜色！"亮翅兴奋地说。

"鸦王，靠体力战斗，非上策矣！"老鸦黑额尔说，"硬来只会白白地损失我们的队伍。"

"不硬来行吗，咱们只有拼嘛！"有动物叫道。

"咱们动物从来不缺乏拼死的勇气，"黑额尔说，"不要说我们这些生存在陆地上、与人近距离接触的鸟鸟兽兽，就是那些远离人类，生活在水中和海洋中的动物，也都与人有过光辉的战斗史。距今一百年前，在南太平洋，有一头蓝鲸，因为不堪忍受人类对它们种群的捕杀，就曾英勇地向人发起过攻击。它摧毁过十多条捕鲸船，吃了五十多个人，可是最后，它仍然没有逃脱人的魔爪，英勇地牺牲了！因为人们开来了更大的船，用蒸汽机向它射出了巨型鱼叉。”

“连鲸鱼都打不过人，我们怎么办呢？”有动物问。

“论手段，我们是无论如何也赶不上人的，”另一个动物说，“实力太悬殊了！”

“我有一个更为歹毒的办法，保管事半功倍。”黑额尔说。

“什么办法，黑额尔大叔？”鸦王连忙问。

“各位，咱们动物和人最大的区别是什么？”黑额尔问。

“人有手，可以劳动，咱们动物却没有。”有动物回答说。

“人会使用工具，咱们动物却不会。”另外一个动物回答说。

“不对，”黑额尔说，“咱们动物与人的最大区别在于：人比我们动物怕死。要让他们长记性，最好的办法莫过于威胁他们的生命。刚才我听几位负责侦察的秃鼻鸦兄弟回来说，最近咱们乌鸦中，又开始流行起‘顺死病’来，据说其他鸟儿，也有得这病的，咱们为什么不派那些得病的兄弟，飞到人的地盘上，让人捉去吃了，传染这病呢？”

“噫哎，这个办法好！”动物们异口同声地说。

“大家想想看，”黑额尔说，“既然山下的人们现在什么东西都吃，而且吃得越来越稀奇时髦，那么咱们派一些害了‘顺死病’的病鸦老鸦，飞到离人近的地方，那些馋嘴之人，难道不动心思吗？就算自己不吃，他们为了几个钱，也肯定会捉了卖到饭馆，这不就容易染病了吗？”

“对对对，”亮翅连忙说，“还是黑额尔大叔高明，这法子不但适合乌鸦，也适合别的鸟儿和动物！”

“尤其被认为美味的那些鸟雀和动物，比如斑鸠和獾狗之辈，凡是最近患了病的，都向人靠拢。”黑额尔说。

“大伙同意吗？”亮翅高声问。

“同意!”动物们齐声说。

“那就不要犹豫了,呆会儿会议一结束,各族各家,但凡有害了病的,都派下山去,想方设法接近人。”亮翅道。

“还有个办法,咱们可以利用一些较为低等的动物,比如螺丝、蜗牛、蝉蛹、蝎子之类,现在这些东西在人那里也很时髦,咱们把病毒传染给他们,人将它们捉去吃,自然也就难逃厄运。尤其螺丝,现在本来就生活在臭水沟里,要让它们得病是很容易的。”黑额尔说。

“这个办法有些阴损,但是更有效,我同意。”亮翅说。

“要是那些心肠好的人也染上病,怎么办呢?”一只老麻雀怯生生地问,“现在也有些人,很懂得善待我们动物呢。”

“那他们只好为自己同胞的过失付出代价了,”黑额尔说,“用不着发慈悲,现在,两条腿的都是我们的敌人。”

“各位鸦兄雀弟,闲话少说,战斗刚刚开始,让我们各逞所能,行动!”亮翅高声叫着,同时站在树梢上兴奋地扬了几下它那漂亮的、黑亮亮的翅膀。

“行动!”动物们齐声回应着,又是一阵鼓噪。

天空刚刚露出鱼肚白的时候,大地上的人们大多还在梦乡,村村寨寨的雄鸡,一阵紧似一阵的啼叫着,山上的这些野生动物,却在鸦王亮翅的指挥下,正酝酿对人类发动更大、更致命的攻击。

第三章 危机四伏之城

接连几天,南华市的几大医院都收治了一些奇怪的病人。他们的主要特征是:高烧、咳嗽、寒战、少痰难咯、心悸、出冷汗、恶心、呕吐、腹泻,有些病人还躁扰不安,甚至神昏谵语。令人奇怪的是,还有些病人表现出浑身奇痒,脸上和身上出现绿豆般的斑点、哈出的气都有一股恶臭。更为蹊跷的是,一些病人在神志谵妄方面表现得很不寻常,他们心神狂暴,具备攻击性,对医生和护士又抓又打。但是就像这座城市其他的漏洞和隐忧一样,这些信息所传达出的征兆没有被及时而敏锐地捕捉到。面对送来的病人,多数医生都诊断为普通流感,有的虽然怀疑这是一种新的疾病或者多种疾病的并发症,但并没有上报。

李扼自从那天晚上看到满天的乌鸦之后,心中一直有一种不祥之兆。白天,他在疾病预防中心被一些完全与疾病无关的琐事缠住,下班回家后,他一边翻阅几本有关流行病、传染病的书籍,一边回想城市的那些卫生死角、人们时髦古怪的餐饮时尚以及他所见过的饭馆的后厨,禁不住忧心忡忡。每天一上班,他都叮嘱中心专门负责联络医院的两个女工作人员,让她们了解医院的状况,看是否有值得关注的病人,但每天得到的回答都是:一切正常。直到有一天,他在人民医院的朋友、原来的同事鲁岱给他打电话,说他们那儿有几个不同寻常的病人,李扼才发现祸害的端倪。他丢下手里的工作，打了车就赶往人民医院，看到了几个有些异样的流感状病人。

从病房出来，到了鲁岱的办公室，李扼要来那几个病人的病历，仔细翻看了一番，却没有发现什么异样。

鲁岱是个十分敦实健壮的人，如果不是穿着一件白大褂，人们很难把他与医生联系在一起。他喜欢运动，打得一手好篮球，坚持冬泳，还参加过南华市健美比赛，获得过好名次。他与李扼是同一年到人民医院当医生的。他一直把李扼当作自己的知己。在他看来，李扼是人群中那种罕见的君子。虽然都临近中年，大伙儿都难免有些世俗之气，李扼却还保持着少年般的单纯。当医生的时候，李扼是少数几个绝对不收受病人好处的医生之一，有时候，病人家属送的一些烟酒土产之类，实在推不掉，他也是让送到办公室里，让同事们去处理。至于钱，鲁岱相信李扼绝对没有沾过。鲁岱自己，虽然不能像李扼那么坚守，但他很欣赏李扼这份单纯，并为自己有这样一个朋友而自豪。他甚至认为，正是人群中还隐藏着像李扼这类不为流俗所动的人，生活并未完全让人失望。

“对这些病人，你觉得有什么不对劲的呢?”李扼问。

“从表面上来看，”鲁岱说着，关上了房门，“他们的确就是普通的流感病人，可我怀疑，他们的症状很像禽流感。”

“禽流感?”李扼一惊。他明白了，为什么刚才在病房，他几次向鲁岱询问病情，鲁岱都是顾左右而言他，“这病可不是开玩笑的，得赶快上报啊!”

“但是病人腹泻的程度又不像。从呕吐物分析看，像是食物中毒。可更奇怪的是，病人的狂躁、攻击性，又很像是精神类疾病，似乎他们的脑神经受到了创伤。”

李扼也听糊涂了:“那到底是什么病呢?”

“难就难在这儿啊，”鲁岱说，“目前我们只能根据不同的病症，分别下药，有的病人，还要数病齐治。”

“要不要报省中心？”

“这个，”鲁岱沉吟片刻，“先不报吧，再观察一两天，反正，目前也没有出现生命危险的症状。”

“那你得盯紧点，毕竟，传染病方面，你是南华不多的行家啊！”李扼说。

下班的时候，李扼再次打了出租车，赶往华佗医院和铁路医院。在这两家医院他看到了同样的几个病人，于是，他一刻不停，将情况汇报给了卫生局长肖云台。局长这次没有在唱歌，但还在酒桌上，不过他倾听李扼的汇报是很认真的。良好的智商和多年的宦海经验使肖云台意识到：李扼的谨慎和担忧也许是有道理的，最起码不能漠然视之。同时他再次庆幸自己在疾病预防中心主任这个位置上选对了人——李扼虽然专业上不是很对口，但他的敬业精神和人品却可以弥补这一不足。肖云台当即决定，明天举行一次会诊，并让李扼现在就通知专家们。

第二天，五位被通知的专家来了四位，加上人民医院的传染病科主任鲁岱，还有几大医院的负责人，一行人由李扼带领，先在卫生局会议室召开了一个简短的碰头会，然后，他们从上午九时到下午三时，共巡诊了华佗医院、铁路医院、中医院和人民医院的十七位病人。下班前，大家集中在人民医院会议室。这时肖云台也赶来了。鲁岱认为，这是一种类似禽流感的新型传染病，但另外两位专家们却一致认为：这是犬流感，或者是一种接近于狂犬病毒的扩散症，原因是：铁路医院在上星期收治了两位狂犬病人，其中一位已经死亡。这两位都是狗贩子，长期向那些经营狗肉的餐馆提供狗肉，死的那位，在三个月前被狗咬过一次。另外一个确凿的情况是:据一位防疫站的工作人员介绍,最近几日,他们多次看到从街头跑过的流浪狗,双眼血红,鼻子流涎,低头乱蹿,呈现标准的流感状。专家继而论证说,不论犬流感,还是狂犬病毒扩散症,都可以传染给人,然后病毒在人与人之间交叉传播。现在的问题是,到底传染给人的是犬流感病毒还是狂犬扩散症病毒。

华佗医院的张院长——他本来是泌尿外科大夫,但因为他们医院没有人愿意参与卫生局的巡诊,被肖云台点了将前来,此时提出了疑义:狂犬病毒只能通过伤口传播,怎么可能大面积传播呢?一位专家立即更正说,新型的扩散病毒不仅能通过伤口和血液传播,也可以通过细菌和空气进行传播。张院长听后,哑了火,跑出去抽烟去了。

会议于是出现了辩论:鲁岱坚持这是禽流感,而且与去年南边发现的禽流感类型相比,有明显的变异,而两位专家,坚持认为这是犬流感或狂犬病毒扩散症。李扼专心记录着,基本上不插话。请来的几位专家,也大都不太在意他,只顾侃侃而谈。他们大都是第一次见这位疾病预防中心主任,而且听说他的专业是外科。在他们眼中,这个位置一直是市里或者局里的头头们安置自己亲信的一个理想场所:每年都有钱花,需要做的事却不多。

会议形成了一份内容相当暧昧的文件,在会后上报给了市里。文件只有一点可以肯定,那就是:一种新型传染病正在市里蔓延,介于南华市在秋天常常会有类似的传染病,市卫生局和疾病预防中心提请市政府,关注这个病情,并拨款补齐南华市在相关设备方面的缺漏。在肖云台看来,借此申请款项购买设备才是最重要的,对此,李扼部分表示理解,因为像血液透析机、血液分析仪、全自动生化分析仪、多功能监护仪、肺功能测定仪、远红外热像仪、呼吸机等设备，各医院普遍缺乏。有些医院甚至连不锈钢储罐都不够用，一旦疫情扩散，有疫苗需要存放，只能放在普通消毒柜里。

文件送走之后，肖云台告别了李扼，把文件送到市政府，去找市里主管卫生和文化教育的副市长赵鸿图。他让李扼回家，有什么情况明天再说，李扼却感到莫名的忐忑。他给鲁岱打了电话，问他在什么地方，鲁岱说，自己还在医院里，今天轮到他值夜班。李扼于是马上动身赶到了人民医院。

“刚分手一会儿，你又跑过来干什么？”鲁岱问。

“我心中很不踏实，”李扼说，“我想确诊的方法就是进行更多的检测，所以得辛苦你了。”

“还检测什么？”鲁岱很不以为然，“我亲自做的检测，对患者呼吸道标本做的关联免疫法检测几乎全部为阳性，这不是禽流感是什么？至少是疑似。”

“可是别的那几家医院呢？老实说，对他们的检测，我不是很放心。”

“你是没法放心。”鲁岱说。

李扼觉得鲁岱这句话怪怪的，不像他平素说话的风格。可是鲁岱的话戛然而止，不再继续。

“你这话什么意思？”李扼问。

“因为他们那些设备大都不靠谱。”

“你说什么？”李扼很是惊讶，“哪些设备？哪家医院？”

鲁岱看看李扼，有些激动地说：“你太天真了，李扼！……不过算了吧，你也别知道那么多了，总之，我告诉你，设备采购中一直有猫腻，有人就靠这个发财。”

鲁岱再也不往下说了。李扼还想追问，鲁岱做了打住的手势，说：“谈正事吧。专家，专家，肖局长居然很信那么几个专家。他们居然会扯出狂犬病毒扩散症，真是令我开了眼界！”

“那你在会上为什么不据理力争？”

“这会得罪人的，朋友，”鲁岱说，“今天巡诊、开会这帮人，没有哪个像你那么认真。这也不能全怪他们，因为说不定，这个病就慢慢消失了，更不会扩散。”

“有这种可能吗？”

“怎么没有？隐性的传染病，一直存在，医学界记住和重视、研究的，只是造成大面积死亡的那些。”

李扼思忖片刻：“还有没有别的检测方法？”

鲁岱看看李扼，见他十分认真，而且散会后，他与肖云台一同去起草文件，肯定还没有吃饭，于是说：“有啊，比如对呼吸物、鼻涕、痰或者肺组织进行流感病毒分离。当然最好是用禽流感病毒特异血凝基因反转录来检测标本，可我们这儿没有这样的条件。”

“鲁岱，”李扼正色道，“你一定要再组织人手进行检测。其他医院，你不方便去，由我们中心把标本采集过来。”

鲁岱犹豫片刻，说：“好吧。咱们再检测一次。”

“你得快点，”李扼说，“我总感到这个病不简单，要再扩散就麻烦了。”

钱岱却说：“快不了！进行病毒分离，首先从病毒中分离出酶，然后进行链式反应实验。要拿到准确的链式反应数据，至少得等两天，因为酶的分离和培养就需要三十六小时。”

与此同时，在市政府里，副市长赵鸿图听完了肖云台的汇报，看完了他们送上去的书面材料。正巧市里今晚临时有一个会议，为省里的“文明卫生城市大检查”作最后准备，赵鸿图决定，会后再增加一个会。反正都是同一个会议室，不用动窝，人员也差不多，大不了多讲一会儿。他马上安排人通知几位局长，让他们赶来参加第二个会。自从去年因为一次水污染事故使一名副市长和环保局长等人遭受处分以来，凡是涉及公共卫生事故一类问题，市里的反应是相当迅速的。

十点，专门针对肖云台那份报告而召开的会议也结束了。会议当场便拿出了两大举措：进行一次全市范围内的环境卫生大检查，清理、整治流浪的狗和猫。赵副市长作出这项决策的理由是：不管是禽流感，还是狂犬病毒扩散症，病毒都可能来自动物，清理可以有备无患，而且为了迎接"文明卫生城市大检查"，这项清理原本也是应该进行的。

这次和以前不同，说干就干。次日早饭后，由赵副市长亲自指挥的行动就展开了。介于卫生检查算是常规性的活动，市长紧随对付猫和狗的队伍。他们的主要目标实际是狗，因为本市随意养的狗、流浪狗、野狗到处可见。本地的人食狗肉的历史很悠久，但是最近这几年，时兴吃鸟和乌鸦以来，狗的消费锐减，所以街上无主的狗很多。

收罗狗的主要任务由城管大队和治安大队共同进行，也配了一些警察。不过警察不是对付狗的，而是为了防止有人干扰对付狗的行动。行动立刻奏效。捕狗队采取中心开花、四面出击的策略，见狗就抓，抓不到的就打，战果显著。黄昏的时候，一个建筑工地的大土坑里就堆满了狗和猫的尸体，像小山一样。有的狗居然从最初的闷棍中清醒过来，这就不得不派人上去补几棍。好在捕狗队有几位狠角色，下手很重，通常他们拎着棍子走过去，就不会再留下活物。一只显然是外来名犬与本地土狗的杂交狗，醒来后冲出了人丛，沿着围墙乱跑，想要跳出去，狠角色中的一位不慌不忙，捡了半截砖头，瞄准了脑袋砸过去，那狗一个前翻，倒在地上再也没有爬起来。由于距离相当远，此人这一手飞石掷物的功夫顿时就博得了一片喝彩。

血腥的气息弥漫在空气中，一些侥幸逃出收罗的猫狗逃出城外，向人烟稀少的地方进发。有的，一直跑进了山里。

已经过了下班的时候，李扼还在办公室里。整整这一下午，他都在督促中心的几位工作人员，让他们仔细了解各医院的相关情况——从几家市立大医院一直到区、县和镇一级的小医院。令李扼担心的是，靠中心目前这一干人员，他是很难掌握到真实而准确的情况的，因为他在上任后才发现，中心的工作人员大多都是靠关系进来的，几乎都不具备起码的专业素养。由于大家不能准确地理解怪病的症状，统计上来的数据也相当模糊，比如同样是发烧，却出于好几种病因。六点，李扼忽然接到了肖云台的电话，让他赶到“顺悦食府”去吃饭。李扼推辞不去，肖云台却让他务必去，说赵副市长想见他。

李扼只好骑了摩托车，赶往本市很有名的顺悦食府。在二楼的一个大包间，他找到了肖云台他们。原来副市长赵鸿图兴之所至，在结束大半天的搜捕猫狗行动之后，决定把相关的下属召集在一起吃饭，同时随便商量一下工作。一张十六座的大圆桌边，除了大半圈局长处长，还有一位姓陈的老板。李扼正巧坐在这位老板旁边。他接过了对方递来的名片，又听了肖云台的介绍，大致猜出，此人准备在南华市的西北郊建一个温泉度假中心，而在座的这些局长，少不得要给他提供一些方便。

李扼在餐桌边坐了下来，但是一直没有找到机会说话。他根本没有心思吃饭。尤其看到满桌的山珍野味，他更是不想动一下筷子。席上不但有目前正在本市流行的乌鸦肉—— 一大锅老鸦竹荪汤，还有清炖鳄鱼肉和野生山龟，更令他惊奇的是，他还看到了传说中的红烧孔雀。他不明白人为什么会吃孔雀，尽管这被介绍是养殖的孔雀。在李扼看来，孔雀这样的东西，只能用来观赏。造物主赋予万物不同的形态，实际也赋予了它们不同的用途。

那位陈老板显然是这顿晚餐的出资人。他不停地劝酒，频频举杯，局长们也是谈笑风生，仿佛这大半天的捉猫捕狗，他们战果斐然，很值得庆贺一番。但是李扼听他们的谈话，跟猫狗和眼下的怪病毫无关系，全是笑话和关于一个明星的传闻。这是一个从本地出去的女子，眼下十分红火，主演了好几部电视剧。局长们在赵鸿图的带领下，正在分析她走红的原因。其中比较有代表性的一种说法，竟然认为她是靠"脱裤子"走红的。李扼对他们的谈话既不能无动于衷，又不能跟着傻笑，很是别扭。肖云台看看李扼，知道他心中在想什么。他一直十分欣赏李扼，但是在他看来，李扼身上那股子书卷气却会成为他事业上的阻碍，今晚他把李扼叫到这里，就是想让他尽快熟悉官场上的氛围，更何况，以工作的名义接触主管副市长，李扼没有理由拒绝。

肖云台终于找到一个机会，让李扼给赵鸿图敬一杯酒。李扼端了酒杯，站了起来。这是他第三次见到赵副市长。他五十出头，长着一张大圆脸，留着分头，戴着眼镜，一双小眼睛躲在镜片后面，发出微弱的光来。他是以标准的上级的姿势和神情来接受李扼的敬意的。可以肯定地是，李扼凭直觉和第一眼的印象就发现自己不会喜欢这个人，不过他不动声色，谦恭有加。副市长只对李扼说了一句话："听说你是咱们市里胸外科的第一刀，过几天有个手术，恐怕还得麻烦你回去一趟。"

这倒不奇怪。李扼到预防中心上班后，还回医院做过好几台手术，都是肖云台把他叫回去的。其实常规的手术，人民医院的几个主刀医生早已经轻车熟路，但是人们还是迷信名声，但凡有点关系的人，总要想方设法去找到所谓最好的主刀医生。

李扼想找个机会告辞。他想自己既然已经来了，而且已经给赵副市长敬了酒，告退应该是被允许的。再说从副市长的神态来看，他似乎也并不在乎餐桌上最小的官员提前溜掉。至于理由，当然也是现成的，因为怪病病因未明，疾病预防中心的主任回到岗位上，理所当然。

不料赵鸿图忽然问李扼："李主任，打流感疫苗，到底好还是不好？我这几年，每年都要感冒几次，正在考虑要不要注射一下疫苗。"

"据我所知，目前推广使用的这款疫苗，是安全的，不过我以为除了特殊的人群，比如因为体弱或其他疾病容易引发流感并发症的患者，最好不要注射疫苗。"

"为什么？"

"因为药物防治是最后的办法，健康的体质和良好的生活习惯才是远离疾病的最好办法。"

"对了，"赵鸿图回到了主题上，"听说有专家怀疑，目前这十几例怪病可能源自禽流感的并发症，你以后如何？"

"我们正在进行重新的病毒检测，暂时还不好说。"

"要真是禽流感引发的，还好办一点。"

李扼对副市长这句话很是感到意外，连忙问："为什么？"

"你想想啊，"赵鸿图说，"禽流感，那一定来自飞鸟，而飞鸟满世界乱窜，在哪里发病，完全是偶然，而犬流感，却很容易确定病源地，所以我们大规模地清理这些猫狗，也算是先行扫清门前雪。"

李扼对副市长这番话更是感到惊讶，同时也才意识到，原来迅猛有力的捉猫捕狗还有这样的因素在里面。

“赵市长，”李扼说，“就算出现了犬流感，但这种大规模捕杀猫狗的做法却未必可取，也未必管用。”

“防患于未然，”赵鸿图说，“再说这些猫狗大都没人养了，留在街上影响市容，正好集中捕杀算了。”

“但是目前专家们的意见只是推测，万一要是捕错了怎么办？”李扼说。

“病因搞错了，那就是你们的责任，”赵鸿图说，“你们预防中心和医院负责确定传染源，我们负责配合清除传染源。”

李扼没再言语，沉默着。肖云台见状，连忙插话道：“这次清理活动由赵市长亲自挂帅指挥，效果显著，再坚持几日，绝对可以干净利落地除掉那些病猫野狗。”

在本地官员中，肖云台是不多的经常操着一口普通话的人。也难怪，当年在工厂里，以及后来上了大学，他都当过业余播音员。他的嗓音抑扬顿挫，深厚有力。但是此时，这优美动听的男中音并没能够转移人们的注意力。

赵鸿图看看李扼，继续道：“其实就是禽流感，咱们也一直没有放松，自从前几年南面大规模暴发禽流感以来，咱们哪年不对鸡鸭进行检测？几大农贸市场的观察和检验也一直没有断过，并没有发现禽流感的迹象嘛！”

“从国内外现有一些病例来看，禽流感并非只存在于家禽之中，而且病毒的演变十分活跃，我们现在的检测手段和防护措施，实际是相当脆弱的。”李扼说。

这时候那位陈老板却开了口，说：“李主任，不要草木皆兵，一有风吹草动就怕这怕那的。就说这个禽流感吧，前几年搅得满世界不安宁，但它并不是什么是新鲜玩意儿，在咱们这里面的山里，从前常闹的鸡瘟，我估磨就是禽流感。还有那些猪瘟牛瘟什么的，说不定就是口蹄疫，可是这些病，通常一换季，自动就消失了。只是以前没有仪器,查不出个所以然来,现在呢,虽说查出来了,可事儿还是那些事儿。”

李扼微笑着哼了一声,未作回答。肖云台却听出,李扼对这位外行对疾病的解释表示出了轻蔑,于是把话岔开,说:“的确有一些病,很早以前就有,那时科学尚不发达,人类没有认识到,不过我们还是要相信科学。”

“科学咱们不懂,”那位陈老板说,“但是吃饭这样的事,如果也要扯上科学,日子就没法过了。俗话说,不干不净,吃了没病嘛!”

这次李扼再也不客气了,他说:“您这可真是高见!”

赵鸿图也察觉到了什么,他对李扼说:“小李,过几天,由卫生局和你们预防中心、城管联合,还得对市内的小吃摊进行一次清理整顿,我听说,现在中小学外面大都有不少小吃摊,这些家伙都是游商,卫生大都是没有保障的,再吃坏学生,又是咱们的麻烦。去年那次事故已经把我们折腾坏了。”

“好。”李扼应了一声。

“对市长不能这么说话,应付差使似的。”肖云台凑在李扼耳边,悄声说。

但是李扼心中却不是这么想的。他想既然今天遇到了这位管卫生的副市长,而且市长刚才又提到了小吃摊的问题,提到了去年被严密封锁了消息的小学生食物中毒事件,他一定得趁此机会好好给他提个醒。他说:

“赵市长,游商和小吃摊的问题,比我们想象的要严重得多。最近我利用上班前和下班后的间隙,在街头做了一些了解,我发现:几乎所有的小吃摊,其器具都不具备起码的清洗条件,更不要说消毒。与此同时,几乎所有从业人员的卫生状况也都没有保障,而且他们常常直接用手抓食物。另一方面,而为了追求低成本，许多商贩使用来路不明的原料。”

赵鸿图闻言，看着李扼。其他人也都看着他。李扼却还没有说完。他接着道：“还有就是，地沟油和潲水油的使用在我市一些小餐馆、小吃摊、早点摊，使用十分猖獗。”

赵鸿图放下筷子，抓起一张纸擦了擦嘴，想说什么却又停住没说。一个局长说：“妈的，这个地沟油，中央电视台曾经报道过，我们这里也有吗？”

赵鸿图这才若有所思地说：“这么大一个城市，穷人又多，难啊！”

肖云台再次轻轻用脚碰了碰李扼的腿，示意让他别往下讲了，同时，他转身招呼服务员过来倒酒。但是李扼显得很不知趣，继续说：

“赵市长，还有一股风气，也十分令人不安，就是这股吃乌鸦肉的风气。”说着，他用嘴努了一下桌上那盆“老鸦竹荪汤”。

“可是很多群众，人家就好这一口，有需求才有供给嘛！”赵鸿图略略显出一点不快。

“乌鸦有食腐肉的习惯，这您应该知道，因此乌鸦肉实际很难让人放心。”

“李主任你放心，”一个坐在副市长左侧的人开口道。李扼认得，他是市工商局的马局长。“咱们这里出售的，都是经过养殖的二代鸦。”

“即使是三代鸦，我也想不出一丝吃它的理由，”李扼说，“就算有人好这一口，咱们在舆论上也要引导群众不吃这样的东西。这是陋习。”

“陋习？那也不见得，”马局长说，“南边沿海那几个大城市，你去过吗？那里的人什么都吃，天上飞的，地里钻的，水里游的，没有他们不吃的。可以说除了人肉，没有他们不吃的。

在人家那里,只吃粮食、蔬菜和家畜,那是土包子!”

“笑话,明明是歪风邪气,却成了时髦,我觉得这些人才是土包子。”李扼说。他完全没有想到,一个负责市场监管的局长,竟然会说出这样的话来。

眼见马局长面露不悦,准备反击,肖云台连忙端起杯子,在酒桌上敲了敲,说:“喝酒,喝酒!”

其他人也都去端酒杯,准备响应,赵鸿图却说:

“小李,关于乌鸦这两个字,在咱们这儿要慎重,因为乌鸦已经成为我们南华市第五大支柱产业。我们的‘神鸦补脑精’畅销大半个中国。发展以乌鸦为龙头的产业链,是我们经济工作的重点,这是前不久,我们在成立‘振兴乌鸦产业办公室’时所达成的共识。”

“赵市长,还有个情况我得跟您汇报一下,”李扼似乎完全没有在意副市长的提醒,我行我素,“我可听说,有人在打那些猫和狗的主意。”

“哪些猫和狗?”赵鸿图连忙问。

“就是今天捕捉的那些猫和狗。据说有人已经在暗地收购。他们是专门做这类生意的。”

“你听谁说的?”

“我们中心的一个工作人员,”李扼说,“她母亲是个保护动物的热心人士,她告诉我,老太太和几个同伴亲眼看到,有人把搜捕的猫狗装了车,准备卖往南边。”

肖云台伸脚踢了一下李扼,但是来不及了,他已经把话说出来了。酒桌上的人,大都是赵鸿图的部属和追随者,他们纷纷向李扼投以斜视,似乎是在告诉他:你这个人太不识时务、太认死理了。

赵鸿图脸色有点难看。他放下酒杯,直视着坐在他右侧的一个人,厉声道:“老董,什么人胆子这么大,敢来插这么一杠子?”

这个叫老董的人是南华市市容管理局的董局长。他是个大块头,像尊菩萨,在南华官场以喝酒实在著称,此时已经喝得满脸通红,冒着热汗。待明白赵副市长的问话后,他果断地说:“不可能!我们都是按规定处理的。”

“你要管不好你的人,可别怪市政府对你不客气。”赵鸿图冷冷地说。他并没有看这位董局长,但那话语的力量已经传到了董局长身上。董局长讪讪地说:“我马上打电话过问一下。”然后,他掏出电话,起身离开了。

席间谁也不再说话了。一位李扼似曾相识的局长或者处长,见董局长出门去了,说:

“老董手下那帮人,素质的确较低,典型的癞蛤蟆型,捅一下动一下,但要求还不低,就搜罗猫狗这点事,还专门成立了打狗队,配了统一的服装……”

这时候正好服务员把桌上的酒杯都倒满了,那位陈老板连忙端起酒杯,说:“来来来,喝洒喝酒,工作暂时放一下好啦!”

恰巧这时,李扼的电话响了。他一看是中心打来的,立刻起身,站到一旁去接电话。中心值班的人告诉他,在西山沟医院出现了一个情况异样的病人,病情几起几伏,有些奇特,医院方拿捏不准,所以报告了疾病预防中心。

李扼问了一下患者的症状,与眼下正在流行的怪病完全吻合,于是他决定马上赶过去。他回到房间,说出现了一点情况,向赵鸿图和肖云台告辞。他们客套了几句,放走了他。事实上,现在连肖云台都希望他快点离开。

李扼一边下楼,一边在想,为什么会漏掉这样一个病人。

他很快明白了。原来这个西山沟医院靠近著名的风景区桃源洞，原本是一家干休所的内部保健医院，通常只负责所内老干部的理疗、休养，前不久才对外接收附近居民看病，但只限于平常小病。正因为如此，李扼自己，包括中心的人，在统计病人的时候，都把它漏了。

李扼跨上他的摩托车，沿着新修的时代大道，只用了十分钟，就来到了西山沟医院，进了医院大楼。

由于已经是晚间，又是一家小医院，住院楼里静悄悄的。不过值班护士倒是老老实实的坐在工作台前。李扼一边取下头上的头盔，一边朝护士问道："值班医生呢?"

护士打量着他，正在辨别他的身份，李扼已经伸手掏出工作证，递过去，说："疾病预防中心李扼。"

"啊，"护士明白了，"您是来看那个'老虎'的吧?"

"什么老虎?"

"病人啊，"护士说，"刚才就是冯大夫给你们那儿打的电话，说的就是他。"

"在哪儿?"

"我带您去，"护士说着，匆匆走出了工作台，带着李扼上了后面的楼梯。这是一幢四层的老式楼房，没有电梯。他们很快来到了二楼南侧。这儿所有的病房都悄无声息，关着门，只有左边尽头的一间，半开着门，而且门口的椅子边，有几人或坐或站，居然都叼着烟在抽。李扼扫了一眼这几人，立刻明白他们并不是一般的老百姓。这类人通常身份都比较复杂。每个城市都有这样的人，他们干不了什么正事，但却以城市的主人自居，喜欢拉帮结派。通过他们，李扼大概也就判别出了病人的身份。

那几个人看到李扼，都盯着他。从护士的表情来看，他们也都看出来者不是普通人。李扼礼节性地朝他们示意了一下，推门进了病房。这是一间只有一个床位的病房。两个医生，一站一坐，正低声说着什么，病床上，一个五十四五岁的男人正哼哼着，喘着气。他脸色苍白，面颊和额头上有些细小的汗珠，仿佛刚穿着厚衣服喝过一大盆热汤。他的嘴唇半张着，每呼吸一口似乎都很困难，一双手，放在被子上一动不动。那是一双肥大的手，原本应该是很有力量的。从病人的气色来看，他体内生命的力量正在挣扎。

护士作介绍的时候，李扼已经把工作证亮给两位医生看了看。因为刚到预防中心不久，他相信，医疗系统有许多人都不认得他。不料那位坐着的姓冯的医生一听介绍，立刻站起来，朝李扼伸出手，说："李主任，您这么快就来了？"

李扼一直看着病人。他转头对护士说："请给我一个口罩。"然后他问那位冯大夫，"病人来这儿几天了？"

"今天是第四天了。"冯大夫说。

"一开始就是你在主治？"

"不是，"冯大夫说，"刚送来的那天晚上，他们以为是食物中毒加胃出血，于是并症进行治疗。可是第二天做了胃镜，病人的胃部并没有出血症状。此外他一直在发烧，今天还出现了咽喉痛。令人奇怪的是，他又不时喊冷。今天下午，病人突然呼吸困难，并出现昏迷，我们给他上了呼吸机，并做了物理降温，暂时是缓过来了，但我总感到他这个病很怪，所以报告给了你们中心，希望你们能够提供帮助。"

李扼听完，试了一下病人的额头。病人被他这么一摸，睁开眼，困难了喘了几下。

"来，张嘴，伸出你的舌头。"李扼说。

病人伸出了舌头。李扼接过冯大夫递过来的手电，照在病人的舌苔上，仔细地查看了一会儿。

“有没有出现干咳？”他问病人。

“什么？”病人有些吃力地反问。

“干咳，就是想咳嗽却咳不出痰来。”李扼说。

“我烟瘾大，一直咳的，尤其早晨起床时。”病人说。

“有没有肺部炎症似的那种干咳？”李扼转头问冯大夫。

“有的，”另外那位年轻些的大夫肯定地说，“昨天下午他猛咳了一阵，应该是您说的那种干咳。”

李扼心中一沉，问冯大夫：“病历呢？”

“在办公室。”冯大夫说。

“走，给我看看。”李扼说着，出了病房。

看到他们走出来，外面的几人立刻围上来，问：“怎么样，大夫们？”

冯大夫看了看李扼，对那几人说：“我们正在会诊，病人目前是稳定的。”

进了值班医生办公室，李扼拿过病历，快速翻阅完毕，然后他对冯大夫说：“冯大夫，情况相当严重。我刚才试了一下，病人烧得很不正常。”

“这几天都这样，时高时低。”冯大夫说。

“关键是，”李扼说，“这不是个案。目前几大医院都有类似的病人，已经快二十例了。”

“啊？”冯大夫显得很惊讶。

“这样的症状，绝对应该往大医院送，至少是区一级的医院，你们这里原是干休所的诊室，现在也就是个社区医院，只能看些小病，怎么能收治这样的病人呢？”

“这个，”冯大夫凑近李扼，小声说，“肯定是有关系才住进来的。这儿病人少，比别的医院安静，收费便宜，伙食也比别的医院好。”

“是他自己来就诊的，还是救护车送来的？”

“救护车送来的。”

“既然是救护车送来的，就说明他一进来的时候，就不是普通的病症。当时应该去大医院。”

“他是私人救护车送来的。”冯大夫说。

李扼这才想起，市里的确有几台私人的救护车在运营。那些车主通常只管挣钱，病人或家属让他们送到哪里，他们就会送到哪里。

“疾病预防中心前不久刚发过通知，凡是发烧的病例，或者有不能确诊的疑似传染病，都要及时上报，并转送三甲医院，你们不知道吗？”李扼继续问。

“我不知道，领导也没有传达过。”冯大夫说。

李扼再次翻了翻病历：“他叫什么？刘老虎？”

“这是病人的外号。据说他在社会上关系很广，这不，外面这些人，全是他的朋友。他的家人倒没怎么见着。”

“你们接诊的医生太不负责，这么能把外号当名字写在病历上呢？简直是荒唐！”李扼说。

“我也问过，据说当时病人的朋友就让这么写。也许他不愿意留真名。”

“病人必须留真名。他是干什么的？”

“据说是土规房建局的干部，不过他不让写，说不想跟单位请假。”

“土规房建局？”

“您不知道吗？咱们市里机构改革，把原来的土地、规划、房屋、建设等部门合成了一个局，叫土规房建局，权利很大的，天天吃香喝辣。”

“明白了，冯大夫，”李扼正色说，“病人必须转院，马上转。”

“转院？转到哪儿？”

李扼想了想，说：“市人民医院。你去给你们院长打个电话说一下。”

冯大夫看李扼神色凝重，连忙打电话去了。李扼问另外那个瘦瘦的年轻医生：“贵姓？”

“我姓余，去年刚从中医学院分来的。”那人说。

“小余，你现在去把病房外面那几个人叫来，一个都不漏下。”

“好的。”姓余的年医生出去了。不一会儿，他带来了那几人。

李扼再次掏出工作证，亮给他们看了看，说：“几位，你们这位朋友必须马上转院，他的情况相当严重。还有一点，你们不要紧张——”他停下来，看着他们。

其中的一位说：“没关系，有什么你就直接说吧！”

“好，”李扼说，“一会儿，你们必须如实地填写下各自的姓名、地址、联系方式，因为这位病人的病情很可能传染。随后你们就接受体检，有发烧的，立刻留下来，并转移到人民医院。如果确信没有问题，可以回家，但要尽量减少与家人的接触。一旦身体有不舒服，马上到人民医院的发烧门诊。记住：是人民医院。从明天开始，疾病预防中心会有工作人员与你们电话联系，希望你们如实回答他们的询问。”

“情况有这么严重吗？”有人问道。

“相当严重，所以我才这么晚赶过来。请你们相信我。”

几人互相看着，神色多少有些慌张。但他们显然都准备配合。李扼说：“余大夫，你一会先对他们几人作一番体检，如果没有发烧和异常，就让他们回家，但要登记好他们几人的相关信息。”

这时冯大夫回来了，说请示了管事的院长，同意转院。

“好，”李扼说，“你赶快联系车和人员，我来联系人民医院。你们几位——”他对那几位正准备与余姓年青大夫出门的病人的朋友说，“你们就不要再去送你们的朋友了，医院会派专人护送。你们也不要乱走，马上跟余大夫去体检。”

不一会儿，一辆闪着指示灯的救护车来到住院楼前。

李扼亲自护送病人到了人民医院。他以从医以来前所未有的谨慎和细致将病人安置在一间单独的病房里。鲁岱被他从家里叫了过来。他们重新检查了病情，进行了会诊。鲁岱针对病人高烧、冷汗、神志恍惚、肺部斑状阴影开列了不同的药物，末了他对李扼说：

“要是从稳妥的角度考虑，此人应该隔离治疗。”

“隔离，”李扼自言自语地嘀咕道，“那一批病人呢？我是指分散在其他几家医院的那一批病人，怎么办？”

鲁岱思忖了一小会儿，说：“那一批病人目前看来还不算太坏。虽然病因不很明朗，但暂时是稳定的。”

李扼想起了鲁岱正在进行的病毒检测。问他：“你对检测的结果有什么估计呢？”

“这个还真说不准，”鲁岱说，“为了稳妥，应该请省疾病控制中心派专家前来。”

“这样吧，你马上安排对这个病人的隔离。我明天一上班就与省卫生厅联系。”

李扼亲自协助鲁岱，完成了对“老虎”的隔离措施。凌晨四点的时候，他离开了人民医院，回到了家里。他在家中打了个盹，七点一过，便急冲冲地赶到了疾病预防中心。

八点一到，李扼把刚刚写就的一分传真发给了省疾病控制中心。虽然都跟疾病打交道，都叫“中心”，可是省市两级的中心却略有区别，市里的中心通常侧重于监控、以预防为主，所以叫预防中心，而省中心侧重控制和治疗，叫控制中心。传真发过去之后，李扼又打了电话，向省中心的一位副主任进行了详细的汇报，请他们抽调两名专家过来。省中心非常重视他报过去的情况，让他密切关注病情。

然后李扼给肖云台打了一个电话，就昨晚的病人向他进行了汇报。令他意外的是，肖云台并未觉得这是多大的一件事，他说：“行了，你把他送到鲁岱那里就妥了。鲁岱医两天，这病人总能好转的。”听他那意思，似乎鲁岱也医不好，就只好听之任之了。李扼仔细一想，倒也不奇怪，因为自他工作以来，还从来没有听说哪一个病人，因为不明的传染病被送到省里的。肖云台说完，还抛开病情，向李扼指出他头天晚上在餐桌上的失礼和不懂行规。李扼不知说什么，只能敷衍了事。

接下来李扼召集中心的员工开一个简短的会，会议只有一件事，那就是：今天一定把全市所有的医院全部调查一遍，看是否有相关的病人。他总结了这类病人的特点：发烧、咳嗽、流涕、腹泻或者呕吐、乏力、倦怠、昏睡或者短暂的昏迷、皮肤出现瘙痒或者异常、气味异常等。他给他们分了工，严厉地告诉他们，不准错过一家医院，收集到的情况将在下班前汇总，然后上报。

十点多的时候，市新闻办公室打来一个电话，说有两个省电视台的记者，想采访李扼，李扼心中一紧，马上猜想到是否有人往外透露了这次怪病的线索，可是对方告诉他，记者只不过想找他这样的专业人士谈一下有关食品健康与安全方面的问题。李扼思忖片刻，想到了本市正在蔓延的吃鸟和乌鸦的风气，应允了对方。

李扼还从来没有接受过记者的采访，不论是本地的还是外地的。他看看自己的办公室，拥挤而且有些零乱，就决定到会议室里接受采访。他刚刚把会议室收拾停当，电视台的人就到了。他们是两男一女。一个三十多岁的清瘦的男子，显然是他们的头儿，一见李扼就热情地打招呼，另外一个二十多岁的胖胖的小伙子，扛着机子，是个摄像师，另外还有个二十出头的女孩，手里拎着些采访用的小物件，很像是个刚校门的学生，怀着憧憬和梦想。那个领头的男子递给李扼一张名片，李扼仔细瞅了瞅那名片，称他为王记者。王记者递给李扼一张纸，上面写着可能提问的问题，李扼一看，这些问题针对的正是他最近在想的——关于活跃在本市及其周边地区的非法捕鸟行为、猖獗的地下鸟市、在饭馆里作为野味的鸟以及正在兴起的吃乌鸦的风气、乌鸦肉是否真的有特别的营养等等。凭着这些问题，李扼对王记者产生了几份好感，感到这是一个在思考问题和观察社会的记者。

李扼正在思索该如何回答，王记者在会议室转了两圈，说这儿光线不够。他把李扼拉出了屋子，来到楼前。他们在花园中架起了机子，让李扼站在离镜头五米多远的地方。在李扼的后面，是疾病预防中心的牌子。原来他们是想给观众一个暗示，那就是说这番话的是专业人士。李扼面对镜头，侃侃而谈，因为这些问题他思索许久，早就有了明确的答案。

采访顺利结束了。王记者告诉李扼，他们这次过来，本来是进行常规的新闻采访，但意外发现本地吃乌鸦成风，于是临时决定做这样一条新闻，相关的素材，他们已经在街上拍好。

他们收拾器具,准备告辞。

李扼按照传说中的接待记者的惯例,邀请王记者一行吃午饭,王记者竟然答应了。这多少有些出乎李扼的预料,因为他事先得到通知,王记者一行将由市里负责接待,安排在"道台府"吃私房菜。李扼决定,就带他们到中心的食堂用餐。他带着他们,直奔食堂。这食堂原来是化工厂的职工食堂,现在,食客都是附近几个单位的人。这儿通常只供应几个大锅菜,还有就是米饭馒头。他们进去的时候,前来吃饭的人还不多,饭菜都是刚端出来,还冒着热气。

"只好委屈一下各位了,"李扼说,"我们这儿条件比较简陋。"

不料王记者却很是高兴,道:"李主任,这才是真正的饭菜!瞧这馒头,香喷喷的,多地道啊!"

那位摄像师也说:"现在许多地方的馒头,都追求好看,加了漂白剂,真正馒头的颜色,其实正是这种带一点点暗和灰色的。"

那位女记者更是不客气,拿了餐盘就去打菜。王记者笑着对李扼说:"每次过来,你们宣传部的杨部长都安排这个大餐,那个名菜,搞得我们都把吃饭当成了一个负担了。"

他们这么一说,李扼就放了心,自己也拿了餐盘,去窗口打来了饭菜。他要了一份白菜炖肉,还有一个馒头。今天就三个菜,除了白菜炖肉,还有一个仔姜肉片,一个青菜豆腐,主食是米饭和馒头。此外还有免费的萝卜汤。加上王记者他们三人的,四个人一共花了三十三元,统一由李扼刷了卡。

"要每次都这么请客,我也成富翁了。"李扼说着,坐在了王记者的身边,吃起饭来。

"李主任,这吃得好坏,其实跟花钱多少没有必然联系,"王记者说,"我们当记者的,有时跑了一天,就希望吃到这样的可口饭菜,可现在的饭馆,还有几家是真正吃饭的呢? 很多饭馆根本就没有饭,更不会有馒头。所以您请我们到食堂,可比带我们下馆子强多了。"

"现在生活好了,是好事,可是把过多的时间和金钱都耗在吃上,就不那么好了。"李扼说。

"这样的饭菜,可口又不浪费,吃完了,我们也好工作。"王记者说。

"你们下午还有采访任务吗?"李扼随口问道。

"不,吃完饭我们就回省城了。出来几天了,急着回去编片子。"

李扼心里忽然一动,问:"你们怎么回去?"

"以前我们都是坐火车或者飞机,现在高速公路通了,我们走公路的时候多。这次我们是自己开车来的。"王记者说。

"麻烦您帮我带点东西到省城,可以吗? 不沉的。"李扼说。

"可以啊,"王记者说,"举手之劳嘛!"

"太好了!"李扼说着,立刻掏出电话,给中心办公室打了电话。他们还没有来吃饭。只听李扼说:"小曹,你赶快下楼去给我买点东西,一份'南国烧鸦',五只烤鸦翅。你骑摩托车,到林檎公园的大门外,那里有个旅游商店,里面有南国烧鸦卖,至于烤鸦翅,现在很多路边的小吃摊上都有,记住:一定要现在流行的烤乌鸦翅。然后你在中心门口等着,我们一会儿就回去"

王记者以为李扼是要给他们送礼,但又明明听李扼说是请他带往省城。他有点纳闷,但又不好问。李扼却对他说:"请你回去后,以最快的速度送到省疾病控制中心去,交给病毒检测室的许研究员。我会先通知他,他会派人接这东西。"

"这南国烧鸦,现在在你们这里很热啊,街上经常可以看到这样的广告牌，难道有什么问题吗？”王记者问。

“我们正在怀疑它有问题。”李扼说。

“食品的常规检测，难道南华市还做不出来吗？”

“当然是可以的，但是我不放心，因为乌鸦在我们这儿是支柱产业，只能说好，不能说坏。”李扼说。

“真要检测出什么问题，那可是条大新闻。”王记者说。“现在吃乌鸦这股风气，已经吹出南华以外了。”

“所以我们更得谨慎。”李扼说。

饭很快吃完了，几人起身，出了食堂，边走边聊，沿着来路回到中心。这时候李扼才看到，一辆外地牌照的汽车停在院外的路边，正是王记者他们开来的。买东西的人还没有回来，李扼请王记者进楼去喝茶，王记者却不愿意，趁机站在那里吸起烟来。那个摄像师，从车上拿下两个旅行茶杯，到中心里去加开水。

不一会儿，中心那个叫小曹的女孩骑着摩托车回来，带着一只“南国烧鸦”和几只还热乎的烤鸦翅，用塑料袋包着。李扼接过来，将它交给了王记者。

王记者却捧着那盒子，看了看，道：“瞧瞧，这烧鸦的功能着实不小呢！补气、养颜、乌发、壮阳、富含几十种氨基酸，吹得可够玄的！”然后他递给那个女记者，“放到后备箱中去。”

那个摄像师也凑过来看了看，说：“瞧这包装，不明白的人还以为是北京烤鸭呢！”

一行人向汽车走去。忽然，空中传来两声“哇哇”的鸦叫，李扼一惊，还没有来得及反应，就见两只健壮的乌鸦一前一后冲了下来，向着那只装着它们同伴的袋子扑去。那位女记者，此前几乎一直没有出声，只是在安静地听王记者与李扼说话。“南国烧鸦”就拎在她的手中，受到这样的突然袭击，她立刻花容失色，惊叫着，原地跳了起来。手里的袋子"哗"地落到了地上。

李扼眼疾手快，一把将那女记者拉到一旁，然后他一个健步，挡在客人的前面。那两只乌鸦飞回前面一棵高大的花楸树上，仍旧哇哇地叫着，却没有飞下来的意思。女记者惊魂未定，仍在发抖，李扼转身弯下腰，查看她是否被抓伤。王记者显然见多识广，稍一定下神来，吩咐摄像师赶快打开机子拍摄，却被李扼制止。

"最近怪事连连，乌鸦频繁袭击路人，别再招惹它们。"李扼说。

再看那位摄像师，他刚刚反应过来，扛着机子，迟缓地看着树上。这时树上又飞过来好几乌鸦，在枝间跳跃着，朝下面的人哇哇乱叫。摄像师放下机子，准备捡路边的石块去砸，被李扼一把拉住。几个人站在原地，不敢再朝树下的车走过去。

李扼看到中心的门卫正朝这边看着，朝他喊了一声，让他拿把雨伞过来。那是个年轻的保安，果然拿了把雨伞走了过来。王记者打开伞，挡住身子，走到树下，把车开了过来。那几只乌鸦仍在"呱呱"地叫着，倒不再冲下来了，但那声音令人听了很不自在。

摄像师一边往车上放着他的东西，一边说："难怪，纸盒里装着的是它们的兄弟嘛！"

李扼没有明白他的意思，问道："您说什么？"

"我怀疑它们闻到了同类的味道，"摄像师说，"这南国烧鸦，不就是用乌鸦做成的么？"

"胡说。"王记者道。同时他把捡起来的烧鸦和烤鸦翅放到后备箱里去。

"也许，这还真是一种解释呢。"李扼若有所思，自言自语地道。

送走了王记者一行，李扼回到办公室。虽然还没有到下午上班的时候，但手下的人已经把上午的统计情况打成表格放在了他的桌上了。李扼仔细查看了报告，看到“病情稳定”、“正在好转”这些字眼，他稍微松了口气。为了更加稳妥，他依次给几大医院相关的负责人打电话，向他们询问那些患了怪病的病人的情况。总的来看，情况还算正常。他尤其关心昨晚从西山沟医院转到人民医院的那个叫刘老虎的患者，专门与鲁岱通了电话。鲁岱告诉他，他们重新制订了治疗方案，病人的体温降下来了，也不太喘了，中午还吃了一碗稀饭。现在病人正在睡觉，看不出有什么异常。

通完话，李扼直直地坐在椅子上，双手交叉着放在小腹前，低垂双眼，想要像往常那样，静静地打坐一会儿。这习惯他保持好多年了，常常可以让他从纷扰的尘世和琐事中解脱出来，去接近本真和正见，但是此时，他却总感觉眼前有无数幻影在晃动，让他心浮气乱。如此几次，欲罢不能，于是他睁开眼。

这时一个人忽然闯入李扼的脑海中。这是一个道人，飘飘欲仙，李扼感到，他正看着自己。这是遇真观的胡道长。李扼明白了，他内心有一种莫名的疑惑在敦促他去找胡道长。他看了看表，决定现在就动身。他出了门，跟办公室的人吩咐了几句，骑上他的摩托车就上路了。

李扼穿过老城，过了金家坝大桥，往西北一路疾驰。从大桥到遇真观所在的龙头山有七八公里，他很快就到了山脚下。遇真观建在山腰上，离公路有几百米，从前只有一条石阶路与山下相连，这两年，道观被市里辟为旅游点，新辟了一条“之”字形的公路与下面相连。李扼一直把车骑到道观前，那儿有一个停车场。由于是下午，游客大都返回，停车场一辆车也没有。那几个卖旅游工艺品的小摊还在，因为没有客人，摊主们正挥舞着拍子在打羽毛球。

李扼停下车，进了道观的大门。里面静悄悄的。通常大门右侧的耳房里都有一两个看门的道士，但此时里面一个人也没有。李扼穿过大门，走进第一个院子，看到了两个道人，正举着竹竿在打枣。和别处不同的是，枣树下横扯着几块遮阳布，两端用绳子拉着，系在不远处的房屋和树木上，这样打下的枣子全都掉在布中，不会破碎，也不会沾染尘土。台阶上两个大簸箕里，已经装了一些红红的枣子。李扼知道，这些枣子有的会被卖掉，有的会留给道人们吃，还有的，会被胡道长用来制药。道观里有十几棵上百年的高大枣树。李扼对它们很熟悉，第一次跟父亲来到观里的时候，胡道长就笑眯眯地抓了一把枣子递给他。那时候李扼五岁，那场景他始终记得。从那时起一直到现在，他每年都会到观里来几次。

两位道人年纪都在六十开外。他们看到李扼，像老朋友一样跟他打招呼，李扼则谦逊地跟他们回礼。他继续往前走着，穿过这个院子，上了台阶，进入道观的第二个院子。在这儿他看到了一个老道人，正在用竹篾编一个什么东西。如果不是穿着道袍，留着长长的花白胡子，他看起来更像一个农民。他是遇真观最年长的道人，差不多有九十了，身体倒还很硬朗。紧接着，李扼看到了胡道长的徒儿春生。他正从台阶上下来，往右边的侧门走去。春生是个哑巴，他一看到李扼，就“咦咦哇哇”地叫起来，并且用手指指后面第三个院子里的厢房。李扼明白，他说是胡道长正在那儿。

李扼径直走向那厢房。厢房外临一堵三四米高的青石墙，被墙外一片高大的楠竹挡住了从西山边投过来的阳光，靠近院子那一面，有一排雕花木窗。李扼沿着筠竹环绕的小径，上了台阶，走到门前，敲响了房门。

“是李扼吗？进来吧！”一个声音从里面传出来，李扼一伸手，一扇老木门“吱嘎”一声被推开了，于是，李扼看到了胡道长。

道长一个人端坐在一张书案前，正在看书。李扼站在门口，叫了声“道长”，同时像往常那样恭恭敬敬地弯腰低头，向道长行礼。

“坐吧！”胡道长说。他仍旧坐在那书案边，只是把书扣了过来，放在案板上，看着李扼。李扼当然不会介意，因为他一把道长视作长辈。李扼在书案的另一侧坐了下来。这张椅子他坐过很多次了，每次，要是一个人来，他准会坐在这儿。眼前这张书案他也十分熟悉。这并不是一张标准的书案，而是一张老旧的门板，比寻常的书案长而宽大。他曾听道长说，这是一张黄檀木做成的大门门板，是山后一个大户人家不多的几件残留物，那户人家的后人见道长喜欢，送给了他。案子上不但有书，还有纸、笔架和几盆小花。

胡道长看起来五十多岁的样子，不过李扼知道，他今年七十二岁了。他没有戴帽子，头发挽着，像个倒扣的碗，用一根横穿的玉簪固定着。因为长期吃素，他的脸色不像寻常人那么红润，但他的双眼精光闪现，让人觉得，他体内蕴藏着深厚的力量，元神充足。自从父亲第一次带着自己来到观里，一晃三十年了，可是李扼觉得，道长似乎没什么变化。有时候，当你几月不见，再次见到他的时候，他似乎还是昨天那个样子。李扼还记得小时候，道观里很是破败，道人也只有二十余位，每次来到观中，都有种遁入深山的感觉。直到十多年前，观中忽然大兴土木，修葺一新，从山下公路上过路的人才知道这儿有座漂亮的道观。有关道观重生的故事在山下广为流传，它说的是，外地一位发了横财的生意人，偶然来到道观里，他疾病缠身，对生活极度厌倦，而胡道长妙手回春，只用了三个月的时间，把那人从一个一百九十斤、气弱体虚的胖子变成了一个步履轻盈、脸色红润的人，并开示点化了他，让那人重新找到了生活的意义，于是，那人给了道长一笔重金，重修了遇真观。那时候李扼正在省里上大学。

胡道长仰靠在椅子上，脑袋一上一下地晃着，微笑着看着李扼，李扼也微笑着，像面对父亲一样。不过也不完全一样，因为父亲在他面前一向比较严肃，话也不多，更不会这么微笑地看着他，而道长，既像父亲般慈祥，又像个朋友。

这时春生推开房门，端了两碗茶进来，一碗递给李扼，一碗递给道长。春生是个孤儿，不到三岁的时候被人遗弃在一辆长途汽车上，当时道长正好从武当山云游归来，见无人肯收留这个孩子，便将他带回了遇真观。现在，春生已经是一个二十出头的小伙子了。他虽然不会说话，但却非常聪明。道长不但教他读书写字，而且在他很小的时候就教他打坐、习武。李扼知道，春生有一手很俊的功夫，只是平时不太示人。他是观里最年轻的道人，平时除了修课看经，还要照料道长的生活，帮观中干一些体力活儿。李扼一直把春生当作自己的兄弟一样对待。他想跟春生聊几句，但春生看了道长一眼，返身出门去了。

“您最近还好吗？”李扼问道长。

“好，一切如常，”道长说，“你呢？当了官儿，是否还能适应？”

“勉强还能适应。”李扼说。

“你父亲怎么样？这家伙，好久也不来我这儿了。”

“他最近有几个病人，可能有点忙，”李扼说，“我也有两三个星期没有回去了。”

道长与李扼的父亲是许多年的朋友，他们都深谙中医，不过道长是专攻内科，而李扼他父亲，则精于骨科，一辈子都靠祖传的正骨、接骨术谋生。

道长看看李扼，慢慢地喝了一口茶，道：“遇到困难了？”

“最近我们遇到了十多起怪病，”李扼说，“病人发烧、咳嗽、胸闷，还有的腹泻或者呕吐、乏力、倦怠、昏睡或者短暂的昏迷。”

“暑去秋来，阳衰阴盛，邪气侵体，正是容易患病的时候嘛，不奇怪。”道长说。

“您以为这是什么病症呢？”

“这不就是感冒嘛！”道长说，“或者体质虚弱之人，因饮食不当，又受风寒之袭，同时伴有腹泻呕吐，也属正常。”

“可是还有病人皮肤瘙痒、气味异常，又同时伴有前面这些常见流感的症状，很是令我们困惑。”

“数病相杂，也未可知，”道长说，“现在有些新玩意儿，如化学品之类，遇到有不适之人，可能就会引起皮肤过敏，瘙痒哮喘都不稀奇。至于异味，如果持续数日，又不是出自口腔，就要看内脏是否有问题了。”

“我们组织了最好的几位专家进行了会诊，又多次化验检测，却始终没有找到病因。”

“难道连方向都没有吗？”

“方向倒是有，”李扼说，“有的认为是禽流感，有的认为是犬流感，还有的认为是狂犬病毒扩散症。”

“狂犬病毒？流感怎么还会扯上狂犬病毒？”道长问道。

“是这样，有几个病人，曾经一度很狂躁，且富有攻击性，被怀疑是狂犬病毒的扩散症。”李扼道。

“这不难区分，狂犬病毒一旦病发，病毒多走神经系统，会导致神经系统损坏和血液病变，而禽流感一类，最容易损坏的是人的肺部、心脏和肾脏。”道长说。

“是否由于体质不同，神经系统再引发精神狂躁呢？犬流感的原因，目前虽然不是十分明朗，可难保它与禽流感有类似之处呢？”李扼又道。

道长听李扼说完，沉默了一会儿，说：“有些新型疾病，诡异难辩，传统的诊法，往往很难抓到要害，你们要多利用先进的设备，尽早查明病因。病因明了，就好下药。”

道长这短短的几句话，让李扼的思路一下子清晰起来。他更加认识到，检测和病毒实验这一步是走对了。如果鲁岱的检测结果出来后，仍然没有新的发现，而病情又得不到控制，就应该立即将病源体标本送到省里，请省中心和医学院帮助检测分析。

“我听老的大夫说，有些传染性疾病，有时也一度猖獗，病因也查不出来，但后来慢慢消失了。您听说过这样的情况吗？”

“这是肯定有的，”道长说，“有些病来无影去无踪，只在局部地区传播，人并没有搞清它的来历。”

“我现在担心的，正是眼下这种怪病会不会继续扩散传播。以我们目前的检测和诊治手段，恐怕很难找到有效的控制办法。去年南边的禽流感，蔓延几省，一度失控，闹得人心惶惶，疾病防治部门，更是被拖得筋疲力尽。”

“按照人类目前这个活法儿，疾病只会层出不穷。有多少贪欲和多少愚昧盲从，就会有多少疾病。”道长说。

李扼愣了一下。他没想到道长也会说出这样的话来。他说：“是啊，怪病越来越多，而治病的药却总是慢半拍。”

“也不要太迷信于药物，其实，一些新型疾病的诞生与新的药物、治疗手段也颇有关系呢！”

“您的意思是？”李扼问。

“体内之毒，并非只有杀死一法，”道长说，“譬如流水，截堵固然可行，但并非唯一。目前对付新疾病，西医多以杀死病毒为主，诸不知肌体和细胞也是有生命的，一种活体被阻隔扼杀，势必会憋出另一种活体，如此此消彼长，疾病不但不会穷尽，反而可能更凶顽诡秘。”

“可是病毒既已生成，并且威胁到生命，也唯有将它杀死才能救人啊！”

“从人道的角度来看，的确如此，可是从种群进化的角度看，越是先进的药物和治疗手段，实际是越是保护了种群中的病体和弱体，久而久之，整个种群就会变得羸弱，抵抗力也就越来越弱。”

“那应该怎么办呢？”

“因势利导，化解才是上策。尤其病处萌芽、尚未扩展时，就应施以温药，去其芽根，等到形成气势，便只能以类似西医之猛药利刃除之。当然，最好连病毒的种子都不让它产生，那就得提倡健康的生活方式了，饮食起居，皆不可滋意任为。”

李扼回味着道长的话，沉默片刻，突然涌起一个想法，说：“道长，您认为中药在预防、治疗这类流行性疾病方面是否可以起到作用？”

“当然可以，”道长说，“中药治这些传染性疾病，历史悠久，但前提是要辨症精准，下药得当，而且在疾病刚一露头时就下药。”

“道长，您能否结合我说的病症开个方子？”

道长没有吭声。李扼知道他默许了，于是把一些病症再次复述了一番。道长听后，沉思片刻，取过纸笔来，开了两个方子递给李扼。李扼小心翼翼地接过来,一边等着墨迹风干,一边欣赏着道长那一手漂亮的书法。那些字指头般大小,十分地隽秀飘逸。

“这两张方子我是绝对不会留在药店的,捡完药我就把方子拿回去珍藏起来。”李扼说。

“字好不管用啊,能治病才重要,”道长说,“这两个方子,仅供你们参考,能否使用,多大范围内使用,全凭你们主治的人决定。”

“不管是否使用,我都在此先向您表示感谢!”李扼说,“现在我终于明白,我这外科医生去干这个疾病预防的工作,真的是张冠李戴。”

“世事变幻,并非人力所能完全把握,当初你干这差使,也是出于公心,既不能退,全力为之吧。”道长说。

李扼点头称是。这时春生又推门走了进来。他左手提着一壶开水,右手端着一个竹制的小果篮,里面装着红红的枣儿。他将果篮放在书案上,道长和李扼的中间,示意道长和李扼吃枣。李扼站起来,拍着春生的肩膀,与他交谈起来。他的手语就是在与春生的交谈中练就的。春生兴奋地与李扼交谈着,抓了一把枣子递给他。

“吃点枣吧。”道长对李扼说,然后他朝春生比划了几下。李扼明白了,道长他是让春生去准备一些枣子,一会儿让李扼带回去,给他父亲尝尝鲜。

春生拎起水壶,给两人的茶杯加完水,出去了。

李扼代表父亲谢过道长。他感到自己轻松了许多。

这时李扼的电话忽然响了。虽然一直跟道长说着话,他却一直留意着电话。它好半天没响了,最近这几天,它很少有这么安静的。铃声一响，李扼马上抓了起来，按下接听键。他听到了预防中心办公室主任那急促的声音。

“主任，不得了啦，出意外了！”电话中说。

“别慌，讲清楚！”李扼说。

对方喘了口气，告诉他，华佗医院刚刚死了一个病人，还有一个正在抢救，心率已经衰竭，而这两位病人，都是他们医院按预防中心的要求进行监护的那一批怪病患者。

“怎么会如此突然？”李扼反问对方，“你们搞清楚了吗？”

“搞清楚了，他们是按传染病应急预案报过来的。”

“为什么不早报告？”

“院长说，病人是忽然病危的，他们抢救了两个小时，一看没救了才报告给我们的。”

“你们赶快了解其他几家医院的情况，我马上回去。”李扼说着，马上站了起来。他对道长说：“道长，我得回去了。”

胡道长听到了李扼的对话，也感到很诧异。他也站了起来，朝李扼做了个手势。李扼知道，道长是让他保持冷静和从容。然后，胡道长拉开房门，送李扼出门。

李扼来到房外，回身与道长道了别，然后，他一溜小跑，穿廊过殿，很快出了观门，来到自己的摩托车前，发动车子，戴上头盔，驶下山去。

虽然下山的这条路上空无一人，也没有车，可是他骑得并不是很快。他一边提醒自己保持安全的速度，一边开始思考如何面对这场变故。

他很快来到了山脚下的大路上。自从高速公路开通以来，这条刚刚维修不久的二级公路上车辆比以前少多了，于是他加大油门，疾驰起来。可他刚往前行驶了不到两公里，忽然被眼前的景象惊呆了：只见空中有许多黑鸟，正在向两个骑车人发动进攻,两人竟然扔掉了自行车,躲到了路边的树丛里去。李扼降低车速,立刻看清,这些黑鸟绝大多数都是乌鸦。

联想到近几天一系列关于乌鸦的怪诞场景,一种不祥之兆袭向李扼。他慢慢驶向路边,想向那两位骑车人问个究竟,可是忽然有几只乌鸦从后面向他袭来,在他肩头狠狠地抓了几爪。

李扼急着赶路,不敢停留,于是加大油门往前驶去。公路在这儿钻进一个隧洞。刚从隧洞的另一边穿出来,他就看到了更令人心惊肉跳的一幕:只见一群乌鸦,正在围攻一辆农用车。这农用车的驾驶室是敞开的,没有顶蓬,乌鸦们从空中俯冲下来,扑向司机的头顶。司机一手把着方向盘,一手伸起来抵挡,被乌鸦又啄又抓,已经出了血。司机显然想停下来躲避,可是他一降低速度,乌鸦的进攻就越凶猛,所以他一路狂奔,开得飞快。

眼看那车有翻倒的可能,李扼靠了上去,才看到它的拖斗里装的是一箱箱的鸭子。它们属于鲜活农产品,显然是往城里送的。这些鸭子装在竹筐里,被挤压得全部缩着脖子,此刻似乎因为惊吓,正发出混乱的“嘎嘎”声。李扼向司机做了个手势,让他停下来躲避,司机却指指头顶,没命地往前跑着。

眼看那车摇摇晃晃,随时有可能倾倒过来,而且自己也受到乌鸦们的攻击,李扼放慢速度,让它跑到了前面。就在他自己躲避从前方空中袭来的几只乌鸦时,前面那辆农用车,忽然在一个拐弯处一头栽下了公路。李扼惊呆了。他眼看着司机从驾驶座上跳起来,从机头的旁边落了下去。

李扼赶过去一看,农用车掉到了下面的一块菜地里,司机那敏捷的一跳使他免受伤害,此刻,他正站在绿油油的青菜地里,惊魂未定。看到空中追过来的乌鸦们,他一边咒骂着,一边捡起地里的土块投向它们。

李扼想一会儿自然有人来帮助司机，没有停留，继续往前驶去。拐过一个山头，前面又出现了几辆车和骑车人，奇怪的是，这儿的空中却没有乌鸦。不过他很快遇到了七八只拼命逃窜的狗，它们默不作声，伸着长长的舌头，从道路的另一侧逃向山里。这同样令李扼大惑不解，因为在他的印象中，只有狩猎的时候，狗儿才会如此整齐地狂奔，义无反顾。就在他愣神的这会儿功夫，从后面驶过来几辆摩托车，随着狗的方向往前追去，李扼看了一眼他们统一的制服，才明白，原来这是市里这几天临时组织的捕狗队在行动，这几只狗一定是他们从城里追出来的。

李扼进入了城北的转盘，回到了城里。在这儿，他才发现乌鸦们的攻击是大范围的，猛烈的，也是像人一样有预谋和组织的。只见这些黑乎乎的家伙正聚集在城市的街头，袭击行人，往地上拉屎，引出交通事故。望着天空中黑压压的乌鸦大军，李扼感到一场灾难正在降临。

我们鸟类现在陷入了一个巨大而残酷的悖论：如果人类喜欢你，你将面临灭顶之灾，如果人类不喜欢你，你也将面临灭顶之灾，我们乌鸦就正在成为这一悖论的注解……

第四章　风声鹤唳

李扼直接赶到了华佗医院。他刚一进医院的大门，就听见后面的住院部传来阵阵喧哗和骚动。他停了车，小跑着直奔住院部，可是刚一来到楼前，就被眼前的景象惊呆了：只见许多病人和病人家属拎着行李和药品，还有的甚至高高举着还没有输完的吊瓶，想要从住院部里冲出来，而医院的保安们，全部站在住院部的大门前，用身体排成人墙阻挡着想要冲出来的人们。很显然，去世的病人引发了恐慌，人们要想逃离这个危险地带。由于大门已经被铁锁紧锁，李扼一纵身，爬上栏杆，从铁门上翻进了院里。

保安们得到的指令是，严防有未经批准的人从里面出去，所以他们全都背靠那铁门站着。看到有人从外面翻进来，一个保安立刻转身喝问："你干什么？"

李扼一伸手，掏出工作证，说："我是疾病预防中心赶过来的，你们的头儿呢？"

保安叫过来一个满头大汗的中年男人，没穿保安服，原来是医院保卫部的。李扼与他简单地交流了几句，证实了自己的猜测，果然是有人传播了一种怪病致人死亡的消息，于是一些病情较轻的病人，就想离开医院。还有些正好赶上有亲人在陪护探视的，便由亲人护送着走了出来。李扼对那男子说：

"拦住他们，一个也不能放出去。"然后他几步迈上台阶的最高层，大声朝人群喊道：

“请大家安静！安静！你们这么做，不但对自己不负责，也是对他人的不负责！”

“那怪病传染给我们谁负责？已经死了人啦！”有人朝李扼喊道。

“你们想想，”李扼说，“如果真有这样的传染病，你们出去，只会传染给更多的人，包括你们的家人朋友，而如果这只是谣传，你们这么折腾，只能把轻病弄成重病。”

“那你说怎么办？”

“相信医院。医院马上会组织人进行检测，如果身体没有问题，家属和轻病人随时可以离开。”

“你是干什么的？”有人高声朝他问。

“我是疾病预防中心的，”李扼朝人群晃了晃工作证，“我认为你们是轻信了谣言。大家看见了，我是刚从外面进来的，口罩都没有带，如果真有那么厉害的传染病，我敢进来吗？”

听到此，多数人的神色缓解下来。李扼再次说：“请大家快把病人送回原病房，免得感冒加重了！”

说完，李扼穿过人丛，进了大楼。里面比外面好不了多少，也是乱哄哄的，一些医生和护士正在一间间病房门口劝说和安抚病人，让他们不要离开医院。不时有护士推着一辆辆装着药品和设备的推车从过道上驶过，她们急促的脚步声表明这儿的情况相当危急。李扼亮出工作证，让一名护士把他带到了二楼的值班室。这儿气氛紧张，七八个医生正对着投影仪在分析一张刚刚冲出来的 X 光照片。

华佗医院的张院长一看见李扼，立刻起身迎接他。李扼走过去，紧紧地握住他的手，然后，他朝在场的其他医生做了个手势，示意他们继续刚才的工作。张院长于是指着那张 X 光照片，对李扼说：“这是第一个重症患者的肺部影像，他出现突然的肺气肿和心脏衰竭令我们猝不及防，我们完全没有来得及采取措施，他就去了。随后就是第二个，情况也差不多。现在我们只能寄希望于随后采取的措施是得当的，因为类似的病人，目前还有好几个。”

张院长看看李扼，似乎是征求他对此的看法。

“我是外行，治疗方案完全由你们做主，”李扼说，“上报卫生局了吗？应该由他们组织专家组的成员来共同参与抢救。”

“啊，这个我们倒忘了，”张院长说，“我只负责组织抢救。据说报告了你们疾病预防中心。”

“请继续您的的分析。”李扼说，然后他马上来到外面，给肖云台打电话。电话立刻就通了，肖云台在电话中急冲冲地说：“李扼，你刚才跑到哪儿去了？我已经在去华佗医院的路上，马上就到。”

李扼站在楼道里。他给中心打了电话。接电话的是一个副主任，他的副手。李扼告诉他，从现在起，中心开始按照不久前刚刚制订的一级疫情预案开展工作——几个主要岗位，都要二十四小时不离人，同时要通知所有医院，由主管院长和科室主任牵头，对所有发烧和疑似病人一一进行核查；所有医生和护士下班后都不得外出，随时听候调遣；检查医药仓库的库存，随时准备从外面调运药品、器具和设备。

“到底是什么病呢？”李扼喃喃自语。他来到楼道的拐弯处，靠近窗户站着。肖云台要是从这儿上来的话，他首先就会看到。他感到楼中的空气有些混浊，随手将窗子的玻璃往旁边推了推，只留下一道纱窗。外面不远处有两株乌桕，正在一张张飘着树叶。忽然，从树上传来几声“呱呱”的叫声，李扼一惊，透过纱窗，看到了几只乌鸦站在树上，一动不动。李扼忽然想起那些可能还在路上追逐行人和车辆的乌鸦，感到内心一阵惊慌。

自己现在该干什么呢？回到值班室，看着张院长他们忙碌？还是回到楼下，去协助保安们劝说、疏散那些想要跑出去的病人？从外面传来的声音看，骚动的人群似乎是暂时平静下来了，而且从楼梯这儿斜看下去，有些病人在家属的陪同下，回到了一楼的病房。也有的从电梯或楼梯上走了上来。

这时李扼看见，从电梯里出来的几人中，有肖云台。他大步流星，直朝李扼走过来。李扼迎上前去，说："张院长他们在值班室里，正在会诊。"

肖云台一边跟着李扼往值班室走，一边低声说："我们的麻烦来了。"

两人一走进值班室，一个医生见状，连忙起身，把自己的椅子让给肖云台，张院长却仍旧拿着X光片，说："肖局长，咱们现在是六神无主啊！"

"大家辛苦了，"肖云台说，"为什么忽然就死了人呢？"

"我们也不明白，"张院长说，"这个病的症状，之前并没有生命危险的迹象。"

肖云台沉吟片刻，道："会不会是其他疾病引起的死亡，比如说，死者是否有其他先天性的心脏病之类？"

"完全可以排除，"张院长十分肯定地说，"这两个病人我一直在亲自观察和治疗，没有发现有心脏方面的疾病。至于后来引起的心肌炎，应该是由严重的肺炎引起的并发症。"

肖云台接过张院长手中的X光片，仔细看了看，说："是啊，这就是肺炎啊。"

"可是老肖，"张院长说，"流感类病毒引起的肺炎，肺部阴影通常是片状和斑状，而这张片子，显示的却是大块的毛玻璃样，这说明，病毒十分凶猛。”

“你的意思是？”肖云台问。

“可以肯定，这是一种比禽流感病毒、犬流感病毒更为可怕的病毒。”张院长说。

“他妈的！”肖云台低声咒骂了一句。

“这还不是最糟糕的，”张院长接着说，“最让我们担心的是，其他的八个类似患者，全部在今天下午出现异常。”

“什么症状？”肖云台问。

“主要是急性呼吸窘迫、抽搐、胸腔有积液和血细胞减少。”

“你们怎么处理的？”

“我们用了利巴韦林和日达仙，加大了剂量，但还看不出效果。”

肖云台又沉吟了一会儿，道：“这么说，咱们之前怀疑的狂犬病毒扩散症跟现在这个病没有太大的关系喽？”

“这个不敢肯定，”张院长说，“但是今天出事这两个病人，并没有表现出狂躁症状，至少发现他们病危的时候，他们已经没有挣扎的力气了。”

“这样，”肖云台说，“你们继续密切监视其他类似病人，已经去世的两个，遗体严格保护，消息不要外传。但愿这只是个案，因为以前，咱们这儿也有过不明病因去世的病例。”

李扼却想着刚才大门口那一幕，说：“消息已经传出去了，咱们要做好最坏的打算，如果这个病是重传染病，治疗的同时，还一定要控制传染源。”

“什么？其他病人也知道这两个死者的消息？”肖云台厉声问。

“肯定知道了，”李扼说，“刚才我进来时门口一阵混乱，一些轻病人想要逃出去，说里面有人患了可怕的传染病。”

“谁传出去的?”肖云台高声喝问,“瞎闹!”

“查出来了,是一个护士向病人递的话。她只告诉了一个她认识的病人,然后其他的病人也都知道了,”张院长说,“还好,通过我们的劝阻,没有病人逃出去。”

“谁告诉她的,这是传染病?”肖云台却仍不罢休。

“她自己估计出来的。”张院长说。

“这不是故意添乱吗?”肖云台说,“扰乱军心,回头一定要严肃处理! 至少扣她一个月的奖金。”

值班室里鸦雀无声。李扼看肖云台努气冲冲的样子,想劝劝他,提醒他现在不是计较这些小事的时候,可又担心在下属面前扫了他的面子,只好由着他。他问张院长:

“现在是否可以肯定,两位死者与其他八位病人有必然的关联?”

“我不能肯定他们是同一批病源患者,但基本可以肯定:他们是同一种疾病。”张院长说。

“那这样,”李扼说,同时看着肖云台,“卫生局和我们预防中心,马上分头向省卫生厅和疾控中心汇报,请求他们派专家支援,医院方面,一是做好现有病人的救治,尽快找到更好的方法;二是切断传染源,做好接触人群的检测和防护工作,不留隐患,怎么样,肖局长?”

“可以,”肖云台说,同时他转向张院长,“一定要做好稳定工作,不要乱传消息,影响市里的其他工作。最近咱们正在申报文明卫生城市,这样的病例要传出去,所有的努力都泡汤了。”

这时李扼的电话响了,他一看,是中心打来的,连忙接听。

“李主任,”中心值班室的人在电话里对他说,“情况不妙,我们刚刚接到红十字医院的报告,他们那儿有两位病人出现危急，正是那一批怪病患者。目前正在抢救。”

“主要症状是什么？”李扼问。

“肾功能衰竭、败血症及Reye综合征。”对方回答说。

“知道了，我马上赶过去。”李扼说完，挂了电话。然后他向肖云台和张院长复述了病人的症状。

“肾功能衰竭、败血症及Reye综合征，”张院长脱口而出，“跟我们这儿死亡那两例一模一样，随后就是休克。”

接下来的这整整一个通宵，是李扼上任以来最为忙碌的一个通宵。这甚至是他有生以来最为忙碌的一个通宵。病毒像事先商量好了似的，在下午和傍晚忽然从不知名的角落里杀出来，袭向市里的各大医院。李扼来回奔走，有时单枪匹马，有时跟随肖云台，从华佗医院到红十字医院，然后到人民医院，最后到了铁路医院和工人医院。深夜十二点的时候，他们在人民医院的会议室集中，凌晨五时又在卫生局的会议室碰了面，然后第二天的上午十时，他们又到华佗医院的会议室里聚齐了。参加会议的医生和专家越来越多，人们越来越疲倦，而表情却越来越迷茫。至于病情，却越来越凶险恐怖，一个晚上死了三个病人，加上华佗医院的两个，一共五个，死前的症状都大同小异。现在最焦急的是，治疗方案不能统一，从专家到几大医院传染病科、呼吸道科，各有各的招儿，谁也说服不了谁。李扼曾在一次讨论中提出是否介入中药治疗的问题，并出示了胡道长给开的那两张方子，但在场的人几乎都反对，一个专家甚至不耐烦地说：“这么强的病毒，草药能起什么作用？”

下午，约莫两点的时候，李扼正在肖云台的办公室忙碌着。他们刚刚做了两件事：以书面传真的形式向省卫生厅进行了较为详细的汇报，请他们立即提供技术支援；签署了由几家医院共同提出、由市卫生局和预防中心统一紧急采购的一批药品和器械清单。现在，肖云台和李扼都感到，卫生局和疾病预防中心不在同一个地方办公有多么的不方便，可是当初，领导们安排办公用房的时候根本没有采纳肖云台的建议。同时他们也搞不清楚，到底应该由卫生局，还是由疾病预防中心来担当这场抗击疾病的主角。好在肖云台和李扼原本很熟，私交甚厚，协调起来没有障碍。

从上午起，李扼就一直在与省卫生厅病毒检测室的许研究员联系，但电话无人接听。他迫切地想知道托王记者带去省城检测里的乌鸦肉样本会有什么样的结果。电话打不通，李扼就给许研究员发短信，一条接着一条，但对方始终没有回音。

下午两点二十，许研究员忽然给李扼打来了电话。他急促地说：

“李扼，让你久等了，检测结果出来了，这批乌鸦肉有中一种罕见的、具有高致病、高传染性的HV病毒。”

“您说什么？HV病毒？我怎么没听说过？”李扼连忙反问。

“不说你，我都没有见过，”许研究员说，“这种病毒应该是禽流感的变种，毒株非常活跃，我们根据毒株的排列方式，暂时将它叫做HV病毒。”

“许老师，您敢肯定吗？”李扼说着，脑子里“嗡”的一下炸开了。这位许研究员以前在医科大学当老师，跟李扼的专业老师是好朋友，李扼上学时就认识他。

“基本可以肯定，”许研究员道，“检测和实验都是我亲自做的，而且做了细菌培养。你给我一个传真号，我马上把检测报告传给你。你们快想办法吧，我这边，马上会向中心领导汇报。这个病毒来势汹汹，而且我也刚刚知道你们那边有了几例死亡病例,省中心不会坐视不管的。”

“那请您马上把检测报告传到市卫生局,我正在肖局长这里,”李扼说。他还不死心,希望许研究员拿到的那份样品只是一个个案,“我们这里人民医院也在进行检测,样品是直接从病人身上取的,可是结果还没有出来,您为什么这么快就得出了结果?”

“很简单,我们的仪器设备不一样,检测手段也不一样,而且我干的就是检测这一行。当然,这只是一份样品,并不能证明所有的乌鸦肉和乌鸦制品都染了病,也不敢肯定你们那里的病人染的就一定是这种病毒,还需要对病人和死者进行检测。”

“什么样的药物、疫苗能够对付这个病毒呢?”

“专门针对这种病症的,暂时还没有,”许研究员说,“不过我们去年刚刚研制成功一种针剂,是针对R型禽流感的,只进行过小范围的临床测试,能否对付这个HV病毒,还说不准。”

“那请您火速给我们发一批这个针剂,”李扼说,“希望您再帮忙想想别的办法,现在情况很是危急。拜托您了,许老师!”

李扼挂断了电话,呆了一会儿。肖云台看着他,半张着嘴,因为刚才李扼与许研究员的对话,他听得清清楚楚。他点了上一支烟吸起来。李扼知道,肖云台平时是不抽烟的,不过遇到什么事需要思考的时候,他偶尔也会点上一支。他抽屉里总有人送的烟。不过多数他都送给了别人。

李扼看着吐出烟雾的局长。他正在喃喃自语:“HV病毒,HV病毒……”

李扼对他说:“现在,必须由市政府出面,立即封存和销毁所有的乌鸦类产品,包括商店里的‘南国烧鸦’,所有经营乌鸦肉的饭店都要停业,还要对所有食用过乌鸦类产品的人进行严格的检查。”

"'南国烧鸦'作为旅游商品,早就被游客带到四面八方去了。"肖云台说。

"马上对外宣传,让携带的人就地销毁。市里照价赔偿。"

"这么大的事,咱们俩干得了吗?"肖云台道,"这是把咱们俩放在火山口上烤啊!"

"这事很可能演变为一次重大的公共卫生事件,就算是火山口,咱们也只能往里跳了。"

"就算咱俩跳进去,堵得住吗?"肖云台问。

"得马上报告市政府。清查和追回乌鸦产品的工作,由其他部门来做,咱们两个部门,得立刻动手,把所有的病人和疑似病人全部集中起来,进行隔离。"

"集中隔离,往哪儿隔离?"

"必须隔离,这是控制传染病的必要手段,"李扼说,"至于地点,我看就选在华佗医院。"

这时隔壁办公室的一个年轻人拿着刚刚收到的传真纸走了进来。李扼接过来一看,正是许研究员发过来的,签着他的名字。报告异常清晰。肖云台也起身,凑了过来。两人紧盯着"HV病毒"那几个字。

李扼放下那报告。他不想再耽误时间了。"局长,"他说,"现在我们分头行动,我来负责隔离的事,您去市政府,请示以政府的名义全面清查乌鸦类产品、关闭相关饭馆、组织对食用人群的检测。"

"是啊"肖云台说,"这么大的事情,咱们干不了啦。必须得由市政府出面,召开一个紧急会议,把相关方面都动员起来,分头实施。"

肖云台抓起电话,给副市长赵鸿图打电话。电话响了好半天,赵鸿图却始终没有接。肖云台说:"他可能正在开会。"然后他给市政府办公室打了电话,要求与值班的负责人通话。这次很顺利,办公室主任接了他的电话。肖云台告诉对方,情况十万火急,他建议,在今天下午的五点,由市政府出面,召集由卫生、预防、各大医院、食品安全、质量监督、工商、城管、公安、教育、宣传等部门主要负责人参加的紧急会议,商讨对策。这位主任十分敏感,他告诉肖云台,自己会立刻向市里的最高领导汇报,然后挂断了电话。

李扼也打了一个电话。他让他中心一个副主任、他的副手,马上随同那台待命的救护车,亲自到华佗医院,采集一批样品,包括病人和死者的血液、呕吐物、肌体组织,然后亲自押运,以十万火急的速度送往省疾病控制中心病毒检测室。然后他又给许研究员打了电话,请求他再进行一次详细的检测。

肖云台等李扼打完电话,问他:“你说把病人全部集中到华佗医院,可是华佗医院原有的病人怎么办?”

“全部集中到它上面的四五两层,中间进行隔断,医护人员从后面那个平坝上进去,那儿有个天桥。同时,要把全市最好的传染病、呼吸道等方面的医生和护士都调过来,让人民医院的鲁岱来总负责。”李扼说。

“可是从设备和医护力量上考虑,人民医院要强一些。”肖云台说。

“人民医院摊子太大,病人太多,改动起来太困难,”李扼说,“从规模和地理位置来看,华佗医院最合适。”

肖云台思忖了一下,说:“那好,先按这个思路准备,等市政府会议上定下来,以最快的速度集中病人。”

“那咱们分头行动,”李扼说,“我现在就去华佗医院,协助张院长他们进行准备,您呢,去市政府,筹备五点的会议。”

肖云台认为这个建议完全符合眼下的情况,于是两人匆匆下楼,分头而去。与此同时,李扼收到中心发来的一条短信,称又有两个病人去世。

此时的华佗医院,张院长正在住院大楼中的值班室里手忙脚乱,急得团团转。所有能派上用场的医生都进了抢救室,可是还有好几个病人的情况正在恶化。他不停地让人给卫生局和疾病预防中心打电话,希望他们组织力量来支援,可是两边的回答都是:现在每个医院都忙不过来了,领导们正在想办法。

他忽然看到李扼风尘仆仆地走进他的办公室,立刻站起来,迎过去,道:“李主任,你可来了,你们赶快想想办法啊!”

“正是来跟你商量办法的,”李扼说,“有没有新出现的危急病人?”

“怎么没有?刚刚又下了两个病危通知书!”

“能保住吗?”李扼连忙问。

“谁知道啊,我们所有能使用的手段都使了!”

“卫生局转过来的省中心的检测报告,您看了吗?”

“看了,可报告顶什么用?现在需要的是药,药!药!药!”

“稳住,张院长,你都稳不住,怎么指挥抢救?”李扼示意张院长坐下,“HV病毒,咱们谁也没有见过,现在只能坚持住,等省里派的专家赶来,也许就能有办法了。”

张院长坐下了:“现在大家都感到很沮丧,束手无策。”

“我知道,我知道。”李扼说。他起身,到饮水机前倒了杯水,坐下,慢慢喝了一口。

张院长见李扼默然不语,急了,说:“你开口啊!”

“张院长,”李扼说,“有个事,你得有思想准备,市政府即将召开一个紧急会议,很可能会紧急辟出一所专门医院,集中收治这次疫情的所有重症患者。很可能定在华佗医院。”

“什么?”张院长听得有点呆了,似乎完全不相信这个消息,睁大眼盯着李扼。

“真的,”李扼说,“这个提议是我提出来的。实在没有别的地方可以选择。”

“这怎么可能呢?”张院长说,“就现在这些病人,我们已经应付不过来了,怎么可能集中收治其他病人?”

“简单改造一下是可以的,”李扼说,“把你们住院部的四五层腾出来,中间打隔断,从后面的天桥上出入。”

“原有病人呢?”

“普通病人,可以出院的动员他们出院,出不了的,暂时转移到别的医院。”

“那也不可能!”张院长叫道,“就算把病人转移出去,医生、护士、设备、药品,这里样样都不具备!”

“这些都从其他医院调过来。一旦定下来,肯定是倾全市医疗力量来支援。”

“老弟,”张院长说,“这么大的事,我可干不了!忽然改为一所专门医院,你说得倒轻松啊!”

“张院长,”李扼盯着张院长,“你必须得干。咱们没有退路。这就跟上手术台一样,病人躺到那里了,咱们必须得上,没有退路。”

“行,就算市里强行让我们这么做,我问你,要用多长时间来准备?”

“如果傍晚市政府会议定下来,咱们今晚就动手,明天下午、最迟明天晚上,咱们对外接收病人。”

“怎么可能呢?一天一夜你让我改造出一个传染病医院,神仙也不可能!”

“可是你想想,”李扼说,直盯着张院长,“要是这个病大面积地扩散开来，局面就没法收拾了，咱们谁也负不起这个责任。这是一场灾难！”

张院长不吭声了。过了一会儿他说：“真要那么干，你们来指挥吧。我只能尽全力，仅此而已。”

李扼沉吟片刻，道：“放心吧，但这么大规模的传染病，谁也不可能单干，不管选在哪所医院隔离，全市卫生系统、所有的医院都会来帮着干这事的。”

“现在是有劲使不上，你知道吗？谁也不知道用什么药，用什么手段，医院里人心惶惶，因为有两个护士出现了被感染的症状。”

“你是说HV病毒的症状？”李扼大惊。

“是啊，去世的那两个患者，初期也是类似的症状。”

“你们怎么处理的？”

“还能怎么处理？没让他们回家，也不上班了，安排到了病房里躺下。”

李扼心中重重地一沉：“如果连我们的医护人员都被传染，证明病毒比我们想象的还要凶险得多。”

“这说明我们的防护手段有漏洞，明白吗？”张院长说，好像有些生气，“可是我不明白，这个漏洞在什么地方，通常的传染病，都是这么防护的。”

“不行，我得赶快给中心打个电话。”李扼说。他抓起桌上的电话，打回了预防中心，让他们从这个时候开始，了解疫情的同时，还要提醒各医院，注意是否有医护人员身体出现异常。

“真是没法弄了！”张院长感叹着说。他坐在那里，神情十分颓然、疲惫，就像一个刚从战场上溃逃下来的人。李扼也感到如泰山压顶，可是他对张院长说：

“张院长，打起精神，这场战斗才刚开始呢！”

下午四点三十，肖云台给李扼打来电话，说市政府同意了他的建议，将在五点一刻召开由多部门参加的紧急会议，让李扼准时赶到市政府。李扼让人叫来华佗医院另外的几个负责人，想借此缓解张院长的压力。从这几人的神色和语气看，他们并没有逃避和退缩，显然，张院长忽略了集体的力量，把重担一股脑儿地套了自己的身上。李扼站着，就病房的腾换、病人的转移、医护人员的调拨、设备与药品的供应等，与他们进行了简短的商榷。这几个人有认识李扼的，也有的只是听说过他，没有见过面。他们虽然都感到有些突然，但看到这位年轻的疾病预防中心主任表情严肃、态度果决，而且听说将由市政府在晚些时候正式下达开辟定点医院的命令，也都不敢敷衍，有问必答。至于张院长，虽然也不时插上一句，更正某个问题，但看得出，他完全是设想的心态。直到这个时候，他仍然无法设想李扼的主张能够变成现实。

"请你们马上开始相应的准备工作，拜托了！"李扼对张院长等人说了最后一句话，告别了他们。

来到楼下，刚刚跨上摩托车，肖云台又打来一个电话，告诉李扼：现在化工医院出现了新的情况，几位病人，因为住院费和药物太贵，擅自离开了医院，院方没有能够进行有效的阻拦。肖云台要求李扼，马上赶去化工医院，督促院方，一定要尽快将病人追回医院，以免扩散疫情。至于市政府的会议，如果医院的情况紧急，李扼就不别去了，由肖云台全权汇报。

听罢，李扼掉转摩托车，一路狂奔赶往化工医院。

此时的化工医院，已经乱成了一锅粥。与昨天在华佗医院看到的情况非常相似：李扼一进门，就看到三三两两的病人，在家属的陪护下，正从医院大门向外走去，不一样的却是，华佗医院好歹还关上了铁门，有人阻拦，而这儿，大门敞开，不见一个医院的领导,也不见一个医生,只有两个保安,满脸疑惑地看着出去的人。显然,这儿没有采取任何措施。

医院的办公楼就在大门口,是刚刚装修粉饰过的,很是堂皇。关于这家医院,李扼了解一些情况,它原来是本地一家大型国有盐化工企业的职工医院,前些年企业经营不景气,进行改制后,这家医院被连同它后面的一块地皮卖给了一家房地产公司;后来,这家房地产公司把那块空地开发成了一个高档住宅小区,又将医院出售给了另外一个民营医疗企业。这么几经转手后,医院原来的院长常胜军空手套白狼,成了医院的实际控制人,拥有医院百分之三十的股份。此人对市卫生局、疾病预防中心一向是不太买账的,一些相关的会议,他通常都是派个副手去参加。

李扼知道常胜军的办公室在什么地方,径直进了大楼,上到二楼。来到门前,见常胜军的办公室房门虚隐着,里面传出他打电话的声音。李扼敲了两下门,没等里面回话,径直推门走了进去。

常胜军见是李扼,有些意外,但笑着跟他点了个头,示意他坐,继续接着电话。李扼站着,打量着常胜军和他的办公室。常胜军五十岁左右的样子,身材壮硕,大脸膛,白白净净的,保养得很好,一看就是长期呆在办公室里的养尊处优之辈。这是个十分聪明、相当世故的人,刚工作不久,李扼就认识他。不过那时候,对像李扼这样的普通医生,常胜军是不会放在眼里的,即使免不了接触,也不过是虚与委蛇。

常胜军打完了电话,客气地朝李扼走过来,伸出肥白的大手。

“常院长,临危不惧啊!”李扼说。

“这不,卫生局刚刚打来电话嘛,”常胜军说,“我已经布置下去了，没能经过体检的病人，绝对不准再出院。”

“可我刚刚从大门进来时，看到病人们正三三两两地往外走。”李扼说。

“再也不会了，”常胜军说，“出去的病人，大都是因为恐慌，其实，跟这个什么HV病毒，没有关系。”

“这次疫情，”李扼一字一句地说。他想让常胜军明白，现在可不是什么病的问题，而是确确实实的疫情。“来势凶猛，完全超出了我们的防护能力，现在，我们正在全力请求省厅和省中心提供支援，但与此同时，各医院必须做好已发现病人的隔离、治疗工作，做好甄别工作，绝对不可以再让疫情从医院流传出去。”

李扼觉得自己这一番话官腔十足，但又实在找不到更合适的语言。不过，常胜军还是听出了李扼的用意。他示意李扼坐下来，自己也在沙发的另一边坐了下来。他拿起茶几上的香烟，递给李扼一支，李扼摆了摆手，示意自己不会。

“我来这儿就两件事，常院长，”李扼说，“第一，凡是可能感染了HV病毒的人，绝对不可以离开医院；第二，已经在住院治疗、但因为药费昂贵而擅自离开的病人，必须以最快的速度找回来，一个都不能少！而且，所有与病人有过接触的人，都要进行体检，密切接触的人，还必须隔离观察。”

“老肖跟你说了？”常胜军问。

“对，正是他让我赶过来的。”

“出去的几个，都是轻病人，已经安排人通知他们返回了，”常胜军说，“至于几个重病人，根本动不了，想跑都不可能。”

“这么弄可不行，”李扼说，“凡是确诊了住院而出走的病人，必须派医生、护士到家里去接回来，而且马上动手，因为这些人在外面多呆一分钟，就多一分危险。”

常胜军迟疑了一下，说："小李啊，这个住院费用的问题，麻烦啊！三代、四代的抗生素，大都很昂贵，又不在医保范围内，到时候病人拿不起，我们找谁要去？我们可是民营医院，国家一分补贴都不给的。"

"常院长，我理解你们的苦处，可咱们都是当医生的，应该明白，这个病一旦失控，谁也担不起这个责任，到时候，恐怕不但是失职的问题，还可能是犯罪的问题。"

"没有那么严重嘛！不明病症，哪年没有几个？"

"已经有近十人确诊死于HV病毒，难道您不知道？"

"流感还死人呢，像咱们这样的地市一级医院，哪年不遇到几起？"常胜军说。他又换了副表情，"小李啊，我不是跟你抬杠，也不是不负责任，实在是因为，这个病咱们谁也没有见过，很难做到万无一失。"

李扼盯着他，不知道他要说什么。常胜军看看李扼，觉得这年轻人眼里闪着冷光，态度很是坚决，于是他试探着，在语气上尽量不引起的李扼的过激反应，但他想要表达的意思却没有停止。他说：

"要不这样，把几个重病人转移到人民医院，你看怎么样？还有那几个因为承担不起药费而出院的人，追回来后一并转过去。人民医院这方面的力量比咱们强得多，设施也好得多，而且又有鲁岱这样的专家。"

"这家伙真是个老油条！"李扼心中叹道，"到了这个节骨眼上他还在打着自己的小算盘。"他知道，常胜军是想借机把问题推给自己，因为他知道自己是从人民医院出去的，而且他肯定还知道鲁岱是自己的至交。

"绝对不行！"李扼对常胜军说，"我们预防中心已经上报市卫生局，由卫生局向市里建议，辟出一所专门的医院来收治这批病人。今晚的市政府紧急会议上,领导们会作出决定。但在专门的医院辟出来之前,任何医院都必须对自己的病人负责到底,谁出事谁负责!至于医药费的问题,我们会向市政府提出适当的建议。我想在这样的特殊时刻,政府会体谅各医院的困难。但这是以后的事,现在要做的,就是不准一个病人流失。”

常胜军沉默片刻,讪讪地说:“市政府?他们才不会管呢,到时候肯定是张三推给李四,李四推给王二麻子,最后还得由各医院自己来想辙。”

李扼看看表,大声说:“常院长,我过来的目的是协助你们马上着手追回病人,希望你们别再耽误了,现在每分每秒都很宝贵!”

说完,李扼站了起来。他见常胜军仍旧坐着,不知道在想什么,迈步就准备往外走,同时说道:“如果最后因为您这儿出走的病人在外面引起病毒传播,我将证明,您这个院长没有尽责。”

常胜军这才站起来,有些愠怒地道:“李主任,我不是告诉你,我们已经安排人通知病人返回医院了吗?我刚才这番话,不也是从大局考虑,跟你商量对策嘛!”

“那好,咱们马上去住院部!”李扼说。

“好,走,我正要过去。”常胜军说。

于是两人出了门。李扼走在前面,大步流星,从二楼下到一楼,然后从后门去往后面的住院部。常胜军看李扼走路的样子,知道他的确是急了,只好大步跟上。

到了住院部的值班室,果然有值班主任上前向常胜军汇报,说给擅自出院的那几个病人都联系上了,但还没有一个回来。不过四个病人中,有两个表示愿意回来。看来常胜军刚才并没有说谎。

“不行,不能这么等着,”李扼说,“马上派人出去,一个病人去一辆救护车,配一个医生、一个护士。”

“可咱们就三辆救护车,只有两辆在医院,”常胜军说,“请120的话,得让病人主动跟他们联系,不然不好找。”

“您把这两辆车派出去,接重病人,另外两个病人,用民用车,但做好防护工作。一定要警惕,华佗医院已经有护士被传染了。”李扼说。

后面这句话,在场的几人听了心中都是一紧。

“好吧,”常胜军说,“咱们就按李主任的要求,赶快去追回病人。”

“那就拜托了,各位!”李扼一脸严峻,朝众人拱手道。

辞了众人,李扼一边往外走着,一边在想:因为药费太贵而擅自离开医院的病人到底有多少?在哪些医院?还有个很关键的问题:目前实际上还没有一套有效的甄别方法来区分到底哪些是HV病毒感染病人,哪些是普通流感病人,各医院是以卫生局和疾病预防中心在疫情通报上所描述的症状在进行甄别。还有,郊区乡镇一级的医院、社区医疗中心,医生们是否有足够的敏感和素质来甄别病人……

一边想着,一边已经来到了楼下。李扼决定,顺道从这儿去滨江区医院看看。从这儿过去大约三公里。这几天,预防中心的视线主要集中在市级大医院,区一级的医院,实际是通过电话在了解,完全是一笔糊涂账。他正在找自己的摩托车的时候,电话又响了,仍然是肖云台打来的。

“你还在化工医院吗?”肖云台问。

“我刚下楼,已经要求他们马上追回病人了,他们也已表了态,马上行动,”李扼说,“现在我想顺道去滨江区医院看看。”

“你别去了，马上去人民医院，”肖云台说，“集中收治看来势在必行，你去找鲁岱，让他马上着手制订统一的治疗方案。”

“我也感到了这个问题的紧迫性，”李扼说，“现在看来，各医院使用的方法各不相同，介于多数医院相关科室的力量很弱，治疗方案该统一了。”

“原来我想让几个专家组成治疗小组，现在看来，”肖云台小声说，声音有些嘶哑，似乎是口干舌燥，“他们的意见也不统一，都是凭经验在下药。我同意你的建议，让鲁岱来负责方案的制订。”

听肖云台的语气，专家们似乎就在他旁边。他可能是通知他们一起去参加会议了。李扼知道，医疗方案的制订和技术负责人的确定十分重要，不然，一旦把病人集中到了一起而没有统一的治疗方法，疫情仍然得不到控制，情况也将会更糟。他决定立刻去人民医院，与鲁岱汇合。

“好吧，我马上过去，”李扼说，“会议呢，开了吗？”

“还没呢，又推迟了，不知道出了什么事，我们一直等在会议室。”肖云台说。

此时，肖云台正在市政府大楼二层的楼道上，急得左顾右盼。他已经去办公室问过三次了，主任告诉他，领导们让等着，什么时候开会，他也不知道。而在会议室内，已经稀稀落落地坐了十几位被通知前来开会的局长、处长们。因为会议已经两次被通知延后，他们有人等得不耐烦，打开了墙上的电视。频道被换了几次之后，忽然有人说：“电视里正播我们这儿！”

众人看过去，原来这是省电视台的一档节目，屏幕上，出现了南华市颇具知名度的美食风情街，接着是一个生意兴隆的饭馆里，食客们正在喝着乌鸦汤，然后出现了另一家乌鸦火锅店，同样是食客盈门。一位拿着话筒的女记者出现了，她边走边讲,随着镜头的移动,经营乌鸦肉的餐馆和出售包装类乌鸦食品的商店一一出现。大家都看明白了,原来这是一个关于本市吃乌鸦成风的新闻调查节目,不过节目只是报道,并未对这种风气进行评说。这时一个男人出现在屏幕上。他对着镜头侃侃而谈,明确指出乌鸦肉中完全没有所谓的特别营养,相反,像所有野生鸟类一样,乌鸦很可能携带不明病菌,希望慎重选择饮食。

有人认出了这个人,说:"这不是人民医院那个李扼嘛!"

也有的说:"他调到疾病预防中心当主任了!"

果然,屏幕上出现了字幕,标明了李扼的身份。这节目很快就完了,出现了另外一条新闻,但是人们仍旧想着刚才的节目,并不约而同地议论起乌鸦。谁也说不清楚,刚才这个节目和节目中提到的吃乌鸦的风气与自己有什么关系,但是在记忆的深处,人人都抹不去有关乌鸦的印记——原因很简单,最近几天,人们总是在一些楼房的屋顶和树枝上,看到一些乌鸦,时而乱叫,时而用一种怪诞的眼神盯着人,看得人心慌意乱。

有人记起了这样的印象,并就此交谈起来。大家这才明白,那些鬼魅的大鸟的影子,并非只有自己见过。"怪了哎,怪了!"大家都说。

五点四十,李扼赶到了人民医院。他直接到了鲁岱的办公室。鲁岱一见他,吃了一惊。

"你怎么跑来了?"鲁岱问。

李扼将集中收治病人的事告诉了鲁岱。鲁岱并没有感到特别意外。他说:"集中收治,这个思路是对的,现在的问题是,谁也不知道确切的治疗手段是什么,哪一些药物才真正管用。我们都没有见过这样的病。"

“你们用的什么药?”李扼问。

“主要是金丝桃素,还部份使用了是金刚烷胺。”鲁岱说。

“金丝桃素?没听说过啊。”李扼说。

“这是刚合成的中药,”鲁岱说,“去年南边的那场禽流感,这药临床效果不错,但对这个HV病毒,目前似乎还看不出效果。的确有部份病人病情一直稳定,没有恶化的迹象,但并不能肯定这是金丝桃素的作用。”

“但愿能管用,”李扼说,“华佗医院那边,主要是使用利巴韦林和日达仙。”

鲁岱愣了一下。“这些药都很贵,一般患者用不起,而且未必管用。再说,抗生素类药品,不宜大量采用。”

“肖局长已经决定,集中收治之后,由你担任医疗负责人,负责整个治疗方案的制订。”李扼说。

“最好省里的专家能够尽快到达,”鲁岱说,“以咱们市现有的医疗力量,根本应付不了这场瘟疫。你们让我负责,在这样的时候,我不能推辞,但我心中真的没底。”

李扼看看表,说:“你赶快着手治疗方案的事。我已经让中心的人收集各医院的治疗方案,等汇总后,我让他们传过来,为你提供参考。”

就在两人分头工作后不一会儿,忽然从楼下传来一阵喧闹声,好像是有人在吵架,而且吵得很厉害。鲁岱起身走到门口,听了听,返回来对李扼说:

“你坐这儿别动,我去处理。”

“怎么回事?”李扼站了起来,“怎么到了这个时候还有人在吵架?”

“你在这儿坐着,我知道是怎么回事,我们能处理。”鲁岱说着,把李扼按在椅子上,关上房门,下楼去了。

李扼知道，楼下一定出什么事了。病人与医护人员发生冲突，甚至是病人刻意挑衅滋事，在南华这样的小地方，并不是什么新鲜事，差不多每年都有几起。李扼刚工作的时候，就遇到过一起。那是一天晚上，有几个小地痞，送来他们一个被打伤的同伙，因为嫌医生手脚慢，居然辱骂推搡值班的医生。这是个女医生。李扼正好遇上，上前制止，那几人立刻冲他来了。不过一伸手他们败下阵去。这几人不罢休，安顿好他们的同伙后，找人把李扼约到医院外面，说要教训教训他。他们四个人，拿着皮带和和砖头，却被李扼狠狠地揍了一顿。为这事，李扼还挨了个处分。这几年，病人打医生的事虽然很少发生了，不过李扼这人眼睛里揉不得沙子，只要路见不平，他是一定要管的。

鲁岱很明白这一点，所以他坚决不让李扼下去。他知道，李扼这个时候身负千斤重担，不能为琐事分心。不一会儿，鲁岱回来了。

“就是你送来的那个叫老虎的病人，”鲁岱说，“一直在折腾，经常有些不三不四的人来看他。转院过来的第二天，他们居然在病房里斗地主。一般的医生护士管不了他们。今天我去找他采血样的时候，他也不配合，还一个劲地嚷嚷着要出院。”

“这个病人还能闹事？他的病情好转了？”李扼很惊讶。

“他的情况很奇怪，一直没有彻底倒下。我都不知道他哪里来的精力。你来之前不久，他非要到楼下见他的几个朋友，我们的保安不让，他便叫骂了好了一阵。就在刚才，他那几个朋友又与我们的保安发生了冲突，我去把他们赶走了。”

“这可是传染病啊，鲁岱！”李扼说，“这个时候怎么还让社会上的人进来？”

“放心吧,没进传染病区。”鲁岱说。

“那也不行啊!”

“哎,医院到处都是漏洞,现在这几个头儿,没有一个得力的,”鲁岱说,“我有时顾得了这头顾不上那头……”

“走,马上去病房,我得看看这个病人。”李扼说着,拿了只口罩就往外走。鲁岱拦不住他,只得跟上。

他们下了楼,来到那个叫老虎的病人的病房。一推开房门,李扼看到,老虎坐在病床上,旁边一个人侧身坐着,正跟他交谈着。定睛一看,这人居然是肖云台。只听见肖云台正在说:“你怎么这么糊涂呢?医院是什么地方?哪能把社会上的朋友召到这里来?”

李扼停住脚步,对身后的护士说:“赶快给肖局长拿只口罩来!”

原来肖云台没有戴口罩,就那么贴身与老虎在交谈。护士连忙返身,朝分诊台跑去。

老虎却还在抱怨:“都是兄弟伙嘛!他们硬要来看我,我有什么办法?”

“都这个时候了,你不要为难我们医生!”肖云台说。

“老肖啊,啥也别说了,你这帮人把我关在这里,可把我苦坏了,快放我过出去,我啥病也没有!”

这时护士跑回来了,将一只口罩递给李扼。李扼走上前,直接将口罩套在肖云台头上,让他戴好,同时悄声对他说:“这就是那个从西山沟医院转过来的病人,病情颇为怪异,你离他远点。”

肖云台站了起来,指着李扼对老虎说:“老虎,这是咱们疾病预防中心李主任,以前也在人民医院工作,你得好好配合治疗,听医生的!”

老虎却拒绝躺下。他说:“有我这样的病人吗?我中午还一口气吃了二十八个饺子!”

李扼看着老虎,观察着他的神色,感到十分的不解。这个病人完全不像重病人,只像个普通哮喘病患者。

老虎也看到了李扼,说:“都怪你,我在西山沟医院住得好好的,你非把我弄到这儿来,我要出院,我他妈要出院!”

“出不出院得由医生决定,”李扼冷冷地说,“现在是特殊时期,医院不会允许任何一个传染病人离开,你要是不配合,我们将对你采取相应的强制措施。”

“你还能把我老虎怎么着?知道我是谁吗?”老虎吼道。

“老虎!我求你了!”肖云台忽然大声说,“你现在是病人,咋还这么蛮横不讲道理呢?”

老虎看看肖云台,有些诧异,然后不满地咕嘟道:“你走吧,你走吧……,还当局长呢,几个医生你都管不了……”

肖云台因生气而涨得满脸通红。他这人是很少跟人急眼的。稍微平息一会儿后,他示意李扼和鲁岱等人先退出去。

李扼他们来到楼道上。不一会儿,肖云台也出来了,对众人说:“见笑了,这是我一个朋友。他身体一直很好,我没想到他也住在这里来了。他下午给我打了几好次电话,让我来医院看他,我没想到他还会闹事。”

“这个病人毛病很多,要不是怕他出去传染,我还真想让他走。”鲁岱说。

“其实老虎这人不错,讲义气,重朋友,就是江湖气重了些。他父亲以前是市里的一个老领导,也可能因为如此,他性子有些急躁骄横。你们还得多留点心,争取早点让他康复。”

“市政府的会议开完了?”李扼问。他眼下很关心这事。

“又推迟了,”肖云台说,“今天市里不知道出了什么事,气氛很不对。”

晚上八点,由卫生局提请的市政府紧急会议终于得以召开。也正是到了这个时候,大家才知道,市里果然出大事了:就在今天上午,市长被省里来的人带走了,说是涉嫌重大经济犯罪,而且品质败坏,与十几个女人有不正当关系,其中既有社会上的女子,也有机关干部,有两位,居然还自称是他的干女儿。书记呢,上星期到省里开会时突发重病,刚动完手术,还躺在病床上。主管卫生的副市长赵鸿图,此时却远在欧洲观光考察。会议由陶副市长主持。也许是猝然面对这样的局面,而且对卫生这一块相当陌生,陶副市长显得有些慌乱。会议实际上是由肖云台唱主角,很快作出了两项决策:一是马上启动重大公共卫生事件一级预案;二是由市里组织多部门协作,在华佗医院设立定点医院。

九点,会议结束,肖云台、李扼等人马上赶到华佗医院。从这个时候起一直到第二天的晚上,李扼他们又奋战了二十多个小时。病人、医生、护士、家属把住院大楼搞得像一个马蜂窝,设备、药品、器械在楼道中推来推去,喊声、叫声、打电话的声音和争吵声交织在一起,焦急、恐慌、抱怨和愤怒在人群中蔓延传播。李扼在楼中跑来蹿去,时而协商、时而紧急请示、时而下达命令、时而担当劳动力,以至忘记了时间的流逝,忘记了饥饿、疲惫和担忧。到了第二天傍晚,总算把隔离病房弄出了大致的模样。根据估算,在深夜的十一二点,就可以集中收治病人了。省里派出的三名专家也赶到了,他们与鲁岱一起开始制订新的治疗方案。

与此同时,一场针对乌鸦的大规模行动展开了。行动仍然由主管卫生的副市长赵鸿图负责。虽然他本人此时仍在欧洲,但相关几个部门的负责人都接到了他亲自打来的电话。上次行动针对的主角——狗,被完全放到了一边。从上午起,队员们扔下打狗棒,用消防水枪、鞭炮、竹竿和老式弹弓对付城里的乌鸦,驱赶它们。在鸟类经常落脚的大树下,人们燃起树技,在里面加上硫磺和消毒粉,用烟雾去赶跑可能混迹其中的乌鸦。工商局的全部人马奉命去清查所有的饭馆酒店,禁止所有跟野生鸟类、尤其跟乌鸦有关的菜肴。城管队也被组织起来了,他们奉命查封路边所有的无照饮食摊,尤其是学校的周边,将无条件地一个不留。环卫队除了加强清扫,还备发了喷雾器,对所有可疑地点进行消毒。

晚上近十点的时候,从省疾病控制中心病毒检测室许研究员那里再次传来消息:取自死者和病人的样品检测结果出来了,再次检测出 HV 病毒。这些包括病人的血液、排泄物和呕吐物的样品中,尤其第八号送检样品,毒性最为强烈。检测报告被同时传给南华市卫生局、疾病预防中心。紧随这份报告,是省卫生厅一份盖着大红公章的“紧急疫情通报”,不但传送给了卫生局、预防中心,还同时传送给了南华市政府办公室、应急指挥中心、市里所有的三甲以上医院。

许研究员还同时给李扼打了电话,提醒南华方面重点关注第八号送检样品的病人,强调要对他采取特别的隔离措施,因为他有种直觉:此人很可能是这次疫情的第一个染病者,甚至可能就是“毒王”——在任何一次新的传染病中,都潜伏着这样一个“毒王”,有时候,他们会被发现,有时候,他们始终隐身;有时候,他们在没有被发现的时候痊愈,还有的时候,他们在没有被发现的时候即死去,而在人与动物交叉感染的传染病中,毒王既可能是动物,也可能是人。

李扼马上叫来了鲁岱,问他:“第八号样品取自哪位病人?”

“就是那个叫老虎的。”

“就是从西山沟医院转过去那个？”

“正是。”

“你肯定吗？”

“当然肯定，”鲁岱说，“我亲自编的号，而且这是最后一个采集样品的病人，错不了。”

“他还单独住在楼道尽头那间病房？”

“是呀，有什么情况？”

“走，咱们赶快过去，将他转入重症监护室，那里的隔离措施和治疗手段都对他完全不够用。”李扼说完，把省中心新传来的检测报告内容告诉了鲁岱。

“真他妈邪门啊！”鲁岱说，“那么多人都不行了，这家伙咋还挺得住呢？赶紧走。”

李扼和鲁岱下了楼，要了车，急冲冲赶往人民医院。在车上，他们简单商议了一番如何来处置这个病人。一想到这家伙昨天居然还带着人冲击医院，完全无法把他跟“毒王”这样的角色联系在一起。鲁岱甚至怀疑，省中心的检测报告是否会出差错。但是两次都检测出 HV 病毒，又似乎是不可能出差错的。为了以防万一，现在只能采取最稳妥的措施了。

两人到了人民医院住院部三楼传染病区，叫上正在班上的两位医生，简单交流几句，赶往老虎的病房。自从昨天傍晚老虎闹事之后，门口本来一直安排有一位护士的，此时却不见护士的踪影，只有那张小桌子，空荡荡地摆在那里。

“你们怎么搞的？”鲁岱返身质问他的部下，“这门口必须有专人，人呢？”

“有啊，刚才我查房还在啊，可能进病房了。”后面一个医生回答说。

鲁岱也以为，护士被病人叫进屋去了，于是伸手去推病房的房门，可奇怪的是，门却打不开。鲁岱使劲扭了几下门把手，仍然打不开。鲁岱一惊，凑到房门上的小玻璃窗前一看，立刻叫出声来——只见一个护士坐在床边，反背着双手，嘴里塞了一块毛巾，双脚正在地板上蹬着，想要努力地滚向房门的方向。病床上空空如也。

鲁岱后退一步，猛地撞开了房门，抢进室内，一把扯掉了护士嘴中的毛巾。

"病人呢？"鲁岱问。

"他，他跑了，"护士喘着粗气，涨红着脸，断断续续地说，"他叫我进来，趁我不注意，忽然爬起来，把我捆了，然后从窗户上跑了……"

李扼和鲁岱做梦也不会想到这突如其来的变故，几乎都不敢相信自己的眼睛。李扼走到窗户前一看，只见一条由撕破的布片连成的长带垂落到地下，几乎接到了后面的草地上，果然是有人爬下去的样子。

"立刻组织人马进行追捕！"李扼大声说，"此人多在外面晃荡一分钟，就会多对对社会构成一分威胁。必须找到他，活要见人，死要见尸！"

人污染了大地，不但害了他们自己，也让地球上所有的动物都跟着遭殃。现在天空是脏的，因为人往空中排放各种废气；土地是脏的，因为人往地里倾倒各种垃圾；水是脏的，因为人往地里施放肥料和农药，最终污染了水。虽然太阳和月亮仍高挂在天空，可是动物同胞们，咱们这脚下的山川大地，早就被人糟蹋得不成样子了！

第五章　酒肉之徒

老虎作为本次 HV 病毒细胞最活跃、最旺盛的病人，很快被无可争议地命名为“毒王”。但是毒王为什么没有倒下，还有剩余的力量用来进行出逃，却成了医学上的一个谜，李扼和鲁岱他们，从省城来的专家，后来从联合国派来的火努努医生，谁也没有能够作出科学的解释。胡道长在听了李扼对毒王其人的描述后，认为毒王因为长期吃一些稀奇古怪的东西，尤其野生动物，使他的身体中可能生出一种抗体，以至寻常人不能抵挡的出自野动物身上的病毒，在他身上虽然繁殖迅速，却不能很快要他的命。但是道长的理论超出了目前科学所能证明的范围，所以并不能够写进病理总结报告。

却说毒王，他把床单撕破接成了布绳，从病房里滑到了下面，再潜伏着越过草坪，从医院后墙的铁栅栏上翻了出去，立刻就被阑珊的夜色陶醉了，深深地吸了几口气。然后他张开双臂长啸了好几声。虽然他一向把自己当做最标准的俗人和粗汉，可是在医院里关了几天之后，他感到自由原来是那么的珍贵，所以禁不住生起了一抒胸臆的雅兴，但他又知道自己不具备那样的本领，所以只好以长啸来替代。有晚归的路人不解地朝他侧目。这激起了毒王的表演欲，于是他再次嗷啸数声，并很想像年轻时那么翻几个空心跟斗，无奈年岁不饶人，他担心闪着了腰，只好作罢。路人见他原来是搞笑，并非神经病，各自去了。

毒王没有回家，而是径直去了他的相好处。不要说是刚在医院里呆了几天，就是平时，他也经常不回家。对此他妻子早就习惯了。妻子早知道他在外面跟别的女人鬼混，可她并不干涉。她自己身体不好，近些年更是一直都病恹恹的，跟毒王早就只有夫妻的名份。加之毒王一弄到钱，多数还是放到了家里，保她娘儿俩衣食无忧，所以她实际也是默许毒王拥有夜不归宿的自由。

因为事先没有打电话，而且时值深夜，所以门铃忽然响起的时候，毒王的相好吓了一跳，不太敢去开门。最近风传有一伙歹人专抢单身女人，她也不得不防着点。她穿着睡衣，已经躺到了床上，正盯着电视。这是一部很对她口味的韩国电视剧。她一边看，一边百无聊赖地打着哈欠，眼看就要入睡。

"这么晚了会是谁呢？"毒王的相好想。按理说是没有人会在这个时候来按门铃的。倒是有一个跟她一样南下来这儿闯荡的小姐妹，最近交了一个男友，那男的经常打她，没准儿那男的又喝多了，拿她出气，所以来投奔她。可她肯定会先打电话。这时候门铃又响了，而且响起了拍打房门的声音。来人弄出如此动静，让她觉得这肯定是熟人。她起身来到房门前，从窥视镜里往外一望，外面是很不耐烦的毒王。

"原来是你这个混蛋！"她说着，拉开了房门。下午她刚刚到医院去看过他，因为不能见面，也不让送烟，连水果也不让送，所以两人只通了电话。

毒王大踏步迈进来，说："骚娘儿们，你是不是藏了别的男人？"

"放你妈的洋屁，"那女人说，"谁让你这么半夜三更跑来，电话也不打一个？"

“老子就是不打电话，给你来个突然袭击，”毒王嘻嘻地说着，上前搂住那女人，在她脸上啄了一口，“再给你来点意外惊喜！”

“死鬼，啥味？”那女人身子连忙往后一仰，双手把毒王往后一推，“你嘴里一股怪味，臭哄哄的，快去洗洗。”

“是吗？”毒王说，“这几天都泡在医院里，能没味吗？”

然后毒王走向沙发，坐下来，说：“快拿两罐啤酒，弄点下酒菜，这几天憋得嘴都发霉了。”

“你还喝啊？不是刚从医院里出来吗？”

“快拿吧，”毒王有些不耐烦地说，“病好了，可以喝了，再说啤酒不要紧，啥时候都可以喝，医生说的。”

那女人果真打开冰箱，拿来两罐啤酒。这本来就是给毒王预备的，一年四季，他都离不开酒，而啤酒必须是冰镇过的。

“菜可没有，只有两袋‘南国烧鸦’，我给你放微波炉里热一下吧。”她说。

“可以。”毒王说着，打开一罐酒喝了起来。

那女人回到厨房，把‘南国烧鸦’放到微波炉中热了起来。她忽然觉得有些蹊跷，走出来，问毒王：“哎，不是说你的病很严重吗，怎么就出来了？”

“没那么严重，就是隔离观察。今晚值班大夫正好是个哥儿们，他就放我出来了，说过两天再去查查看。”毒王说。

“下午我去医院看你，看到到处都是穿白大褂的，这儿不让进那儿也不让进，还以为这病有多厉害呢！”

“你别听他们忽悠。现在这些医生，胆子都忒小，一发烧就怀疑这病那病，俗话说，要死卵朝天，命大卵事无。”

这女人居然信了，从厨房取了热好的‘南国烧鸦’，盛在盘子里给他端来。她只是让毒王别吃多了睡不着，就陪坐在他身边，继续看起电视来。这种陪伴在毒王身边看着他吃喝的感觉她十分熟悉，也让她觉得安全，感到惬意和满足。她有着比本地女人稍高的身材，丰满而且曲线优美。当初老虎一眼就看上了她。那时候她刚刚来到南华，在生意兴隆的"鲍鱼太子"当迎宾小姐。老虎连着一个星期都到那儿吃饭，在第四天晚上送了她一个手机，第五天晚上就给她做起了思想工作："你这么亮的盘子，在酒店里太亏了嘛！以后跟虎哥混好啦！"这女人没有立刻答应他，但开始叫他"虎哥"。此后她仍在酒店里干了一年多，但因为有了老虎这个靠山，不但业绩出众，被提为领班，胆子也大了不少。后来她适应不了每天上班，老虎就帮她开了间茶馆。再后来又帮她开了间美容院。去年又刚开了家歌厅，从她老家网罗了二十余个一心想发财的小娘儿们，在那里卖唱接客，仗着老虎的势力和人脉关系，每天都能净赚个万儿八千的。回想当初，她只是想利用一下老虎，但后来她居然慢慢喜欢上了他，喜欢他那副敢打敢冲的派头。不过她知道老虎不会跟她结婚，但她很满足两人眼下的关系。毒王不像别的有些人那样，把自己这位相好遮遮掩掩，而是经常带着她。那些新认识老虎不久的朋友，甚至以为她就是老虎的老婆。

毒王吃喝一通，在这女人的坚决要求下，去好好洗漱了一番，然后睡了。这女人并不知道，此时城里有许多人正在寻找毒王，她也不知道，城里闹得沸沸扬扬的这场传染病，原来离自己如此之近。她缺乏基本的知识，也缺乏直觉，这么多年以来，她一直就是这么懵懵懂懂地生活过来的。

八点，毒王醒来的时候，他的相好已经出门去店里了。她给他留了一张纸条，说美容院今天新进一批化妆品，她要过去收货付款。毒王扔了那条子，洗了脸，然后了喝她给他准备好一碗皮蛋瘦肉粥，给他的一个兄弟伙打电话。

“易程啊，你今天干什么？”

“我上班啊！”对方回答说。

“给你们头儿说一声，别上了，咱们到郊区转一圈。”

“怕不成啊，今天有事。”

“什么他妈成不成啊？还非要我帮你请假？”

“那你等会吧，等会，我先去说一下看行不行。”

对方说着，挂了电话。这个叫易程的人供职于市里一家国有公司，他们经常有些项目上的手续需要老虎帮忙办理，所以老虎与他们混得很熟。易程是那边的一个办事员，因为以前常常开车接送老虎，久而久之，成了哥儿们。他比老虎小两岁，是一个精瘦的人，经常烟不离手。公司的头儿，因为不能松懈了与老虎的关系，也时常让易程开着公司的车，陪老虎四处乱转。眼下，听说老虎又要拉他外出，公司在家的副总虽说不是很愿意，但还是一挥手，让易程去了。易程当然也不反感这样的陪同，因为跟着老虎，有吃有喝有玩，比坐在公办室里强多了。

易程知道老虎在什么地方等他。老虎的那个相好，他有时候直呼其名，叫她思思，有时候半开玩笑似地叫她“嫂子”，她也不作更正。不过在认识很久以后，易程才知道，这女人的身份证上并不叫思思，“思思”只是她的艺名，因为她曾经在艺校学过表演，获得过大专文凭。她还上过一部电视剧呢，只不过是个配角，只在屏幕上晃了几下。老虎很想帮她圆这个梦，前不久他还告诉易程，他认识一个导演，已经喝了两场酒，那人不久就要到南华市来拍电视剧了，到时候他就会给思思弄个像样点的角色。易程把车开到思思家外面街上那排糙叶榆下时，老虎已经和另外一个男人站在那里。

老虎领着那人上了车。这人易程也很熟悉，是吃喝场上的老伙计了。他叫老七,以前是个足球运动员,在省队踢过左后卫,退役后在这儿开了一家健身俱乐部,因为老虎认识的有钱人多,能帮他拉客来,所以认老虎做了大哥。老七最辉煌的记忆是曾经对阵过国际球星马兰多西尼,那是一场友谊赛,老七在下半场一脚把马兰多西尼踢下场去。他常常跟老虎他们回忆那场比赛,并有一句口头禅:"再大的腕儿也怕真踢!"他不用天天守着自己的场子,而且天生一副好酒量,所以老虎外出游玩的时候,总是乐于叫上他。

按照老虎的吩咐,易程开着车,直奔西北方的丽山区。那儿离城二十公里,以前叫做丽山县,后来划入南华市,改成了区。只见一路上厂房林立,道路纵横,原先的庄稼地和菜地难见踪影,市和区之间,已经连成了一体,连成了一个城市。新修不久的道路宽广平坦,易程一支烟还没有抽完,已经到了丽山区的中心。早有两辆车和几个人等在一条街边,老虎下车,与他们打了招呼,然后再上车,尾随他们的车到了一座壮丽的酒楼前。

"下车,吃早茶。"老虎说。

"虎哥,咱不是都吃过早点了吗?"易程问。

"少费话,听虎哥的。"老七说。

"客随主便,他们都安排好了。"老虎说。

一行人走进酒楼,上到二楼,挑了一间临街的大包间坐了下来。虽说已经是九点多,可是二楼大厅仍有不少客人。丽山区现在正在大搞房地产开发,又是旅游胜地,餐饮业一向发达,这几年,南北各地的菜系都在这里聚齐了,连吃早茶的风气,也从南边传到了这里。一行人坐了下来。丽山这边,今天出面陪同接待的是土规房建局的方副局长,另外还有他手底下一个姓白的科长,一个姓唐的办公室主任,一个本地有美食家之称的老者，一个司机。这些人易程和老七虽然大都见过，但老虎还是重新作了一番介绍。

“刘总，咱们丽山这块宝地，您这两年来得可是不勤了啊！”方副局长说。

“这不一直忙着嘛，今天正好得了闲，我就过来看看兄弟们。”老虎说着，喘了几下。

“虎哥身体不舒服吗？”白科长问。

“没事，就是感冒了，有点喘，不碍事，不碍事。”

“服务员，”那个唐主任一声吆喝，叫过来一个女服务员，“你去买点药，感冒的，喘气的，消炎的，捡好的多买点！这儿有个市里来的领导不舒服。”

老虎想要制止，唐主任已经塞钱给服务员，让她去了。众人客套寒暄间，名为“南国早茶王”的豪华套餐陆续端了上来，很快摆满了一张大桌子，暂时摆不下的，放在旁边的两张圆型餐车上。这些东西大都是用很小的碟子盛放的，冷的热的，约有三四十种，酒水饮料，又有七八种，众人一边交流感情，一边享用起来。

毕竟是上午，而且多数人都吃过早点，所以桌中那张转动中的硕大圆盘很快就停了下来。主人中领头的方副局长见状，立刻提议进行下一个节目，众人于是纷纷起身，来到楼下，上车呼啸而去。那一大桌子的点心茶品，如果酒楼方不再卖给别的客人，就只有扔掉了。

不到十分钟，众人来到“南国仙境”高尔夫球场。两旁丘陵起伏，美景如画，一大片新修的别墅随着山势蜿蜒而去。这是本地有名的一个楼盘，名叫“东方普罗旺斯”，买主多为市里的有钱人，老虎前不久也刚刚在它的第三期定了一套。高尔夫球场紧邻别墅，有一个古罗马般庄严的山门。因为是上班日，客人不多,一行人很快停好车,走进场去。这时天空忽然飘起小雨来,方副局长连忙吩咐服务生准备雨衣,老虎见状,大手一挥,说不必下场了,就在廊下练习一下发球即可。方副局长担心不能尽兴,向老虎阐述一下雨中比赛的妙处,老虎却不为所动,指着一行人说:“咱们这儿有高手吗?没有嘛,都是些二杆子,廊下挥几杆得了。”

于是众人来到练习场,在那半圆型的廊下站成一排,噼里啪啦地击起球来。方副局长一看,大伙儿果然都是些生手,那球飞行的路线有高有低,有长有短,只有老七,毕竟运动员出身,有把好力气,而且练习的时间可能长些,每杆都能把那球击得子弹般远远飙飞出去。

众人打一会儿,玩一会儿,又互相观摩,抽抽烟,喝喝水什么的,不知不觉,已经到了十一点。方副局长见老虎显现出困倦之状,提议结束这一活动,老虎欣然接受。但老虎知道接下来又是吃饭,于是说:“还不饿啊!”“不饿没关系,”方副局长说,“我带您去一美地,那儿既有美食,还有文化,保管您不会嫌早。”

“那还等什么?走啊,开路!”老虎说。

三辆车围着丽山区转了一圈,来到靠近鹳江的一片低洼地。这儿有大块茂密的树林,生长着柳杉、水晶蒲桃、杜英、水青冈和野生苦竹,其中有的老树,差不多有上百年的寿命了。因为在河道整治之前,这儿只要一发大水就会被淹没,所以这些树木得以保全。现在,这儿被辟成了一个风情园,有许多的酒吧、茶楼、歌舞厅和饭馆酒楼。从吃的角度来说,这儿最大的特点就是可以吃到各种野味。方圆三百公里以内,无数的商贾富人和财富新贵都慕名来过这儿,有的甚至从外省赶来。除了野味，这儿有的是名堂可以消耗他们的热情和精力，歌舞厅里还有来自全国各地的美女，在茶馆里，客人还可以放心地赌上几把。

领头的汽车停在一个老式的院子前。竹林环绕之中，一幢二层的木质楼房气宇轩昂地坐落在两棵参天黄葛树下，木楼的正中，高悬一匾，上书四个大字：土司家宴。众人从车里下来，欣赏起那几个仿乾隆体的大字。老虎信步往前走了十余米，才看见这房子其实并不止两层，它的侧面，也就是东面，有一个吊脚楼，紧临着一个池塘。要是从池塘方向看过来，这就是一个吊脚楼，真是别有洞天。老虎从那青石台阶上走下去，发现这儿原来有一个自然的小斜坡，房子就是建在这一半平地、一半斜坡的地基上的。吊脚楼的脚楼下，是三间半敞开的屋子，摆放着从村子里收罗来的农具，以及传统的石磨、石臼等。几个人正在那里做豆腐，蒸气从里面飘出来，顺着墙壁飘上去，袅袅上升。一个汉子从池塘里捞了几条鱼，用竹条穿过鳃间拎着，往后面的厨房而去。这鱼是黑色的，长着胡子，是本地特有的“鳅鱼”。老虎知道，这鱼十分鲜美。

“我知道了，这是个农家乐！”老虎说。

“虎哥，这可不是你说的那种农家乐，一会儿你就明白了！”跟在他后面过来的方副局长说。

酒楼的正面，一个汉子从台阶上奔迎下来。定睛一看，却是个古人。只见他身穿一件紫绢长袍，袍外是天蓝绣花飘带，头戴一顶鱼尾方巾，上面翘着羊脂玉方板，脚踏一双乌缎方头靴，手拿一柄湘妃竹折叠扇。他后面跟着两个女子，也是古装，各自系着湖色百褶罗裙，一人身穿猩红湖绉袄子，一人身穿对襟桃绣月罩衫，粉面含春，满脸堆笑。那汉子一边走一边喊：“贵客驾临，姜某失敬！失敬！”

老虎这才知道，这是一家仿古风格的饭馆。他听说过这样的饭馆，据说里面的人说话都用古语，文绉绉的，今天总算见着了。

一行人由方副局长下面的白科长居中作了介绍，混乱地握了一番手，然后走进店内。他们穿过大堂，沿着长长的走廊，来到位于酒楼后侧的一个房间，分宾主坐下。房间北侧，一排仿古的雕花木窗，格子由一个个展翅飞翔的蝙蝠组成。这是从前有钱人家房屋窗户的式样，以蝙蝠喻意“福”。窗户外面是一丛青翠的巴山木竹。老虎看了看，很满意。

老板笑眯眯地站着分发名片。等他分发完毕，方副局长说：“姜老板，我给你隆重推出——市里来的领导，刘处长、刘总，我们都叫他虎哥！”同时他把手掌伸向老虎，“虎哥一到，财源滚滚，没有哪家饭馆他去后生意不火爆的！”

姜老板笑逐颜开，连忙道：“虎哥的名头，在南华市一带如雷贯耳，今日得见尊容，小可三生有幸！”

“客气话少说，把你压箱底的好东西全部拿出来，今天我们要大开吃戒！”方副局长说。

姜老板应了一声，退着步子出去了。方副局长看着他的背影，对老虎说：“虎哥，你注意这姜老板啊，他搞这个仿古饭店，算是入了门道，平时说话，都是一口古腔，很是佐餐下菜。”

大伙儿看了姜老板等人的衣着，已经有了几分兴趣，这时听方副局长这么一说，更是兴致盎然，翘首以待。

不一会儿，七八个服务小姐鱼贯而入，手托瓷盘，将凉菜端了上来。这些菜虽说精致、考究，但也不过是本地待客的常用菜，没什么稀奇，老虎瞅了几眼，没动筷子。倒是老七和易程没有客气，拿起筷子就吃上了。不一会儿，下一道菜上来的时候，老虎立刻来了精神，知道今天这伙人绝不会蒙他。只见从外面大踏步走进来两个伙计，没有端着菜，却每人手里拎着一个用红布罩着的竹笼子，后面一个还拎着一只木箱子。两个伙计并排站定，朝客人行了一个礼，然后“哗”地一下揭开红布，只见这两个笼子里，一个里面盘着一条长着暗红斑点的眼镜蛇，另一个笼子里面，却是一只有着绚丽羽毛的雄鸡。桌上的人都放下了筷子，看着这两件活物。领头的伙计不慌不忙，将笼子放在地上，然后将雄鸡从笼子里捉了出来，拎在手里朝众人晃了晃，道：

“各位客官，看好了，一只雄赳赳气昂昂的大公鸡，早晨刚吃过五只蜈蚣，现在，我们让它跟蛇斗上一盘！”

说着，他掀开装蛇笼子的罩盖，将雄鸡扔了进去。那眼镜蛇一看到鸡，立时弹起它的脖子。雄鸡呢，甫一见到蛇，立刻羽毛直竖，将头低低地伸出，鼓着眼睛，摆出战斗的姿态。此时它脖子上那一圈红黑相间的羽毛尤其漂亮，如一个彩色的火球一般，抖动着，威风凛凛。在这火球前面，它那浅黄色的喙，线条优美有力，就像一个钢钩。然而说时迟那时快，就在雄鸡盯着蛇，寻找下嘴的地方时，眼镜蛇闪电般地一扬脖子，在鸡脖子上咬了一口，雄鸡跳起来，伸出喙狠狠地往前啄了几下，却全部落空。蛇很容易就避开了。

雄鸡很快不再进攻，躲开了，将身子紧贴着笼子，发出“呱呱”的声音，一声紧似一声。再过一会儿，它的叫声慢下来，变得凄冽无力。它挣扎着，那一身漂亮的的羽毛从笼子的缝隙中鼓出来，蠕动着，似乎它的身子，也想从这细小的缝隙中挤出来。不一会儿，它的眼皮慢慢地合上，倒在了笼子的一角。

“各位看官，”领头的伙计又开口了，“这叫做龙凤斗！”

“啊，原来这就是传说中的龙凤斗！”老虎感叹道。这会儿的工夫，他一直睁大着双眼，生怕看漏一眼。

“看来老弟也是见闻广博之辈！”那个一直没有开口的美食家这时说话了，夸奖老虎道，“这龙凤斗，老夫年轻的时候也曾见识过，可自从兴起野生动物保护运动以来，却再也没有听说过这门绝技。老夫以为，它从江湖上消失了，今生是再也见不着了，不料今天却重开眼界！”

说话间，另外那个看起来像是助手的伙计已经麻利地打开他手中那只木箱。原来这是一只工具箱，里面摆放着各种宰杀工具。他拿起一个长长的类似铁钳的玩意儿，领头伙计接过去，从蛇笼的缝隙中伸入，准确地夹住蛇的脖子，助手伙计趁此取出了已经断气的公鸡。领头伙计接过公鸡，将公鸡的脖子反扭过去，助手伙计一边将一把锋利的小刀递交给领头伙计，一边将一只碗放在地上。领头伙计将刀横着抹过鸡的脖子，顿时，一串鲜血便滴入碗中。

领头伙计趁机对大伙儿说：“这公鸡身上的血，只要在五分钟内放尽，便不会有一丁点蛇毒，鸡肉也与宰杀的鸡无异。”

公鸡的血很快就放尽了，领头伙计仍用那铁钳夹出眼镜蛇。众人知道他要杀蛇，都站了起来，瞪着眼睛看着。领头伙计却没有像大家想象的那样用刀子去割蛇的脖子，而是一手捏着蛇的脖子，一手捏着它的腰，任凭它的下半身盘曲扭动。再看助手伙计，他从箱子里取出几件东西，麻利地将它们组装成了一个架子。这架子很像画画人用的画架，中间有一根直立的木柱。那助手伙计看看蛇的长度，将木柱往上升了升，然后，领头伙计将蛇直着送过去，靠着那木柱。等他摆好位置，助手伙计拿过一卷寸多宽的黄胶带，三缠两绕，将蛇头固定在柱子上，然后，他双手将蛇与木板捏在一起。领头伙计左手拿起一根铁钉，右手扬起一把锤子，只听“啪啪”两声，那铁钉已将蛇头紧紧钉在木柱顶端。这条蛇很长，约有一米五，而柱子不到一米高，所以蛇多出来的后半截只能横在架子底部，不停地扭动着。领头伙计再次拿出一把如手术刀般的小刀子，一只脚踩住蛇的尾巴，弓身蹲在木柱之前，扬起小刀，从蛇的脖子插入，“哧”的一声，给它开了膛。他这一手十分娴熟巧妙，仿佛不是在杀蛇，而是在要魔术，众人眨眼之间，他顺手一捋，已经取出了蛇的肠肠肚肚，放在助手伙计递过来的另一只碗里。

“各位，要喝蛇胆酒的请准备好！”领头伙计说着，找出了蛇胆，小心地割下它。这蛇胆如笔头般大小，外面一层乳白色的膜，透着微微泛黄的胆汁。此时助手伙计不知从哪儿拿来一瓶烧酒，在一只小瓷碗里倒了小半碗，捧着伸了过来。领头伙计将那蛇胆悬在小碗上方，用刀尖小心地捅破了它。胆汁一滴一滴流到碗中，很快改变了酒的颜色。待胆汁滴尽后，领头伙计拿一根筷子在里面搅了搅，再次开口道：

“各位贵宾，真资格的蛇胆酒，凉血败火安神，哪位来享用？”

众人谦虚地推辞了一番，由领头伙计将蛇胆酒分成两份，老虎和方副局长各自端了一份，一饮而尽。

领头伙计见他们喝完，说：“各位，这个龙凤丸子汤，本店的做法与其他店有别，请看——”说着，他将缠在蛇下半身的胶带解开，用左手抓住蛇的颈部，右手伸出它的小刀在蛇颈上旋了一圈，然后他放下刀，从割口处抻出蛇皮，双手捏住，猛地往下一拉，整整一张蛇皮便被剐了下来。他再次拿起刀，将蛇从颈部和后部起皮的地方切断，两个手掌托起中间约半米长的一段蛇肉，说：

“蛇头、蛇尾和蛇皮，本店是不用的。本店选用的，只是蛇身中间的这一段精华。然后我们将用石臼将这截精华连骨带肉一起捣成肉泥，再配以鸡肉馅，加上各种作料后，团成丸子，以清汤煮之，至半熟后加少许鲜磨、萝卜叶，即可上桌。眼镜蛇这玩意儿，一般人以为它的价值在蛇毒，其实以蛇肉而论，它同样是蛇中上品，其鲜美与本地深山菜花蛇不相伯仲，至于这只鸡——各位，这也不是普通鸡，而是从山中寨子里收来的芦花公鸡，鸡龄都在两年以上，散养长大，以粮食、青菜和虫子为食。书归正传，这道菜的特色是：丸子鲜美，汤味独特。鸡肉的加工，无甚稀奇，我们拿回厨下做去了。好，一会儿就请品尝龙凤丸子汤，小的们先告辞了！”

然后，两个伙计收拾起地上的东西，退下去了。刚才这一幕让老虎兴致大增，他大声说：“各位兄弟，这节目不赖，一会儿咱好好喝几杯！服务员，倒酒！酒呢？”

“且慢，各位领导，喝这个！”随着吆喝声，饭店的姜老板忽然笑吟吟地走了进来，手里拎着两瓶洋酒。“这是我珍藏了五年的宫廷礼炮，来自法兰西，羊头马酒的上品，今天就请各位领导把它干了！”

众人连忙表示感谢，姜老板却继续说：“洋酒配土菜，本店的一大特色矣，整个南华市场餐饮界再无二家。为什么要如此搭配呢？因为宫廷礼炮这样的美酒，原本是要配上等西菜的，最好是法兰西大餐——小可不才，在巴黎也尝过几次，可是咱们这个地界儿，就不可能有人做出地道的西菜来，原料不说，就是厨子也寻不着，试想想，得道的西式大厨，谁跑这儿来呢？再说识货的顾客，恐怕一年也遇不到两个，所以兄弟独辟蹊径，用本地最有品味的山珍来配这美酒，而这土司家宴，又堪称山珍中的上品，已经有八百年的历史，这几年兄弟带领几位大厨走村串寨，从土司后代中访得名菜二十余道，凡是尝过的，莫不是交口称赞。”

他说话的这工夫，一个服务小姐已经打开那宫廷礼炮，斟入杯中。众人的注意力却在姜老板身上，被他说得吃兴大起，那位坐在他身边的前运动健将老七更是急不可耐，道："姜老板，闲话少提，你今天要给我们上什么？难道是二十多道菜全上？"

"哪能呢？"姜老板说，"我倒是想多上些，可是领导们的身体能承受吗？各位，除了凉菜和配菜，我今天特地挑了本店的四道招牌菜，保管各位尽兴！"

"哪四道？"

"第一道，乃是各位刚才看到了一半的龙凤丸子汤，已经下厨烹制；第二道，名曰'叫驴'，这是一道古老的菜，就是从活驴的身上——准确地说，是从活驴后腿上割下一刀肉，洗净后爆炒上桌。刚才我进来时，厨子们已经拎着肉进去了，一会儿就端上来。"

"活驴，你说的是真的活驴？"老虎的朋友易程听到这里，禁不住打岔问道。

"那当然。"姜老板说。

"那驴受得了吗？"

"受得了受不了就由不得它了。"

"然后呢？再让那驴拉车去？"

"哪里的话，这位兄弟显然年轻，是个外行，"姜老板说，"这驴原本就是肉驴，横竖都是要宰的。当然啦，出于人道主义，割完这刀肉后，我们马上就会宰杀它，驴肉嘛，我们用不完的，尽可以分给别的店。"

"啊，原来如此！"易程满脸好奇，伸长了脖子，仿佛那驴子就在姜老板旁边似的。

"这道叫驴的好处是：驴内新鲜之极，带着血丝，肌体中的血糖细胞还是活的，被热油一炝，鲜美异常。第三道菜，各位，乃是本店特有，名叫‘山珍一锅闷’。”

“这又有什么讲究？”白科长问道。

“这道山珍一锅闷，选用的全是野鸟，加竹荪、野生松菌、阳雀菌、青杠菌和臻子菇清炖而成。根据时令不同，鸟的品种略有区别，今天入锅的，有凤头麦鸡、环颈雉、斑头雁、宽头鸭四味。这些家伙，要么生活在林间，要么生活田野上，吃野果鱼虾，也吃庄稼。捕到它们可不容易！”

“姜老板，听说现在有农民下药在野地，将鸟毒死了拿来卖的，你这野鸟，会不会有毒啊？”老七问。

“兄弟一百个放心，放药毒死的鸟，市场上的确有，但大都冷冻后销往外地了。本地有些档次的饭馆，基本上用的都是用网捕的，我们店的质量则更胜一筹，全部都是从金牌捕鸟人张绝户处采购，买来的时候，个个能飞会叫。各位若是不信，我可以唤张绝户前来一见。”

“张绝户？为什么叫这个名字？”美食家问。

“因为这是整个长江以南最有声望的一个捕鸟人，他发明的一种网，改自鱼网，往哪里一张，哪里的鸟就能绝种，所以人称张绝户。”

“那第四道菜呢？”方副局长问。

“第四道菜，”姜老板压低了声音，有些神秘地说，“各位，就是红烧熊掌。”

“真熊掌？”老虎连忙问。

“地地道道的熊掌，假一赔十！”姜老板说。

“怎么搞到的？”老七问。

“猫有猫道，狗有狗道，这个您就不必细问了。”姜老板说着，脸上浮起一种神秘的笑容。但是似乎为了让客人增加一些信任度，他又补充说，“上星期省电视台有一则新闻，不知道各位留意没有，说的是咱们北面的国道上，工商局根据群众举报截获一辆货车，从车里查出了五十对熊掌，这就说明，只要有心，啥稀罕物都能搞到。”

在场的人平时大都没有时间看新闻，对这个消息都不置可否，但易程却说：“那新闻我正好看到了，您这儿的熊掌，不会是从工商局截获的那批货中搞来的吧？”

“不是，不是，兄弟我没有那样的能耐。说老实话，一旦电视台报道过的事，处理起来是比较规范的，工商局的人胆子再大，也不敢让那批货再流出来。”

“熊掌这样的稀罕物，按理说的确是很难搞到的，足见姜老板的神通！”美食家说。

“不敢，前辈过奖，其实这玩意儿，只要舍得花银子，又识得门道，并不难搞到。目前本地的熊掌，既有来自国内的，也有来自邻国的。国内的多出自养殖场，国外的多为野生，价钱也贵些。”

这时一个服务小姐笑盈盈端着一个大盘子走了进来，说：“各位客官，本店特色，叫驴上来了，请享用！”

众人抓起筷子就要直奔那叫驴，方副局长却一伸手，朗声道：“各位，既然主菜已经端来，美酒已经满上，我提议：这第一杯酒，敬我们尊敬的客人刘处长！也就是刘总、刘主任、亲爱的虎哥！”众人正想举杯饮尽，方副局长的话却还没有完，只见他颇为动情地说：“这么多年来，刘处长对我们的工作特别支持、特别关照！使我们得以随时领会市局的精神，毫无差错，多次评优！此外，虎哥为人豪爽坦诚，对朋友肝胆相照，每每相见，我们都是如饮甘霖，倍感愉悦！今天难得虎哥拨冗来到咱们丽山，请让我代表我们段局长敬虎哥一杯，希望您以后常过来走走看看。段局长因为有重要会议，走不开，特令小弟陪同，不过他会赶来参加我们晚上的活动。虎哥，请！欢迎你，也欢迎易科长、老七教练兄弟！”

众人这才反应过来，明白今天的主题，纷纷举起酒杯与老虎相碰。饮尽杯中酒后，方副局长筷子指向那盘叫驴，一声“请”，众人这才停杯操箸，朝那盘驴肉一阵猛攻。稍过片刻，待驴肉咽下，方副局长的几位跟随，纷纷端起杯子，向老虎和易程、老七三人敬酒。不到一支烟工夫，酒桌上便杯盘交错，热闹喧腾起来。

果如姜老板所说，这叫驴味道不同凡响。尤其美食家，一边吧嗒着嘴嚼着，一边交口称赞，连称是他最近二十年来吃过的最过瘾的驴肉。因为太过专心，油渍浸染了他那稀稀疏疏的一蓬胡子，他却全然不觉。不过对易程而言，美食家那一绺营养不良、长长短短的胡子倒还不碍观瞻，他那一口牙才要命。那是两排黑不溜秋、参差错落、好像从来也没有刷过的牙齿，每次不小心看到它嚼东西，易程都觉得恶心。他正好坐在老头儿对面。他只得尽量不看他，而且记住老头儿夹菜的部位——只要老头儿夹过菜的地方，他的筷子便远离。

驴肉刚一吃完，山珍一锅闷又端上来了。这道菜果然不一般，单是盛菜的家伙，以老虎这样吃遍南北的老江湖，也是头一回见到。这不是盘子，不是瓷钵，不是瓦罐，更不是俗气的干锅，而是一个铜缸，其形状既像盆又像鼎，用餐车推来，由两个伙计合力，才将它抬放到餐桌上。一个伙计将盖子揭开，顿时浓香四溢，众人顾不上研究这铜缸，分头操起勺子，各自舀了一碗品尝起来。

且说这家店里给客人配的碗，不是寻常的小瓷碗，而是宽底海口的浅雕青花碗，每只足能装下一斤食物。众人连肉带汤盛了那么一碗，牛饮狼吞，三下五除二就吃掉了，于是再来第二碗。也怪不得这些人食兴如此高涨，实在是因为这道山珍一锅焖内容太丰富、味道太诱人了。偷猎的野生大雁肉，老虎和老七、易程之辈是吃过的，美食家，估计也没少吃，可是几味飞禽与山珍同炖，火候作料拿捏到如此不差分毫，软的软，硬的硬，该老的老，该嫩的嫩，的确是可遇而不可求。美食家不禁又叹道："食材如此之丰，厨艺如此之妙，把老夫消失多年的食魂都勾出来了！"

这两道菜下来，宫廷礼炮也已经下去一瓶，众人都红光满面，神采飞扬，连那面皮青黄的易程，也如久旱的黄瓜遇了雨露，脸上现出一些血色。方副局长提议歇口气，喝点茶舒缓一下肠胃，他那手底下的白科长，马上想起还没给大伙儿敬烟，于是拉开提包，拿出两条本省刚刚推出的极品香烟"玉皇大帝"来，三两下撕开，码放在桌子上。于是，席间香烟弥漫，谈笑风生。老虎这几天一直胸闷，原本是不想抽烟的，但身旁的香烟专家易程告诉他，这"玉皇大帝"牌香烟在市场上 6 800 元一条，刚刚创下全国记录，他于是也点了一支，抽将起来。那位美食家则声称，自己本不吸烟，但与其被动接受二手烟，还不如自己也加入战斗，所以索性也点了一支，吞云吐雾起来。

不一会儿，龙凤丸子汤上来了，大伙儿连忙掐灭烟头，准备战斗。服务小姐瞅准时机，给大伙儿换了碗碟，而且特地提醒大家，必须用新碗才能确保到这道菜的纯正。这"龙"与"凤"都是刚才大家亲眼看到了的，没人愿意放弃品尝的机会，每人又是一小碗。大伙儿连丸子带汤，不约而同地干完一碗，齐声赞叹。有人想要当面对姜老板提出表扬，派服务小姐去唤姜老板，却被告知，今天客人很多，姜老板正在应酬，稍后就会前来。趁这工夫，方副局长一使眼色，那位白科长，立刻站起来给大伙儿献上一支《祝酒歌》。这人虽然嗓音平常，但他敢于表演，姿态夸张，而且改了歌词，老虎听后，拍手称快。方副局长见状，告诉老虎，他们局里办公室新来一位年轻女子，唱敬酒歌堪称一绝，而且人长得也漂亮，下次老虎再来，一定把她带上。老虎听了大喜。

眼见龙凤丸子汤还剩一大半，服务小姐提醒大家说，这样的好菜绝对不能浪费，而且这道菜对温度有讲究，只有在适当的温度内才能尽显其妙，所以她又给大伙儿每人盛了一小碗。这号召合情合理，而且是站在客人的角度想问题，没人能表示反对，所以大伙儿虽然有些心力衰减，仍然鼓起精神，对付起各自的碗来。不过吃相都没有刚才猛烈了，而且吃丸子的少，喝汤的多。便是喝汤，也不是大口大口地喝，而是用勺子舀着，慢慢地喝。席间一片"吱咕吱咕"的喝汤声，显得有气无力。

偏偏此时，红烧熊掌端上来了。好在这道菜数量上不算庞大，没用缸或者盆盛放，而是放在一只盘子里。熊掌像膨胀、变胖变大了的人的手掌，外面浇了一层汁，四周用鸭心和鹅肝片围成一个"心"字型。众人望着这熊掌，都感到乏力，但是美食家却提议说："各位老弟，千万别放下筷子，这道菜可是今天的压轴戏！熊掌这样的美味，从前只有达官巨富才有可能吃到，咱们要不是赶上这样的好社会，谁能有这样的口福呢？"

果然，方副局长问了一圈，在座的，除了老虎和那位美食家，谁也没有吃过这玩意儿。"那还等什么？"老七说，"这么贵重的东西，撑死也要吃啊！下手！"众人看那老七，不愧是健将级人物，吃了这么半天，竟然气定神闲，看来他肯定是坚持到最后的一个。老七说完，不顾礼数，率先动起了筷子。这时大伙儿才发现，这熊掌在浇汁下原来已被分成了若干小方块，筷子一伸，就夹来了。老七送了一块到嘴里，嚼着。易程问他："味道怎么样？”“妈的，”老七说，“像狗肉！”

“你说什么，教练贤侄？”美食家有些不高兴了，“如此名贵的东西，在你嘴里竟然吃出了狗肉味来，你这是暴殄天物啊！”

“就是嘛，要像也得像牛蹄筋。”易程说。

美食家没再吭声，夹了一块熊掌来，送入嘴中，嚼完吞下之后，说：“没错，这正是熊掌。此菜的特点是，初吃之下，像肥肉，再吃，像鱼唇，但其软、黏、烂、腻，又非鱼唇所能比。熊掌正宗的做法，是高汤煨炖，待汤尽时微火收汁，既费时间，还需多味作料。这家店里红烧的做法，老夫却是第一次见到。”

得知这熊掌货真价实，老虎对老七说，“你小子，是想让我们都不吃，你多吃点吧？我还不知道你那点心眼？”

见老七嘻嘻地笑着，美食家说：“啊，原来你是这个算盘！各位，动筷子，同享！同享！”说话间，七八双筷子同时伸向那盘红烧熊掌，转眼间已分掉大半。美食家一来年高，被尊为长者，二来毕竟手脚不如余人麻利，在这一轮筷子战中只抢得了三小块，不过颇为满足。他感叹道：“传统的八珍，龙肝、凤髓、豹胎、鲤尾、鸮炙、猩唇、熊掌、酥酪蝉，今天大半都已吃不到了，能吃上熊掌，咱们还得感谢这太平盛世呢！”

众人听了，都点头称是。再过一会儿，等姜老板回到这儿的时候，客人们全都吃得撑到了嗓子眼儿上，一个个仰靠在椅子上，有的在松裤腰带，有的在剔牙，有的拿着手机在发短信。那餐桌上，早已是杯盘狼藉，四道大菜，叫驴、山珍一锅焖、龙凤丸子汤、红烧熊掌基本告罄，其他常见的配菜，则大都未动筷子。那两瓶宫廷礼炮，还剩下半瓶。姜老板抓过酒瓶，朗声说：“各位官人、贵宾，将近酒，杯莫停，来，小可敬各位一杯！”

众人连连摆手，说肚子承受不住了，姜老板却说：“行，咱们菜可以少吃,酒却还要吃一杯。列位不知,这洋酒与我们中华美酒有所不同。中华美酒,喝完剩下后,只需将瓶盖拧上,酒香多半不会跑掉,可是洋酒,尤其宫廷礼炮,娇贵得很呢!一旦开瓶,必须当时饮完,否则,敞上半天,美味全无,所以咱们必须把这半瓶都喝掉!”

众人推辞不掉,只得由他斟上酒,与他干了一杯。姜老板抹抹嘴唇,说:“承蒙各位看得起小可,今天这两瓶酒,小店只收一瓶的钱,剩下一瓶,算小可孝敬各位官人的!”

“姜老板不但人生得豪爽,便是这酒量,也不一般吧?你每日这么各房巡游,哪儿都要喝几杯,没有两斤的量,恐怕是下不得场合吧?”美食家说。

“哎,来的都是客,不周全不行啊!就说刚才,财政局的周局长,工行的姚行长,烟草公司的余总,天龙地产公司的万总,电力公司的孙总,电信公司的周总,法院的张院长,各自带着一帮贵客杀来,个个有头有脸,我是一定要出面的。个个都是菩萨,都得烧炷香!”姜老板说。

“虎哥,姜总这儿的菜怎么样?”方副局长问。他想老虎是今天的主客,一切都要他满意了才算完结。

“没得说,好得很!”老虎说,“兄弟我这些年,山珍海味啥的,也吃过一些,但如今天这般大快朵颐,却是少见,我是快吃不动了,快他妈撑死了!”

“哈哈哈哈!”众人见老虎如此率真可爱,全都开怀大笑。姜老板却说:“各位,喝茶啊!这好东西得用好茶来解,兄弟是事先备下了的啊!知道这是什么茶吗?”说着,他抓过茶壶,“这是富硒老鹰茶,解油腻荤腥,天下第一!”

“是吗?”美食家闻言,端起杯子,仔细端详起茶汤来。

“别人不知道,您老身为美食界耋老,也感稀奇,却是不应该的。”姜老板说。

“恕老夫眼拙，”美食家说，“富硒茶自不必说，老夫是知道的，但鄙地却不产这玩意儿，全国的富硒茶，以鄂西和黔北为佳。至于老鹰茶，老夫虽未喝过，也听说过。可是富硒老鹰茶，老夫却是头一回听到。”

姜老板说：“说来也不怪您，因为这道富硒老鹰茶，藏在深山，世间知道的人原本不多。”

“愿闻其详。”美食家说。

“先说这富硒茶，因为生长的土壤富含硒元素，而这个硒，不但大大有益于人体，解油去荤方面，更是无出其右，所以近年深得一些美食尖端人士追捧；而这个老鹰茶，在清凉败火方面，功效最为独特。因为这种茶树生长在悬崖峭壁之上，只有老鹰才能落足，茶人攀采极为不易，故名老鹰茶。美食家前辈说得对，这原本是两种茶，可是前几年，在一个少数民族兄弟聚居的深山高崖之上，竟然寻到一片土壤富含硒的老鹰茶来，兄弟有缘，弄得了几斤，今日几位贵客驾到，特地献上。”

“这么说，这茶是不含农药化肥的了？”易程问道。他平素是不喝茶的，因为他老婆是个质检员，告诉他多数茶皆有药物残留。

“我说老易兄弟，”姜老板说，“您不要一朝被蛇咬，十年怕井绳。兄弟不妨再告诉你一个秘密：您知道老鹰长期食肉，可它是如何保持体型，不得肥胖症的呢？科学研究表明，老鹰每每于餐后，采食一些植物叶片，这老鹰茶的叶子，便是老鹰的至爱。”

众人让姜老板这么一介绍，纷纷抓起茶杯，喝起茶来。一杯喝毕，那服务小姐续上开水，众人又喝二杯，都希望这神茶下肚，肚内那些荤腥顿时化作粪水。

趁此良机,姜老板向美食家讨教起美食方面的知识来。他说:“本店近期,想推出几道活吃系列,比如:炸活鱼、炝活虾、活吃蟹黄之类,不知老先生以为如何?”

美食家捻捻胡须,说:“这些菜太平常了,何不搞些更稀奇古怪的?”

“比如说?”姜老板看着美食家,试探着问,“您老见多识广,能否推荐几道?”

美食家略一思索,问:“三叫、元神汤之类,姜老板可曾听过?”

“您吃过吗? 讲来听听!”

“既然老弟有此雅兴,老夫就班门弄斧一二,”美食家煞有介事地抬起头,往后仰着,道,“先说‘三叫’,它是选用刚刚生下未长毛的老鼠崽,或者七日以内未睁眼的鸽子,以蘸料直接生吃。因为吃时鼠崽会在口中发出‘吱吱’的叫声,故名三叫。至于‘元神汤’,却是选用年轻女子尚未足月流产生下的婴儿,以秘制配料炖汤,服后大补元神——”

“前辈,且慢!”姜老板插话道,“您可否慢些讲,让我们将这两道名菜记下来,有机会的时候我们将之发扬光大?”

“怎么不可以呢? 这也不是我的专利!”美食家道。

姜老板连忙吩咐服务小姐:“快传行政总厨阿发,让他带着纸笔前来,今天有收获了!”

第二壶富硒老鹰茶喝完后,众人的精神总算恢复得差不多了,那个美食家,也已将他所知道的几道神秘菜肴如讲故事般一一道出,而这土司家宴的行政总厨阿发—— 一个五十开外的秃头胖子,本着博采众长的精神,将那些菜肴一一记下,表示要找机会实践一番。他们聊着美食的时候,方副局长和老虎都靠在椅子睡着了，只不过方副局长道行高深一些，人虽睡着，身姿却不走样，冷不丁看过去，还以为他在听故事，而老虎，却是认认真真地入了睡，甚至响亮地打了一会儿呼噜。另外的几位，易程、老七、白科长和唐主任，则找服务小姐要来一张小桌子，拿来扑克牌，围着玩起了"诈金花"。方副局长的司机在旁边观战，有谁上厕所时，他就上去凑数。不一会儿，桌子上就摆起了几小堆钱，一会儿这堆多一些，一会儿那堆又多一些。

姜老板不时进来调笑几句。看看日头偏西，客人也不着急走，他心想，不如将这些人留住，晚上再吃一顿，便叹道："各位官人，良辰虽美，只是韶光易逝，小可有个建议：不如今天，各位就将时光交与鄙人，由我安排算了！"

"可以啊，你还有什么节目？"唐主任问道。

"这样，我看各位中午吃得都比较尽兴，不如晚上，仍在小店吃点东西，然后我领各位去一个地方，在那儿我们不吃东西，吃人。"姜老板说。

"吃人？吃什么人？"美食家连忙插话道。

"老哥子，这您都不懂？不是吃人，是玩人。"易程解释说。

"玩人？老朽还是不明白。"美食家说。

"前辈，就是红颜把酒，醉卧温柔乡，您身体还能吃得消吗？"姜老板说。

"啊，可以体验一下！可以体验一下！"美食家说，"但违法的事咱可不能干啊！"

方副局长笑了笑，对姜老板说："放心吧，他身体比你都强！不过晚餐再安排在你这儿，你还有什么新菜？"

"各位不是外人，自然以实惠为主。大菜咱们就不必再上了，晚餐咱们来一道玉环莲子粥，外加一个特色。"

"什么特色？"方副局长问。

姜老板压低声音,说:“活吃猴脑。”

“什么?你这儿竟然有这道神菜?”美食家面露惊讶,问道。

“要没有点名堂,怎么敢打‘土司家宴’几字?”姜老板反问。

“猴脑?你哪儿来的猴子?这可是保护动物。”方副局长说。

“兄长此言差矣,”姜老板说,“猴子从理论上说的确是保护动物,可是这山里面,好几个地方猴子都泛滥成灾,毁坏村民庄稼,吃几只并无大碍。”

“你从山里弄来的?”方副局长再问。

“那当然,山里弄来的野生、纯天然、绿色、无污染、无公害公猴。”

“虎哥,”方副局长转向老虎,“猴脑吃吗?”

老虎正迷迷糊糊的,顺口说:“吃吧……喜欢就吃。”

“那就吃吧,”方副局长说,同时他转向姜老板,“不过得小心点,别走漏了风声。”

姜老板得了指令,立刻拍了几下巴掌。刚刚收拾打扮停当,准备上晚班的几个领班,精神抖擞地奔了进来。姜老板说:“这一桌贵宾,晚餐从简,精制玉环莲子粥,加十个冷碟配菜。另外准备活吃猴脑。”

领班们得了指令,分头安排去了。易程老七他们,收了牌桌,将战利品各自装入腰包,美食家等人,则往厕所而去,准备排空肠肚,再战晚餐。

不一会儿,来了两个女孩,将桌面收拾一新,碗筷杯碟,也重新换上。又过了一会儿,一个服务小姐推着一辆小车,缓缓走进屋来,只见这小车里面,摆放着一些盆呀碗的器皿,还有些奇怪的工具,众一看,估计是要杀猴了,慢慢都来了精神。不久，进来了两个伙计，正是中午表演“龙凤斗”那两个人，领头伙计和助手伙计。他们带着一个木架子，和中午剐蛇皮那个架子大不相同，显然也定制的专门工具。另外他们同样带了一只笼子，差不多有半人高，里面，一只猴子正仓皇四顾。

助手伙计朝客人们行了礼，“客官、大侠”地咕哝了几句客套的古话，然后很认真地关上房门。领头伙计戴上手套，动手了。他把架子调试好之后，从笼里牵出了猴子。猴子脖子上有个项圈，系着一根绳子。它一出来就想挣脱，但领头伙计却紧紧拽着绳子。领头伙计将猴子扶着站起来，像人一样直立，然后让它后退着靠近那架子。等它站好之后，助手伙计麻利地从架子上扳起两块半圆形的铁皮来。领头伙计用手掌蒙住猴子的眼睛，助手伙计一合一扣，那两块铁皮便连成一个圈子，将猴子的脖子卡住，紧紧贴在架子上。猴子神色仍旧有些仓皇，但并不挣扎，似乎有这个铁皮圈靠着，它直立在那里，很舒服受用似的。

领头伙计从小推车上取过一把银白色的小刀，用右手捏着，左手抓起一块磨石，站在那里一下一下地磨起刀来。他一边磨一边对众人说：“各位客官，这猴脑的吃法一共有三种，而以作料蘸着生吃为佳，本店正是这种吃法。请各位稍等，作料一上，我就要杀猴了。”

此时一个服务小姐端着一个大盘子进来了，里面摆放着几排小碗。领头伙计说：“这就是作料，每人一碗，一会儿猴脑出来后，各位舀半勺猴脑，再加三分之一勺的作料，一起入口，不用嚼，直接吞下去，味道最佳。请大家注意看，我会先剪掉猴子头顶的毛发，然后用剃毛器推平，消毒，用这把小刀切开它的天灵盖，下面即是猴脑。这猴子的天灵盖与我们人类有别，它是单独的一整块，如果刀法精妙，可以不伤着旁边的骨头而将这整块取下。猴脑的样子，如果哪位没有见过，我告诉大家，跟豆花差不多，只是更稠浓，如果不加作料，单独闻起来，略有一点腥气。像这样一只成年公猴，猴脑也就一两多一点，所以极为珍贵。”

众人津津有味看着领头伙计，生怕看漏一眼。生性胆大的老七，还特地拿起手机，准备拍下这难得的一幕。只见领头伙计果真是先用剪刀剪掉猴子头顶的一片毛发，然后拿起一个“飞利浦”的电动退毛器，将毛茬推得干干净净。接着助手伙计走上来，拿着一瓶酒精和消毒棉，将这片猴皮进行细致的消毒。他手法熟练，像合格的护士那样，由里到外，一圈一圈地进行消毒。

“我就要下刀了！”领头伙计举着那寒光闪闪的小刀，对大伙儿说。但是这时，猴子的双手——也就是它的两个前爪忽然乱抓乱刨起来，领头伙计见状，连忙对助手伙计说：“快，抓住它！”

助手伙计弯下腰去抓猴子那双爪子，却忽然跳开了。原来猴子抓伤了他，在他手背上留下几道血印。“这混蛋，你还会抓人呢！”助手伙计骂着，想要重新伸手去抓，却忽然止住了——只见猴子的两个爪子抱在一起，一个劲地朝他拱手作揖。

领头伙计喊道：“你干什么？快抓住它！”

助手伙计犹豫着，满脸的惶惑，疑心自己看花了眼。领头伙计再次喊道：“快抓住它，客人等着呢！”

“乔二哥，它朝我作揖呢！”助手伙计说。

“胡说，猴子还能会作揖？快抓住它！”领头伙计说。

“你自己看嘛！”助手伙计说。

领头伙计后退两步，站在猴子前，想看个究竟。只见那猴子不但仍在一个劲地作揖，居然开口说起了人话：“饶命！饶命！”

领头伙计大惊，道：“真他妈邪了门儿了！猴子怎么会说人话?”

众食客也都倍感意外,直勾勾地看着那猴子。美食家却说:“不必惊讶,这定是马戏团的猴子,或者跑单耍猴戏的人喂养的猴子,多少了学了两句人话。什么深山里的绿色无公害猴子,这姜老板纯属忽悠我们! 做生意哪能如此不厚道? 如此不诚信?”

领头伙计信以为真,想要继续操作,不料猴子又冒出一句人话来,吐字清晰,语调哀婉:“大哥,饶命!”

领头伙计站住了,不知所措。老虎早就发起高烧来,此时脸已经红得跟关公似的,只是众人以为他是醉酒,没有在意。他的脑子也越发迷糊了。听到猴子冒出这几句人话,他哈哈大笑,说:“他还会叫大哥,哎哟,笑死我了!”

老虎笑声未落,猴子却又冒出一句:“老板,饶命!”

众人听了,面面相觑。两个伙计更是站在那里一动不动。猴子看了众人一圈,流出了眼泪,再次开口叫到:

“领导,饶命! 领导,饶命!”

方副局长坐不住了,站起身,对两个伙计说:“兄弟,这猴脑我们不吃了,换别的菜吧!”

这时那助手伙计忽然激动起来,伸手就夺了领头伙计的小刀,扔在地上,说:“乔二哥,这是只神猴啊,咱们不能得罪它,不然要遭报应的!”然后他迅速俯身打开猴子脖子上的铁皮,解开它身上那根绳子,说:“跑吧!”

猴子得了自由,看看众人,一闪身出门跑了。

领头伙计一把扯下头上的厨师高帽,扔在地上,然后迅速脱下身上的白色硬领厨师服,同样扔在地上,朝客人抱拳道:“各位大哥,各位老板,各位领导,这份见不得天日的工作,我是再也不能干了! 得罪,后会有期!”

然后他推开窗户,一纵身跳了出去,撒腿就跑了起来。助手伙计见状,也扔了衣服帽子,跟着跳了出去。

这变故来得太过突然,众人回过神来,挤到窗户边,见他俩已经跑出饭店,远远地消失在树林之中。

眼见猴子跑了,两个伙计也跑了,白科长正要招呼服务小姐前来换菜,老虎的手机忽然响了,令他神色紧张。

“虎哥,你在哪里?”电话中的人问道。

老虎才想起自己是从医院里跑出来的,支吾着道:“我在丽山这边呢! 会几个朋友。”

“在哪儿会朋友啊?”对方问。

“在一个叫土司家宴的地方吃饭,”老虎说,“你问这么细干什么?”

“快回来吧,全城的警察和医生都在找你,他们把整个城都翻了个遍,我刚刚知道消息。”对方说。“你手机一直打不通,我费尽周折,从你那个小媳妇那儿才问到这个号码。”

“找我干什么?”

“听说你已经被命名为毒王,那个叫什么 HV 的病毒,你身上最厉害。”

“他们想怎么样?”

“他们一定要找到你,医生和警察都持有你的照片,你恐怕得早作准备了。”

“好,我知道了,我会处理的,谢谢老弟。”

老虎放下电话,思量片刻,对方副局长说:“各位兄弟,我最近心绪有点乱,想找个安静的地方呆上几天,这附近有没有合适的地点?”

“有啊,这前面不论是鹳江两岸,还是龙头山脚下,新修的度假山庄、会议中心,不下十余处,处处有山有水,环境优美,与我们有往来的，也有三五处。”方副局长说。

“度假山庄，会议中心，不好，”老虎沉吟着，“有没有更安静的？

“农家乐行吗？我知道有个地方，在山后面的五道沟水库下面，很安静的。”

“农家乐，村子里总还是难免有外人出没的，不理想。”

“前面不远有个道观，名叫遇真观，一直隐居山腰，极为清幽，”美食家说，“只是那个领头的道人，脾气比较古怪，但请宗教局的巴局长去说一声，应该不成问题，老弟何不到那儿住几日？”

“道观，不好，”老虎仍是说，“有没有更安静偏远的？比如山里，少有人烟的地方？”

“虎哥，要不去我老家？深山中的猿臂寨，现在年轻人都出来了，寨子里只有几个老人。”白科长说。

“村寨，不妥，毕竟还是有人，还有没有更僻静的？”

这时方副局长的司机开了口，说：“我倒知道有一个地方，绝对的偏僻，以前我在林业局上班的时候去过。这是一个废弃的林场场部，原来叫鬼见愁林场，现在只有两个退休的老头儿在那儿守着几幢房子，四周全是参天古木，空气像过滤过一般干净，只是条件简陋，至今没有通电，出山也只有一条拉木材的土路，而且多年不用，恐怕是不能行车了。”

“这地方好，怎么去？”

“可以从那土路上进去，骑摩托车，也可以从这边一条小路徒步进去。腿脚厉害的，大半天总能走到。”

“小路怎么走？”

“从遇真观下面小路进山，过蘑菇屯，再过白虎寨，上云盘岭，过乌鸦岩，入神仙湾，再穿过野猪林，远远地看见一座突出的山峰，那山峰唤作摩天岭，下面半山有一个龟背型的山坡，林场场部就在那儿。”

“的确是个好地儿，找机会进去呆上几天，这城里城外，到处都是人，已经很让人腻味了。”老虎说。

这时饭店的大堂经理，一个三十左右的女子，风风火火地走了进来，说：“各位客官，对不起，猴脑这道菜，咱们没有做好，得罪了！”

“你们姜总呢？”唐主任说，“如此尊贵的客人，你们却拿出这样的菜来，他怎么不出来了？”

“姜总听说这事，立刻就气出病来了，他正在吃药，一会儿就到。”那经理说。

“他恐怕是给我们弄了只假猴子而无脸见人，躲起来了吧？哪有你们这么做生意的？连那两个厨师，都觉得羞愧，跑了，这当老板的，还能安之若泰？”美食家插话说。

“活吃猴脑这道菜，我们肯定不会收钱，不但如此，本店还将另外赠送几道名菜来作为赔偿。”那经理说。

唐主任决定趁热打铁，说：“岂止如此？中午的菜也必须得到最大幅度的优惠，否则我们就不付账。”

经理正感理屈词穷，老七却又乘胜追击，发话道：“你不配跟我们对话，快去唤你们老板姜总来！”

经理不再言语，默默地走了出去。

老虎已经打定了走的主意，这时见有空子，起身说：“各位兄弟，告辞了，我得到那林场里呆上几天！”说着，抬脚就准备要走。

“你说什么？”众人齐声发问道，一致表示惊讶。谁也不相信他会在这酒桌上忽然走掉，这太不合情理了。刚才他那么详细地向司机打听路径，大家还以为他是将这信息留作他用。

"我得走了,到那林场里呆上几天。"

"现在?"

"当然,我得马不停蹄,立刻上路。"

"这是怎么回事?"方副局长看看表,再看看外面的天色,说,"虎哥,你忽然要走,难道是兄弟们招待不周不成?"

"哪里哪里,兄弟们热情到家了,猴脑都差点吃上了,没什么说的。"老虎说。

"那您这是什么意思?要进山也得明天嘛,刚才段局长来电话说,晚上的住处都安排好了。"

"不行,我这就得走,马上。"老虎说着,去穿他的外套。

易程和老七却走了过来,一左一右抓住老虎。易程说:"老大,您这演的是哪一出啊?你看看外面,天都快黑了,这会儿还能去哪儿?"

老七也连忙说:"虎哥,咱们哥儿们从来都是同进同退的,你哪能抛下我们自己去山里?"

老虎沉下脸来,双臂一甩,挣脱了两人,道:"你俩让开!我非走不可!"

易程和老七立刻傻了眼,不知道老虎是醉了酒呢,还是忽然发了疯。但是老虎却又脸挂笑容,朝方副局长一干人说:"兄弟失礼了,迫不得已要离开这个地方,以后我再来陪罪!"

"什么事让您这么急呢?"方副局长摊开双手,无可奈何地说道。老虎看出来了,他这么不明不白地一走,方副局长势必会疑心自己没有搞好接待工作而担惊受怕。

老虎于是说:"各位兄弟,我,感情上出了问题,要找个清静的地方呆几天。"

"我才不信呢!"易程却立刻否定了他的说法。

这时远处传来一阵救护车和警车的鸣笛声,交织在一起,众人没有在意，老虎却听得分外清楚。他抓起自己的外套，坚定地说："我真的得走了！"

"这是咋的了？"方副局长一声长叹，众人有的叫刘总，有的叫虎哥，有的叫老虎，一起上来把老虎拦住，有的拉他的胳膊，有的抱他的腰，有的拦住他的去路，都想让他重新坐下。那位美食家，因为是第一次见老虎，觉得他神情异样，低声问方副局长的司机："他脑子没问题吧？"

这时老虎忽然一声大喝："都给我让开！"同时他摆出准备动手的架势，众人果然住了手，不解地看着他。

老虎于是哭丧着对众人说："各位兄弟，实不相瞒，我是从医院里跑出来的，得了传染病，一会儿，城里的警察和医生就要来抓我了！"

众人不知真假，面面相觑。老虎继续说："大家难道没看出来吗？我今天用的不是从前的手机号，再有，你们要是读书看报，应该听说过这场传染病的，像方副局长这样的领导，更应该知道啊，内部的病情通报，都传达到副处级了。"

"老虎兄弟，你说的是真的？"方副局长问。

"骗你我不是人。我是因为很想念兄弟们，才跑过来的。我走之后，你们快去医院，看看有没有什么异常。"

众人停在原地，有的站着，有的坐着，表情各异。老虎借机后退着朝门口走去，同时他一边走，一边说："你们继续吃啊！谁也别送，谁送我跟我谁急！"

果然没有人相送，因为大家一听说他有传染病，都似信非信，不敢擅动。老虎出了房间，步履匆匆地来到外面。他没有选择饭从店前的小广场走，而是穿过一个小花园，来到饭店东边的那池塘边，踏上林中小径，消失在渐浓的夜色中。

第六章　现世报

老虎离开不到一支烟的工夫，十余名警察和医生赶到了“土司家宴”酒楼，找到了老虎他们吃饭的房间。然而老虎已经跑了。领头的医生询问了在此房间就餐的准确人数，并一一进行核实，同时查清了与他们有过密切接触的服务人员，吩咐领头警察带人将他们一个不漏地全部送往医院，他自己，则带着另外一个医生和护士出门去追捕老虎。

根据在场的这些疑似患者提供的情报，老虎会逃往山里，而且为了赶时间，他势必会抄小道上公路，然后从遇真观下面的小路进山，于是，领头的医生决定开着救护车，在那路口去拦截老虎。根据他的估算，开车能赶在老虎的前面。

他们驾着救护车，关掉警报器，很快驶过遇真观，直扑那公路与小路的交叉处。刚把车停在路边一个隐蔽处，就有一个村民赶着几只羊从那小路下来，领头医生连忙走上前去，让他看手中的照片，问他是否遇到照片上的人。那村民肯定地点头说，没有。医生于是查看了一番地形，设下埋伏，等候老虎前来。

运气十分地好，不过五分钟，那公路下的田埂上，便有一个高大胖子一瘸一瘸地走了过来。到达公路下边，那人四下张望了一下，走了上来，穿过公路，朝这进山的小路走来。此时暮色已浓，薄雾迷漫，直等到来人走到十米开外，领头医生才看清，此人确是老虎无疑。他显然是不小心扭了脚，走起路来很不灵便。领头医生一边招呼后面的医生和护士准备担架，一边朝老虎走去。

却说老虎，眼见一个戴着口罩、身穿白大褂的人急急地走来，立刻明白这人是冲自己来的。他吱溜一下，转身就跑。领头医生见状，迈开大步就追了过去。老虎竟然不瘸了，大步流星，几下就蹿回马路下边的田埂上。医生牢记着疾病预防中心李厄主任的嘱托，生怕他再次跑掉，因此到达公路坎边的时候，他没有顺着小路下去，而是一纵身，从公路上跳了下去，然后直接从一块不大的水田中冲过去，到达老虎身边，紧紧抓住了他。

两人随即撕扭在一起。老虎力大，很快将那医生压在身下。这时后面那个医生和护士见状，赶快扔下担架，冲了下去。两个男医生与老虎扭成一团，那护士急得大叫，却无从下手。三个男人很快滚到水田中，弄了一身泥浆。老虎拼命想要逃脱，那两个医生却是死活都想要抓他回去，一时间双方打成平手，难分高下。

危急之中，站在一旁的护士仍然保持着冷静。她看到，在抓扯打斗中，两个医生的口罩都掉在了田里，而病人老虎——在他们的语言中，此人是被称作毒王的——脸色酡红，呼哧呼哧地喘着粗气，神情狂暴，其体内的病毒显然到了最为旺盛的时候。两个医生与他如此近距离地接触，十有八九会被染上病毒，果真如此，后果不堪设想。想到此，这护士不顾身体柔弱，俯身在田埂上找了块碗口般粗的干土块，冲过去，照着毒王的后背砸下去。毒王本来将两个医生同时按在田里，就要取胜，被她这一砸，疼痛难忍，于是一个急转身，抓起护士就将她扔了出去。护士被抛起来，像个孩子似的，仰面落到坎下一块水田中。毒王再次转过身去，抓起领头医生，使劲一抛，将他也抛到下面。另外那个医生，起身抱住毒王，准备张嘴去咬他的手，不料毒王早腾出一只手来，一拳挥过去，正中那医生的腮边，医生于是一头栽在田里。毒王如法炮制，将这医生也抓起来，狠命地抛向那下面的田里。

好个护士，看到毒王就要溜之大吉，立刻爬出田来，站到田埂上，拦住去路。毒王咆哮着，大步朝她奔过去。护士眼见不可力敌，只能智取，便弯腰抓起田中的稀泥朝毒王打去，一坨接着一坨，其中一坨居然不偏不倚，砸在毒王脸上。毒王擦了一把脸上的稀泥，露出眼睛口鼻，叫了一声："好男不跟女斗！"然后一转身，飞也似冲上公路，沿着那小路往山里疾驰而去。

护士眼看是追不上他了，而且救自己的两个同伴要紧，于是返身到车里，拿出急救箱，给他们注射了今天下午刚刚收到的从省里紧急运来的 R 型抗禽流感病毒疫苗。然后她自己也注射了疫苗。

经过这一番搏斗，两个医生都有些轻伤，而且考虑到病毒的威胁，护士主动承担起了开车的责任。她刚刚拿到驾照，没有单独开过车，但此时动作却十分地熟练。她顺利将车开回了医院。

正是由于这位护士在这关键时刻处置得当，不但以她柔弱的身躯击退毒王，而且在第一时间将两个医生送进医院，使他们所染的病毒都得到了及时控制，保住了他们的生命。她后来被评为本次抗击病毒的英模人物，还被提拔为护士长。

却说毒王老虎，当晚经过一个多小时的急行军后，来到了山里。他不但没有穷途末路之感，相反，心中反倒生出一股豪气来。过去的这些年，他凭着身处权利部门的便利，每天纠缠在关系网中，吃吃喝喝，现在被山风一吹，竟然灵光闪现，觉得那样的日子原来混浊不堪，毫无趣味，甚至与行尸走肉无异。他从来没有像现在这般充实，从来没有像现在这般需要打起十二分的精神来应付眼前的一切。他懵懂地感到了几丝生活的本来意义。就这样，他融入到了这自然的气息中，怀着求生的强烈欲望，向山中走去，慢慢地没有了恐惧，也不再回想他尘世中的那些朋友。

晚上九点多钟的时候，毒王有些疲倦，却不知道自己来到了何处。那小路的两旁，原来还不时有几间房屋，有几缕灯火，现在，四野却是万籁俱寂，只是凭着依稀的月光，还能辨出路来。翻过一个山坳后，那脚下的路，是越来越难辨别了。原本还朦胧地泛着一点白光的天空，现在已经变成了黑黝黝的一块铁幕。凭着空气中的那几份阴湿，毒王感到，天很快就要下雨了。他一边摸索着往前走，一边寻找躲雨的地方。不一会儿，路边坎上现出一幢房子的轮廓来，毒王拿出手机，借着屏幕上的微弱光亮，寻到上坎的路径，到了一个院坝。然后他找到了房子的大门，伸手拍起门来。连拍了四五下，里面却毫无动静，他将手机凑近，仔细一看，房门上竟然挂着一把锁。毒王明白了，这家屋里没有人，一定是外出了。毒王决定靠在门边，就在此地歇息，待天亮再赶路不迟。

毒王顾不得讲究，坐在地上，不一会儿即打起盹来。可是他很快就跳了起来，原来他坠入一个坑里，有人端起一盆盆凉水，朝他劈头浇下，四周壁上，却是鬼魂出没，恶魔横飞。毒王一个激灵醒了过来，知是恶梦，呆立檐下。天果然下来雨来，且闷雷阵阵，那飘飞的雨点，不断射到毒王身上。毒王寻思，在这屋檐下是难熬过这一宵的。他沿着这人家的台阶，借着远处的闪电，一路寻过去，在半敞的厢房中，找到一堆柴禾，从中捡出一根木棍，过来撬那大门的挂锁。刚撬了几下，便听见“咔嚓”

一声，锁未开，却将门扣从板壁上撬了下来。

毒王推开大门，走进屋去，再次借着手机屏幕，发现这是堂屋。这房是本地山区一带常见的老式木房，中间通常都是堂屋，用来接待客人，设置神龛，对此，毒王是知道的，对那里面的格局，也算熟悉。他举着手机，在堂屋中巡视一圈，居然在神龛下的横板上找到半截蜡烛，旁边火柴也是现成。那蜡烛是红色的，应是主人过年时敬奉神灵先祖所用，上面已经蒙了一层灰尘，毒王大喜，将那蜡烛取来，放到神龛下面的桌子上，点着了。不一会儿，屋里的景象一点点清晰起来。毒王看到，这屋子里有桌椅，还有农家生活用具，比如箩筐簸箕之类，还有一架用来去掉粮食中杂稗灰沙的风簸车。神龛上贴着一排类似对联的红纸，都是神灵祖先的牌位。令毒王大感意外的是，那神龛前的桌子上，居然有一张写着字的纸，用个砚台压着，他捡起来一看，只见上面用铅笔写道：

过路君子，本人携老婆孩子进城打工谋生，留此空房，屋内钱财并无一点，只有家什器具等，希您高抬贵手，不要毁坏，家中能吃的，只在西屋有几个老南瓜。您走的时候，请务必关上大门，以防鸟兽进入。

房主敬启

毒王看完，不禁惊奇，道："唏，怪了，他怎么知道我要进来呢？"当下也顾不得许多了，立刻端起蜡烛，进到西屋。只见这间屋子一分为二，外面是厨房，里面可能是卧室，仍旧挂着铁锁。这厨房又一分为二，外侧，靠窗户那边，卧着一个砖灶，上面架着三只大小不一的铁锅，靠近卧室那一侧，却有一个火铺。这火铺毒王也识得，是当地山民秋冬生活的主要场所，用厚木板铺就，中间有一个火膛，下面用泥砖筑就，与木板等高，拼接得严丝合缝。火膛中架着一个铁三角，上面空中挂着一个木架，原是用作熏制腊肉香肠之类。在火铺边缘上方，又有一个木架，上面果然放着几只老南瓜。火铺的四周，放着一些半尺高的小木椅，毒王取过一只，舒舒服服地坐了下来。

毒王抽了支烟，感到屋里有些阴冷，便跨出门去，抱回一些柴禾来，放在火膛中点了起来。不一会儿，屋子里便暖和起来，可是毒王又感到饿了，于是他抓张小椅，站了上去，从那架子上取下一个老南瓜，寻思如何一个吃法。如果是炒了吃，这家里多半找不到油，只好煮来吃了。可是水呢？毒王下得铺来，去那灶台后面的水缸里找水。真是算他运气，那水缸里虽然是空的，上面的水龙头里，一拧，却是清水汩汩。毒王知道，本地山民的水，多不是来自水库，而是引自山泉，待那水流了一会儿，耗尽管中陈水之后，他弯腰喝了一口，果然甘甜，便找到铁锅，架在三角上，往里掺了水，又找到菜刀，将那南瓜剁了，去掉皮和中间的瓤，只捡上好的瓜肉，放到锅中煮了起来。

没过多久，南瓜就飘起香来。毒王在碗柜里找了一番，找到一点咸盐，便撒了些在锅里，拿只碗，用清水洗了，舀了一些吃起来。这南瓜虽是清香，但不见油星，毕竟味寡，毒王见那板壁上挂着几个黄灿灿的老玉米，想是人家留的种子，便不管三七二十一，起身取了一个下来，掰下一些米粒，就着那火膛中的红炭，吃了一回爆米花。慢慢地，他觉得饱了，便靠在那椅子上，进入了梦乡。

这一晚毒王睡得十分香甜。虽然他不时醒来，不时睡去，却是心神熨帖，比在自己家中的软床上踏实多了。期间有一次，灶膛中炭火微弱，他又到外面取了一些硬实的木棒来，塞入铁三角中，续起火来。看着那幽幽的火苗，毒王忽然升起一番幻想,他想:自己跑到那人迹罕至的深山林场里呆上几天,说不定眼下这个怪病便能痊愈,因为他曾经听说,许多药物治不好的疾病,到那纯洁的大自然中往往能有奇效;抑或再过十天半月,天气冷下来,飘下一场大雪,那城中的传染病,自会退去也说不定。反正只要能躲过这场疾病,他就要换个活法儿,再也不能像以前那样过那胡吃海喝、醉生梦死的日子了!最理想的办法,是找到这房屋的主人,买下它,在这房前屋后经营几片庄稼地,种上一些蔬菜,再养上一些猪羊鸡鸭什么的,过几天逍遥简朴的日子。他离退休的日子不远了,要是提前退休,单位的人求之不得。这儿真是个极好的归宿。他妻子或者相好要是愿意,可跟他一同到此,不愿意呢,彼此散伙算了。他打定这主意,觉得自己重新找到了人生的方向。

再眯盹一小会儿,不知道从何方传来几声雄鸡的啼叫。毒王醒来,见外面的天色渐渐亮了。传来几声犬吠。毒王疑心这附近还有别的村舍,怕人发现他,便想趁早进山。他熄了膛火,用灰盖上余炭,把那没吃完的南瓜端出去倒掉,洗了锅,关上了房门。来到堂屋,准备出门的时候,他再次看到主人留下的那张纸,于是在神龛上一只笔筒里找到半截铅笔,在纸上写到:

尊敬的主人兄弟,您真是神人,果然有人骚扰贵宅。我吃了你家半只南瓜,一个老玉米,烧了柴禾若干,特留两百元以作资费。另外,我患有传染病,若你近期归家,请开窗消毒。

不速之客拙笔

写完后,毒王签上日期,并掏了两百元钱随纸放在桌上。平时他是不习惯带钱包的,因为吃喝花销,多有他人付账,这次出来,他留了个心眼儿,在相好那儿抓了两叠现金放在兜里,现在果然派上用场。

毒王出来，别上这人家的大门，正准备继续昨天的行程时，忽然看到房前路上，一个男人，四十开外年纪，正急冲冲地往山里走去。这人头戴一顶飞碟般的翘檐帽，身着一身迷彩服，背着一只背包，胸前挂着望远镜，左肩搭着一蓬类似鱼网的东西，右肩挂着一圈绳子，衣服和裤子上还有许多小口袋，里面插着各种野外用具。毒王忽然灵光一现，想到一个人，那就是昨天在饭桌上姜老板所说的职业捕鸟人张绝户，于是大声喊道：

"张绝户！"

那人一听，停下脚步，疑惑地看着毒王，随即问道："哪一位？"

"果然是绝户兄弟！"毒王说着，欢欢喜喜地奔了过去。张绝户却仍然满脸疑惑，对毒王上下打量。毒王见状，连忙说："土司家宴的姜老板，你识得吧？是他把你介绍给我的。"

"姜老板？我没听他说过你啊，"张绝户有些疑惑地说，"您贵姓？"

"兄弟我姓刘。"毒王说。

"原来是刘老板，您这是要到哪里去？"

"是这么回事，"毒王思忖着说，"里面有个林场，你知道吧？我呢，做药材生意的，今天要到那林场里考察一个项目，想让兄弟你帮忙指指路。"

"你是说鬼见愁林场吗？"张绝户仍是似信非信的，"那儿深山老林的，还能有什么项目？再说你干嘛不走大路？东面有条大路进去的。"

"我故意走这边，是想考察一下野生药材的生长情况。"毒王顺水推舟地说。

"从这儿去林场，跟野外探险差不多，你真有干劲。"张绝户说。

“兄弟，烦你帮我带过去，我不会亏待你。”毒王说着，掏出钱来，取了几张递给张绝户。他估计，如果没有人指路，他很难找到那林场，而再没有比张绝户更合适的人选了。真是天不绝他。

张绝户看到毒王为人大方，态度缓和了些，说：“您这是干吗？客气啥呢？再说我到不了林场那边，只能走到一半，给你指指路。”

“指出路来也行，我自己过去，”毒王说，“这个请你收下，就算指路钱。”

张绝户推脱了两下，收了钱，毒王于是跟着他上了路。

两人爬山涉水，一路驱驰，直往深山进发。初时，路旁还不时现出一两个村落，几户人家，或者几头吃草的牲口，一两个农人，到后来，慢慢的便只见树木岩石了，耳旁听到的，也只有鸟儿的鸣叫。那进山的羊肠小道，也是弯弯曲曲，时而隐入密林，时而穿越溪流，时而盘上山脊，时而遁入深谷。虽然是崎岖难行，但好在张绝户路熟，两人也算行踪迅速。毒王虽说体力不支，整个肺部像个漏气的风箱般不时呼哧乱喘，但他一心向往着那林场，加之这一路景色优美，不时更替，他也并未落步。时值深秋，山间草木，时黄时红，层林尽染，天空中又是艳阳高照，正是所谓良辰美景。

中午时分，两人来到一个山坡上的一棵紫荆树下，准备稍作休息。这树有二十多米高，应该是株古树了，树冠在地上投下一片华盖。树下有两截枯树干，树皮脱尽，高矮合适，干干爽爽的，正好权作凳子。张绝户从他背负的口袋里取出两张小盆般宽的饼子来，递一张给毒王，自己捏着一张咬了起来。毒王平时养尊处优,吃饭都讲排场,只选那些上档次的场所,并不识得这饼。他咬了一口,却发现这饼松软可口,略带盐味,别有风采,便大口嚼了起来。几口下肚,补了些力气,他便问:

“绝户兄弟,这是什么饼子?”

“这不叫饼子,叫烤馕,是在新疆人的店子里卖的,我每次进山,都选它作干粮。”

“真是好味道,没想到北方人还能做出这样的好东西。”

“你错了,要以面食而论,北方的比咱们这儿的强,尤其那西北一带,气候干冷,阳光又足,作物的生长期长,面粉的质量很好,做出来的面食,自然也就是上品。”

“为啥叫烤馕呢?”

“因为是在一个土炕中,将面饼贴于壁上,以中间炭火烤成,所以叫烤馕。这玩意儿可以久存不坏,很适合携带着出远门。”

“这可真是美味,”毒王说着,将最后一小块烤馕塞入口中,“还有吗? 再来一张。”

“有是有,可不能再给你了,我带的吃食,都是计划好了的,以免在山中断粮。你要是喜欢,城中那些新疆餐馆,多有此物,五元一个,你回去后尽可买来吃个够。”

毒王听完,只好舔舔舌头。他只吃了个半饱。张绝户见状,站了起来,越过前面的草坪,走入林中。毒王以为他是找地方解手去了,没有介意。不一会儿,张绝户托着他的帽子走了回来,到得跟前,毒王一看,那帽兜里满满地装着暗红色的板栗。

“这个时节,板栗正好被晒开了口,从树上掉下来,一会儿就能捡这么一兜。”张绝户说着,拾过一些枯枝,生了一堆火,把板栗放进去煨着。不一会儿,板栗“噼噼啪啪”地爆开皮来,绝户拿木棍一个个刨出来，两人你一个我一个地吃了一回。这山中的板栗，香喷喷的，粉中带甜，吃得毒王交口称赞。

肚子总算饱了，毒王又嘀咕道："要是有点水喝就好了！"

"这有什么难的？请跟我来。"张绝户说着，起身往那树后走去。在一片红彤彤的元宝枫后面，一块大石头之上，盛着脸盆般大小一汪清泉。原来这水是从里面石缝中流出，在这石坑里汇满后，再溢出往下流去。

"请吧，真资格的矿泉水！"张绝户说。

"不，不，你先来，我这嘴里不太干净。"毒王说。

张绝户看了一眼毒王，也不客气，趴下身子，就着泉水，汩汩地喝了一回。然后，毒王也如法饱饮一番。

回到紫荆树下，张绝户收拾东西，准备要走，毒王看着前面蜿蜒逶迤的一片锦绣江山，却想多停留一会儿，张绝户也不勉强，于是复又坐下。

"绝户兄弟，你平时就干这个营生？"毒王问。

"对了，都相识半天了，还没给你名片呢！"张绝户说着，掏出一个精致的皮质名片夹来，取了一张递给毒王。毒王不看则罢，一看，吃惊不上，只见那名片上印着：南华市珍禽美味有限公司董事长、南国鸟王，张怀善。

"原来张兄弟干的不是个体，已经是有限公司了，兄弟失敬得很呢！"

"哪里哪里，干我们这一行，实力才是紧要的，公司也罢，个体也罢，都是虚名，兄弟我也是为了方便生意，才印这么一个片子。"张绝户说。

"那兄弟你到底是自己单干呢，还是真有个公司？"毒王问。

"不瞒刘老板，兄弟的确有间公司，三五十人，专干珍禽买卖的业务。要只是个光杆司令，怎么敢称董事长三字？不是我吹牛，方圆五百里之内，餐饮界但凡有点档次的，没有不知道我张某人的。”张绝户说。

“那我们是同道呢！”毒王兴奋地说，“我这人没啥本事，生平专好山珍海味，南华市有点名气特色的饭馆，大都吃过几回。绝户兄弟，不，张董事长，你干这买卖多长时间了？”

“没关系，你尽可以称我绝户，道上的兄弟，大都这么叫的，我听着也亲切。”张绝户说。“要说这买卖嘛，我干了有十余年了。兄弟我原来在国营 798 厂搞运输，后来厂子跨了，慢慢的就干起了这营生。”

“啊，那也算是老江湖了！可你绝户这个外号，是怎么来的呢？”

“那是形容我捕鸟的手段。但凡鸟类，只要被我看上，多半都能捕来，直至一只不留，所以江湖上送我这个外号。”说着，张绝户指指放在地上的那堆网状的东西。早晨绝户肩上挂着它，毒王也曾纳闷，心想此人何以带着鱼网进山。只听张绝户说：“这道网名叫绝户网，是我从多年的实践中，经过摸索、总结，从鱼网改制而来的。它采用的是高科技的纳米材料，并结合了鸟在仰飞和俯飞时的视觉原理，鸟一旦撞上，万难逃脱。尤其秋收时节，野鸟喜欢在田野上捡食粮食，稍微有点响动，它即会起飞，可是在天幕的映衬下，它们很难看清此网，往往都被沾上。”

“说不定我还吃过你捕获的鸟呢！”毒王说，“昨天中午，我们在姜老板那里，还吃了山珍一锅焖。大雁野鸭之类，不是兄弟这样的高人，如何能够捕得？”

“这话的确不过分，”张绝户颇为自得地说，“姜老板那儿的野味，十有八九都是我供应的。”

“绝户兄弟既然都当了董事长，为什么还一个人进山捕鸟呢？”

“实不相瞒,养殖的乌鸦,以及鹧鸪、鹌鹑、孔雀之类,兄弟我那儿要多少有多少。曾有一个省城来的马记者,到我那儿看了,说我那里是亚洲最大的鸟禽养殖场。此话不假,我那儿所产的鸟肉,已经远销海内外。可是这一次,我接了一个单子,单要野生乌鸦,且要活的。这样的活儿我那些徒弟们做不了,我只有亲自出马,成全了它。”

“什么人如此挑剔?现在养殖的乌鸦,市场上不是多得很吗?”

“说来话长。这几年我们这乌鸦肉的市场,是突飞猛进,一派兴旺,一人说好,万人呼应,咱们南华这块市场,不足道矣,南边沿海的几大城市,那才叫真正的市场,几车野鸟过去,两天便能吃完。”

“是啊,要说他妈的吃得怪,还得数那些大地方,咱们是学人家呢,落后得很!”毒王道。

“可不是嘛,”绝户道,“我上周接一单子,说是南边一个富人的老爹,因过八十大寿,要吃遍海味山珍,其中野生乌鸦八十八只,天鹅三十六只,点名要我提供。”

“还有天鹅?”毒王很是惊讶,因为昨天在“土司家宴”,也没吃到这道菜,他很怀疑张绝户是在信口开河。

“是啊,那玩意儿我是现成的,都是春夏在水边捕了,收在冷库里的,只有这野生乌鸦,客户指定要现捕的,所以我只得亲自进山。”

毒王看看张绝户,觉得他不像说谎。以前他在城里也吃到过天鹅,估计正是由他们这号人提供的。不过他仍然怀疑张绝户的敬业精神。他说:“绝户兄弟,我说句不该说的话:乌鸦这道流行神菜,我也常吃,虽说都号称野生,可哪儿来的那么多野生?都是蒙人的吧?”

“兄台此言差矣！”张绝户说，“做我们这一行的，讲的就是个信誉。你道这钻山越林所捕到的野鸦，我是帮他白捕？不瞒哥子你说，我这一只野生乌鸦的价格，抵得上一只小猪。至于说造假，南边的人是我们师傅，自有方法防范。我从见到鸦子，到张网捕获，全程皆有影像，或用相机，或用DV，反正得有，买方到时是要连影像一起拿去的。另外他们检测的手段也很高明，拿片肉一化验，野生家生，一目了然。”

“可听说最近市里忽然查禁起来，你就算捕了，又如何运得出去？”

“哥子见外了，现在人都可以偷渡出去，又何况几只鸟儿？有的是办法。”

既然提到乌鸦，毒王立刻想起一个人来，便问绝户道：“兄弟，你既是乌鸦行业中的大佬，有一个人你可认得？”

“哪一个？”

“南国鸦补王的黄老板。”

“怎么不认得呢！老朋友了。我给别处的乌鸦，都是全价，给他那儿却是八折，他呢，也从不欠账。兄台难道也跟这位黄老板熟识？”

“岂只熟识？他那酒楼，从租房到办手续以及后来的工商税务消防防疫，都是我一手帮他办的。他原来也是吃公饭的，后来出了点事，想开个酒楼，却处处摸门不着，无奈我只得帮他。”

张绝户忽然起身，把毒王上下打量一番，道：“兄台难道便是江湖上传说中的虎哥？”

毒王微微一笑，道：“正是在下。”

“失敬！失敬！”绝户双手一拱，说，“虎哥的名头，在江湖上如雷贯耳，只是兄弟事业尚不发达，无缘识得，不料今日却在这里见着，幸会！幸会！”

“哪里，哪里，”毒王连忙谦虚起来，“这都是道上的兄弟们抬举我，老虎我本人，并无什么本领，只是爱交个朋友而已。”

“难怪黄财兄弟的酒楼，甫一开张就很火爆，原来是得了虎哥这样的高人在后面撑着。虎哥既吃公饭，又仗义疏财，广交朋友，咱们这些做生意的，谁不想把您你当尊菩萨似的供着？”

“绝户兄弟过奖了，若承不弃，以后多多往来便是。”

“那是再好不过，再好不过！虎哥得空，回去后就请到我公司里指导一番工作，兄弟将组织员工夹道欢迎！”绝户说着，忽又想起一事，嬉嬉地问道：“教育大道那边的‘怡红院’，听说也是虎哥家嫂子开的？兄弟我可是常客啊！”

“实不相瞒，怡红院是你家二嫂开的。你家大嫂，身体不好，早就在家赋闲。这店全靠你等兄弟抬举捧场，在此先谢过了！”

“那我真得多去了！那帮小娘儿们，个个窈窕妩媚，外地生意上的朋友来了，大都指名去那儿，我不去都不行啊！”

“兄弟你真是个讲究人儿！以后再去，拿我一张片子，酒水全免。”

张绝户一听，来了兴致，立刻从他放在地下那堆东西中，捡出一只皮囊，复从口袋里掏出两个纸杯来，拧开囊口，在纸杯中各倒了小半杯，递与毒王，道：“虎哥，咱们这就算认识了，没想到你也是个讲究人儿，来，干杯！”

原来这皮囊中装的，却是烧酒，老虎闻到酒香立刻精神大振，当下将杯子与绝户碰了一下，一饮而尽。

烧酒下肚，老虎忽然道：“绝户兄弟，你不简单呢，出来野炊，带的却是茅台。”

张绝户听到赞扬，有些喜悦，道：“原来哥子也是识货之人。”

“那可不，”老虎道，“我这几年，在南华席上，基本不喝茅台，因为假货太多。不过真货，我是一喝便知的。兄弟讲究啊！”

“哎，”张绝户应道，“咱干的都是辛苦活儿，而现在又有了条件，干嘛委屈自己呢？”

“行行出状元啊，”老虎喃喃叹道，“社会发展真快，真快……”

张绝户恢复平静，道：“走，虎哥，时辰不早了，待我捕完鸦子，与你一同去那林场，然后我们从北面出山。”

老虎帮张绝户收拾起地上的东西，重新上了路。

日落时分，两人来到深山中一个马鞍形的山坳里。这山坳中间有一条溪流，溪流旁边有一块篮球场大小的平地，长着杂草灌木，三面环山，或悬崖，或树林。张绝户在这里显得轻车熟路，好像是来过。他先带着毒王，上到一个小山坡，进到一块岩石下，将身上一些东西卸下。这块岩石长约三米，像人的嘴一样张开来，中间正好可以遮风避雨。绝户说：“这就是今晚我们歇息的地方，晚上你要困了，就到这儿睡觉。”毒王在来时的路上已听绝户讲明，从这儿去林场，一通宵也难以抵达，何况不认得路径，因此决定与张绝户留在此地，待明日绝户与他同去。

看着绝户从口袋里取出一件一件的东西，毒王才发现，绝户对野外生存相当熟悉，几乎可以算得上一个专业的野外探险家，他那并不庞大的背包里，不但有折叠帐篷，还有铝锅、固体燃料、手电、俄罗斯望远镜、瑞士军刀、攀岩的抓钩、指南针、海拔仪、急救药品、一支可以拆卸的高压气枪和子弹，等等。绝户把暂时没用的东西放在岩下，拎了一些东西来到下面的平地上。毒王紧随其后。

绝户看看天气,对毒王说:“山中天色,比山外黑得早些,此时正是倦鸟投林之际,我们来得恰是时候。”

说着,绝户提着他名为绝户网的玩意,布起网来。只见他时而绕过树丛,时而攀上树枝,高高低低,时邪时正,将那网上的一些小扣,与树枝系在一起。毒王没看出什么名堂,只是跟在他身边,不时帮他打个下手。布完这网,绝户来到旁边一块石头上,看了看,观察一番,又下去将网调整一遍,告诉毒王,网已布成。

毒王正在纳闷,不知道这么一个网儿如何就能套住乌鸦,绝户却拾了些枯枝树叶,生起一堆火来。他并不让那火冒起火苗,而是捡了块石头压在上面,让它只冒青烟。

“这个季节在山中生火,可得十分小心啊,绝户兄弟!”毒王说。

“放心吧,老虎大哥!”绝户说,“乌鸦乃是极聪明的鸟儿,喜近人,它们看到烟雾,便会以为此地有人烟。”

说完,绝户又走到那网阵中,从裤兜里掏出一些东西,扬手撒了起来。他像农人播种一样在网中走了一圈,似是把每个角落都撒到了,才重新回到毒王站立的地方。毒王十分好奇,问他:“绝户兄弟,你撒的是什么东西?”

“给你看看,”绝户说着,伸手从裤兜里抓了一些刚才那东西出来,摊着手给毒王看。这东西一粒一粒的,黑褐色,既像鸡饲料,又像鱼饵。

“啥玩意儿啊?”毒王问。

“您肯定是不明白了,”绝户说,“它叫鸦晕散,是我们捕鸟儿的人经过长期摸索发明的一种玩意儿,乌鸦之类,尤其喜欢吃,但不吃即罢,一吃即醉,一醉即难逃罗网。”

“鸦晕散？难道是迷药？兄弟你这玩意对人管用吗？”

“那可不成，”绝户说，“这东西要拿去对付人，可就太不道德了。虎哥您可别打歪主意，这样的玩意儿，只有我们这些专业人士才用得。”

毒王要了一粒过来，放在手心里仔细研究着。绝户却没理会他，看看表，取下腰间的军刀，到那树丛里去砍了两棵竹子来，剔掉枝叶，用刀划开，分起竹篾来。

“绝户兄弟，你这又是干什么？”毒王问。

“做笼子啊，明早得了乌鸦，难道用手抓回去不成？”

“绝户兄弟，你真不简单，这回我算开了眼界！”毒王赞叹道，“没想到你们这一行，也如此深奥，哪一环都得想到。”

“深奥倒谈不上，毕竟只是个手艺。不过在我们这一行里，兄弟的确也算一等的高手，管它是什么稀奇宝贝，还是政府禁止的玩意儿，只要有人花钱，我就能给你弄到。”

绝户说完，上到那岩石下面，取了一个东西下来，塞在一个草丛中。毒王正在疑惑，里面却传出一声声鸟的呼唤出来，仔细一听，似曾相识，却又听不明白。原来这是个小放音机，里面事先灌录了声音。

“这又是什么玩意儿？”毒王问。

“这是唤鸟器。”绝户回答说。

“什么？还有这样的机器？”

“见笑了，我给取的名，”绝户说，“这些声音，其实并非真鸟发出，乃是我花钱，请艺校一个小哥儿，用电脑做出来的。那玩意儿是一堆机器，却可以做各种声音，比如各种乐器的声音，也可以做出鸟鸣，端的是奇妙异常。我这机器里装的，既有仔鸦聒叫，也有成年鸦求偶，还有两派乌鸦打斗，为的是引来乌鸦。”

“真他妈服了你！”毒王看着，啧啧称奇。

这时天空中出现几只鸟的影子，似乎是从山上飞来，在上空盘旋。毒王问："绝户兄弟，鸟来了，咱们要不要躲起来？"

"别急，还得半小时它们才下来，咱们再呆会儿，到那岩洞下吹牛饮酒即可。"绝户说。

这时候天色渐渐暗了下来，一轮新月，已经高高地挂在天空之上，只是愁云乱蹿，很快将那月儿藏住。绝户一边与毒王说着话，一边专心致志，窸窸窣窣地用刚剖开的篾片编着他的笼子，同时留意着空中的动静。毒王呢，此时已经病入膏肓，高烧不止，嗓子痛得像有人拿火在里面烧烤一般。他很想上到那岩下睡一觉，可是又惦记着绝户的烤囊，心想怎么也得再吃一个才睡得着，因此坐在那儿熬着，没话找话。

"绝户兄弟，那你们捕鸦的人吃乌鸦吗？"

"从来不吃。"

"真的？"

"何必骗你？"

"为什么？"

"为什么要吃呢，虎哥？"张绝户一副很是不解的样子，"现在生活富裕了，要粮食有粮食，要蔬菜有蔬菜，要肉有肉，要鱼有鱼，干嘛吃那些莫名其妙的玩意？"

"真是奇了，张绝户却不吃鸦肉！"

"虎哥，兄弟劝你一句，以后你也少吃。"

"不是说这是大补吗？"

"虎哥你们当领导的怎么也信这个？"张绝户似乎很感意外，"不说别人，就说姜老板吧，啥好玩意儿他那儿没有？淡水甲鱼、山参、海参、金钱山龟、孔雀蛋、鳄鱼肉、熊掌，如此等等，他补了吗？从我认识他那天起，到现在，他一直都是一副阴司倒阳的样子——当然他人是个好人啦——有个广告说，吃什么补什么,乌鸦肉可以让头发变黑,可你看姜老板那几绺白发,咋不喝点乌鸦汤弄黑一下?"

"话不能这么说,绝户兄弟,现在人们有钱了,想吃个稀罕,无可厚非嘛。"

"不是钱不钱的问题,关键是,虎哥,"绝户停下手中的话儿,"这些东西,它都不干净。"

"怎么个不干净法?"

"你想想啊,这野生的东西,它长在野外,屁事没有,你把它关起来,它就干净不了。你是没有去看过那些养殖场,那个阴暗潮湿,那个肮脏龌龊,你要拿个放大镜仔细瞅瞅,那些动物身上的虱子跳蚤,细菌病毒,保准吓得你毛发直竖! 还吃? 白送你都不要!"

"果真,绝户兄弟?"

"我怎么能骗你呢? 我就是干这一行的。你见过竹鼠吗? 那玩意儿关在笼子里,看着都恶心,可我认识一个孙子,专喜吃这玩意儿,这些年,他一个人吃的,怎么也得三五百只。"

毒王听到这里,脑海中现出一些饭桌上的场景来,立刻趴下身子,"哇哇"地吐了起来。心理上的恶心,加上病毒在他身上引起的生理上的恶心,一起翻涌上来,搞得他体内翻江倒海,差点将他的肠肠肚肚都吐了出来。

初时,绝户并没有在意,他想毒王一定是在城里呆久了,体质虚弱,被这山里的冷风一吹,水土不服,中了风邪,所以呕吐,吐完他就会舒畅。再说此时他编那笼子,正在一个关键当口,不好放手,他想缠完中间的纬线,才前去关照一下毒王。同时他想到,毒王既已呕吐,一两个小时后必定胃口大开,那样一来他携带的烤馕就大大不够,明天早晨,要是打不到兔子,就只用烤野鸟做早餐了。好在每次那网上粘住的，都并不止乌鸦，收获三五只野鸡也是常事，而野鸡并不值钱，烤来吃了，也无算不上损失。

但是这时，绝户忽然发现一个极为异常的景象：只见天空中，聚焦着成千上万的鸟儿，盘旋着，像一个巨大的漩涡一样，向这山坳底缓缓地降下来，同时，周围的山坡悬崖上，一些黑乎乎的影子，正向下攀援。绝户一惊，顺手取过望远镜，调了焦距看过去，这不看不要紧，一看，吓得他魂飞魄散，原来，那些黑影全是山中的野物，从猴子、野猪、豺狗、狐狸、野猫、旱獭、猞猁、麂子、南方黄羊、穿山甲一直到不善飞行的锦鸡、毛鸡等，其中居然还有一只豹子和两只黑熊，他再看看天上，此时已是密密麻麻，不但有大量的乌鸦，还有大一些的老鹰、白鹳、鹭鸶，小些的猫头鹰、灰喜鹊、啄木鸟、阳雀，更小的燕子、麻雀、蜂鸟，甚至还有蝙蝠。这些鸟兽发出的声音一时还不能完全传达到他们呆的这个地方，但已初现声势，像远方袭来的暴雨，像山那边疾驰而来的火车，发出隐隐的“轰隆”声。

“虎哥，你吐完没？咱们要倒霉了！”绝户一声大喊，站起身子。

毒王却没有回答。此时的他，已经有些神志昏迷，趴在那石头上，就像一个还不会走路的婴儿，匍匐在地，弓着身子，高高地撅着屁股，头触在那岩石的边缘，用双手支着岩壁以求稳定。

“虎哥！刘总！快，咱们得躲到那岩洞下，动物们造反了！”绝户高喊一声，夺路而逃，向那山腰的岩洞狂奔而去。但是荆棘丛生，无路可逃，他只得一边逃，一边用手拨开树枝，往前乱钻。动物们已经发现了他的踪迹，那翅膀扇动的“扑哧”声，便离他越来越近，越来越清晰响亮。

绝户跑到一块石头上时，见毒王仍没有动静，便停下脚步来，准备再次喊他，但是动物大军们却朝他发起了攻击。首先是几只蝙蝠，它们悄无声息，从不同的方向飞过来咬他的脑袋、手，抓他的脖子。他的腮边挨了一下，后颈脖挨了一下，像被蜂子蜇一样痛。绝户正在寻找树枝来进行自卫时，几只乌鸦朝他冲下来。它们的爪子比蝙蝠的厉害多了，他抱成一团，才只被扯掉一些头发。有只乌鸦还在他肩头狠狠地啄了一下，差点把他那身野战服啄破，弄得他左肩像掉了肉似的生痛。同时在空中，几只猫头鹰、沙鸡、灰鸨、山雀却朝他拉下屎尿来。

绝户顾不得毒王了，钻入树丛，拼命向那岩洞奔去。他刚到，走兽们也到了，向他展开了无情的攻击。先是一只穿山甲咬着他的裤角，继而一只野猫直接扑向他，想要咬住他的喉咙。别看这野猫比通常的家猫大不了多少，前爪抓着他的衣服前襟，后腿够不着地，只能悬在空中，可这家伙十分聪明，既然身高不够，索性用两个后爪抓着绝户的膝盖，整个身子腾了空，攀附在绝户身上。绝户用双手狠命地卡住野猫的脖子，才没有让它那尖牙利嘴够得着自己。这时空中传来"嘎嘎"的叫声，原来是一只苍鹰在寻找着机会，想飞下来啄绝户的眼睛。绝户情急之下，扭住野猫往地上一滚，同时狠狠地踹了穿山甲一脚，到了那岩洞下面。

绝户总算暂时得救了。他那些野外的家伙什，因为不担心有人偷拿，都是随便放在地上的，很顺手，他抓起一把用来开路防身的砍刀，挥舞起来。野猫和穿山甲眼看寒光闪闪，估计绝户手中那是个厉害的玩意儿，都停在洞口，不敢冲进去。绝户腾出手来，抓过他登山的抓钩，伸手一甩，正中野猫额头，将它击退。穿山甲正在待躲闪，绝户上前，一脚将它踢了出去，滚入坎下树丛。绝户冲出来，登上旁边一块石头上，呼喊起毒王来：

"刘总！刘老板，你快上来啊！"

可是下面除了走兽的咆哮和鸟儿们的聒噪，什么也听不到。绝户感到大事不妙，立刻返身拿过他那支野外专用的加长手电，往下射过去，寻找着毒王。这一照之下，令他大惊失色，只见无数的鸟儿，以乌鸦为首，正在攻击毒王。毒王的衣服已经被撕烂，脸上血肉模糊。鸟儿的数量之多，就像养蜂场的蜜蜂一样。绝户顾不得多想，立刻一手持手电，一手舞着砍刀，赶去营救毒王。

绝户跌跌撞撞，一路下到毒王身边。奇怪的是，鸟儿并没有过多地朝他攻击，那些野猫、猴子、野猪、狐狸、旱獭、猞猁之类，虽然朝他呲牙咧嘴，可都顾忌他那砍刀，并没有冲过来，似乎野猫已经告诉了它们，这刀很不好惹。绝户来到离毒王约五米远的时候，总算听到了毒王的话。毒王不停地喊道：

"饶命啊，乌鸦兄弟！饶命啊，乌鸦大人！……我吃你们不对，我这身上有股乌鸦味，可是……从今以后，我再也不吃你们了，我吃素……饶命啊，乌鸦大人！"

绝户见毒王已经被抓、啄得面目不清，正想着如何救他，却忽然闻到一股带着血腥味的恶臭。绝户停住脚步，用手电照了照毒王的身体，只见毒王流出来的血是黑紫色的，他的面部，也不仅仅是受到外伤的那种神色，而是重病之下那种垂死者的神色。绝户立刻联想到那些被瘟疫害死的鸟兽的身体，并断定：毒王一定是得了绝症，他身上那种气息引来了鸟兽，而鸟兽们是担心这种气息传染自己的族类，所以才攻击他。此外，他们这个职业还流传着一种古老的说法，说经常食蛇的容易遭受蛇咬，经常吃狗肉的人，狗看他的目光，也充满仇恨，他因此联想到了乌鸦，心想，毒王一定是一个乌鸦肉和乌鸦汤的爱好者，经常食用，而乌鸦在他身上，闻到了同胞的气味，将他视作敌人。

这样的推测让绝户惊恐万分，立刻不顾毒王，逃回了岩洞。他担心毒王身上那不明病毒传染上自己，立刻找出药，干服了下去，同时将那帐篷打开，躲了进去，只留一个脑袋在外面，仍旧趴在那岩石的边缘，关了手电，换上夜视仪，注视着下面。

下面那一幕令绝户感到毛骨悚然，终身难忘：只见毒王在无数乌鸦的飞啄之下，很快断了气，不再挣扎，可是那些乌鸦仍然不放过他，它们停在毒王身上，啄食他的血肉。后来飞下来一群鬼魅般黑乎乎的秃鹫，它们啄开了毒王的胸膛，拉出他的内脏来，并直接吞了下去。有那么一会儿功夫，这些凶恶的鸟儿，秃鹫和乌鸦，黑压压的挤成一团，完全覆盖住了毒王的尸体，正在分食他。等它们终于飞散开来的时候，毒王只剩下一副骨架和散落在旁边的他那皱巴巴的衣服裤子。这时豺狗、猞猁和狐狸走了上去，在那骨架旁嗅着，看那架式，它们要吃掉他。可是好一会儿过去了，这些家伙你嗅嗅，我再来嗅嗅，谁也没有下口。绝户心想，只要留下这副骨架，他也会带着毒王的家人前来，好歹收个全尸。虽然他只知道这位倒霉汉姓刘，外号虎哥，别的一无所知，可是他既然认识土司家宴的姜老板和鸦补王的黄财，就能找到他的家人。

豺狗、猞猁和狐狸们离开毒王的尸体的时候，绝户明白它们为什么不下口的原因了：毒王身体中的恶臭令这些食肉动物无法忍受，所以它们放过了他。乌鸦和秃鹫之所以敢饱餐一顿，是因为它们体内有一种类似蚁酸的液体，可以化解通常的病毒。不过这批乌鸦是不能要了，即使能够捕得。因为它们很可能带着毒王的病毒，那样客户吃了也得犯病，而一旦客人通过科学的手段溯本求源，势必影响到自己产品的信誉。

就在绝户这么想着的时候，忽然走上去一只豹子。这是一只本地的云豹，山里已经很多年不见它的踪影。以前绝户听猎人王大拿说见过豹子，他还不相信，现在，他是彻底相信了。只见那只豹子，围着毒王嗅了嗅，然后叼起他，往前拖去。这畜牲的力量十分了得，叼一副成年男人的骨架全不费力。绝户以为，它会把毒王叼到树上去吃，却不料，它把毒王叼到了一个坑边。随即，冲上来四五只公野猪，三拱两拱，就把毒王拱入了坑中。

却说毒王掉下去那个深坑，绝户是熟悉的。每次布网，他都要特别小心，以免掉下去。那坑口只有斗尺见方，却是深不见底。有一次，绝户曾经丢下去一块石头，他吸了半支烟，那石头还在下面"咚咚"的响，显是没有到底。现在他才明白，这些家伙将毒王丢入了深坑，原来是在打扫战场。地上只留下一摊血迹，明日太阳一晒，血迹会被晒干，而那些病毒，也将被晒死，森林复归干净。

这下子毒王是彻底完蛋了。他成了虎年最不幸的人，死了连尸骨都没有留下。绝户开始思考着自己的退路来，因为他发现，那些动物，豺狗、豹子和狐狸，猴子、野猪、旱獭和猞猁，正在破坏他布好的绝户网，它们咬断那线头，扯断那网线，很快将那网阵毁于一旦，而他那个唤鸟器，也被一只黑熊抓起来，在石头上砸得粉碎。绝户连忙起身，随便收拾了几件东西，开始逃亡。

绝户出了那岩洞，没敢下到那平地，而是直接往上，准备翻越山岭，从东边逃出去。他从一大丛深山含笑中钻出来，却忽然见一只黑熊横在他面前。那黑熊见了绝户，"呼"的一下就蹿了过来，好个张绝户，不慌不忙，蹲下身子，待黑熊近到他身旁，才将手中一个东西猛地捅了过去。只见那黑熊"嗷嗷"地叫了两声，往旁边跳过去了。绝户大步流星，小跑着冲过了一块平地。那黑熊追过来，想要再往上扑，绝户回身，再次挥舞起他手中那玩意。只见这玩意儿像根棍子，正噼里啪啦地冒着一丝丝的闪电。那黑熊没敢再往前冲，站在原地，绝户于是再次进入树丛，往山顶行去。

原来绝户手中拿的，是一根电棍。这可不是普通几千伏的电棍。出于对数字的一贯迷信，当初，绝户挑选电棍时，特意挑了一根六万六千伏的。这样的电棍，不要说一只熊，便是一只公牛，也能击倒。前几年世道混乱，绝户曾经被人抢过一次，于是在黑市上买了这根电棍。这电棍果真派上过用场，电死过一个人。那是一次贩运野鸟去南边，绝户收了货款，被一人盯上，跟到一个僻静处，下手抢他，绝户抵挡不过，用电棍一捅，那人立刻趴下，魂归西天。绝户估计警察立了案，所以从此为人低调，并始终远远地躲着公安。

半小时后，张绝户凭着长期在山里出没所练就的敏捷身手逃离了乌鸦遍布的山谷，从一大片树叶落尽的杜鹃林穿过，到山的另一边去了。杜鹃那光秃秃的枝丫坚硬、韧性十足，撕烂了他的衣服，扯乱了他的头发，使他看起来像一个叫化子。这密林中原本是没有路的，如果不是逃命，即使前面有一百只上好的乌鸦在等着，他也不可能穿过去。从山梁上往下，约莫走了一百多米，再也听不到乌鸦和鸟们的聒噪了，他才停下来歇口气。他坐在一块大青石上，看着远山上迷朦的月亮，寻找着出山的方向。

可是他始终没有找到他认为正确的方向，于是只好摸索着走了。他下了大青石块往下走。这儿有一片刺楸树。在张绝户眼中，它们全是上好的木柴。冬天，把它们锯短劈开塞进灶膛里，炖上猪脚杆，倒上包谷酒，看着窗外的雪花一片一片落在邻居家的屋檐上，这是张绝户最为留念的生活。这场景让他感到有些饥饿。可他身上一点吃的也没有了。他掏出他那支加长手电,在树梢上晃了几晃,发现几棵猴栗树,便钻过去,捡到一些果子,把那带着尖刺的皮踩掉,吃了一些。这玩意生吃不如板栗,有一点涩。要是用来炖肉,倒比板栗强,这点绝户也是清楚的。张绝户继续往下,看到了明晃晃一个小水潭。他来到潭边,用手电照了照,发现潭水清澈,于是趴下,伸出脖子,“咕咕噜噜”喝了一气。水的味道与泉水无异,张绝户感到无比的惬意。

这时月亮躲入一片薄云后面去了,天色变得越发朦胧起来。张绝户顺着水潭边一条野兽走成的小径下到一块平地上。这块地约有一亩,长着一些马桑和香榧之类的杂木、草,还有一些乱石。张绝户觉得这块地不像天然的,仿佛像人工开辟出来的一样,于是便用手电四处照了照。如果它是人开辟出来的庄稼地或者屋基,就说明附近一定有出山的路。忽然,张绝户发现树丛中有两团亮光朝他射来。他吓了一跳,不明白何以在这深山遇到另外一个手持手电的人。可那光又不像手电光,有些鬼魅、幽深。张绝户连忙打开手电射过去,却看到一只身形硕大的动物“嗖”的一下从树丛中跳了出来,横在他的面前。

张绝户吓得魂不附体。没错,这正是传说中的老虎。它不是刚才那个叫老虎的人,而是一只真老虎,一只华南虎,追寻着野猪和兔子的气味,从北面长途跋涉而来。它体长将近两米,有一身漂亮的皮毛,上面的斑点就像人工绣上去的一样美丽。张绝户看着老虎,既紧张又兴奋,以至忘了关掉手电。老虎蹲在那儿,一动不动,只是上嘴唇不时往后缩着,露出一口白而漂亮、凶猛的牙齿。

绝户脑子里闪电般研究起这只老虎的来历。直觉告诉他,这不是动物园里跑出来的老虎,而是一只野生虎。这虎和他爹、他爷爷给他讲过的老虎完全不同,因为它有一种特别的气味，带着恐怖和死亡的气息。张绝户知道，最大的考验来了。他无路可逃。更要命的是，他那根电棍不知掉到哪儿了。他知道，对付猛兽的方法要么是装死，要么是镇定，寻找脱身机会。对老虎而言，装死是不管用的。他解下腰间的皮囊，喝下最后的那点烧酒，想获得一些胆量。令他惊奇的是，他喝酒的时候，老虎竟然伸出舌头舔了舔，仿佛是闻到了酒的香味似的。

张绝户想赌一把。他悄悄地一挥手，把那皮囊朝老虎扔了过去。老虎看到落到眼前的皮囊，伸出前爪拨弄了几下，嗅了嗅，既没有咆哮，也没有跳跃，仍就呆在原地。张绝户看着它，小心地关掉了手电。酒劲上来了，他有点兴奋。他想早知道自己有这样的运气，刚才应该带上相机。要是能拍上几张老虎的照片，并顺利逃脱，他就会一举成名，甚至可能到省电视台做节目。他曾经听说一个人，因为在森林中拍到了老虎的照片而成了名人，可是后来又听说他的照片是假的。想到这里，张绝户忽然有了主意。他把手电夹在树枝间，打开，让光对着老虎，然后他悄悄越过树丛，准备从原路返回。

这时候老虎忽然咆哮一声，就像炸雷从天而落，把张绝户吓得筛糠般发抖。随着这咆哮声，老虎猛地一蹿，来到张绝户的面前。张绝户蹲在树丛边，预测着老虎的下一个动作。老虎没有再扑过来，只是半蹲在那里，朝着张绝户龇牙咧嘴。张绝户扯下腰间的一圈绳子，打了个结，瞅准了朝老虎抛过去，准备套住它的脑袋。但是老虎十分敏捷，它往旁边一闪，那绳子便从它的额头滑落下来。张绝户一看原路是不可能走了，一转身，准备快速冲过这块平地，进入下面的树丛间。

说时迟那时快，老虎低吼两声，三两步就蹿了过来，在张绝户身边挥动着它那锋利的爪子。这时候张绝户忽然冷静了，老虎的这个动作告诉他，它也是头一回遇到人这种动物，不知从何下手。张绝户准备放手一搏，于是顺手捡了块石头朝老虎砸过去。老虎顺势一躲，脑袋转到另一边去了，屁股冲着张绝户。张绝户决定不放过这唯一的机会，"噌"地一下跳起来，骑到了老虎的背上，掏出他的手机朝老虎打下去。他想起了武松，记得老虎是很怕人家打它的脑袋的。

老虎冷不丁被手机砸了几下，真的有点懵了。这时手机忽然响起铃声来，是张绝户最为喜爱的一首流行歌曲，老虎从来没有听过，被吓得打了一个激灵。与此同时，"噗"的一下，张绝户一手机砸在老虎的眼眶上，老虎生气了，猛地一抖，将张绝户掀了下来。张绝户摔落在老虎的屁股旁，感到老虎力量强大，这一抖，似乎扭伤了他的腰。但老虎却没有转身再向他扑来。原来他的手机正好掉在老虎的嘴边，仍在响着铃声，而且屏幕上一闪一闪地发着蓝光，老虎一边嗅着，一边伸出它的爪子去拨弄，似乎想要弄清楚这究竟是个什么玩意儿。它那长长的尾巴就在张绝户的脸边晃动着。张绝户又一次觉得机会来了，便轻轻地抓住它。他一手抓着这老虎尾巴，一手迅速地从地上捡过那根绳子。他想用绳子把老虎尾巴与旁边的一根树干系在一起。他手忙脚乱，既紧张又镇定，心想只要给他五秒钟，他就能绑紧，打上死结，那样一来老虎就插翅难逃。

他绑第一下的时候，老虎转身瞪了他一眼；他绑第二下，手上加了把劲，以便捆得紧一些，老虎尾巴却猛地往回缩了半截；他眼疾手快，双手抓住那尾巴，准备从树干后面绕过来，老虎的身子却忽然一扭，它那钢鞭似的尾巴猛地横扫过来，迎面击在张绝户的额头上。张绝户如遭电击，一下子瘫倒在地。老虎转过身来，用两只前爪按住张绝户，一口咬住他的脖子。过了一会儿，手机再次响起的时候，张绝户不再挣扎了，老虎松开口，伸出它长而结实、如铁刷般长着多细小倒刺的舌头在张绝户脸上舔了几下，然后像扯其他动物的毛一样扯掉张绝户的衣服，不慌不忙地吃了他。

比起野猪肉和兔子肉来，人肉有点酸，没什么嚼头，可是在腹中空空的情况下，好歹也算是顿不错的晚餐了。吃完后，老虎舔舔嘴，幸福地睡着了。梦中它看到了成群的野猪、山羊、獐子、麂子和兔子。

没水还不是最糟糕的，污染才是我们动物的头号天敌。现在所有农田里都被人撒了药，他们春天撒，秋天撒，撒来撒去，昆虫都快死绝了，偶尔捕到几只，也是一股药味。我们许多鸟因为长年吃那些带药的虫子，身体都不行了，我本人，近来时常感到头晕恶心。这日子，怕是很难过下去了……

第七章　今夜无鸟入睡

却说那只从“土司家宴”跑掉的猴子，在这场人与动物的冲突中，它声震动物界，成了明星。当天黄昏，它逃离了城镇，一路驱驰，逢人就躲，夜行晓宿，于第二天傍晚时分到了山里。它东游西荡地晃了两天，终于找到了归宿。这是又一个黄昏，在一个如马鞍形的山坳里，树上地上，聚集了无数动物，既有走兽，也有飞禽。猴子觉得自己终于找到了传说中的组织，大喜过望，立刻就从悬崖上攀了下去。

猴子骑在一棵羊蹄甲树上，只见漫山遍野，树上尽是鸟类修建的临时巢穴，地上尽是走兽构筑的临时窝棚。这地方完全成了动物的王国。动物们不但有野生动物，也有来自人类生活中的动物。那些野生动物，猴子多数都觉得陌生了，只能凭借老一辈的传说，去辨别它们哪个是张三，哪个是李四，哪些是远亲，哪些是近邻。倒是那些来自人类生活中的动物，它看着亲切，因为它长这么大，多数时候都跟人在一起。

在北坡一个突出的小丘上，长着几棵高大的枫香，满树的叶子经秋阳一晒，黄灿灿的，不过树上却有无数黑色的小点，原来那都是乌鸦。猴子向临近的动物一打听，得知这儿很快要举行一个大会，乌鸦是会议的召集者和主角，最中间那棵枫香树上，便是乌鸦的指挥所，那正在一根枯枝上踱来踱去的，便是鸦王，名叫亮翅。

在枫香树下一堵显目的悬崖前,一头健硕的母野猪用拱在嘴上的稀泥,正在写标语。它有一对漂亮的大白牙,分别从两个嘴角升出来,亮晃晃地插向前方。猴子向一只小母猪请教一番,得知这头母野猪名叫大白牙,便爬下树来,走过去问道:

“大白牙大嫂,你写的啥呀?”

写字的母野猪回头看看猴子,哼了哼,没有回答。旁边一只年轻的小公猪,正在枯叶堆里吃晚饭,见状,它抬起头,一边嚼着嘴里的几粒榛子,一边对猴子说:“大白牙是它以前的名字,现在你得叫它超级野猪大白牙。不然它不会答应你。”

“为啥呢?”

“为啥?你当它是寻常野猪吗?自从参加南华市第一届野猪才艺展示大会,它以认识人字而获得第一名,它就自命超级野猪了。你得叫它超级野猪大嫂。”

猴子于是改了口,有些拗口地叫道:“超级野猪——大白牙大嫂,你写的这是什么啊?”

“叫啥呢?叫啥呢?”大白牙很不耐烦,且有些凶巴巴地回道,“懂规矩吗?”

猴子一脸的惶惑,呆在那里了。大白牙见镇住了猴子,启发道:“你就不会叫姐姐啥的?”

猴子听明白了,知道大白牙认为自己还正当妙年,于是改口道:“野猪姐姐,您这写的是什么呀?”

大白牙这才甩了甩脑袋,抖落掉嘴边多余的泥巴,说:“这是人的字。我念给你听啊,你记住了:南华市第一届动物控诉人类恶行大会!”

“控诉人类恶行,这名字好哇!”猴子说。他立刻对这头野猪产生了好感,摊开它的巴掌,把几粒在树上采的一小串野拐枣送给了野猪。“你是怎么学会认人字的呢?”

“哎,说来也没甚稀奇,”大白牙说,“你也知道,这山中的饮食,毕竟不如人类的庄稼好吃,所以每到那月白风清的夜晚,我们都要下山,去偷点人的东西吃。甭管粮食还是蔬菜,我们逮着啥吃啥。当然为了安全稳妥,我们也要潜心研究人的行为动静,因为我们猪本来就是动物中的高智商种群嘛！我发现,只要立有一块牌子的地方,就比较危险,于是就研究起那块牌子来。我终于破译了那牌子,因为那上面总有两个字:野猪。我再加把劲,破译了更多的字,比如:注意野猪！或者:此处有野猪出没！就这样,积少成多,我慢慢就认得了一些人字。”

“你太有才了!”猴子大叫,“咱俩有一拼,你会写人字,我会说人话!”

“哇噻！你会说人话？快教教俺!”大白牙一听猴子会说人话,立刻收起先前的傲慢,变得谦逊起来,并要拜猴子为师。

“这可不成,学会人话,只有我们这样的灵长类动物才有可能。”猴子说。

“那你是怎么学会的呢？讲给俺听听总可以吧?”大白牙诚恳地说。

“大嫂,不,姐姐,说起来你比我快活多了,”猴子说着,情绪低沉起来,“你生活在大自然中,无拘无束,偶尔还可以到人的庄稼地里解解馋,我的命可就苦多了！我生活在笼子里,两岁的时候,我被主人卖给了一个男人,跟着他外出打工,成天跑码头耍猴戏,风餐露宿,吃尽了苦头。为了糊口,我不得不跟人学东西。直立行走、鼓掌作揖那一套,我很早就学会了,后来又学会了给人点烟、做鬼脸、画画、敲锣、骑自行车,等等。”

“这不是挺好的嘛!”大白牙道。

“好什么啊,我不这么做,主人挣不到钱,就会惩罚我。”

“可他教你说人话,你可以借此成名,也不亏啊!”

“哪里是他教的啊，”猴子有些忿忿地道，“那个挨千刀的，他后来又弄到一只更年轻漂亮的母猴，就把我卖了。我被牵到一家饭馆，几个人围着我，要活吃我的猴脑，我被逼急了，情急之下，忽然冒出几句人话，才捡回一条命。”

“这么说你的人话是被逼出来的？”

“可不是嘛，”猴子说，“常言道，急中生智，我要不是被人往死里整，怎么能忽然蹦出人话呢？后来我一想，会了就会了吧，也算是门手艺，就努力回忆，记起了不少。”

“那你也很了不得呢！”大白牙道，“跟我一样无师自通。”

“哪里，哪里，”猴子说，“天天跟人在一起，耳濡目染，学会几句人话不奇怪。”

旁边有些动物，有飞的有走的有爬的，一直在听猴子讲这故事，听到此处，立刻有人提议：“我们往上面报一下，也叫你超级猴子吧！”

“别，别，”猴子连忙摆手，道，“我只是一只寻常猴子，再说我有名字。”

“那你叫什么？”大白牙问道。

“我主人一直管我叫满屯，你们要叫就叫我满屯吧。”

这时飞下来几只乌鸦，通知大伙儿就要开会了，于是，超级野猪打着响鼻，走到一棵巨大的苦槠树下。那儿有个土坑，是由野猪们用嘴拱出来的，潮乎乎的，里面已经有七八只大小不一的野猪。看得出，它们今晚都吃得不错，一个个快乐地哼哼着，两只半岁大的小野猪，还在温习刚刚学会的泥塘舞。猴子满屯因为有了新朋友，就跟在大白牙身后，爬到了苦槠树的树干上，手搭凉棚，四下张望起来。有几个猴兄猴弟，正在不远处悬崖上一块突出的岩石上，唤它过去，满屯却没动。

这时月亮升起来了，从山顶移过来，洒一下片清辉，连溪流边的阴暗地带也照得清晰起来。动物们开始集结在各自的位置上，走兽在树丛中、岩石上，飞鸟在枝头和窝里，水禽在溪边，那些从山外赶来的动物，也依据各自的习性，寻了自己喜欢的所在。等到所有的动物都差不多安静下来之后，鸦王亮翅，在居中的那棵枫香树上扑腾了几下翅膀，清了清嗓子，高声说：

"各位鸟兄鸟弟，各位叔伯婶姨，各位芳邻，这段时间以来，在以我们乌鸦为首的全体动物的反抗下，把人折腾得够呛。很多人病了，还有的死了，人类大吃特吃我们乌鸦的野蛮习气，也暂时有所缓解。这个成果来之不易啊！为了这个胜利，我们有的乌鸦，直接用身体跟人发生冲突，甚至与他们同归于尽，有的乌鸦，明知道自己染了病毒，却故意跑到人的地盘上，让他们捉去吃，把病毒传染给他们。其他的动物们，这些天也没闲着，从老鹰到麻雀，从白鹳到锦鸡，从野猪到兔子，广大动物同仇敌忾，共对人类，把我们这场反抗运动搞得轰轰烈烈，热火朝天。但是这还不够，我们必须戒骄戒躁，掀起更大的高潮。为了把今后一段时间的工作引向深入，今天晚上，我们特地召开这样一个控诉大会，把人类的恶行好好罗列一番，为我们的行动找到更大的理论支撑，提供更大的动力。下面就请大家发言！"

鸦王话音一落，四周立刻叽叽叽喳喳、哼哼哇哇地响成一片，鸟类扇翅膀，兽类拍爪子，大家都想先发言，山谷里乱成一团。鸦王一看这阵式，呱呱地高叫了两声，示意大家安静，然后说："各位，我看大家情绪都很激动，说明大家对人都有怨恨，这是好事！但是我们这是开会，得一个个来，不然吵成一团，谁也说不成。我提议，咱们这个控诉会由跟人离得比较近的朋友来主讲，山里的野生朋友作补充，大家说行不行？"

大家都觉得这主意好，表示同意，鸦王于是继续说："那就先由超级野猪大白牙大嫂来讲吧，她是一只才艺超群的母野猪，这两年经常去吃人的庄稼，已经认得人字。有请，野猪大嫂！”

大白牙没有想到自己会被安排第一个发言，有些激动，但一听人家叫它大嫂，又有些不快。不过，一想到这是个成名的好机会，它还是很快从那苦槠树下走出来，站在坑边，甩着它那雄健有力的大嘴，高声说：

“各位朋友，要说人最大的恶行，我觉得首推自私自利。他们自己也是动物，但他们从来不顾忌别的动物的感受。据说我高祖的高祖的时候，从山那边我们的地盘往太阳升起的方向，走上五天五夜，全是森林和草地，鲜美的根茎和野果随处可见，我们一年四季得吃得膘肥体壮，现在呢？到处都是人的房子、公路、庄稼地。有时候我们头天还在打滚的地方，第二天一觉醒来，却成了人的地盘。所以我们动物落到今天这个地步，全怪人。他们把森林毁完了，我们则失去了家园。”

“对，还我们的地盘来！”动物们齐声高喊，对大白牙的话表示赞同。

“我的话还没完呢！”大白牙说，“光占地盘还不是最坏的，最坏的是：人污染了大地，不但害了他们自己，也让地球上所有的动物都跟着遭殃。现在天空是脏的，因为人往空中排放各种废气；土地是脏的，因为人往地里倾倒各种垃圾；水是脏的，因为人往地里施放肥料和农药，最终污染了水。虽然太阳和月亮仍高挂在天空，可是动物同胞们，咱们这脚下的山川大地，早就被人糟蹋得不成样子了！”

众动物听到大白牙这一番阐述，群情激动，叽哩哇啦地一阵乱叫。鸦王等到它们稍稍平息，而且确信大白牙已经讲完，才说：“下面有请猴二哥满屯！它长期跟人生活在一起，会说人话，请他发言！”

满屯抱着树枝摇了几下，让大家知道它所在的位置，然后它爬到树梢，尖声尖气地讲道：

“依我看，人最大的恶行是懒惰。从前他们让马、牛和狗帮他们干活儿，现在，他们让机器帮他们干。劳作在他们那里曾经被视为美德，现在呢，人人都想不劳而获，都梦想一夜成名，每天他们的报纸电视什么的，宣扬的全是这套玩意儿。想想看，大家都追名逐利，那世界能不乱套吗？”

“猴二哥讲得很好！人都是被名利害的，”鸦王说，“下面有请流浪猫狗代表团！”

立刻便从树丛里钻出来一堆猫和狗。从毛色和身姿上，一眼就可以看出，它们既不是山里的野猫野狗，也不是村子里的猫狗，而是来自人类的中心，城市里的猫和狗，其中不少还是外国来的猫和狗。它们走到一块岩石上站成一排，显得比野生的动物更有秩序。鸦王见它们站好了，介绍道：

“野生的朋友们，大家看它们的神态都不怎么对劲吧？不错，它们都患有抑郁症。人高兴的时候把它们当作宝贝，不高兴就把它们扔了，任它们满世界流浪，生死由命。下面就请各位猫狗兄弟发言！”

“动物朋友们，这流浪的日子，苦啊！”传出一声娇滴滴的长叹。众动物看过去，原来是流浪狗西施，它的一身白毛脏兮兮的，灰头土脸，整只狗看起来十分憔悴。见大家都留意倾听，它继续说：“人这种动物，是世界上最乖戾任性的，我们动物，对此完全无法捉摸。想当年，我主人，她高兴的时候，对我可好了。他们两口子对自己的爹娘都是爱理不理的，还经常恶言相向，对我这只狗则是疼爱有加，乖乖宝贝的叫个不停。但是她后来不高兴了，经常不回家，也不照顾我，就把我扔了，从此我就开始了流浪生涯。”

“我同意，人是情绪最为反复无常的一种动物，而我们别的这些动物，尤其所谓的宠物，完全成了他们的兴奋剂和出气筒，”走出来一只流浪狗兰希尔，说，“我那主人，从前她猫呀狗地养了好几只。那时候她对我们可好了，给我们洗澡，买进口的狗粮猫粮，经常带我们出去遛弯儿，有时候还把我们组织起来开会，让我们报数，由她点评我们的表现，给我们讲注意事项。甚至有一次——恐怕你们做梦都想不到，他两口子围着我一番忙碌，染皮毛，画黑眼圈，将我打扮成一只大熊猫，然后牵着我上了街。整个小区立刻就轰动了，人们纷纷赶来，观赏国宝。我自己也被这表象迷惑了，以为可以天天当明星了，谁知道没过多久，他们两口子打了一架，闹起离婚来，我就被放逐了，从而混到今天这步田地。”

“兰希尔大哥，喜怒无常没有啥，遭到放逐也不可怕，”流浪狗腊肠一步一瘸地走出来，说，“人最大恶行是残忍！瞧啊，我这条腿，就是被人打瘸的！那是我流浪后不久的一个下午，我正在胡同里走着，想去找朋友，忽然就来了两个年青的混蛋，对我下了毒手，把我这左腿打瘸，要不是我跑得快，恐怕你们就见不着我了，哇哇……”

腊肠说着，哀嚎了一小阵，众动物有的叹息，有的跟着它呜咽。

哀叹声未落，流浪猫斑点黄走了出来。它走路的姿势十分奇特，是在地上一点点蹭着前行。众动物定睛一看，原来它的双后腿都断了，还瞎了一只眼睛。它费力地爬上一块石头，有气无力地说：“腊肠兄弟，并非只有你挨打啊，我们居住那个小区，被打残打废，割掉尾巴、烫瞎眼睛的猫兄狗弟，岂止少数？仔细论起来，人虐待起我们动物来，是无所不用其极的，其手段可谓是罄竹难书。”

听到这里，众动物又是一阵喧闹，群情激愤，鸦王不得不站出来说：“各位，这伤心的话题，恐怕是三天三夜也说不完，咱们往下进行，继续归纳人其他的恶行。”

“那我来接着说吧，”流浪狗蝴蝶说，“我觉得人最大的恶行就是浪费。据我观察，我们动物之所以这么穷，日子这么苦，全是因为人把资源都浪费完了。我们动物一向都只满足最基本的生活需求，可是人呢，他们只要稍微富裕一点，就开始浪费，他们浪费清水，浪费粮食，浪费蔬菜。他们的生活理念完全是错误的，节约被认为是没有本事，而浪费却成了时髦。”

“这个我最有发言权，”流浪猫波斯长毛说，“我那个主人，他们家总是不停地买吃的东西，把冰箱塞得满满的。那冰箱像个小房子那么大，他们根本吃不了，于是就扔掉了。”

“这还算好的，好歹是自己花钱在买，”流浪猫玻璃眼说，“我认识一个人，穿制服的，他们家的东西，几乎全是别的人送的，从各种吃的喝的到用的，啥都有，但多数都被他们无情地扔掉了。有时候，他们会把整箱的黄花鱼扔在垃圾箱里。他们家什么东西都扔，从各种名贵鱼肉、稀罕水果、贡米山珍，一直到很远地方送来的矿泉水。反正不用自己花钱，所以他们想扔啥就扔啥。他们家那个婆娘，平时也不怎么上班，整天就是不断地收东西，不断地扔东西。”

“我也认识一家人，他们家的鞋，成百上千，他们家的衣服，成千上万，他们家的房子，像宫殿一样，就算里面只有一个人，也要开动很多机器，冬天往里送热气，夏天往里送冷气。”流浪狗松狮说。

“还有更过分的，”流浪狗短毛指示说，“我有个邻居，黑白雪橇，来自米国，据它说，那儿的人才可恶，衬衣、袜子什么的，他们常常穿一次就扔了。”

“衣服袜子啥的，倒无所谓，反正我们动物也用不着，由他们人穿好了，”流浪猫黑白短毛说，“只是那吃的东西，人们的态度岂止是浪费？简直就是挥霍和糟蹋。这两年我经常呆在一个饭馆后面的一棵树上，常常看见人们一盆盆地倒掉没有吃完的菜，那些没吃过的鱼和肉，常常堆得像小山似的。”

“你不知道，黑白短毛兄弟，那人的胃口，稀奇得很，”流浪猫蓝眼说，“为了满足他们的胃口，他们什么招儿都想得出来。比方说，他们为了吃一种鱼片，会用整盆的油来煮，吃完鱼片后，就把那油倒掉。我也经常呆在一家饭馆后面的墙头上，那饭馆后面的地沟里，倒掉的油像小溪一样，日夜流淌。”

“要照你们这么说，是该给我们狐狸平反的时候了！”一只老狐狸站出来说，“在历史上，就因为我们曾经偷过人的一点家禽家畜，他们就把我们描绘成贪得无厌的动物。其实我们狐狸从来不浪费，吃不完的食物，我们总是藏起来，下次饿肚子时食用，跟人比起来，难道我们狐狸的做法，不是更值得提倡吗？”

“所以我们可以这么认为，”鸦王说，“人和动物的主要区别在于：我们动物是吃多少就找多少，所以我们在森林里生活了几万年，森林仍然洁净如初，而人，他们的贪欲数倍于他们的胃口，所以他们每到一个地方，都会吃尽万物，把这个地方搞得污浊不堪。”

“他们不止是吃的要浪费，别的也统统浪费，只要能拿出钱来，”流浪猫索马里说，“他们称为汽车那铁玩意儿，本来可以坐五个人，可是通常他们都只坐一个人。每到他们下班的时候，公路上的汽车排成长龙，那排出的废气啊，就跟那火山喷发冲出来的热气一样，直冲云霄。”

“您说得一点没错，”流浪猫土耳其梵说，“现在越是有钱的人，就越是追求汽车的排量，事实上有些车，不要说拉几个人，就是拉几头牛都够了。他们每踩一脚油门，就等于烧掉半桶石油，可他们多数人对此都心安理得。”

“各位，你们总结得很好，现在的人类，的确是以浪费为荣的，”思想鸦黑额尔站在高处，大声说，“去年的‘环境污染与鸟类前途国际论坛’上，一只游隼和一只家燕作了联合发言——它们都是世界上分布最广的鸟，据它们说，越是富裕的国家，浪费越是严重，像米国、大叶国、奶酪国、葡萄国和面包国那些国家，人们天天都在浪费。人欲横流啊！”

“黑额尔老师，您说的没错，”一只游隼从树枝间飞起来，应道，“就在今天开春，我还出一趟国，到了米国的赌城去转过一圈，那里的人们，天天挥金如土。那地方本来地处沙漠，但人们却供养无数巨型喷水池，还有五十多个高尔夫球场，水从哪里来的呢？全部抽取邻省的地下淡水。他们都认为，只要有钱，什么都是可买到的，包括淡水。”

“这么下去，他们尽早会遭到惩罚的，”黑额尔说，“我夜观天象，看到那赌城的好日子，就要到头了，用不了多久，它就要成为一座死城，只留下一大堆钢筋水泥。说得再远一点，用不了多少，人们就会为淡水而打仗，直打得头破血流。”

“倒霉啊，他们一打仗，咱们动物就得倒霉……”鸦王叹道。

众动物都被鸦王这感叹引发得动了忧愁，各自唏嘘一回。它们都很担心人类打仗。流浪猫白玉继续道：“谁能告诉我：人难道天生喜欢打仗和杀戮吗？”

“我看他们喜欢，”流浪猫巧克力色说，“人那个叫做电视的玩意儿，里面一天到晚都是打呀杀的。他们编出各种各样的剧，大都是阴谋、仇杀什么的，而且似乎越是怯懦的人，就越是喜欢这些玩意儿。看着他们舞刀弄枪，看着那一张张扭曲的嘴脸，看着他们像猴子一样叽哇乱叫，看着他们那副无耻的浅薄样儿，看着那副狭隘的自我欣赏状，真是足以令我们动物绝望。”

“我抗议！”猴子满屯闻言，朝巧克力色道，“我抗议你拿人跟我们猴子比，我们有他们那么差劲吗？”

“行了，各位，别用咱们动物去比喻那些糟糕的人类形象。这不利团结。”鸦王连忙劝阻说。

“我觉得人最大的毛病是虚伪，”流浪狗洛威拿说，“我们狗高兴的时候，会摇尾巴，而人，你永远也不能从脸上看出他是高兴还是不高兴。他们的感情很不真实。有时候，他们两个人之间一边握手一边算计，多可怕嘛！”

流浪猫琥珀色说：“他们不但虚伪，还十分虚荣。有时候他们为了表面上的风光，不惜在自己的脸上开刀。”

“他们的确有这个习气，”鸦王说，“像我们去过的那个凉菜国，最流行这个，很多人的脸都是假的，有的拉了双眼皮，有的垫高鼻子，有的割掉一块嘴唇。”

众动物听到这里，一陈惊呼，有的甚至失声尖叫：“天啦，这不是自残嘛！”

“这一点它们的确不如我们动物，”思想鸦黑额尔说，“我们动物，长什么样就是什么样，没什么美丑之分，而人却不明白这一点。”

“黑额尔老师，您不知道，人这种动物，他是最没有个性，最喜欢一哄而起的，不然地球上就不会是现在这个样子：有的地方挤得要死，有的地方却是洪荒时代那模样。”琥珀色回道。

“这个我可以证明，”流浪猫钻石眼说，“他们连生孩子都要凑在一起。有时候，他们认为某一个日子好，就一起生，而要是某个日子被他们认为不好，即使孩子这天要出世了，他们也要想办法不让他出来。”

许多动物听到这里，觉得既稀奇又不可理喻，禁不住发出阵阵惊叹、哄笑。有的还不太相信，问道：“人世间还有这样的怪事吗？”

“常有的事！”钻石眼很有些不屑地道，“有一年，为了生下什么金猪宝宝，有些母人硬是让孩子多在肚子里呆上一两个月，而有的，孩子还没有完全长好，就割了出来，放在暖箱里继续长。”

“逆天理啊！”鸦王高声长叹道，“生蛋产崽这样的事都敢胡来，还有什么他们不敢做的？”

“更可笑的是，”钻石眼继续道，“过了几年，等到这一批孩子长大，幼儿园和小学都不够用时，他们又互相谩骂、鄙视。”

“列位，听了大伙儿这么一番控诉，以及种种荒唐的人间奇闻，咱们明白了，人这种动物，尽管天天讲人道，其实是异常荒谬的，因为他们首先就不讲动物道。动物道都不存在了，人道何以存焉？”黑额尔以疑问句的方式说道。

对它这深刻的提问，动物们没有一只可以回答的，只得大眼瞪小眼。

鸦王看看天色，说：“行了，朋友们，人的恶行毛病，我们说上五天五夜也说不完，今天暂且到此。咱们现在最要紧的，是商量下一阶段的行动。”

“鸦王，我有一个提议！”超级野猪大白牙连忙说。

“请讲！”鸦王说。

“我仔细观察了一下，”大白牙说，“今晚在场的动物，不管是纯野生的还是从人的地盘上赶来的，只有一位身上，还带着浓烈的人的痕迹，就是满屯兄弟脖子上那个圈圈。我提议咱们帮它取下来,作为我们与人类彻底决裂的标志。”

所有的动物都朝满屯看去,只见它脖子上果然围着一个银白色的金色项圈,明晃晃的,十分显眼。满屯却说:“兄弟们,我也知道这是人对我们残暴统治的标志。我很想取下它,砸烂它,可是我没有这个能力啊!”

鸦王飞下来查看了一番,高声问:“咱们有谁会使用工具?”

“我来矣!”一声长啸,随即从树丛里跳出一只猩猩来。只见它约有一米五高,浑身长着绸缎似的黑毛,在月色下闪闪发亮。它迈着方步,显得威风凛凛,气宇轩昂。

这猩猩来到满屯身边,两只前臂一只抓紧一块石头,一只把满屯按在地上一块石头上,扬起石头就砸了下去。满屯感到猩猩力大无比,被压得动弹不得,但身子瑟瑟发抖,生怕它伤着自己。但见“啪啪”几声,火星一闪,猩猩已经砸断那项圈,双臂一掰,取了下来。

满屯自由了,山谷中欢声雷动。超级野猪大白牙对猩猩那把力气崇拜得不得了,赞叹道:“哇噻,何等的帅哥!哇噻,何等的猛男!”并在岩石上写了一个直直的感叹号。

“下面,朋友们,我们要一鼓作气,下山去解放我们的同胞!”鸦王说。

“解放这样的词儿,听起来倒有点耳熟,可到底是什么意思呢?”有些动物问。

“就是与人对着干,”黑额尔插话说,“这样的情况,在我们动物的历史上有过多次,难道你们没有学过历史吗?”

“好,那就请鸦王吩咐,我们这就打下山去!”众动物明白了,齐声回应道。

“情况是这样的,”鸦王说,“我们的侦察鸦,经过连日细致的侦察,发现了一个养殖场,那里不但养着几万只乌鸦,还有许多别的鸟儿,如鹌鹑、孔雀、鹧鸪、黄腹锦鸡等。这些鸟兄鸟弟都被关在铁笼子里,跟鸡的命运一样悲惨,咱们得去解救它们。"

"还有比鸟更倒霉的呢!"黑额尔说,"比如那里有一些白鹅,人们为了把它们催肥,烤了吃它们的肥肉,不让它们自己就餐,而是把食物弄成一条条的,硬往它们的食管里塞。它们常常被撑得半死,却被关在笼子里,动弹不得。那儿还有狐狸、貉子、貂,也是关在笼子里,养大后人就剥它们的皮拿去做衣服。"

"那儿还有野猪,"大白牙插话道,"我以前有个男朋友,就被人捉了去,关起来做了种猪,每天忙着配种,以便帮他们生产野猪肉。有天晚上我曾经去看望过它们,只见野猪兄弟们哼哼乱叫,直想冲出来,可是越不过人修筑的那道罪恶的高墙!"

"总之,今晚到场的所有动物,你们都有亲戚在那人的养殖场里,从熊到蚂蚁,从鸟到蛇。所以朋友们,让我们乘着斗志,杀下山去,解救它们!"鸦王大声道。

众动物群情激愤,一阵躁动,当即就要行动,猩猩却忽然跳出来说:"且慢,与人作对,你们准备好了吗?"

"这要什么准备呢?咱们一起下山,只顾朝他们猛攻就行了!"一只老乌鸦说。

"那是白白送死!"猩猩冷冷地说。

"猩猩表弟,你有什么高见?快请说来!"鸦王连忙道。

"说得对呢!"黑额尔也说,"猩猩老弟是我们这儿最接近人的动物,不但懂得人的那些邪门歪道,连它的前臂,也最接近人的手,咱们与人干仗,得大大地仰仗它呢!"

猩猩听到黑额尔如此表扬自己,十分得意,道:"动物兄弟们,咱们不能意气用事!人的复杂、狡猾,是我们做梦都想不到的。一万只野生动物加起来也敌不过一个人。你们会使用工具吗？你们了解人的那些机器吗？”

“那怎么办啊，猩猩大兄弟？”乌鸦们问道。

“他妈的，你们得靠我！”猩猩说，“我会用棍子撬锁，还会开车，有了我，这次行动就有了胜利的保障。”

“大兄弟，你这是咋搞的，怎么还操上脏话了呢？”大白牙问道。

“请你他妈的不要生气，这都怪人，都是人教我的。”猩猩说。“大家有所不知，我原来也是被关在动物园里，因为我会打篮球、踩翘翘板、剥柚子，所以每天来看我的人就很多。他们给我水果，给我糖，还教我骂人，于是我的嘴就不干净了。”

“你为了点口腹之欲，就学会了骂人，也太不讲究了！”大白牙说。

“你是不知道啊，猪妹儿，”猩猩说，“他们给那东西，实在是好吃得要命，尤其那个糖，是我祖宗八辈都没有吃过的美味，我要不学，他们就不给我，所以我就学了。他妈的，这算是文明的骂法了，我还会骂别的，你们听着啊：狗日的、傻逼、法克有、八嘎，你们听过吗？”

众动物都摇头，只有猴子满屯说：“我能听懂一部份，要不要翻译给大家听一下？”

“快别了，”鸦王说，“这可不是什么好事。猩猩大兄弟，你就忍着点吧，少传播这些不好的人类文化。”

“行，我尽量，”猩猩说，“你们是没有接触过人啊，他们说话可脏了，再纯洁的动物跟他们呆上一年半载，保准都学坏。我还会抽烟呢，一会攻打养殖场的时候，你们可得给我买包烟，不然我不使劲的。”

“你是正儿八经的动物，怎么还会抽烟呢？”黑额尔问，“据老夫考证，抽烟喝酒这类玩意儿，只有人才会。”

“往事不堪回首啊，”猩猩叹道，“游客中总有些素质低的人，他们总引诱我，慢慢的我就学会了。一开始是抽烟屁股，后来就抽整支的，再后来，我就上瘾了，每天没有半包烟，那日子就没法过。我从动物园逃出来之后，一直没有搞到香烟，有时瘾犯了，磨皮擦痒的，只能卷树叶抽抽，今天你们可得帮我弄包好烟抽。”

“行，行，咱们一下山就去给你搞烟。”鸦王说。

猩猩一看鸦王如此爽快，很高兴，说：“你这鸦太讲究了，我今晚一定把从人那里学到的本事都使出来。你别叫大兄弟了，直接叫我名字吧。”

“名字？你也有名字？”鸦王问。

“有啊，”猩猩说，“人都管我叫非洲二哥。因为我老家在非洲。”

“好，非洲二哥，今晚看你的了，”鸦王说，然后它打起精神，对所有的动物发出号令，“各位老少爷们，各位朋友、亲戚和兄弟，咱们这就下山，出发！”

一阵骚动之后，动物们飞的飞，走的走，爬的爬，一起杀下山去。

不一会儿，动物们已经来到山下，将今晚的目标——那个养殖场一层层地包围了起来。它们有的停在树上，有的躲在草丛中，有的藏身在人的庄稼地里，有的隐身于池塘之中，等待着进攻的信号。

鸦王却还在跟猩猩商量进攻的策略。现在它明白猩猩没有吹牛。这个养殖场被一道高大的砖墙围着，砖墙上部插着尖利的碎玻璃，就算它们鸟类能飞进院去，但都有铁锁把门，里面的动物也冲不出来。

“非洲二哥，那铁门上的锁你能打开吗？”鸦王问。

“小菜一碟，鸦王，”猩猩说，“快去给我买包烟来，我吸了就来精神，然后就去扭断那铁玩意。”

“到哪儿去买呢？”鸦王问道。

“前面，路边就有商店。”猩猩说。

鸦王一听，连忙吩咐道：“兄弟们，谁能弄到钱？”

“这个不难！”立刻跳出来一只年轻乌鸦。此前它们这一伙一直居住在城里，人的地盘上。它说：“咱们的巢里什么都有，不要说钱，连发票都有！”

“速去取来。”鸦王说。

这只年轻乌鸦得令，立刻飞向夜空，不一会儿，它归来了，嘴里衔着一叠纸，有识货的一看，正是钞票。

“钱是有了，可谁去买呢？”鸦王道。

“这有什么难的？”猴子满屯说，“野猪姐姐，咱们俩走一趟！”

超级野猪大白牙一听，便奔了出来，表示愿意前往。满屯又问猩猩：“非洲二哥，你抽什么烟呢？”

猩猩想了想，说：“既然你们出钱，就来包好的吧……这样，别买纸烟，来包雪茄，棕榈牌。”

“非洲二哥，”流浪狗西施插话说，“这个地界儿可买不到那洋玩意儿。”

“西施妹妹，”猩猩有些不高兴了，“看来你很懂行啊，可我干的是重活儿，抽包好烟难道不应该吗？有本事你也抽呗！”

大白牙道：“非洲二哥，西施妹妹说得对，这疙瘩恐怕买不到洋货。万一不小心买到假货，更不划算，还是来包国烟稳妥些。”

猩猩略一踌躇，道："那就来包中华吧。中华啊，大红的中华……两包，而且一定要真的啊！"

"冒烟就得了呗，穷讲究个啥！"流浪猫白玉道。

"娘希匹，你懂个×啊？现在有身份的人都抽这个！"猩猩怒道。

大白牙还想争执，鸦王道："行了，就依它，两包中华，两包中华……你俩快去！"

满屯拉起大白牙，往前方有灯光的地方摸过去。它们到了几家商店的外面，由大白牙根据招牌上的字，指出卖烟的是哪一家。满屯见有家店外，一根竹竿上凉着人的衣服，顺手扯了一件披在身上，走进店里。那店主，一个六十左右的老头儿，正打着算盘在算账。满屯眼见四下无人，便走近柜台，把爪子里的钱递上去，嘴里说："中华，两包。"

老头儿取了烟递出来，正要找钱时，那买烟人却一晃，退出去了。老头儿觉得有些蹊跷，刚才那买烟人个子矮小，而且手臂上毛哄哄的，他连忙抓起放在柜台上的花镜戴上，见远去的买烟人穿着件花衣服，身材却像只猴子，而他旁边，竟然跟着一头猪。老头儿疑惑不止，疑心自己遇到了鬼，可他仔细查看那钱，又是真的，于是嘀咕道："要说是见了鬼，可鬼也没有这样的啊！"

一猪一猴回到动物们中间。满屯把烟交给猩猩，猩猩撕开，非常熟练地取了一支叼上。一只乌鸦飞过来，投下一个打火机，满屯打着了火，恭恭敬敬给猩猩点上了。猩猩美美地吸了一口，吐出烟雾，再次吸了一口，闭目享受起来。所有的动物都看着它，目不转睛。大白牙更是走到猩猩面前，含情脉脉地看着，还把它的长嘴放在猩猩的脚背上。猩猩吸了一支，又吸了一支，暗红色的眼睛里逐渐有了光泽。

"二哥,怎么样,过瘾了吗?"鸦王问。

猩猩扔掉烟屁股,道:"他妈的,可以了,动手!"

鸦王飞向空中,呱呱地叫了几声,道:"兄弟们,冲啊!"

养殖场里,这时候只有十几个值班的工人。他们有的已经睡觉,有的正围着电视,在看一个知名导演拍的"大片",看得十分来劲。电视里打打杀杀、闹成一团,外面则是鸡飞狗跳,乱成了一锅粥。终于有个人觉得动静不对,凑到窗户前一看,只见外面,动物们铺天盖地,已将养殖场包围,于是他们一边叫醒那些睡着的同伴,一边操起家伙就往外冲。

此时猩猩已经不知道从哪儿弄到一根铁棍,把那养殖场的大铁锁撬开了。鸦王高高地停在一棵刺槐上。第一个人冲出来的时候,它指挥道:"渡鸦们上!"于是,立刻飞下去百十只渡鸦,对着那人又啄又抓。那人抵挡不住,往旁边一个小屋子冲去,随即紧紧关上了房门;第二个人和第三人又冲出来了,一人挥舞着棍棒,一人挥舞着扫把,胡乱击向空中。鸦王命令道:"寒鸦们上!"立刻飞下去一群寒鸦,大约二三百只,朝这两人一阵猛攻,这两人也抵挡不住,冲向不远处一个厕所。乌鸦仍不放过,追了过去,那两人将头埋在墙角,才保住了小命。

第三拨人冲出来了,有四五位,有的拿着鸡毛掸子,有的操着菜刀,有的没有找到顺手的家伙,就拿着脸盆、椅子之类。看到他们来势汹汹,还没等鸦王发出命令,数百只秃鼻乌鸦从树上、屋顶、墙头扑下,将这伙人分割开来,爪子尖喙一起使出,转瞬之间,这伙人便鬼哭狼嚎,四散奔逃。

猩猩非洲二哥果然很有手段。它一进院子,就拎着那根铁棍,直奔到些关着各种动物的笼子前,一插一扭,就弄断一把铁锁,一会儿功夫,已经打开了一排笼子。那些笼子里的动物,产胆汁的黑熊呀,产皮的狐狸呀、貂呀,产毒的蛇呀,下崽的野猪呀，还有孔雀、乌鸦、鹌鹑、山鸡什么的，都纷纷跑了出来。猴子满屯一边拍掌欢呼，一边借机溜进了人们的屋子，翻箱倒柜地找起东西来。

在同样四肢发达的黑熊、狐狸等动物的帮助下，所有的铁笼子都很快被打开了，猩猩又领着它们，来到后面的家畜养殖区，把围栏和棚舍里的奶牛、肉牛、肉驴、猪、鸡、鸽子、鸭、鹅等都放了出来。动物们——野生的和被驯化了的，挤满了这个养殖场的空地和过道，大家寻找着各自的亲戚，互相致意问候。那些奶牛和肉牛，因为野生动物中没有它们的亲戚，又是无数代都跟人生活在一起，虽然因为获得了自由而显得有些兴奋，但是也显现出一些迷茫，互相“哞哞”地询问着事情的来由。

鸦王亮翅在一队健壮乌鸦的陪伴下，飞到离家畜们较近的一棵栾树上，打量着这些远亲近邻。当它看到鸡因为长期关在狭窄的笼子里而显得呆头呆脑，牛的身体上大都沾着一层肮脏的牛屎，可能一辈子也没洗过时，深深地感叹道：

“这哪里是咱们动物过的日子啊！”

这时一只乌鸦飞过来报告说：“鸦王，不远处有一伙人正赶过来，数量很多，可能有上百人，咱们得赶快冲出去，不然会遭他们的围歼！”

鸦王立刻回到大门，却见刚刚被猩猩撬开了大铁门，又被人用一根铁链子锁住了。许多动物想要冲出去，但被堵在那里。大门外，一大群人灯笼火把的，正吆喝着朝这边冲来。原来这是旁边屠宰厂的夜班工人，全都穿着一身白衣服，在夜色中十分显眼。

就在这危急关头，猩猩大发神威，把那铁门摇得“哗啦”直晃，可就是推不开。满屯却从人的屋子里冲了出来，爪子里提着一卷绳子，朝猩猩高叫道：“非洲二哥，找到了，我找到了绳子!”

猩猩看到那根绳子,大喜过望。作为动物中的见多识广之辈,它和猴子都多次目睹过人类使用绳子。猩猩叫了声:“他奶奶的,快套上去!”猴子听罢,迅速攀到那门的顶部,用绳子套住了。猩猩退后十余步,抓着着那绳子,使劲拉起来。

在场的动物,一开始不知道猩猩拉扯这绳子作何用处,后来,它们看到在猩猩和猴子的拉扯下,那铁门开始摇晃,于是,那些有力气的动物便一哄而上,有的用爪子,有的用嘴,有的用角,有的用肩,围着那根绳子忙乎起来。几只肥鹅,因为身体肥胖而使不上劲,就齐声“噢喂噢喂”地喊起了劳动号子。不一会儿,先是“咔嚓”一声,然后是“轰隆”一声,那道大铁门便活生生地被动物们拉扯开了。

这时外面的人们正好冲到大门外。超级野猪大白牙不知忽然从哪里蹿了出来,跳上一个花坛,高声叫到:“走兽兄弟们,咱们立功的时候到了,冲啊!”

话音未落,成群的野猪,还有山羊、刺猬、穿山甲、兔子、猞猁以及刚刚获得解放的黑熊、狐狸、奶牛、肉牛、驴一起朝人冲过去,顶的顶,踢的踢,咬的咬,撞的撞,再加上无数鸟儿从空中发动进攻,很快就把人的队伍冲散了。人们丢下手中的家伙,落荒而逃。

当人们踪影全无,四处的灰尘逐渐散去的时候,动物们发现,行动成功了,它们几乎是不费吹灰之力,就拿下了整个养殖场。山上下来的野生动物,大多是第一次走进这养殖场,大家就尽情地在养殖场里闲逛,查看人的各种设施。它们走进人的房间,跳上他们的床,把东西弄得满地都是。鸟拿不走东西,就往床上拉些屎尿;黑熊发现了一个枕头,很是钟意,便夹在腋下抱了出来;猴子满屯找到一面镜子,满心欢喜地占为已有;野猪们则在大白牙的带领下,沿着食物的气味闯进一个厨房,有的跳上锅台,有的拱开储物柜,有的推翻冰箱,各自开怀大嚼起来。

猩猩非洲二哥一直在骂骂咧咧地转来转去。出于几丝朦胧的英雄主义和表现主义,它一直想找一些鸟儿们吃的东西。终于,凭着对人类生活环境的熟悉和坚韧的意志,它终于在一棵金桂树下发现了一辆装着粮食的卡车。它爬上去一看,原来里面装的全是玉米、燕麦、高粱、小米,可能是人用来加工饲料的。它大叫一声:“奶奶个熊哎!各位鸟兄鸟弟,你们的夜宵在这儿,快来享用!”

顿时,成千上万只鸟飞了过来。猩猩一个动物忙不过来,那些走兽见状,一起去帮它,有的用嘴咬,有的用角顶,用的用蹄子勾,将那些麻袋四散拖开。粮食撒了一地,在场的鸟儿,谁都没有见过这么多粮食。事实上单就粮食而言,它们倒是见过,但是通常都有人守着,它们中胆子最大的也没有接近过。黄灿灿、白花花的粮食召唤着它们,它们毫不迟疑,纷纷从树下飞下。随着无数的喙啄上啄下,大地上立刻响了密集的“嘀哒”声,就像暴雨打在铁皮屋顶上。

走兽们当然也不客气,凡是吃得惯粮食的,纷纷伸出它们的长舌头,将那粮食一撮撮地卷进嘴里去。粮食在它们嘴里发出“扑哧扑哧”的声音,响成一片。饱餐之后,鸦王飞到一棵玉兰树上,“呱呱”地叫了几声,宣布道,“撤退!”

动物们从养殖场里退了出来,浩浩荡荡,沿着鹳江两岸,向上游退去。由于乌鸦们担当起了纠察队员的角色,队伍十分有秩序,飞的飞,走的走,爬的爬。那些有亲戚在村子里的动物,还都派出了宣传员,走村串户,动员人们的那些家畜家禽。它们用各自的语言呼喊着:“走啊,同去……走啊,同去!”

这声音回荡在村寨的夜色中,那些家猪、家鸡、家狗和牛羊驴马之类,纷纷离开各自的窝棚,加入到动物大军的行列中。对沿途的村人来说,这时辰却是格外的诡谲,他们就像患了昏睡症一样,全都沉浸在梦乡之中。

队伍前不见首,后不见尾,但由于有了鸽子们飞前飞后地传递信息,路线十分清晰。来到河谷边一个开阔地带的时候,鸦王吩咐,队伍停下来,就在这里举行一个野生动物和豢养动物的会师大会。这儿远离人烟,有河滩,两岸有菜地,有树木和大块的石头,是个会师和联谊的好地方。

鸦王带着它的一干健将落在一棵垂柳之上。待到动物们大都找到了落脚之地,鸦王呱呱了叫几声,然后高声叫道:

“动物朋友们,今晚,我们胜利了!”

动物们欢呼起来,那声音像汹涌的海浪一样呼啸着漫向四方。与此同时,就像刚才在养殖场一样,野生动物、养殖场动物和村寨动物之间,按照各自的品种又认了一回亲,互致问候。

等大家稍微平息些之后,鸦王再次说:“现在,养殖场和村寨里的朋友们,把你们各自的苦处都倒出来吧!我们野生的在山里已经倾倾诉过几回了。你们不要害羞,不要有顾虑,把人数落个够!今夜属于我们动物!”

一只夜莺闻讯,立刻唱起了它最拿手的一首歌曲《今夜无鸟入睡》。这首歌旋律优美,意境深远,感情真挚,许多动物都跟着唱了起来,有的,还感动得流下了热泪。

歌声结束后,动物们情绪高涨,都吵嚷着要发言。猩猩蹿了出来。此时它容光焕发,像个英雄,头顶的毛发也在超级野猪大白牙的提醒下,搭了一张干黄的泡桐叶作为装饰。它爬上一棵泡桐树,大声说:“他妈的,一个个来,不然讲了也是白讲,谁也听不见。养殖场的先讲,村寨的作准备。”

立刻走出来一只狐狸。它是一只少见的黑狐,一对蓝莹莹的眼珠在夜色中闪着光芒。它说:

“山上的朋友们,你们来得太及时了,你们就是及时雨、大救星!谢谢你们解放了我们,不然我们这一辈子就完蛋了,我们的儿子儿孙也得完蛋。人把我们关在笼子里,从生到死,请问这是我们狐狸的生活吗?我们还算狐狸吗?我们不能奔跑,不能爬树,不能钻洞,真可谓是度日如年啊!我们是再也不愿意回去了。我们这就跟你们进山,过真正狐狸的生活,哪怕饿死也心甘。”

“苦啊,苦啊,”一只黑熊呻吟着走了出来,说,“狐狸兄弟,我们熊的日子比你苦多了!你至少不会挨刀,而我们熊,不但一直生活在潮湿、狭窄、龌龊的铁笼子里,而且只要长到一岁半,人便会在我们肚子上割一刀,用管子抽取我们的胆汁。我们是求生不得,求死不能啊!等到我们上了年纪,人也不会放过我们,还会剥我们的熊皮,取我们的熊掌。说起来我们熊在森林中也算是强者,老虎都不敢招惹我们,可是在养殖场,我们是有名的弱势群体,是最可怜的那一部份,呜呜……”

熊说着,露出它肚皮上那个刀口。那刀口正滴着脓血,而熊的整个身子也十分虚弱,完全没有熊应有的威风。动物们看着它,莫不心生悱恻,有的还流下了眼泪。它的同类,那几只山里来的野生黑熊,更是哭哭啼啼,十分伤心,走上前去围着它,叫道:“大姐,你的命咋这么苦呢?”

“没遇到人的时候,我本来也是幸福的,可是我不幸落到了人的手里,哎……”伤熊仍在啼哭。

这哭声把大伙儿都搞得手足无措。这时却不知道从哪里蹿出来一只豹子,嘴里叼着一些树叶。它放下树叶,对那只仍在伤心的熊说:“熊大嫂,你别再伤心了,好歹你也算逃脱了人的牢笼。这些树叶,你咬碎后敷在伤口上,过几天伤口就愈合了。”

大家都知道豹子认得一些疗伤的植物,纷纷向它投以赞许的目光。那只有伤的黑熊谢了豹子,接过树叶,低头嚼起来。

“各位,我们这些牛,虽说不受到肉体的伤害,难道日子就好过吗?”众动物看过去,讲话的是一头花斑奶牛,只听它继续说道,“大家看看我这肚皮和屁股上,大家看到了什么?”

“牛屎!”众动物齐声说。

“对,牛屎,”奶牛说,“听老一辈的牛讲,我们牛曾经是人的朋友,可是今天,人是怎么对我们的呢?他们只知道给我们喂饲料,而且是加了名堂的饲料,让我们多产奶,从来也不给我们清洁,也很少打扫牛圈,任由那屎尿沾在我们身上。我们这儿不管奶牛还是肉牛,都是在那肮脏的棚厩里度过一生的。寄生虫每天都在噬咬我们,人制造的那恶毒的鼻环,终身都在折磨我们。”

“不是说人都爱干净吗?看着你们满身的屎块,难道他们就无动于衷?”超级野猪大白牙蹿了出来,问道。

“野猪大妹子,你未免太天真了!”奶牛说,“你以为现在的人还是以前的人吗?他们都被实用搞昏了头,根本不在乎精神上的感受。当然,他们也不在乎干净——只要不是在自己的嘴巴边。虽说我们大都带着一身屎壳,可他们每天照样傻不啦唧的蹲在我们肚皮下挤奶。”

“是这样啊,”大白牙仿佛恍然大悟,高呼起口号来,“打倒养殖场!打倒动物园!”

所有的动物都跟着喊起来:“打倒养殖场!打倒动物园!”

口号声刚落下去,又跳出来一只母鸡,说:“我也是刚从养殖场解放出来的，也要借这个机会申一下冤。大家看我的身材就明白了——我已经完全没有鸡的线条。我们是鸡中最不幸的那一类，叫做笼鸡。我们比狐狸兄弟还要可怜，终身都只能站着，一只挨着一只，根本不知道走和跑是什么意思，至于飞，我们笼中鸡干脆都没听说过。估计再这么下去，总有一天，我们的翅膀也会完全退化、消失的。我们笼鸡的一身，是短暂、悲惨、黑暗的一生，因为我们除了吃，就是生蛋，等到产蛋率下降，人就会结果我们。”

这时跑出来一只公鸡，在这母鸡身边侧着身子转了一圈，“咕咕”地说道：“妹子，别伤心了，现在解放了，你再也不用回到那笼子里了，跟我们回村子里吧！我们的日子，虽说比不得从前，但散步、嬉戏、自己孵小鸡这些基本自由，还是拥有的。”原来这是一只村子里来的散养鸡。

鸦王见状，连忙宣布：“动物朋友们，我看这个办法很好，凡是养殖场里出来的，都可以跟自己的同类同去，比如笼鸡跟村鸡，圈牛跟村牛，广结对子，大家就再也不用回到那万恶的养殖场里了。实在结不成对子的，可以选择自由，也可以跟我们进山，大家说如何？”

养殖场出来的动物们立刻乱哄哄地寻找起自己在外面的亲戚来，同时一边快乐地嚷嚷着刚学会的词儿：“同去……同去……”

不一会儿，一多半动物都找到了自己的亲戚。黑熊、狐狸、孔雀之辈，因为没有亲戚在村子里，便一致决定去山中。只有一群养殖场出来的养殖猪，明明看到它们的猪亲戚就在对面，却兀自在原地胡乱遛达，不走过去认亲，那家猪们主动上去打招呼，它们也不理不睬。几只野猪在大白牙的示意下，去与那些养殖猪攀谈，仍然是吃了闭门羹。这就惹恼了非洲二哥，它蹿过去朝一只养殖猪踢了一脚，说：

“喂，你们瞎他妈跑什么？”

那些养殖猪都无动于衷，仍是哼哼着伸出长嘴乱闻一气。众动物一齐看过去，不禁发出一片嘘声，原来这一群养殖猪很是特别，个个身上都是肮里肮脏，疮癣遍布，就像一群叫化子。任凭非洲二哥如何愤怒，众动物如何围观，家猪野猪们如何呼唤，它们都是毫无反应。

一只肉用老黄牛见状，走了出来，说：“各位，就别难为它们了。它们都是垃圾猪，智力上都有缺陷，大都痴呆，不知道你们在做什么，也不知道你们在说什么。”

“黄牛二爷，么子叫垃圾猪？”一只村狗问道。

黄牛叹口气，说：“因为它们都是用泔水喂大的。你们可能不知道，城里的那些大小饭馆，每天都会产生大量的剩菜剩饭、剩汤剩水，他们称之为泔水，其实就是垃圾，往往是臭气熏天，蝇虫相杂，这些猪就是吃这些玩意儿长大的，所以它们不但一身疾病，智力也都发育不全。”

“原来这是样，”大白牙说着，走近一只稍光鲜些的垃圾猪，闻了闻，道，“可怜孩子啊，走吧，村子里容不下，就跟我们进山。”

“吃什么？”那垃圾猪问道。

“植物呗，”大白牙说，“只要勤快，山里的日子，不难。”

“有油水吗？”那垃圾猪再问。

“咱们当猪的，要什么油水？”大白牙反问道。

“那不行，伙食得有油水，俺们习惯了。”那垃圾猪傻笑着，然后“噌”地一下就蹿开了。

黄牛劝道：“算了吧，它们这一伙猪就这样了，只能听从命运的摆布了。”

鸦王见状，说：“咱们也别勉强，这样吧，能飞的，跟着咱们进山，家禽走兽之类，还是去村子或者村庄附近吧，毕竟这儿有庄稼，生活没有山里那么寡淡。出发！”

“且慢，鸦王，”猴子满屯却奔出来说，“你为以村子里的生活就好得很吗？不一定呢！”

“你他妈的又没有在村子里呆过，你怎么知道？”非洲二哥却不赞同满屯的话，提出了疑义。

“二哥，不信你让他们自己说。”满屯倒很客气。

于是走出来一只家猪，说：“各位，这位猴哥说得对，毕竟是有文化的动物，看问题就是深刻。就我们家猪来说，日子也是今非昔比。我高祖的高祖它们那时候，人很看重猪，他们逃荒时，常常一头挑着猪儿，一头挑着自己的孩子。据说那时候，猪可以到处走，可以晒太阳，拱稀泥，吃菜叶，现在呢，我们跟养殖场里的猪差不多，也是成天呆在圈里，只要长到一定分量，主人就把我们卖给猪贩子，一天都不多留。现在这世道，当猪是一点快感都没有了，哎……”

听到家猪这么说，那些正在寻找亲戚的养殖场动物纷纷停下脚步，进退维谷。它们对新生活的热情向往就像火被水浇了一样。鸦王也很感踌躇。

又走出来一只黄狗，说：“黑猪大哥说得不错。我们本地黄狗的日子，也是一天不如一天。从前我们可以在田野上、村庄里随便跑，狗兄狗弟的，凑在一起十分快活，现在呢，这一片村落，一共不到十只黄狗了，而且大都关进了笼子。那笼子里的生活，和养殖场也差不多。”

一头本地白山羊走了出来，说：“黄狗兄说的没错，我们山羊的日子，也是老太太过年，一年不如一年。想想从前，山间林里,到处都有青草可以吃,现在呢?哪里还有草地?哪里还有溪水?我们也是呆在羊圈里,吃些没滋没味的东西勉强度日。"

"白羊妹子,你们的日子比我们水牛好多了,"一只水牛走出来说,"都知道我们水牛是要下河洗澡的,可是我活了大半辈子,下过池塘吗?到河里游过泳吗?我倒去过那土坑河谷,可里面有水吗?人家叫我最后的水牛,贴切得很!"

"水牛伯伯,水都被人弄没了,"一只鸭子走出来说,"我家后面有条小河,以前是有水的,现在只有发洪水的时候才有点水,我们也不会游泳了,所以人家叫我们旱鸭子。"

这时又飞出来一只家燕,说:"同胞们,没水还不是最糟糕的,污染才是我们动物的头号天敌。现在所有农田里都被人撒了药,他们春天撒,秋天撒,撒来撒去,昆虫都快死绝了,偶尔捕到几只,也是一股药味。我们家燕因为长年吃那些带药的虫子,身体都不行了,我本人,近来时常感到头晕恶心。这日子,怕是很难过下去了。"

"燕子小哥儿,你们好歹还可以捡几个虫子,哪怕有股药味,我们鹳,都快饿死了!"随着这声音,一只白鹳飞下来,"有时候我真的很恨老天爷,为什么安排我们鹳只能吃鱼虾而不能吃青草。现在这一带的河流,要么就是成了臭水沟,要么就是鱼虾绝迹。你们知道我们现在都吃什么吗?"

鹳这问题一提出来,下面竟然鸦雀无声,不见有动物回答。一只苍鹭见状,飞过来补充道:"鹳表弟,我们苍鹭也面临这种情况。据说从前这附近的稻田里,泥鳅黄鳝多得很,可我打生下来,就没见过,只听我爹说,它年轻的时候曾经在田里捕到过一条泥鳅。那是它的最后一顿晚餐,一直到死它都在回忆呢!"

鹳继续说:"所以,朋友们,我提出一个严肃的问题:这河里还有鱼虾吗?这稻田里还有泥鳅黄鳝吗?"

见仍是没有人回答，猩猩不耐烦了，走出来说："他妈的，我就不信，没有泥鳅黄鳝，你们吃什么？吃素不成？"

鹳说："非洲二哥，我们打个赌：就旁边这条河，从上游到下游，咱们以飞一口气为距离，要是能找到一条鱼、一只虾，我给你半包烟，我昨天刚捡的，就在我巢里。"

"我就不信，咱们这就开始找！"猩猩说。其他动物也附合着说："找，咱们找找看，看这河里还有什么东西。"

这个提议引起了大伙的强烈兴趣。所有的动物都挤到那河边。走兽走河岸，飞禽走水面，从上到下，仔细寻找起来。它们走了好半天，果真是一无所获。就在大家都准备收工时，一只乌鸦忽然大声叫到："那不是鱼是什么？"

动物们围过去一看，果然，河边的草丛中藏了几条鱼，个头儿还都不小，都在二三两上下。

猩猩兴奋地说："可不，都是草鱼呢！还在游动！"

鹳和苍鹭都飞过来，真切地看到了那几尾鱼儿。鹳说："怪了，我白天还从这儿搜索下去的，只逮到了两只蚂蚱。"

"废话少说，快给我取烟去！"猩猩说。

鹳转身就要起飞时，苍鹭却拉住了它，说："鹳表弟，听，鱼儿在说话。"

附近所有的动物，鹳、苍鹭、猩猩、鸦王和它的跟随，还有别的一些鸟和走兽都屏声敛气。只听鱼儿中领头的果然在说话："求求你们，快把我们吃掉吧，快把我们吃掉吧！"

猩猩道："你这小鱼儿，哪有求别人把自己吃掉的？"

鱼儿说："您有所不知，我们是涨水时从上面的鱼塘里冲过来的。这儿河水浑浊，一股刺鼻的气味，呛得要死，我们快坚持不住了，求你们把我吃了吧！把我们吃了吧！"

猩猩大惊，对鹳说："鹳妹，你把它们吃了吧，我情愿认输。"

鹳却对苍鹭说："你吃吧，让给你。"

苍鹭却推辞说："别，还是你吃吧，我不饿，前天刚吃一只小老鼠崽儿。"

鹳说："我想多活几天。"

苍鹭说："我也是。"

"你俩啥意思？"猩猩说着，伸出它的爪子去抄起一条鱼来，却忽然又把鱼扔回了水中。原来这水奇臭美无比，那鱼身上也是一股臭味，难怪鹳和苍鹭互相谦让。

鱼还在微弱地请求道："把我们吃了吧，我们挺不住了……"

鸦王目睹了这一幕，对鹳和苍鹭说："两位大姐，鱼儿没有得罪过你们吧？"

"那是，那是。"鹳和苍鹭异口同声地回答说。

"那这样，你两人每人衔一条，我再派几只乌鸦，把它们都叼起来，到附近找个干净的鱼塘放了。它们太可怜了，我不忍它们在这儿被河水毒死。"

"要得！"鹳说。苍鹭也说："可以噻！"然后，它们俩会同几只乌鸦帮鱼儿搬起家来。

鸦王正想退回到刚才那地方对今晚的会师进行总结，却发现后面骚动起来，原来有些动物纪律性太差，就地吃起人的蔬菜来。这时节正是白菜、萝卜、芹菜、芫荽、胡萝卜旺盛的时候，此外，地里还有些用来装粮食的木棚，里面装着红薯、土豆等，那些有胃口的动物，个个开怀大嚼，不饿的动物，就糟蹋，在菜地田又跑又跳。

动静惊醒了守夜人，他们呼喊、敲盆、扔土块，都不管用。他们的帮手狗也不见了，原来早就弃暗投明，参加了动物的会师。守夜人找来一些爆竹，全是二踢脚，点着了一个个冲射过来，动物才开始撤退。

鸦王见状，高声说："动物同胞们，今宵就此别过，咱们各自散去，过几天咱们一起去攻打一个工厂，那里散发着我们同胞血肉的气味，到时我们再在这里集合。"

动物们应了一声，散了伙，有的跟鸦王回山中，有的仍旧回到村子里。

……老虎松开口，伸出它长而结实、如铁刷般长着多细小倒刺的舌头在张绝户脸上舔了几下，然后像扯其他动物的毛一样扯掉张绝户的衣服，不慌不忙地吃了他。

比起野猪肉和兔子肉来，人肉有点酸，没什么嚼头，可是在腹中空空的情况下，好歹也算是顿不错的晚餐了。吃完后，老虎舔舔嘴，幸福地睡着了。梦中它看到了成群的野猪、山羊、獐子、麂子和兔子。

第八章　当厄运降临的时候

在城里，疫情以毒王的出逃为转折点，迅速演变为一场南华市历史上从未有过的灾难：患者不是以每天几十、而是以每天上百的速度剧增，临时开辟出来的专门医院华佗医院很快无力承受，不得已，病人被转移至人民医院和铁路医院。市政府曾想往省城和周边城市分流一些病人，但以目前对病症的了解和控制手段，谁也不敢保证它不会在外地蔓延，于是这个计划被搁浅了。省卫生厅、疾病控制中心要求南华市倾全力控制疫情，并着手组织医护人员前来支援。

南华市成立了抗击疫情指挥部，地点就设地华佗医院，李扼被任命为副主任。尽管市里倾其所有，在人力和物力上给了抗击疫情指挥部极大的支持，各局和区政府都指派专人二十四小时待命准备提供支援，但李扼仍然感到如泰山压顶，每天都要在生理和心理都做出极大的努力。这个时候，他真正理解了“战场”和“火线”的意义，无时无刻不面临最棘手的问题：病床、医护人员、药品和器械……常常是刚刚解决一个问题，又冒出来另外一个问题；指挥混乱——甚至根本就没有指挥，因为疫情的发展让人们来不及理清头绪，只能被动地应付。卫生局长肖云台自己也病了。两个副局长在指挥部进进出出，不停地打着电话，调拨人员与物资，维系着那些事务性的工作，而有关疫情的工作，如甄别、隔离、收治、医疗方案、手术乃至对死者遗体的处理等所有事务，几乎全部落在了李扼等人的肩上。

李扼很庆幸自己有一副好体格。这很得益于父亲从小对他的教育，他教他认识身体、锻炼、节制和养生之道。他明显消瘦了，但没有累趴下。他表现出来的精力连他自己都觉得惊讶。凶猛的疫情激起了他的斗志，而肩负的职责也逼得他无路可退，不能喘息。战斗也让他重新认识了人和人性的力量——所有被抽调参加抗击疫情的医生和护士在这危急时刻都表现出令人惊叹的操守和勇气，他们不退缩，不恐慌，支撑着无数个被疫情这个恶魔不断击打的每一个支点，堵住一个接着一个的漏洞。他的朋友鲁岱，不但始终坚守在最危险的病房和手术室，而且成了他一个最重要的参谋，成了他运筹帷幄的左膀右臂。他的家人虽然不能见面，却也是一直在支持他。他的妻子，不但承担了一个医生的妻子此时应该承但的一切，还带领家人一起参加了抗击疫情的辅助性工作，而他的老父亲，为自己一生专骛骨科而不能参战而着急。他给李扼捎来一张纸条，上面用毛笔写着：大疫当前，身为医生，当冲锋陷阵，竭尽全力，勿得有丝毫懈怠。

所以李扼一直不缺乏力量。凭直觉，他相信病毒不可能彻底摧毁这个城市，人总能取得最后的胜利，现在最重要的是要熬过目前的分分秒秒。就在将华佗医院辟为专门医院的当天晚上，从省里派来的专家赶到了，南华市从政府到整个医务界都寄希望他们能带来拯救性的手段和灵丹妙药，但事实上，专家们用尽了浑身本领，仍然没有看到曙光。眼看疫情仍然在蔓延，市政府在一个深夜召开会议，决定次日起全市中小学停课；过了两天，大中专也停了课；又过了两天，全市所有的娱乐场所、餐馆、公园，全部闭门停业。城市完全失去了生机。

专家组不停地会商。大家一致认为，作为季节性传染病，

HV 病毒正处于暴发的高峰，高峰一过，它就会从峰值上往下跌落，但是令所有人都揪心的是：这种病毒对医护人员的传染——仅仅这一点而言，之前的任何一次高致病流感病毒都未表现出如此凶险的特征。尽管所有的医护人员都进行了严格的防护，仍然不断有人倒下。最让指挥部头痛的，是前去追捕毒王的那三名医护人员，回来的当天晚上，他们就病倒了，而且症状远比一般病人严重，高烧、呕吐、神志昏迷，呼吸严重困难。这更加印证了省疾病控制中心病毒室传过来的检测报告——那名叫老虎的病人不但是本次疫情中毒性最强的人，也是传染性最强的人，是本次的病毒之源。寻找此人、破解他身上的病毒就显得至关重要。但是回来的医护人员只是说，此人逃进了山里。此后再也没有他的一点消息。

李扼让鲁岱亲自检查了三位医护人员的病情，确信十分严重，立即将他们转入危重病房，将那名接近昏厥的男医生安排进重症监护室。

李扼刚刚从病房回到楼道上，一名医生又跑来向他报告说，卫生局局长肖云台情况有些危急，值班医生请他们过去查看一下。李扼闻讯，连忙疾步下楼，赶到肖云台的病房。肖云台已经病倒几天了。自疫情暴发以来，他一直连轴转，后来他感到身体不适，但以为是感冒和疲劳，自己吃了药，没有告诉别人。后来李扼见他神色有异，强行给他量了体温，竟然高达三十九度，于是立刻安排检查，查出了 HV 病毒。看到化验单子，肖云台感到虚弱，步履蹒跚，只好住进病房。不过他仍然没有停止工作，始终在帮着协调指挥。

李扼走进肖云台的病房，看到他脸色潮红，呼吸急促，整个人像散了架似的，和昨天看到的判若两人。李扼心里一惊，立刻让人叫来鲁岱。鲁岱稍作检查，对李扼道：“立刻送到重症监护室,局长的情况很不妙。”

一番手忙脚乱之后,肖云台被转到重症监护室。肖云台想要阻止,但说话困难,手臂已不能抬起。待他安顿下来之后,鲁岱给他注射了亚甲蓝针剂,上了呼吸机,同时请省里来的专家过来会商下一步的抢救措施。李扼来到室外,琢磨起肖云台的病情。他忽然想起一个细节:那是毒王还在医院的时候,肖云台因为认得他,曾趴在他的床边跟他说过话,李扼发现后,赶快给他找了一只口罩。肖云台很有可能就是那时被染上病的。可是为什么去追捕毒王的医生和护士反而会先倒下呢?李扼思索一番,觉得只有一种解释:那就是毒王在医院时,病毒的毒性尚未完全暴发,而后来医生们追上他时,他已经病入膏肓,连呼出来的气中,都可能饱含病菌。李扼再次感到,必须尽快找到此人。

薄暮时分,李扼回到指挥部办公室,拿到了今天的疫情通报。他已经不再关心新入院的是多少人了,而是关心死亡了多少人。他看到的数字是27,而昨天是23,前天是19,大前天是18。一位护士送来了盒饭,提醒李扼该吃饭了,李扼刚草草扒了几口,值班医生匆匆走来,让他去听市政府打来的电话。

李扼来到旁边的屋子。电话是市政府办公室打来的,他们奉命通知抗击疫情指挥部:市政府在上报省政府后,作出了重大决策:整个南华市的主城区,从明早六点起,全部进行封闭隔离,只准进不准出。对方问李扼还有什么建议,李扼说,他赞成这个决定,但当务之急是请省里尽快组织专家破解病毒,提供新的药品。对方告诉他,说省里又挑选了一批专家和医生,将由卫生厅朱厅长带领,最迟明天晚上就可抵达,届时,他们将携带新的药物前来。

接下来,李扼又度过了一个不眠之夜。封城所涉及的一些防疫措施,他必须参与制订,另外还必须连夜从相邻的市、县弄来一批药品和设备,他得亲自进行协调。危急病人的抢救,也需要他调拨医护力量。

又一个清晨来临的时候,南华市迎来了它历史上从未有过的严峻时刻:居民们从睡梦中醒来,收音机、网站、电视和报纸都在宣布城市被暂时封闭隔离的消息。城市立刻就炸了锅,一些人聚焦在几个出城口,找出各种理由要出去,大队的警察、保安和临时组织起来的民兵阻挡着他们,而由市政府派出的一些工作人员和医生,则站在高处,手提话筒,给大家介绍疫情、做解释的工作。为了表示封城态度的坚决,警察毫不留情地控制住了那些领头冲关的人,对那些因为出不了城就随便停在路上的车辆,清障车强行将它们拖离。一些企图通过小道、建筑工地、菜地和河流出去的人,即使越过一道关卡,也仍然在下面的关卡被拦截。政府甚至在下水道的出入口都安置了人力。上午九点,各种号召人们同心协力抵抗这场瘟疫的标语迅速出现在墙头和空中——这些由氢气球高挂空中的条幅原本是庆典开业时才采用的,现在却派了警示的用场,同时,宣传车、宣传小分队四散进行宣传。政府动员了所有的力量,使用了所有的手段来敦促人们响应号召。所有的公务员都接到指令放下日常工作,全力协助封城。

尽管相当一部分市民对封城的措施表示理解和支持,也相信在市政府的领导下,在省政府和兄弟市、县的支援下,城里什么也不缺,生活依旧,但是恐慌混乱仍旧四处弥漫。整个第一天,城里所有的电话都在打进打出,电讯的无线基站近乎瘫痪;手机充值卡被抢购一空;一些人不敢喝水,改喝啤酒;许多人抢购粮食和蔬菜。药店里,所有的抗生素类、提高免疫力类药品、清热解毒类中药材、酒精等都被抢购,口罩更是抢得一个不剩。

没有口罩的人则学会了自制口罩，将棉纱相叠缝合，然后高温煮沸。还很快有人出售这种自制的口罩。特殊用品商店里不多的几个防毒面罩，居然被本地的暴发户们炒到八万八一个。一个有钱的老板，居然让他在另外一个城市的朋友，用私人飞机给他空投食品和药品。南华市所有的居民都没有见过私人飞机，许多人还天真地以为，那是省里派来的救护直升机。那位老板，在接下空投的物质后，居然想趁机搭这飞机出去，被闻讯赶来的联防队员抓住，从悬梯上活生生拉了下来。

城里规模空前的清查活动也开始了。担当主角的不再是工商局，而是警察。一天之内，所有的野味饭馆被强行打开，进行核查。那些没有卖完的野味，全部被没收，然后交由防疫站统一处理。半成品被销毁，活物则被杀掉，用生石灰进行掩埋。那些被认为长期与野生动物接触的人，饭馆的杂工、厨师、商贩、食客被强制消毒、检验。建立了八个观察中心，里面集中了所有与在治病人有过接触的人员。所有的菜市场、农贸市场、鸟市、餐馆后厨、垃圾站都进行了消毒，生石灰、消毒液和氧化水的味道四处飘散。

在空中，成群的乌鸦飞来蹿去。它们黑压压一片，发出诡魅的"呱呱"声。人们朝它们扔石子，把鞭炮点着了高高地扔向它们。有些小时候玩过弹弓的成年男人，找来树枝上的树杈，加橡皮制成弹弓弹射它们。礼花公司从仓库中找出上年春节时剩下的礼花弹，分发给健壮的联防队员，让它们用礼花和礼炮弹去驱散乌鸦。但是乌鸦们从一个地方飞到另外一个地方，并不出城，而且它们还带着另外一些鸟儿，仿佛是故意要与人捣乱似的。于是人们更加疑惑不解，因为连平素与人亲近的本地鸟儿，如喜鹊、大山雀、鸽子、山椒鸟、斑鸠、大杜鹃、燕子、麻雀、绣眼儿、红嘴相思鸟等，也跟在乌鸦们的后面，示威似的乱飞一气。

这时候，人们想起了神灵。城里仅有的一座寺庙——玉佛山下脚下的玉佛寺里，人头攒动。人们磕头、烧香、排成了长队。这些善男信女以为，烧的香越多越气派，得到保佑的力度也就越大，于是比着花钱，你买一束，他就买一捆，你买的筷子般的普通香，他就买大葱般粗长的所谓豪华香。那投入香炉的香因为数量太多，扔进去的速度太快，根本来不及燃烧，闷出道道浓烟，庙里只得派出两名年轻力壮的和尚，手持两把丈余长的铁铲，搅动那香炉，让那香炉如炼钢的炉膛一般熊熊燃烧。庙里的主持，德圆老和尚，尽管年高体弱，在众香客的要求下，也在那大雄宝殿前跪下，敲着木鱼儿，嘴里咪咪摩摩地地念起经来，以期祈福禳灾。还有些人，因为看着那天空中飞来飞去的乌鸦，心慌意乱，坐立不安，直接画了乌鸦，或者到广告店里喷绘出乌鸦的形象来，对着烧香磕头，希望乌鸦大人高抬贵手。

这些情况，李扼大都是后来才得以知道。这一天他同样忙得不可开交。太阳又一次落下山去的时候，他拿到了这一天的统计数字：死亡 33 人，新收治进医院 220 人，其中确诊的 HV 病毒患者 132 人，余为疑似病人。楼道上如白天一样，不时传来急促的脚步声和医生护士们压低的喊叫声。救护车的警笛时而在东边响起，时而在西边响起，里面在南边响起，时而在北边响起。李扼感到，这场战斗到了最白热化的时候，病魔的攻势一浪高过一浪，人则使出了生平所有的力量，与之近身肉搏。

李扼感到空前的孤独。他的领导和上司肖云台，已经陷入重度昏迷，只能靠呼吸机维持生命，他的朋友和战友鲁岱，被他派回了人民医院，设在华佗医院的指挥部里空空荡荡，就剩他一人在坐镇指挥。

夜里十二点，南华市死一般寂静。忽然，从北面的高速公路上，射过来一道道强烈的光芒，刺破了夜空，随着这道道光芒，驶过来数十辆救护车和中巴、大巴车。原来是省里的援军到来了。比起几天前的几位专家，这一次的援军浩浩荡荡，十分庞大。救援大军鱼贯进城，直抵华佗医院。李扼听到这个消息，连忙奔下楼去，看到大批的专家、医生、军医正在下车，不禁喜出望外。一个年近六十、瘦高身材、面容清癯的男人正在高声喊话：

“哪位是李扼？”

“我就是，我就是！”李扼应着，连忙迎过去。有人介绍说：“这是省卫生厅的朱厅长！”

朱厅长一把握住李扼的手，说：“小李主任，辛苦了！我们来迟了！”

李扼感到一股热流冲上脑门，说：“朱厅长，你们来得太及时了！”

这时一位戴着眼镜，正领着两位医生推着一大堆行李的老者急急抢来，喊道：“李扼，李扼，我们来了！”

李扼转身一看，原来是卫生厅疾病控制中心病毒检测室的许研究员。李扼连忙迎上前去。看到老师，他百感交集，差点掉下泪来，说：“许老师，你们再不赶来，我们就顶不住了。”

“你不要着急，我们一起来对付它，”许研究员说着，指指那一堆行李，“我带了些新药过来，但愿能起作用。”

这时，朱厅长见两方人马已经汇齐，高声道：

“请大家放心，省里非常重视这起疫情，明天早晨，王省长将亲自前来坐镇指挥！”

李扼听说省里会派来援军，可没想到队伍如此浩大，又听说王省长将亲自前来督阵，立刻热血涌动，信心大增。朱厅长站在那里，与李扼稍作商量，决定将带来的人分作三部分，分头投放在华佗医院、人民医院和铁路医院。因为华佗医院是疫情重区，朱厅长则将几位主要的专家都留在华佗医院，以便随时会商。

南华市的领导，这几天原本是用电话与李扼他们保持联系的，得知省里来的人马驾到，原料他们可能会先到市政府，这时却得知他们直接到了医院，也连忙赶了过来，与朱厅长一行相见。市里本来已经备好了夜宵，但朱厅长却一摆手，带着医生们进了病房。

整个晚上，省里来的专家和医生全都没有休息，一直在几大医院一间病房一间病房地进行巡查，仔细查阅病历。他们带来的一批新药品和设备也被马上派上用场，尤其一种名为"片上实验室"的手持检测设备，可以在二十分钟内检测出 HV 病毒，极大方便了对疑似病人和密切接触人群的甄别、检测工作。与此同时，许研究员在经过深思熟虑之后，给部分病人使用了他们带来的 R 改进型禽流感疫苗。原来就在这几天，许研究员结合 HV 病毒的特点，对 R 型禽流感疫苗的配方进行了改进，并紧急生产了一批。

次日凌晨，朱厅长主持召开了疫情会商会议。会议的主要内容是调整治疗方案、对所用药品进行重新梳理、调整比例。新的治疗方案是由许研究员提出的，主要表现为几条新措施：当病人肺部阴影增多、血氧监测下降时，及时采用无创通气；当病人出现高热不退和肺部炎症加剧时，适当注射皮质激素，阻止肺部纤维化；当病人出现继发细菌感染时，有针对性地使用抗生素；大规模展开中医中药的辅助治疗和预防。

"如果这几条措施产生效果，"许研究员说，"疫情就应该可以暂时控制，而如果 R 型疫苗产生作用，我们就可以利用康复病人的血浆制成血清，从而找到最终的破解办法。”

在接下来的简单论证过程中，当朱厅长得知中医中药始终没有参加到治疗过程中时，很有些惊讶，问道：

“现在流行性传染病一般都是中西医结合治疗，为什么排除中医？”

“实际上我们的疫情的初期，也准备用中药进行辅助治疗，但很快放弃了。”李扼说。

“为什么弃用？”

“因为有人认为，这样的疫情，中药不会起作用。”

“谁这么认为？”

李扼没回答，但是拿出了当初胡道长开的那个药方。朱厅长说：“肖云台糊涂！当初我曾提醒他，中药治疗一定要同时进行。”

这时候朱厅长旁边，一位白须飘飘、精神矍铄的老者从朱厅长手中接过那中药方子看了看，想要讲话，朱厅长于是说：“戚老先生，大家认得吧？这次是不顾年高，主动请缨前来。戚老是我们国家有名的老中医，行医近七十年，有回春之妙手，治愈过无数疑难杂症，我们希望，戚老能够从中医的角度，对我们的治疗进行指点。请戚老讲话！”

众人这才知道，这位就是中医界大名鼎鼎的老中医戚培元先生，当即报以热烈的掌声。老先生却直接朝李扼问道：

“这两个方子为何人所开？”

“遇真观的胡道长。”李扼回答说。

“可否就是胡德颖？”

“正是。”

“原来如此，”戚先生叹道，“早就听说胡道子道法圆明，却不料他于医道也很高妙。这两个方子，一个是桑菊饮和银翘散两方的集合，另一个是麻杏石甘汤，方子虽说没有什么特别，但其下药之重，比例上的大胆变化，却非一般医生敢为。这说明，开方之人既了解现在药材的药性，对本次疫情的判断也很精准。”

讲到此，老先生停顿了一下，见众人仍是多有疑惑，站起身来，朗声道：“我今年八十七岁了，但我今天不想倚老卖老；我平生谨慎，淡泊名利，也不愿信口开河，我只想说一句：眼下这个病，其实就是中医中俗称的‘温病’，它的病因，就是古人说的‘疠气’，对于真正有本事的老中医来说，这个病根本算不上什么重病！”

此言一出，众人为之一震。只听见老先生继续说道：“中医治疗温病的历史很久，也积累了很多成功经验，眼下虽说病毒变异，单纯中医，恐难制住，但中医的及时介入，是十分必要的。抢救危重病人，西医有优势，但协同调理，固本辟邪，中医有优势。对于因体虚而盗汗乏力的患者，中药不但可以缓解症状，还可以促使核酸转低，而对于过度治疗，使用激素类药物带来的副作用，尤其脏器损坏，中医亦有保护作用。所以中医应该从一开始就不放弃，同步施行。”

“戚老的意思，现在介入中医，虽然有些晚，但仍然十分必要，”朱厅长插话道，同时他转向李扼，“本地中药库存如何？”

“我上月曾到仓库看过，库存充足。”李扼回答说。

“马上介入中医治疗！”朱厅长说，“请戚老作出具体指示。”

戚培元略一思忖，道：“以胡道子这两个药方而论，症状较轻、高烧不甚的，服用桑菊饮和银翘散，症状重、尚未转入重症监护、还能服药的，服用麻杏石甘汤。同时，柴银口服液、双黄连口服液、银黄颗粒、安宫牛黄丸、藿香正气丸、葛根芩连微丸以及清开灵、鱼腥草、双黄连粉类针剂等，也可因病下药。相关草药，也要多备。另外，我观城中近日无风，气霾郁结，可派人用柏树枝、大枫子、木槿皮、青蒿燃放驱烟，一来可以净化环境，二来可以驱赶鸦类，以免它们添乱。多多益善。”

朱厅长起身，朗声道：“各位，以上意见立刻实行。原有西医治疗方案和药品，请省卫生厅和疾病控制中心来的专家，会同南华市相关同仁，巩固运用；戚老所审的两个方子，请南华市卫生局、中医院马上调配药材，组织熬制汤剂，并迅速分发到各医院，省中医研究院来的专家进行协助指导；焚烟驱毒气一法，古已有之，且有足够科学依据，请南华市卫生局、防疫站组织人力，也是立刻进行。人手不够，可请求市政府调集志愿者，所用枝草，如城内缺乏，可从其他县、市调运。”

随即，椅桌响动，众人按照各自分领的任务，忙碌起来。

天亮以后，王省长赶来了。南华市四大班子的成员，几乎倾巢出动，到城西北的高速路出口列队迎接省长。车辆排了一长串，又有电视台、报纸、广播、政府门户网的记者，操着各自的家伙，准备拍摄王省长进城，不料王省长却是轻车简从，只得一车四人。车一停稳，王省长摇下玻璃，看到如此庞大的迎驾队伍，心生不悦，既不下车，也不发一言，只随领路车直奔华佗医院。

此时的医院，正是病人早餐和医生查房的时间，王省长由朱厅长等人迎着，换了衣服，戴上口罩，径直走入病区，安抚病人，看望医生。南华市随到的几位要员一看，也不由分说，稍作穿戴后递次跟进。市里两名记者得到领导示意，想要跟进去拍摄，却被朱厅长派人拦住。

李扼已经得到朱厅长的指示，只带领省长看望轻度患者，并且是隔着玻璃，不料省长却推门进了病房，俯身与患者交谈，鼓励他们。本地官员见状，既惟恐落后，又恐发出声响，趋前伏后，步履很是滑稽。王省长连看了几间病房，又让李扼带他到重症病房区，隔着玻璃查看患者情形。随后，省长来到楼前，与等候在此的一干医护人员一一握手，致以慰问。稍远一些的医生护士，得知省长亲临，都停住脚步，期待地看着这边，能动的病人们则纷纷趴在窗户上，往下看着省长。

王省长见状，接过喊话器，高声对病人们说："病人朋友们，请大家放心，政府一定会尽最大努力，让大家早日康复！"

王省长五十多岁，中等身材，气宇轩昂，目光清澈坚毅，他这一圈走下来，楼中的气氛为之一变，李扼等在场医护人员都感到一种说不出的踏实。

出了住院大楼，省长传令马上召开会议。南华市原本已将市政府新修大楼的会议室布置一新，颇是隆重，但省长一听还要驱车二十分钟前往，便反问他们，既然华佗医院是疫情的中心，为什么不就在医院的会议室里，以方便专家和医生？在场的南华市领导，谁也回答不出个所以然，于是只得跟随省长，往医院的会议室走去。几位工作人员得了指示，飞快前去布置，但时间太紧，他们什么也没有找到。鲜花、桌帷、先进的会议视频及电传系统，医院会议室都没有，甚至连开水、多余的茶杯也没有。茶叶倒是有一些，一位市政府的科长查看后，发现那是廉价的本地绿茶，通常只在街头茶馆供民众饮用，于是派人去扛矿泉水来。

省长并不知道这些。坐下后他就要求南华市进行汇报。由于书记还在省里住院，市长又已经失了自由，只得由陶副市长进行汇报。虽然汇报的地点忽然从市政府转到了医院，让陶副市长觉得很是仓促，但毕竟在宦海畅游多年，应对有方，那份事先打印好的汇报稿，他一直稳稳地收在公文包中。看看王省长一干人皆已坐下，陶副市长清清嗓子，有板有眼地汇报起来，从疫情如何突然凶猛，到市政府如何重视，采取了哪些措施等，一一念来。王省长一言不发，待到陶副市长念到第四页时，忽然插话道：

“行了，让你们主管的副市长讲吧，主要是下一步怎么办。”

陶副市长捏着稿纸，讲话戛然而止。他早就听说，说这位新上任不到一年的王省长持平察物，颇具雄才，尤其判势观人，十分敏锐，可没想到他还如此干脆果断。他觉得有点尴尬，但丝毫未露，马上推出了主管文教卫生的副市长赵鸿图。赵鸿图虽然是刚刚从瑞士长途飞回，但讲话稿同样备齐，不过眼见陶副市长的讲话被省长打断，他估计，省长不喜欢下属念稿，于是收了那稿子，即兴汇报起来，从如何发现疫情、自己如何在第一时间组织打狗驱鸦，侃侃谈来。

王省长仍是一言未发。来前他已经查阅过赵鸿图的有关资料，得知他是从丽山区一个干事成长起来的，后来做到常务副区长、区长，几年前被提拔为副市长。资料表明，此人没有上过大学，但却拥有研究生文凭，不过此时看他神态气质，也就初中水平，在他身上，逢迎之术不浅，胆识才智却鲜见。看看赵鸿图已经讲了近十分钟，王省长一挥手，说：

“咱们现在研究的是疫情，换一个能讲明白的！”

众人闻言，各自心中一颤，都不敢吭声。沉默片刻之后，省卫生厅朱厅长说：“卫生局长肖云台要在，他汇报是最合适的，可他已经病倒，这样吧，由南华市疾病预防中心的主任李扼来汇报，省长您看如何？”

省长颔首，于是众人寻找李扼。这样的会议，李扼官职低微，远远地坐在靠墙的一个角落。他站起来，先深深地躹了一个躬，对远道而来的省里的领导和专家们表示谢意，然后直截了当说：

"我以为，目前最紧要的工作有四项，一是尽快对新到药物的功效进行评价；二是严防死守，不能再让疫情扩散；三是寻找毒王下落，这既是采取病毒样本的需要，也是对他的行踪进行掌控，彻底消毒，以绝后患；第四，是着手筹备新的专门医院，因为目前病人还在增加，医院现有的床位，已经不够用了。"

这是王省长第二次见到李扼。他见这年轻人眉清目秀，丰神俊逸，且持重端正，虽然是满脸的疲惫，但仍掩饰不住不住一股英气，其话语逻辑清晰，张弛有度，不禁在内心叹道："这小小的南华，原来也是有人才的！"待李扼说完，他又提了几问题，李扼对答如流，思路十分清晰。

王省长此时心中已经有数，于是他正正身子，讲起话来：

"本次疫情，本省历史上少有，全国也是罕见。目前死者已近两百人，对此，省里高度重视，中央也来电慰问，并作出重要指示。省里这次派我来，就是要与各位同事、各位专家和广大医生护士一起，共同阻击疫情，不达胜利绝不收兵！目前的重点是，疫情再不能扩散，见效的方法，要尽快找到，为此，昨夜省里已召开会议，作出了专门部署。南华市到目前为止的工作，虽未懈怠，但应对不力，具体表现在：疫情早期不敏感，没有及时上报省卫生厅和省政府，待疫情扩散后，所有工作几乎都由市卫生局和由疾病预防中心在进行，到后来成立指挥部，主要领导却不挂帅，且畏惧病情，不敢深入医院，用电话与战斗在医院的专业人士进行沟通，以侥幸面对疫情。更严重的是，主管医疗的副市长在明知已经出现疫情的情况下，还远赴欧洲，名曰考察，身边跟随的，却是财政局长和税务局长，还有个矿老板，这是考的哪门子察？"

王省长此言一出，市政府一班官员，无不内心一颤，副市长赵鸿图，竟然汗湿鬓间，双腿抖动，只得强打精神，装作无事。

王省长却不怜惜他们。他稍作停顿，环视会场一圈，才继续讲道："这么大的疫情，虽然我们谁也没有遇到过，但有些工作，市政府是完全可以有所作为的，比如部分群众医不起病的问题——根据我们初步了解，像这样的病，轻者可能一万两万，也可能三五万，较重者，需要上呼吸机、进重症病房的，可能得八万十万，甚至二十万，极少数患者，更是可能高达数十万甚至上百万，这样高的医疗费，一些群众治不起，可以理解，但政府为什么不及时想法呢？医保统筹基金不够用，特困救助渠道呢？政府的专项救助渠道呢？结果我们什么措施都没有，致使有些病人提前带病出院，回到社会上，这是多大的隐患？我们要用多少人力物力去消除？这么大规模的传染病，为什么任由几个医生、几家医院在奔忙？政府在干什么？市领导在干什么？"

全场鸦雀无声。陶副市长作为目前市里管事的，闻听此言，满脸铁青，眼泪都快下来了。

王省长平息了一下情绪，继续讲道："对于疫情，省政府有充分的信心战胜它，为什么？因为我们国家经过三十年的埋头建设，已经有足够的财力来保证药品和物资的调配；我们有一支信得过的医护人员，他们在人民生命遭受危害的时候可以挺身而出；我们还有省内省外各界的支援。目前陆军已经作好准备，如果我们需要，他们可以随时援手，在三十六小时内为我们建立一所有五百张床位的野战方舱医院；我们国家还有抗击非典的成功经验，几位国内知名的专家，正在参与疫情会商，寻找新的治疗方案；我们还有来自国外医疗界的支持，联合国医务署的首席医务官火努努医生，已经在前来中国的飞机上……，这些因素汇合在一起，我相信我们能够战胜疫情。但是仅仅战胜疫情永远不够，我们要痛定思痛，思考一下为什么会发生这样的疫情？我们的公共卫生系统，到底能够承受多大的冲击？我们有哪些隐患需要排除？比如这次疫情，现在基本可以判定是来自乌鸦身上的一种病毒，我们可以认为这是一种偶然，但是我们为什么不反过来看看，这是否是一种必然呢？”

讲到此，王省长再次停顿下来，看着在场的南华市一班官员，但是所有的人，包括李扼，都不敢与省长对视。省长于是继续讲道：

“疫情的早期，市里几大医院的相关设备，竟然检测不出正确的结果，原来这些每套价值数十万甚至几百万的设备，竟然都是冒牌货！是谁胆大包天，在采购这些设备？跟疫情有关的公共卫生环境，南华市做得怎么样？作为一座旅游城市，那些让外人看到的地方，是不错，可惜都是马屎外面光，几个城中村肮脏不堪，老城区污水横流，人生活在这样的环境中，得病正常，不得病才是怪事！再说乌鸦，没听说是可以吃的，可是在你们南华，竟然吃乌鸦成风，不但饭馆里吃，还做成旅游商品，政府在干什么？面对如此愚昧的行为什么不采取措施？你们自己有没有去吃过那些所谓的鸦补王鸦补汤？你们都号称是有文化的人，难道也相信那些无知谬论吗？你们这儿还有一个帝霸皇生物制品公司，妖言惑众，诱导人们消费所谓的养生保健品，利用所谓的乌鸦产业，发展传销，更可恶的是，此公司长期偷税漏税，最近又查出他们恶意骗贷、非法集资，涉案资金竟然高达十多亿，有关部门在干什么？”

省长最后这一声断喝发出，全场鸦雀无声，南华市的主要官员个个噤若寒蝉。省长稍停，语气缓和了些，道：“这些事情，都发生在我们的眼皮底下，谁要说不知道，不了解，就那是瞎子、聋子，南华市的人民群众不答应，省政府也不会答应。同志们，我们都受过教育，都知道是国家和人民在养育我们，那好，多为人民做点事吧。千万别做坏事，做坏事是要倒霉的！”

省长讲到这里，不再继续。随后，由朱厅长对后面的工作进行了安排，会议就结束了。从这个时候起，省政府以王省长为首，全面接管了南华市抗击疫情的领导工作。

当天中午，指挥部就重新启动了对毒王的追捕。为再防与他近身接触，由省里派出了武警特种兵小分队，他们装备精良，既可对付化学污染，还可对付细菌和病毒。小分队根据事先已经掌握到的毒王逃跑的线索，直扑山中，在一户无人的农家，寻到毒王的遗迹，提取了他的指纹。再往山中走，就没有了线索，于是指挥部通过电信部门，捕获到了毒王的手机信号，虽十分微弱，快是没电的样子，但已也锁定了方位。特种兵小分队寻踪而至，发现这里有大量野生动物聚焦过的痕迹，经过检测，树丛间弥漫大量 HV 病毒，为防万一，指挥部命令小分队停止前进，随后派出直升机，从一小洞口中测到了毒王的手机信号。指挥部于是又派出测绘人员，经过用最先进的仪器进行测量，发现这是一个深达数百米的地坑。直升机从洞口投入一台细小的探测机器人，在洞底发现了毒王的遗骸、手机等物品。几方面的专家经过会商后认为，毒王可以就在坑底安眠，至于坑口周边的病毒，因为连日阴沉，所以得以存留，一旦日出，太阳直射两日，便可晒死病毒。不过为了慎重，指挥部仍派了两架小型飞机，对方圆十公里的山谷进行了空中喷雾消毒。

至此，毒王的事暂告一段落。

王省长讲话中提到的野战方舱医院，指挥部经协商后认为，颇有必要，于是紧急向陆军求援。陆军已有预案，接到命令后，立刻由一位副司令员带队，星夜驰援。次日早晨，南华市的老百姓醒来的时候，大军已到，一座占地数十亩的野战医院，已经在体育馆南面的广场上露出雏形。

与此同时，另外一项查办和铲除帝霸皇生物制品有限公司的工作也已展开。具体执行任务的是市公安局。此时的公安局，面貌也已是焕然一新，原来，他们刚刚换了局长。前局长一向欺上瞒下、长期胡作非为，甚至公然与黑社会勾结，替他们保驾护航，恶行累累，终于被停了职务，羁押审查，另外三名局中要员也都暂时靠边。为确保局里工作正常运行，上级派来省公安厅的梁政委坐镇。这次铲除帝霸皇公司的行动也由梁政委统一指挥。星期三的晚上七点，参战的干警各自饱餐、检查了装备器械之后，齐聚公安局会议室，分领任务。

刑警大队的罗队长，一个四十多岁的精悍汉子，国字脸，中等身材，发如板刷，长着一双大手，奉命对案件进行介绍。其实在场的干警，对这个帝霸皇公司大都有所了解。就是南华市街头的寻常百姓，也大都知道这家公司的来龙去脉。所以与其说罗队长是给干警们介绍，还不如说是给梁政委和省里派来支援的几位武警军官作介绍。

“同志们，”罗队长说，“这个帝霸皇公司，全称帝霸皇生物制品有限公司，又称帝霸皇集团，其旗下除了这家生物制品有限公司，还有地产公司、餐饮公司、投资公司、酒店等，同时还涉足娱乐业，是我市一家有名的民营企业，其老板姓于，外号‘虞美人’，号称南华首富，以前是人大代表，现在是政协委员，而且据说已经取得了加拿大的国籍。此人本地生，本地长，中学毕业后，不知道到哪里混了几年，后来进入我市滨江区民政局，当打字员。她在这儿应该混得不错，两年就提成科员，第四年，她被调入滨江区区政府，并很快当了接待科副科长。这以后她到南华市驻京办工作过一段时间,但很快回来了,在市政府下属振华公司任副总。再后来政企分离,振华公司衰落,她就辞了职,自己开起了公司。”

“老罗,看来你对这个虞美人研究得很透啊!”干警中一个年纪较大的警察打趣道。

“是的,出于职业的敏感,我已经盯她十多年了,”罗队长继续说,“此人自从经商之后,一帆风顺,干的都是轻省买卖,主要都是承包市政工程、经营政府采购、买卖办公设备等,也做过包括涉嫌走私的贸易,很快积攒下家财,开始盖酒店、经营公交车。住房商品化之后,她又开始从事房地产,但管理混乱,公司频繁换人,鹳江边上最早的那个别墅项目,就是她的,但被她搞成了烂尾楼,所以这几年,她多是通过关系拿到地皮后,转手卖给外来公司开发,从中牟利。前几年她被人怂恿,到南边去投资一个主题公园,搞了半截,不知道什么原因被叫停,于是回到南华。现在她则专注于生物制品这块,并网络了一帮极善鼓吹惑众的传销分子,意欲用生物制品,赚取亿万财富。各位,她所谓的这个生物制品到底是什么玩意儿呢?其实就是利用当前我市及周边一带这股吃乌鸦的风气,按他们的说法,进行深度开发,生产所谓的鸦补王保健品、乌发口服液之类。为此他们办了一个规模宏大的养殖场,笼养了几百万只乌鸦,其鲜活鸦类产品也已经以上市。我们这次去抓她,却还不是因为他们与乌鸦这个关系,而是因为别的罪名。目前我们掌握足够证据、可以指控他们的罪行包括:以传销形式销售的乌鸦系列保健品,其批文、生产许可证等皆系伪造,涉嫌伪造公文罪;涉嫌非法集资罪,目前初步查实已经超过十亿;涉嫌行贿国家工作人员罪;涉嫌诈骗罪;涉嫌组织领导黑社会罪,等等。”

听到这里,梁政委旁边一位临时参战的武警问:“罗队长,这人显然干的不是正经买卖，为什么能横行至今呢？”

罗队长趁机喝了口水，说：“您有所不知，我们南华这个地方，表面上颇为正常，实际却是暗流涌动，阴暗势力，始终在挑战正气，有时竟然还占上风。这个虞美人，就很明白这一点，这些年来勾引利诱，为自己结成了一张保护网。她这虞美人的外号，便是我们从前的宋市长所赠。这宋胖子本身没什么学识，但却喜欢附庸风雅，写得几首歪诗，一次依样画瓢，按照古词牌，写了一首‘虞美人’赠送这个姓于的，从此以后，南华生意场上就有了虞美人这个角色。宋胖子后来调到省里，来了个李市长，虞美人又傍上了李市长这棵大树。现在，李市长既然被查处，虞美人也该翻船了。这次我们拿下她，可谓一箭双雕，不但可以为南华除一毒瘤，还可以牵出一串脏人，清洁政务。”

“这么说来，这伙人果非善类，”另外一位武警说，“不说别的，单看帝霸皇这个公司名字，就令人悚然。封建体制害我国家几千年，早被推翻，现在是人民当家作主，他几爷子脑中却是阴魂不散，还梦想称王称霸。财富落到这些人的手里，是社会的悲哀，政府的耻辱！”

“是啊，”罗队长继续说，“十余年来，我是眼睁睁看着这伙人从小公司发展到集团公司、从小骗子摇身为风光一时的董事长，一直为没有办法收拾他们而扼腕长叹，现在机会来了，上级动真格的了，是一举拿下这伙害人虫的时候了，今天晚，我们就要直捣他们的老巢——黄宫！”

“什么宫？黄宫？为什么叫这个名字？”梁政委问道。

“对，这公司的总部，就叫黄宫，而且是黄色的黄，也算本地一大奇闻，”罗队长说，“其实这房子，原本叫白宫，下部与美国那白宫毫无二致，上部却是画栋雕梁，飞檐高翘，典型中国传统宫殿式样。当初这楼就是叫白宫的。房子盖起后不久，从北边云游过来一位和尚，人称淡定大师，算命看风水，求神卦吉凶，无所不通，找他的商人、官员络绎不绝，虞美人也将他请到公司，准备预卜一下财运。那淡定大师下了车，看看白宫，晃着脑袋说：此楼虽说巍巍雄峙，但直接抄袭他国名字，总还是缺了些文化，显得生硬。虞美人看看那楼的上部，道：大师，改成小皇宫如何？淡定大师天天跟这些所谓成功人士打交道，知道要拿下他们，顺从只会适得其反，而他说东，你说西，他说西，你说东，反而能出奇制胜，也能搞到钱，于是回道：虞施主此言差矣，皇为帝家独有，他人岂可僭用？再说商人以实惠为首务，不必在名号上逞强斗胜。虞美人看那外墙上的一层黄色在夕阳下熠熠生光，忽然灵光一现，又道：干脆叫黄宫如何？那淡定大师装模作样的入定沉思片刻，说：黄为色系中之高贵，宫为房屋中之翘楚，我看可以。于是，这房子从此便叫做黄宫了。"

众人听得稀罕，可看罗队长的样子，又不像编撰的，都禁不住啧啧称奇。

梁政委又道："罗队长，现在大部警力都在为抗击疫情保驾护航，我派给你的警力，够吗？"

"够！"罗队长肯定地说，"他们虽然也有一些打手，有些器械，具备一定的抗打击能力，但毕竟是乌合之众，而我们是正规部队，出动的又是精兵强将，您就听我凯旋的消息吧！"

"好，那咱们就别再介绍背景了，你把作战方案部署一下吧。"梁政委说。

于是，罗队长打开投影仪，就着他们事先做好的 PPT 文件部署起作战方案来。

此时，在帝霸皇公司总部会议室里，也是灯火通明。公司的所有董事高管，一共十余人，围桌而坐，正在听一个瘦子讲话。这瘦子尖嘴猴腮，从头到脚，穿着皆是名牌。虽然是在室内，而且有中央空调提供热气，他脖子上却吊着一条大红围巾。他站立着。在他的左后方，一面垂挂着的幕布上，正投射着一行大字：热烈欢迎策划大师马贯中博士莅临我公司指导。这位正站着手舞足蹈的无疑就是马贯中了。

这马贯中显然讲了有一会儿了，只听他一副公鸭嗓门，继续讲道："下面咱们讲第二部份：媒体的魔力。各位，这些年，奇迹不断发生在我们身边，当今社会，改变我们生活最大的莫过于传媒，所以得传媒者得天下。过去的二十世纪，人类最伟大的发明不是原子弹，也不是拉链，而是媒体，尤其是电视。只要利用好电视，生铁就能变成黄金，土鸡也能变成凤凰。鄙人不才，这些年也辅佐了十余家企业，把他们都弄上市了，仅举一例——南边的赵氏家族，各位知道吧？"

"食品和保健品行业的巨头，商界谁人不知，谁人不晓？"立刻有人回答道。

"对了，正是这家人，"马贯中说，"这家企业，原来只是个家庭作坊，生产纸箱木柜、塑料盆桶之类，一年累死累活也就挣个十万八万，后来鳖精兴起后，他们果断跟风，赚到了第一桶金。鳖精不热后，他们生产补钙冲剂和钙片。补钙不流行之后，他们搞起了深海鱼油。深海鱼油不吃香之后，他们决定给老百姓补气，生产一种背心，说是穿上就能气血充足。气也补得差不多之后，他们开始生产十全口服液，给老百姓补肾。肾补得差不多之后，他们生产补脑精，开始给老百姓补脑，而且号召人们买去送礼。这补脑精，现在正卖得邪乎呢，而且产品已经升级换代，从最初的'脑力壮'到了现在的'脑超人'。君不见，不论最繁华的大都市，还是最偏僻的乡村，都有人提着那'脑超人'的礼品袋，在大地上疾行奔走，赵家因此赚得的钱财，真可谓堆积如山！著名的麦道夫会计师事务所给他们算过一笔账，说他们每天投在媒体上的钱，如果全部换一百元一张的现钞，得一个壮劳力足足挑上一挑，可是他们赚回来的，足够装满一辆马车！”

“马老师，这个家族卖的这些玩意儿，我们也大都知道，要说稀奇也不稀奇，很多想发财的人都琢磨过这些道道儿，问题是，为什么单单是赵家做大了呢？”又有人提问道。

“这正是我接下来要讲的，各位，”马贯中道，“全部的奥秘就在于：他们深刻地理解了目前受众的本质，并且敢于下狠手。什么叫狠手呢？就是不惜血本做广告，尤其在电视上。想当初，做鳖精的人很多，而赵家的鳖精是最不地道的，因为他们一只王八能做出上千袋鳖精，到后来，干脆就是红糖、麦麸加营养粉，可他们的广告最猛，铺天盖地，让无数傻瓜蛋子掏了腰包。他们一直就靠广告吹，直到今天，拿现在正红火的这个‘脑超人’来说，圈中人也都知道，不外是维生素、合成蛋白之类，可架不住电视中天天吹啊，赵家硬是将它弄成了名牌。”

“博士，马博士，”讲话又被下面一个人打断。此人也是一身华服，似乎听得极为专注，一脸的兴奋。他之所以在称呼中特意强调“博士”二字，是因为他得到信息，这马贯中最喜欢人家称他博士，或者教授，借以标明自己并非培训行业的常规角色。“听您这么一说，我茅塞顿开，东边的陈氏家族，这几年风风火火，硬是做出一个白酒的知名品牌，大发横财，可据说他们的这个所谓名酒，其实就是用几块钱一斤的低档白酒勾兑出来的。”

“谢谢这位老总提到这么一个生动的案例，”马贯中看到有人应和，脸上挂不住的喜悦，“您所说的这个，不是据说，而是肯定！白酒这个东西，对土壤、空气、水质要求极高，从这个角度来说，有些地方就不可能生产出好酒，只能生产出烧酒，可为什么老陈家搞出来这么一个白酒名牌呢？还是因为广告，因为不停地吹啊！”

“原来是这么回事啊？”又有一个高管插话道，“我还以为，那么多名人都为这酒做广告，这酒真的很好呢！”

“差矣，老总，”马贯中道，“现在名人广告正在取代传统的产品广告，成为最有效的忽悠手段。咱们这个时代，无数的人推崇、追捧名人。不管什么人，哪怕是刚从牢里放出来的，只要有名，你把他弄来做广告，就一定有无数人乖乖地买账。我甚至可以负责任地说，你现在就是捡些石子，把它随便打磨包装一下，找个名人出来，说它赛过黄金，也一定有人来买。为什么呢？因为有无数的愚夫愚妇每天都在眼巴巴地等着被骗，他们盲从、爱凑热闹、好激动、什么时候都喜欢一哄而起。”

“有这么邪乎吗，马博士？”又有一人问道。

“绝对的，”马贯中说，“只要你略施小计，忽悠的同时，再给那些傻瓜蛋子一点看得见的甜头。我认识一个奇人，秦络腮胡，他曾经以高价回收作诱饵，让人养蚂蚁，就是一个两头赚钱的生动案例。一方面，在高回报的利诱下，人们纷纷加盟，甚至托关系走后门，排着队交钱入伙。家中没有条件养的，甚至直接拿钱，请公司代养。另一方面，生产的蚂蚁酒、蚂蚁精猛请名人做广告，这让那些被骗的人觉得，买这玩意儿去送礼，颇有面子。其实秦络腮胡这一套，本质上仍是传统的‘老鼠会’的办法，看看火候差不多了，选一个月黑风高的夜晚，带着钱财远遁他国。无数入伙的人眼看血本无归，一起去找政府，呼天抢地。政府当然不能不管啊，可一查之下才得知，那公司的董事长秦络腮胡，哪里是什么名人后代，不过一个手艺平常的泥瓦匠而矣，搞装修一直没赚到钱，却在蚂蚁上发了大财。秦络腮跑后，他有个徒弟，魏秃子，这两年看到养生时髦，又扮起了名医后代，干起了食疗治病的勾当，一本破书，虽然是东拼西凑的，语法都整不清楚，却仗着电视台几个骗子一块儿帮着吆喝，已经卖出去两百多万册，现在他到电视台做节目，出场费都涨到十万一场了！各位，这哥儿俩的行径说明了什么？”

马贯中本来想借这个提问小憩片刻，不料，高管们没有顺着他的思路，却有人提出一个完全不相关的问题：“马博士，请问您最近是否看过电视？”

“问得好！”马贯中一声尖叫，可是心中却十分纳闷，心想：这人怎么会提出这么一个问题呢？不过他表面很是镇定，按照自己的既定思路回答道：“最近正是MBA培训的繁忙季节，北大清华都给我排了课，很少有时间看电视的啦。”

那人却说：“最近几月，在咱们省电视台里，每天深夜，就有那么一男两女三个贱人，在那里喋喋不休的吆喝，尤其那个男的，一口台湾腔，油头粉面，发疯一般聒噪不止，真他妈烦人！”

马贯中看看那人，道：“张高管此言差矣，烦不烦不要紧，关系是人家赚到了真金白银。”

“问题是，博士，”那人说，“他们卖的那东西，是假的，我老婆前不久就买了一些，可那几千元一件的金表手饰，修表铺的师傅一看，说是只值几十块。”

“这就是你的不对了，”马贯中道，“你张高管何等身份，怎么去相信电视购物中的东西呢？”

张高管顿时语塞，余人也发出哄笑。马贯中趁机喝口水，道：“各位，言归正传，张高管提这问题，恰恰从反面说明了媒体的魔力。咱们接下来，就要让我们的神鸦补脑精、神鸦乌发素，一是借助媒体，二是借助直销网络，红遍神州大地，冲出五湖四海，遍布全球！到那时，张高管，你交的那点学费，将万倍亿倍赚回，你就咧着大嘴美吧！……那么具体怎么做呢？我已经为贵集团谋下三步曲，只要按照这三步曲走下去，不是夸口，三年后的在座各位，就不是眼下这副身家了。且说这第一步，乃是进行舆论铺垫。这就要成立一个班子，招几个有经验的写手，让他们瞅准时机，在报刊上发软文，介绍乌鸦的种种神奇，同时可差人凑一本书，从营养和养生的角度进行系统介绍。书弄出来之后就上电视做节目，花钱找些闲人去现场鼓掌。第二步，就是请明星来代言，一个不行请两个，两个不行请三个，甭管唱的跳的，还是靠脸蛋耍嘴皮的，谁红请谁。第三步，是马上建立销售队伍，这也是我此次前来的重点工作。我这直销的理念，与以前的模式有所不同，主要是层级增多，延长下面人奋斗的时间，多为公司增效，具体为：一人入伙为干事，发展十个干事为干事长，发展十个干事长为知事，发展五个知事为管事，发展五个管事为董事，发展两个董事为小董事长，发展两个小董事长是大董事长，大董事长上面，就是总董事长，也就是咱们虞董事长了。从干事到知事，全凭实力，无需文凭背景，可谓英雄不问出身。

"各位高管，尊敬的虞董事长，想想看，要能培育出几十上百个知事、董事，每日为你们赚钱，这不是财富帝国是什么？何愁霸业不成？第四步，就是媒体上的轰炸了。这点要跟各位讲清楚。要有眼光。风物长宜放眼量嘛！只有舍得花大钱进行宣传，产品才有声誉，那些卖货的干事们才肯起劲，认为代理这样一种产品是他们的荣耀。媒体的具体操作法，今天我就不细讲，反正是要将受众搞晕，让他们到哪儿都摆不脱我们的广告。"

讲到此，马贯中稍作停顿，问道："虞董事长，我抛砖引玉，就先到这里，行不？"

那椭圆会议桌边居中坐的，便是虞美人。只见她杏脸桃腮，身段娉婷，果然是姿色过人，再加上凝视倾听，微仰着身子，捏着一支笔，横在腮边，又多了几分雍容雅致。当下，听到马贯中在叫自己，这虞美人坐正身子，开启丹唇，道：

“马大师不愧是策划行业的精英，一席讲下来，如醍醐灌顶，令我等茅塞顿开，下面休息十分钟，该上厕所的上厕所，该抽烟的出去抽烟，然后回来讨论。”

会议室里人影晃动的时候，罗队长带领他的人马已经到达帝霸皇公司外面，一支小分队在他的带领下，翻越围墙，摸到了公司的黄宫前面。他们顺着墙根矮步前进，却忽然看到不远处围墙边一棵老槐树下面，一伙人身着迷彩服，正在练习擒拿格斗。

见状，有个武警扯扯罗队长的衣角，悄声道：“队长，怎么这儿也有一队警察？”罗队长一惊，连忙低下身子，操起望远镜看过去。虽然距离并不是很远，但夜色模糊，望远镜这样的野战用具，他是备下了的。稍倾，他放下望远镜，对身后的人说：“这不是警察，是这儿的保安，那迷彩服也不是真的，是从天天利小商品市场上买来的。这天天利市场，说来也是虞美人网络了几个社会渣滓，在暗中操控呢！”

队伍继续躬身前行，到了黄宫前面的耳房。据罗队长事先介绍说，这儿原本是没有这个耳房的，可另一个请来看风水的大师却说，加个耳房就如同人有了鼻孔眼，财运才圆转，于是盖了这个耳房，充作传达室和警卫室。此刻，耳房里只有两个保安。这初冬的夜晚，有些寒冷，两个保安，一人捧着手机在上网玩，一人趴在窗户前看杂志。罗队长一挥手，两个武警闪了进去，只一招，就将他们抓做了“舌头”。

罗队长一行疾步进入，向他们出示了工作证和抓捕证、搜查证。这两个保安倒也知法，一听是来抓他们老总的，相当配合，既不反抗也不喊叫。一个保安甚至说："警官，这些人早应该抓了，你们咋这个时候才来？我这就给你们带路。"

这时候却从黄宫里踱出一个汉子，径直走向这耳房来。这汉子身材魁梧，面相阴鸷，罗队长一看，竟然是帝霸皇公司的护卫队长，连忙示意众人蹲下。原来帝霸皇公司多年来对抗政府、欺行霸市，豢养着一伙保镖，为首的号称八大金刚，名曰龙、虎、狮、狼、蛇、蝎、鳄、蚣，各自在身上纹着对应的兽豸图案，很是凶恶，而金刚中的首恶，正是外面正走过来那人，名叫李飞龙，内部称他为李总镖头。

却说那李飞龙，从外面看不到两个值更的保安，骂骂咧咧推门进来。他刚一迈进，立刻被两名武警死死拿住。

"怎么回事？怎么回事？"飞龙叫道。

"擒贼先擒王，你来得正好。"罗队长说。

飞龙这才看清楚，原来屋中尽是武警，还有几个公安。领头的罗队长，他是认识的，却佯装不识，问道："武警同志，你们找谁？"

"不认识了吗，想当年，你在魏家村一带收保护费的时候我就抓过你。"罗队长说。

"原来是罗二哥啊，"飞龙情知装不过去，笑道："那年你是把我弄了进去，可我不是很快又出来了吗？罗二哥，你怎么半夜三更的，私闯民宅？"

"这是民宅吗？这是犯罪现场！快说，里面都有些什么人？"罗队长道。

"你自己进去看嘛！"飞龙说着，竟然生起歹心，想要逃脱。他先是猛地一低身子，想返身从门口蹿出去，没有挣脱，又准备纵上窗台，破窗而去，仍是未果。原来罗队长早就知道此人十分凶悍，安排了两名武警中的好手对付他。这两个战士武艺精熟，又正值血气方刚的年纪，一身生铁般的肌肉，当时见飞龙欲行不轨，使出手段，转瞬就制服了他。这飞龙尽管凶悍，又在江湖上搏杀多年，但长期吃喝嫖赌，身子骨早已空虚，加之先落人手，只得束手就擒。

不过飞龙并不屈服。他趁站在桌边的机会，贼眼一晃，左脚轻移，迅速踩踏了一个机关，然后缩回，嘴里却不闲着，若无其事地对罗队长说："罗公安，这么多年你们一直在打蔫，今天怎么还雄起了呢？"

"今天我们不打蔫了，你可要打起精神啊！"罗队长说着，靠近飞龙，"你老实交待，虞美人一伙在不在里面？"

"兄弟我今天认栽了，你让人给我点根烟，我彻底交代。"飞龙说。

一名武警闻言，扬起巴掌想要抽飞龙的嘴巴，罗队长却止住了他。他看看窗外那黄宫的布局，吩咐说："给他点支烟。"然后他又告诉飞龙："我给你两分钟时间。要是耍滑，可得好好给你喝一壶。"

飞龙叼上烟，吸了一口，然后又吸了一口，吐了一个很圆的烟圈。那烟圈往上飘着，越飘越大，仍是一个圆圈。众人正等得焦急，飞龙却看着罗队长，对他说："罗二，老子不告诉你！"

说时迟那时快，从罗队长身旁闪过一人，一拳砸向飞龙，打得他往后飞了起来，重重靠在墙上。原来是武警的冉排长。冉排长豹眼圆睁，对飞龙道："你这个猪狗一样的东西，死到临头，还敢口吐秽语？"

再看那飞龙，已经眼冒金花，身子发抖。刚才冉排长那一拳，狠狠地砸在他的脸上，不但将他嘴中的烟卷砸飞，还砸出一颗牙齿来。

“铐上!”罗队长一声怒喝。立刻上来一名公安,将飞龙双手上了铐子。飞龙回过神来了,还是不服,嘴里道:“姓罗的,你怎么把老子弄进去,还怎么把老子弄出来!”

“出不出来再说,现在得先把你弄进去,”罗队长说,“虞美人呢? 在不在里面?”

飞龙仍是不说,冉排长却等不及了,一使眼色,那扭住飞龙的两名武警,手脚并用,飞龙身子骨立刻就要散架,顶了一会儿,实在是扛不住了,痛得眼泪都憋了出来,连忙道:“饶命,兄弟,饶命,爷爷,饶命……亲爹,我说,他们都在里面,从虞美人到老总高管,都在,在会议室里听马大忽悠讲课呢!”

“谁是马大忽悠?”罗队长道。

“就是马贯中,江湖上有名的策划大师。”飞龙说。

这时一名武警朝罗队长示意,让他往窗外看,原来不早不迟,偏偏在这个时候,一个尖瘦汉子,一边打着电话,一边踱出了黄宫的大门。在罗队长示意下,一名战士拎起飞龙脑袋,让他看出去。飞龙一看,说:“此人正是马大忽悠。你们看这坏蛋,一脸的奸笑,肚子里不知道多少坏水。”

那马大忽悠却鬼使神差,往耳房这边走了过来。来到房外,他似乎觉得有些不对劲,獐头鼠目地往这屋里窥视起来,可是两名战士已经箭一般飞出,将他像擒小鸡一般捉住,拖了进来。

进到耳房,马大忽悠看到一屋子的武警公安,再看到被铐着的飞龙,立刻筛糠般抖作一团,趴在地上,嘴里不住求饶,道:“政府饶命……不干我的事,我是来串门的。”

战士们没想到这“大师”却是个草包。可更令大伙儿没有想到的是,那马大忽悠居然吓得尿了裤子,“簌簌”地淋湿了裤裆，滴了一地，让战士们忍俊不禁。

“看这混蛋的样子，一定也是负案在身。”一名战士说。

“这些骗子，只要捉住，十有八九都能审出案子来。”另一名战士说。

罗队长瞥一眼马大忽悠，吩咐道：“先把这衰人铐在这儿，回头再作计较。”然后他让那先行拿住的保安按动电键，外面的一道铁门便徐徐打开。

待铁门完全展开，罗队长率众走出耳房，拔出信号枪，朝天一击，顿时，一颗红色信号弹冲天而上，映红了天空。罗队长跃上铁门旁的岗墩，振臂一呼：“同志们，冲啊！”立时，那些埋伏在外的武警公安抢进院来，会同先遣小分队，直捣黄宫。

队伍就要接近黄宫大门，忽然，大门洞开，窗户推开，从里面杀出一伙恶徒来。原来，那耳房内设有机关，飞龙先前一踏，正在黄宫地底下打牌搓麻将的保镖护卫们，各操家伙，训练有素地占据了有利地形，等到罗队长带着队伍往上冲时，他们也已完成了准备。只见这些恶徒全部黑衫黑裤，以皮带束腰，留着平头，各持器械，其中有棍棒、电棍，又有三节棍、丈八蛇矛、钩镰枪、流星锤等，个个凶恶，人人狠毒，玩命地扑了上来。罗队长完全没料到这个阵势，当即拔出手枪，朝天开了两枪。恶徒们听到枪声，大都停在原地。罗队长以为他们被镇住了，正要命令他们缴械投降，却不料，几个家伙却放下器械，从腰间摸出手枪和火枪，朝警察们开起火来。与此同时，从那一楼的房间里面，也有一些猎枪“噼噼啪啪”地响了起来。

罗队长大惊，没想到这些家伙居然私藏枪支。他们的预案，是按对手持器械反抗准备的，只有几个军官带了手枪。看到敌人火力猛烈，而且直朝人射，为避免伤亡，罗队长连忙高呼:“撤退!”

听到命令,战士们一边腾挪跳动,躲避子弹,一边迅速撤回,退到大铁门外。尽管身手敏捷,却仍然有人挂了彩。恰好路边是个斜坡,树林密布,刚才后续部队就是在此埋伏,罗队长指挥队伍,退了进去,借助树木的掩护,暂时稳住了阵脚。

那些恶徒冲到铁门外,手舞械器,欢呼雀跃。罗队长定睛一看,他们的武器,不但有自制的手枪、火药枪,还有高压汽枪、双筒猎枪、单筒猎枪,还有一支不知道从哪儿弄来的来福枪,甚至还有一门平射炮。罗队长疑惑不解,再仔细一看,原来这是一门由人工降雨火炮改成的土炮,不知道这伙歹人从何处弄得。不过他估计是这门土炮多半没有相应的炮弹,是歹人们用来玩耍或者虚张声势的。想到此,罗队长对恶徒们的火力有了大致的掌握,于是掏出步话机,喊道:“指挥部,指挥部,我是神鹰,对方武力抗捕,拥有两个班的枪炮武器,请求一个排的火力支援,请求一个排的火力支援!”

得到确切回答后,罗队长放下话筒,传出命令:“注意隐蔽,增援部队稍后就到!”同时吩咐卫生员为伤员包扎伤口。

可是就在这此时,罗队长忽然被一阵异样给吸引住了,只见天空忽然变黑,隐隐地传来闷雷般的“轰隆”声,而四周的树林里,窸窸窣窣,仿佛正有成千上万的大部队往黄宫这一带隐蔽疾行。

“怪了,这都快冬天了,怎么还有雷阵雨呢?”罗队长自言自语,不解地看着天空,却见天空中密布的不是乌云,而是无数正在移动的黑点。少顷,黑点逼近,却是无数只鸟儿。以罗队长有限的鸟类知识,根本来不及辨别这都是些什么鸟,一直到那些鸟从他们上方掠过,被黄宫透过来的路灯一映,他才看到,那些黑色的大鸟是乌鸦和老鹰,那些小的是麻雀黄鹂之类。只见这些鸟儿，直扑站在铁大门旁边欢呼的那些歹人，每一只都是视死如归。与此同时，从两旁的树林里和公路中涌出来无数动物，直扑黄宫大门，发起攻击。

原来，动物们在乌鸦的组织下，向帝霸皇集团发起了进攻。这可是事先盘算好了的，连路线都侦察得清清楚楚。因为负责侦察的乌鸦们回去说，在那个巨大的养殖场里，大量的乌鸦被宰杀之后，被运到这个大院后面，进行深加工。它们有的变成了一袋一袋的食品，卖到人们的餐桌上、家里或者被带上火车，去往他乡，有的被磨成了粉末，有的被制成了汁。养殖场其他动物的命运也大同小异，多数会被送到这儿进行深加工。动物们都是会闻味的。它们闻到那种只有动物才能闻到的味道，追踪到这里。

当时，歹人们只提防警察，并不知道这些动物涌来却是冲着他们，等到他们反应过来，已经身不由己了：动物们抓的抓、咬的咬、撕的撕、踢的踢、顶的顶，让他们招架不迭。有两个歹人倒是开了枪，可只打下来了几根羽毛。另外一个歹人，手持威猛的单筒猎枪，正向一头黑熊射去，却不料被一头黄牛从后面冲过来，朝他一顶，那出膛的子弹，径直飞向空中，击碎了高悬的路灯。这一来黄宫大门外一片漆黑，歹人们只能凭借一点淡月稀星勉强辨路，而动物们在这样的环境中却是如鱼得水，丝毫不受影响。一个歹人手持一根电棍，很是凶恶，却被七八只乌鸦和一只老鹰围攻，已经自顾不暇，猴子满屯见状，瞅准一个空子夺了它的电棍。对人用的这些玩意儿，满屯基本上只要看过一次，便能使用，所以它拿着那电棍乱捅一气，竟捅翻了好几个歹人，躺在地上乱蹬双腿。另外一个歹人，手持一支来福枪，总想找机会瞄准射击，却被一只老熊夺去，横在前腿上一折，将那枪折成两截。

这人原是飞龙手下的老二，坐的是护卫中的第二把交椅，唤作白虎。此人自以为在拳脚上有几下子，当下见这老熊并未理他，便“嗬嗨嗬嗨”地运了一番气，一招黑虎掏心，朝那老熊击去，却被那老熊一把扯过来，高高举起，狠狠地摔在地上，顿时失了功力。那老熊口吐白沫，仍不罢休，跳起身子，猛地朝白虎坐了下去，将白虎压得直叫祖宗。

飞龙不知道从哪儿蹿了出来。他手上的铐子，也已经被同伙打开。这时他抡了一条木棍，舞得虎虎生风，果然是很有几下子。不过他这些手段对付起动物来，只能算是表演了，先是一匹马，被他抡了两棍，继而闯过来一头骡子，也被他打上一棍，这一马一骡，立刻朝他冲过来，将他逼到一个墙角，扬起那长嘴来，无情地将他啃咬了一番。飞龙活了这么一把年纪，只知道骡马会踢人，却不知道它们还会咬人，当时就慌了手脚，不知道如何对付，被啃得满身伤痕。那骡马却还不放过他，双双转过身来，尥起蹶子，来了个空中接力，将他踢到墙外，成了废人。

其他一干歹人，眼见抵挡不住，急向楼中逃窜，动物们见状，蜂拥跟进。一时间，这帝霸皇集团的总部里面，惊鸟横飞，走兽横行，甚至还有些蛇类，也暂时从冬眠中醒来，在这楼中上下爬行，信子闪动，弓身欲击。帝霸皇公司的人哪里见过这种阵仗？不论是总监、经理，还是下面那些卖力使狠的专员、干事，无不是各寻生路，仓皇奔逃，哭爹喊娘之声不绝于耳。

最倒霉的还是那一干正会议室里舒动筋骨、暂时小憩的董事高管们。当他们听到外面干起来时就呆在这里没动，寻思警察此行的目的是什么，各自打着各自的算盘。后来他们听到外面鸟鸣兽吼，无不心惊肉跳，不明白这不通人性的牲畜，何以忽然干出这么诡诞的一幕来。就在他们惶惶不安时，房门忽然被猛地击开，众人看去，只见两只黑熊，像人一般直立着，约有两米高，拍打着自己的胸膛，向他们咆哮着。这些人魂都吓落了，顾不得斯文，纷纷钻到那大会议桌的下面去，瑟瑟发抖，生怕那黑熊过来撕咬。还好，那黑熊似乎是专击房门，一扇接着一扇，往后面击过去了。

但是立刻又冲进来一些黄牛、奶牛、野猪在屋子里乱踩一气，将那些牛皮包裹的椅子踩踢得四散翻飞。随即，又进来两只穿山甲、一些脏兮兮的流浪猫狗、斑鸠、乌鸦和麻雀，将屋子里搞得乌烟瘴气。不过这些兽儿雀儿好像眼拙，没有看到躲在那大桌下面的一干高管，放过了他们。但是它们刚一出去，立刻又爬进来一群竹鼠蛇虫，吓得众人尖呼惨叫，失魂落魄。更可气的是，随后进来几只鼬鼠，爬到那会议桌上，高高地撅起屁股，喷射出股股臭液来。可怜这帮高管，还没有从恐惧中回过神来，又被奇臭所熏，再也忍耐不住，一个接着一个，哇哇地呕吐起来。前面的便往地上吐，那挤在后面的，便只有吐在前者的肩膀后背上了。

却说帝霸皇公司的董事长虞美人，毕竟已是外国公民，随时都是作好了溜的打算的。当时见动物们冲入楼来，她就舍了那班高管，假装上厕所，钻进了自己的办公室，直接走到北墙一幅画前。这堵墙以意大利大理石砌成，气势俨然，只在中间挂有一幅油画，再无其他饰物。这幅画名为《春天》，虞美人内心却将它叫做《女王》，是花重金请油画市场炙手可热的杨画家绘制，画中人物的穿戴气质，初看像是叶卡捷琳娜，细看之下，却像是换了西装的武则天。尤为独特的是，那画前置有一个香炉，虞美人无人时常常对着这画烧香磕头，幻想自己有朝一日也能过上女王的日子。在这紧急关头，虞美人自然不是欣赏这画，只见她将手伸到画后，轻轻一按，顿时，这画即缓缓移开，现出一道铁门。她再按一个机关,这铁门分开,原来里面竟是一部电梯。虞美人进了电梯,启动按钮,电梯往下滑去,而外面的铁门油画,很快归复原位。

这电梯直通地下车库,在几盆高大的发财树后面打开。虞美人走了出来。她的嘴角掠过一丝诡笑,因为她的红色跑车就停在不远处。她要溜之大吉,想什么时候回来就什么时候回来。可是虞美人刚从那发财树后面移出身子,立刻就有一群猪猡朝她冲过来,将她吓得花容失色。这些猪一个个呆头蠢脑的,大小不一,身上布满乌斑瘤痂,臭气逼人,正是那群从养殖场逃出来的垃圾猪。虞美人撒腿狂奔,等她拐个弯跑到车前的时候,却见车上站着一只豹子,正朝她呲牙咧嘴。她返身复跑,又出现一些养殖场逃出来的狐狸、猞猁、肥鹅之类,更有几只流浪猫狗,朝她狂吠乱叫。虞美人再次转身,在空荡荡的车库里狂奔起来。她的包跑丢了,她顾不上;她的鞋也跑掉了一只,她索性把另外一只也扔掉,光脚飞蹿。她的裤子被兽儿们咬住好几次,只是她奋力拖拽,又仗着那面料质量过关,才只是咬出几个碎口。

虞美人一路狂奔,后来干脆一纵身,借着一道横梁进了通风管道。别看平时娇羞若花,她的体质,其实是出类拔萃的,至少相当于三级运动健将,因为她一有空,就去那"神兵"健身俱乐部,又是游泳,又是玩健美操,又是练肌肉什么的。此时动物中能钻善爬的,还在后面追她,所以她拿出了吃奶的劲,一路攀爬,弄得灰头土脸,终于在大楼背后的二楼找到了出口,然后,她推开一扇窗户,一纵身子,准备往下一跳。但她却停止了,原来外面不见灯光。但是追兵就在后面,转身已不可能。她根据自己对地型的判断,估计从这儿跳下去,应该落到围墙外面那片肥厚的草地上。凭着自己的身手,下去之后,就势一滚,就可潜入树林，就此远遁。想到此，她果然飞身一跃，跳了下去。

下面正好停有一辆警用面包车，带铁丝网的那种，正是用来运送犯人的，后门已经高高的打开。武警冉排长带着两个战士站在那车后，手里拿着一张照片，上面正是虞美人。三人正留神等待上级的进攻信号，忽见从空中掉下一人，落在他们面前。冉排长打开手电一照，居然正是虞美人。冉排长颇觉意外，说："噫嗨，还准备进去捉你呢，哪曾想你自己跳了下来，囚了！"当下，两个战士不费吹灰之力，将虞美人捉住，塞入车中。

就这样，片刻功夫，动物们已经将这帝霸皇公司的总部彻底踏平。那些野生的鸟儿兽儿，养殖场的家禽家畜，以及驯化笼养的野生动物的儿辈孙辈，一起聚在一棵三角枫下，兴奋地高叫："人们跑了！人们跑了！"

动物们获得的战利品也颇为丰富：流浪猫狗一拨找到一些饼干香肠，各自分食。猩猩非洲二哥则抢得一个鳄鱼皮做的女式坤包，里面除了口红眉笔之类，居然有香烟火机，令它喜出望外。几只渡鸦找到一些纸币，叨在嘴里，准备带回巢中，以便下次有动物再要用钱时，现取现用。超级野猪大白牙也没有白来，不知道从哪里弄到一箱吃食，拖到外面，领着一班猪儿猪孙开怀大嚼。猴子满屯是获利最多的，因为人使用的那些东西，他多半熟悉，爪子也不亚人手。他先是找到一袋方便面，用开水泡了，美美地吞下，吃完又直奔办公室，东翻西找，找到一个放音机。以前他跟老板跑江湖卖艺的时候，他就识得这玩意儿，很喜欢它里面传出来的声音。现在它要将这机器带进山中。

鸦王亮翅见众动物已经把这黄宫内外糟蹋得差不多了，人们伤的伤，逃的逃，没逃的，大都吓傻了，便"呱呱"地叫了两声，率领众动物呼啸着，浩浩荡荡地退往山里。

罗队长一行走出树林。眼看用不着再动手了，只收获俘虏即可，罗队长异常兴奋，抓起电台就向上级报告：

“指挥部，指挥部，在动物们的帮助下，我们一举拿下这个据点，大获全胜！”

一只苍鹭见状，飞过来补充道：“鹳表弟，我们苍鹭也面临这情况。据说从前这附近的稻田里，泥鳅黄鳝多得很，可我打生下来，就没见过，只听我爹说，它年轻的时候曾经在田里捕到过一条泥鳅。那是它的最后一顿晚餐，一直到死它都在回忆呢！”

第九章　戮力同心

整个抗击疫情的工作，在王省长到来之后，变得井然有序，各项措施也都有力、到位。火努努医生的到来，病疫本身也得到了破解和控制。火努努毕业于纽约大学医学院，是当今世界上顶尖的传染病专家之一，目前正担任联合国医务署的首席医务官，是诺贝尔医学奖的热门候选人之一。火努努与中国渊源颇深，而且早在二十年前，他就认识了王省长。那时候王省长还是一名年轻的大学老师，致力于中西方艺术史的比较研究，前往美国做了两年的访问学者，而火努努，当时本科毕业没有多久，一边做见习医生，一边攻读硕士。他们很巧合地租住在同一套公寓里。当时火努努正在学习汉语，王省长于是教他说普通话，并指点他练习中国书法，而火努努，既是王省长的英语口语老师，又是王省长了解印第安文化的引路人。因为火努努，他是一个地道的印第安人。

火努努接到王省长的请求时，正在俄罗斯协助当地政府对付另一场传染病，已近尾声。他听王省长在电话中初略介绍，便感到这场传染病，与他几年前在东欧和墨西哥遇到的一场传染病极为类似。等到看了省疾病控制中心病毒检测室发给他的病毒检测报告，他当即断定：这次疫情的魁首是他们曾经遇到过的肺炎克鲁弗兹细菌，而病毒检测室检测出的 HV 病毒，不过是它的变种。这种克鲁弗兹细菌当初被发现时，几乎所有的药物都对它束手无策。它属于革兰氏阴性细菌，在染色反应实验中根本不能染色，极难捕获。它既感染动物，也感染人；既能在人和动物的皮肤、口腔、鼻腔、肠胃和喉咙里生存，也能在人类和动物的粪便中生存；既能在干燥的环境中生存，也能在水、甚至六十摄氏度以下的热水中生存。在已经发现这种细菌的几年里，它在全世界各地实际上已经造成近十万人死亡。从第一次捕获、培育出这种细菌的活菌体开始，火努努和他的同事们，就一直在设在瑞士的实验室里进行不懈的努力。就在去年，他们刚刚研制出了一种新药，名叫“C8 先导化合物”，简称 C8，在几次小范围的治疗中，被证明效果显著。现在，当这种细菌再次现身、并结合普通禽流感的毒株组合成新病毒大肆传播时，职业医生的敏感和职责促使火努努决定，第二天就紧急飞往中国，同时，他马上向联合国总部汇报，启动有关程序，向南华市提供 C8。

火努努一来到南华，立即进了医院。他挨个查看危重病人，让李扼把所有典型性的病历都送到他的办公桌上。这个美国人精力充沛，工作极为认真投入，几乎是分秒都不放过。一天下来，火努努对疫情有了很全面的了解，同时对治疗中的得失也已了然。黄昏的时候，他让李扼叫来朱厅长和省里来的几位传染病专家以及鲁岱等人，向他们指出第一项需要马上整改的措施：首先，病房的消毒措施需要改进，已经在使用的氨水和苯酚消毒剂必须改为漂白剂消毒，因为克鲁弗兹细菌有极强的适应性，火努努怀疑，氨水和苯酚消毒剂对它已经不起作用，为此，要新添一批喷雾消毒瓶，对设备和器具每隔六小时消毒一次；医护人员必须勤洗手，为此他又指定了一种上海生产的药皂，要求每间病房都配上；患者移换病房，必须从天花板到地板都用漂白剂进行清洗，而所有使用过的器具，从床单一直到窗帘，都要密封销毁。另外，还要紧急从外面调进一批全自动血液细胞分析仪、活性炭防护口罩、呼呼机、静脉注射泵、彩色B超、纤维支气管镜、全自动生化分析仪等等。

众人既出于对火努努专业水准和献身精神的敬佩，又加上王省长已经指示，火努努为抗击本次疫情的特邀专家，所以对他的提议一致认可，并分头实施。然后，火努努与朱厅长、病毒检测室的许研究员等人探讨起本次疫情的传染源来。他对许研究员他们早期所命名的"毒王"十分感兴趣，认为他的病毒样本对治疗至关重要，而原先的样本，指标有限，不足以窥见全部真相。但是毒王已经不可寻到。火努努决定放弃毒王，转而从与毒王有过密切接触的几人入手。

这些人的资料，李扼他们倒是采集齐全，一个电话，当即就有人将材料送了过来。不过这些材料都是手工填写，那填写的字迹，却又张牙舞爪，犹如蝌蚪乱蹿，又犹如鸟兽足迹，火努努毕竟是外国人，看得十分吃力。

"您别看了，我讲给您听吧。"李扼说。

"你详细看过吗？"火努努问。

"详细看过，"李扼满有把握地说，"先是毒王的单位，因为他经常十天半月，想去就去，不去就不去，所以此次通过排查，无一人染病，我们只是发了些预防药品。毒王的妻子也没有问题。他儿子在澳洲留学，最近半年并没有回来。毒王经常去吃饭的'南国鸦补王'，我们作了重点排查——因为算起来，毒王是在那儿发的病。可是从老板到员工，只有两人轻度发烧，观察几天后，体温正常，已经出院。毒王的一个相好，因毒王逃走后在她那儿住了一晚，我们重点关注她，检查两次，竟然无事。真正被毒王传染的，有以下一些人：他的两个朋友，到医院看他，陪他聊天打牌，后来收治进医院，一人恢复正常出院，一人还在医院,似无大碍;我们卫生局的肖局长,与他挨着说了几句话,现在还在重症监护室,生死未卜;另外就是最后与毒王在丽山吃饭的那一桌人,其中外号美食家的,已经死亡,老七目前病情基本稳定,易程仍在重症监护室里,恐怕凶多吉少;其他丽山区的几个干部虽染病,但没有危险;在场的饭馆人员,没有染病的;我们派去追他的两个医生和一个护士,全都染病,目前一位医生进了重症监护室,暂无恶化迹象,另两人仍在住院。情况就是这样。”

火努努听后,思忖片刻,问朱厅长:“目前的检测手段如何?”

“我们刚刚从省里调过来一套德国产的 RL 型病毒检测仪。”

“那好,让我们再来作一次检测,重点就是与毒王密切接触的老七和易程。”火努努说。随后又问,“百家姓中有姓老的吗?”

“这只是个外号,此人姓丁。”李扼回答说。

“我们连夜进行检测,”火努努说,“朱厅长,你再想办法弄几只得病的乌鸦来。不要捉的,最好是野外病死的乌鸦,死亡时间离现在越近越好。有困难吗?”

“没问题,”朱厅长说,“前几天我们派武警防化战士进山寻找毒王的时候,就捡回来几只。明天让他们再辛苦一趟。”

“如果可能的话,最好现在就行动,朱厅长。”

“好,没问题,我亲自去一趟武警二支队,请他们支援。”朱厅长说。

“也不一定非麻烦武警战士,”李扼说,“死鸦,可能近郊就有,不妨派防疫站的人连夜出去寻找。”

“也行,”朱厅长对火努努说,“请博士放心,我们马上派人,尽快找些鸦子回来。”

“叫我医生就可以了，别叫博士。”火努努说。

这天晚上，这一干人通宵未眠，几台设备全部启动，重新进行了一次病毒的检测、化验和分析。火努努亲自采集了易程的病毒样本，在那台从省里新调来的病毒检测仪上进行检测。他绘出了毒株的图谱，与他带来的资料上相关毒株图谱进行比对，又让李扼从市气象局借来本市唯一的那台超级计算机，对毒株进行基因链式计算。下半夜的时候，防疫站的人找来了两只病死的乌鸦，羽毛身形完好，似是刚死去不久。火努努让朱厅长安排省疾病控制中心的两名专家来作同样的检测，他自己，则联系起远方的朋友来。

在王省长的指示下，市里刚刚投入运行的一套国际视频会议系统被临时征用。通过这套系统，火努努同时与他在瑞士实验室的同事、纽约大学的病毒学专家基尔教授、中国的呼吸道疾病权威钟院士开起了会诊会。会议持续到了凌晨，相关数据、图谱以及此前世界上相关几起疫情的资料被逐一分析、汇总，火努努的思绪越来越清晰，对自己的判断也越来越有把握。末了他把几项还需要进行分析的数据委托给基尔教授和实验室同事，下了视频。

天亮的时候，火努努让李扼带他去见王省长。李扼很有些踌躇，火努努却说：

“你只管带路就行了。我跟你们省长很熟，他不会怪罪你的。”

李扼只好带着火努努往王省长的临时办公室而去。还好，省长的屋子里亮着灯光，两人敲门进去，省长坐着，刚刚打完一个电话。

火努努径直走到省长身边，说：“老王，现在有一个重大的发现,这次病毒,十有八九是由人传染给动物的。”

“什么?由人传染给动物?”王省长很感意外,“不是说元凶是乌鸦吗?”

“元凶的确是乌鸦,本次大面积扩散,也正是在乌鸦一族,不过检测表明,乌鸦只是被部份传染了克鲁弗兹细菌,而一些重症患者,他们体内却存在完整的克鲁弗兹细菌,所以我们认为:人先染上了这种病毒,且绝非一年半载,而病毒通过食品垃圾和排泄物,传染给了其他物种。乌鸦有捡食垃圾的习惯,所以它们成了第一批倒霉的鸟儿。”

“这意味着什么呢?原来的治疗方案,包括你调来的C8,是否还能采用?”省长的语气颇为焦急。

“你放心,”火努努说,“这个发现反而会让我们的治疗方案更加精确有力,因为C8正是针对这个新病研制的。正是所谓魔高一尺,道高一丈。离扼住命运的命门已经不远了!”

王省长听到这个消息,十分高兴,疲惫的神情也为之一扫。“努努,太感谢你了,同时也要感谢你的那些同事!他们真是新时代的白求恩!”

“C8的研制的确历经周折,不过参与的人也并非全是白求恩呢!”火努努却道。

“你这是什么意思?”

“因为这个C8,其实是国际合作的结晶,其中也包括中国科学家的功劳,”火努努说,“这个项目,由联合国设在瑞士的病毒实验室担纲组织,下面却是八支人马在协同作战,其中既有来自德国、法国、丹麦和波兰的科学家,也有来自中国中科院、上海药物所、卫生部和清华大学的科学家,所以这个产品才命名为C8。在这个药品的研制过程中,贵国的呼吸道疾病专家钟院士更是居功至伟,他有数十年的临床经验,在研制过程中的几次山穷水尽之处，是他的建议让研制工作柳暗花明。”

“原来如此，”王省长感叹道，“众人拾柴火焰高啊！科学没有国界，C8便是例证。”

“我还在考虑，尽快促成这个产品在中国进行生产，有些协调工作，恐怕还得你这个大省长出面呢！”

“没问题，我们随时配合你的工作，”王省长道，“除此以外，我们还能为你做什么呢？”

“你看能否想办法联系一颗卫星，我想侦察一下山中的鸟儿，尤其毒王陨命的那个山谷，看看丛林中的鸟兽都采食一些什么样的植物。你知道，但凡鸟兽，都认得一些药物，有些疾病，它们能够通过采食植物的茎、叶或者矿物，自行痊愈。这对我们很有参考价值。”

“明白了，我马上就来安排。”王省长说。

送走火努努之后，王省长立刻行动。他动用了自己的全部力量——从私人关系到政府资源。当天下午，国家有关部门通知他们，已经协调到一颗最新的环境资源卫星帮助他们，这颗卫星的分辨率很高，能够清楚地看到麻雀吞下的是一粒什么种子。王省长闻讯大喜，立刻从南华工学院调集了几名教师，赶到指挥部，开始相关的准备工作。

次日上午，天公作美，晴空万里，卫星开始工作，它以电视直播的形式，将影像传输给指挥部，指挥部将它进行转换后，投射到大屏幕上。在场的专家和医生都倍感新奇，因为动物们的生活一下子展现在他们眼前，清晰无比，就如同楼下那自由市场的场景一般。这比派人扛着摄像机到山里便捷百倍，因为人既不能随意接近动物，那视角视野更是极为有限，而这卫星，既可以高收辽阔，扫视十里百里，也可以低下俯视，直至尽现一个鸟窝中的动静，想怎么看就怎么看。

王省长也亲临会议室，感受这高科技的奇妙。他一边看，一边啧啧称奇，原来这林中的动物，也和人的生活一样，劳作嬉戏，健壮衰老，各不相同。火努努也是兴致盎然，因为这法子虽说是他想出来的，他本人却没有亲自体会过。他原来以为，卫星影像可以提供一些动物行为习性和自我理疗的线索，却不料展现的场景如此真实细微，如同走到了野生动物们的身边。他也没有想到，中国的科技水平提高如此之快，这卫星技术、分辨度、传输水平，皆是世界一流。

当然众人看着这图像，看着这现成的野生动物纪录片，原本并不为了好玩，而是要找到有用的线索，果然，上午十一点，导向员报告说，发现乌鸦们有奇异举动，并立刻切来画面，众人一看，原来是几只病乌鸦，显然是本次克鲁弗兹病毒的受害鸦，正在采食一些植物。火努努一见，让众人打起精神，朱厅长也连忙提醒在场的几位传染病专家和中医大夫，让他们详细记录乌鸦采食的是哪些植物，食后状态如何，又长途联系导向员，让他盯紧相关画面，随时调换，以供分析。

中午的时候，汇总资料出来了，乌鸦采食的，竟然都是一些中药材的叶、根和茎类，而这些植物，居然与胡道长那桑菊饮、银翘散、麻杏石甘汤方子中的用药大同小异。朱厅长立即组织了一个小型的研讨会，得出结论：中药的疗效无可置疑，并庆幸前段时间及时大面积地推广了中药的辅助治疗。同时大家也佩服胡道长的医道，各自赞叹了一番。派人去征求火努努的意见，火努努说：

“中医介入这样的事，你们根本不应该来问我。现在不但我这样的所谓中国通主张中医介入，许多一句中文也不会的专家，都开始对中医刮目相看。我在联合国医务署的同事麦奎尔博士，亲自来中国考察过中医治疗这一类疾病的情况，对中医中药作出过很高的评价，并正在向世界其他地方推广。从今以后，中医中药这一块的文章，你们一定要做足做够。”

省中医研究院的老中医戚培元看到中药的功效被初步证明，信心大增，认为应该推广一些简便易行的辅助及预防手段，比如说，可以号召人们食用大蒜，每餐一到两瓣。大蒜本是菜中作料，居民大都可以接受，而其杀毒抗菌的功效，中医早有证明。这提议立刻获得众人认可，戚老先生却又说，本地大蒜酸性过重，药效不佳，紫皮独头大蒜最好。朱厅长当即派人查询，得知这样的独头大蒜只有四川山东两省尚在种植。跨省调运，只有上报省长了。王省长接到报告，当即拨通两省省长的电话，道：“老朋友，我们遭灾了，请紧急组织一批独头大蒜。价钱我们随行就市，立刻支付。”那两位省长一听，二话没说，当即表示将指派专人组织货源，并星夜起运。谈到钱，他们都表示分文不取，由两省政府支付，算是两省人民对灾区兄弟的一点心意。这真是一方有难，八方支援，王省长十分感动，再三言谢。当天晚上，两列车共七十节车皮的独头大蒜便紧急从四川、山东两地驰运过来。

大蒜刚刚运到，远渡重洋的C8也空运送到，火努努亲自上阵，按病情轻重给病人注射，然后选择不同的几个对象，观察他们的反应。一天下来，他已是心中有数。他又给王省长打了个电话，请省长给他安排几个向导，他要进山会鸟。

对这样的请求，王省长并不奇怪。他知道印第安人是当今硕果仅存的善与鸟兽打交道的部族，他们掌握一些古老而神秘的技巧，可以与鸟兽沟通交流，而火努努也是尽得这门秘学。火努努在这个时候进山，显然不是为了温习鸟语之技，而是别有深意。王省长当即给南华相关部门下了指示，请他们速速寻找，觅得几个异人与火努努一同进山。

又过一天，四人赶来与火努努汇合，其中一人是省林学院的教师，国内知名鸟类专家，长期在野外进行研究，懂得一些鸟语；第二位是一个本地采药人，家有祖传口技，其中部份口技能通鸟类，恰好现在住在城里的儿子家中，院中养了画眉、黄鹂、珍珠鸟等十余笼；第三位，却是一位年轻的道士，从邻省赶来。他是胡道长的一位弟子，曾在遇真观跟道长学道三年。道长是偶然在电话中听李扼说起此事，立刻想到自己这位徒弟，将他火速招来；第四位，是省杂技团一位演员，掌握的是以口技摹仿鸟语，火努努试听之后，辞谢了他，因为这表演用的鸟语，人听可以，鸟听往往都是徒劳。火努努带了前三位，那采药老人又托了几笼能鸣善叫的笼鸟，会同南华市安排的几名带路人，直奔山中。

此前火努努已经在世界上数个地方与野鸟进行过交流，所以对这一行，他是轻车熟路。路线他是用不着关心的，几名政府选派的带路人恪尽职守，直接将他引进深山，到了野生鸟兽的地盘。所有的人衣服都由火努努提示，是朴素的青绿之色，只有他自己，穿的是他本民族的传统服装，以皮绳扎腰，头戴一顶夸张繁琐的帽子，上面插着一圈漂亮的鸟类羽毛，是他外祖父的外祖父——一位酋长留下来的。同行的几人看得稀奇，山中的鸟儿兽儿却是似曾相识。到了一个山洼里，只见杂树交错，藤葛牵绕，火努努一看合适，招呼众人，与鸟儿展开了交流。四人虽然从未在一起合鸣过，但各自的鸟语一出，都感新奇，原来这鸟语，乃是从人类蒙昧时代便传下来的，世界通用。人有国界种族之分，语言也各异，而鸟却一直在自然状态下生长迁徙，操的始终是同一种语言，譬如雁类雀类，不管哪一国的雁儿，哪一国的雀儿，只要遇到一起，都能沟通自如。

四人所操的鸟语也是各有风格:火努努是手指和手心并用,两片嘴唇上下翻飞,伸缩进退,杂耍般玩得令人眼花缭乱;林学院那位老师,是带了一个竹管,塞入口中,奏出鸟声;那位莱老药人是手指入嘴,通过吸气呼气摹仿鸟鸣;胡道长那位徒弟,却是随手扯一片树叶,放在嘴里,即能出声,根据树叶的长宽厚薄不同,吹出"吱吱"、"雎雎"、"咕咕"等多种声音,时而如鹊,时而如鸠,时而如雉。鸟声四起之后,四人慢慢选定一个地方,潜伏下来,次第吹奏。不到一支烟的功夫,便有无数鸟儿,大的大,小的小,长的长,短的短,纷纷飞来,或盘旋空中,或栖落树下,与四人对鸣起来。那几名引路人,远远地踅伏树下,手持望远镜,仔细观看。

这时正值初冬时节,天上是碧空万里,一轮暖阳,将这锦绣江山映照得如同画儿一般,而这山谷中却一扫往常的安静,人与鸟,一问一答,一唱一和,热火朝天。据后来四位鸟语高手解密后,众人才得知,鸟语不如人语那么精确细致,大致分为传信、交情、逗引、嬉戏、示威、表怒等数种,交流的深度却又因鸟而异。地点时节不同,也各有差别。中方的三位,按照火努努事先给他们布置好的题目,判断鸟儿的情绪,了解它们的处境和想法。需知,鸟语交流到一定程度,人在鸟的眼中,并不是人,而被它们视作同类,它们有什么感受想法,只要你问得恰当,它会毫不犹豫地告诉你,反过来,它们也会问你一些它们想知道的事情。那位林学院来的老师,于鸟语一道造诣最浅,先后有七八只鸟与他交流,但都不深入,简单问候后随即飞开,他那竹管,咕咕嘀嘀吹了半天,再引不来一只鸟儿,便慢慢退了下来,到了引路人身边;那位采药老人,仗着手中两笼叫鸟作为媒子,他自己也适时鸣叫,从中穿针引线,所以一刻未停,从头到尾,结识了百十只鸟儿;胡道长那位徒弟,显然是很擅此道,一直与两黄一绿三只鸟儿在熟谈，慢慢地，竟然谈得入了迷，随着那三只鸟儿钻入密林深处去了。

不过真正的行家还是火努努。他的神情表明，他是像游子回到故乡一般，既倍感亲切，又热情洋溢，那些鸟儿也很是奇怪，像是认得他似的，围着他叽叽喳喳地叫个不停，有的从他身边飞过，有的下到地上，踱到他身边蹦跳。火努努先是几种鸣法，各自持续片刻，后来身边的鸟儿聚多之后，他加快频率，各种鸟语只鸣一句，随即变换，令人眼花缭乱，就像一个人同时操着数十百种语言，各说一句，同时应付数十百人一样。鸟越聚越多，各种声音交织在一起，端的是鸾凤齐奏，百家争鸣。火努努就快忙不过来了，可他忽然停止了鸣叫，嘴里只发出一种声音，就像人们唤猫唤狗，或唤那猪儿羊儿吃食一样，语调委婉，面色慈祥。他就那么站着唤了一会儿，忽然解下他的背包，从里面掏出一个长方形的塑料盒子，放到一块岩石上，复又拿出一瓶呈浅绿色的水，倒入那盒中，那些鸟儿，居然不请自到，纷纷扑过来喝起水来。

鸟的数量仍然在增加，离火努努也越来越近，将他围在中间。众人看过去，只见火努努已经进入忘我境界，如通神一般，在那里匍匐翻滚，手舞足蹈。他那身形，虽不能飞起来，但颇像一只大鸟，他头上那顶花哨宽大的帽子，却像一个凤冠，整个场景犹如百鸟朝凤一般壮观。少顷，火努努不再活动，直直地坐在一块石头上，那些鸟儿，大都采取悬停的姿势，在他身前，朝他叽哇乱叫，似挖苦数落，又似辱骂仇视。有人揣起望远镜看过去，只见火努努泪流满面，不发一言。又过一会儿，鸟儿们不似刚才那么激动了，火努努却平伸出双手，嘴里念叨着什么，那无数的鸟儿，再没有悬停聒噪的。大些的，落在树枝岩石之上，小些的、五颜六色的小鸟，则纷纷落在火努努的手臂上、肩头乃至头顶。

不一会儿，道长那徒弟从林子里出来，远远地朝火努努喊了一声，火努努才缓缓站起身来，嘴里仍是念叨不止，那些鸟儿，从他身上渐次飞起，盘旋片刻，慢慢远去。不一会儿，飞得一只不剩。

众人看着这一幕，无不目瞪口呆。

火努努并没有立刻走过来。这一番交流语谈，似乎耗费他不少精力。他靠在那块石头上，歇息了好一会儿，才慢悠悠地走过来。胡道长的徒弟、采药老人、林学院那名老师，还有几个引路人都从树丛里走出来，与他相见。这时山中寂静得要命，没有一点声音，也没有一丝风，只有太阳一动不动地挂在西边的空中。火努努的步伐有点蹒跚，胡道长的徒弟想要过去扶他，却被他阻止了。

火努努站定，与众人一一握手，向他们致谢。众人都说："谢什么呢？是我们应该向你致谢呢，因为你不远万里，来到中国，帮我们抗击这疫魔。"

"哪里，哪里，"火努努说，"每次大疫来临，就不再有国家和民族的界限了，咱们保护的，是人类共同的家园。"

王省长自从到达南华，一刻也没有停歇。他没有在抗击疫情指挥部的时候，就奔走在南华市的其他地方。抛开疫情，更让他焦急的是，南华市在其他方面的积弊颇深，百姓怨声载道。几天之中，王省长接触了方方面面的人，从老人到孩子，从公务员到小商贩，从教师到农民，了解他们的诉求，听取他们的建议。他微服私行。这些人大都能看出他是一个干部，是从省里派来参与这次抗击疫情的，但他们以为他是医生，或者是某方面的专家，谁也不知道他是一省之长。

星期一的晚上，省里新派来的代理市长到位了。他风尘仆仆，一下车就去向王省长报到。代市长姓西，名安泰，五十岁左右，中等身体，既儒雅磊落，又显得果敢练达。他现在是省里有名的“救火队员”，因为他五年之内换了三个岗位，每次都是火线应急。他本来是一名畜牧技术人员，大学毕业后一直致力于畜牧行业的良种保护与优良品种引进，五年以前，他到本省一个北部山区小市挂职，任科技副市长，时间是两年，不料一年以后，市里忽然出事，市长和三个副市长同时犯罪坐牢，情急之下，省里左挑右选，干脆让西安泰接了市长，因为当时的候选人中，口碑能力，无出其右者；去年，省科技厅又出事了，也是腐败，而且是“窝案”，省里一是找不到合适人选，二是出于对西安泰在地方工作成就的奖励，将他调回科技厅当了厅长。这一次，南华的市长出事之后，为选一个合适的市长，省里连着开了三个晚上的会议，最后居然又想到了西安泰。王省长动身之前，正好签署了调令。

晚上八点，南华市主要的官员齐聚市政府会议室，由王省长亲自主持，搞了一个简短的欢迎仪式，市里几个主要的负责人，以及代市长西安泰各自讲了话，又由省卫生厅朱厅长通报了疫情进展及治疗情况，布置了近期的工作，随即散会。西安泰见王省长略显疲倦，面容也有些清瘦，便起身相送省长，让他回市政府招待所休息，他自己则要了一些资料，又留了两位市政府的官员，准备再对南华的相关情况作一些了解。王省长却说：“你也别再加班了。火急火燎地把你调过来，一路驱驰，这两天想必也很劳累，跟我一起回招待所吧。”西安泰因为刚到南华，市政府也是将他暂时安排在招待所居住，当下也就不再勉强，陪了王省长，一同回到招待所里。

到了王省长房间，市政府工作人员沏来热茶，掩门而去，只留下王省长与西安泰两人。落座之后，王省长首先开口，说：“安泰，此次把你调到南华，真是如上火线，你是否准备充足？”

“省长放心，既蒙省府重用，安泰一定全力以赴，不辱使命。”西安泰回答说。

“南华这副担子，比你那个山区小市重得多呢！”

“这个我知道。那里才3 000多平方公里，70多万人口，而南华是17 000多平方公里，三区四县一个开发区，360多万人，两相比较，的确是重任在肩。”

“摊子大些，倒还不是首要，这里的主要问题，是官场的积弊太深，接连两任市长，都是败类，把风气搞坏了，所以隐忧繁多。”

“这些情况我也有所耳闻。人心向背是我们事业成败的关键，我当以身作则，重塑此地官场正气。”

“官场风气决定了一个地方的社会风气，而不好的社会风气，也是瘟疫，甚至比瘟疫的破坏还有要严重。以身作则，重塑官场正气，你这是抓到了根儿上。”

王省长说这句话的时候，神色凝重。西安泰听出这几句话的分量，看着省长，不停地点着头。

王省长喝了口茶，沉吟片刻，道：“‘温温恭人，如集于木，惴惴小心，如临于谷，战战兢兢，如履薄冰’，这几句话，你是否知道？”

“知道，”西安泰说，“这是《诗经·小宛》中的最后几句。”

“这正是你现在的写照。安泰，你是任重道远呢！谈谈你接下来的工作打算吧！。”

“首要当然是抗击疫情了。同时尽快熟悉各方面的情况，广泛接触各方面的人士，为接下来的工作作好准备。”

“疫情方面，你我都是外行，目前来看，有省里来的这批专家,有火努努医生的支援,有李扼他们这一帮干将,抗击疫情可以取得胜利。你要把眼光放长远一些,为南华这方百姓谋求一个幸福的、有保障的未来。”

“南华这个地方,我也来过两次,这儿的官员,也接触过一些,我觉得它除了风气,还有个主要问题,就是发展模式的问题。只有思路清晰,模式正确,一个地方才会有前途。”

“你说对了,这也正是很多市县面临的同样问题。南华这次疫情,表面上看,只是疾病,有些偶然,实际上,深入地了解一下我们目前的环境状况,就会发现我们实际上是危机四伏。古人云:小医治已病,中医治欲病,大医治不病,我们当领导的,应该有大医的眼光。”

“这次危机实际上也给我们提供了一个机会。安泰有一些初略的想法,不知省长以为如何。”

“你讲来听听。”

“首先,我们应该利用这次教训,推行一些新的生活理念。现在有很多市民的环保意识正在增强,只要我们宣传、引导得法,群众是会响应的。对于一些生活陋习,要组织群众参与讨论,澄清认识。对于非法捕杀贩卖野生动物的行为,则要严加打击。再进一步,要下大力气治理污染,彻底关掉一批不能达标排放的工厂。尤其鹳江上游的锰矿产业带,如果治理不过关,继续污染,就要彻底关掉。”

“锰矿产业带的问题,两届政府都没有治理好,主要是有些官员不干净,所以手段不硬。不能再等待了,必须下重手治理。这些企业虽说贡献了一些税收,但基本都是掠夺性的开采,富了一批矿老板和几个贪官,坏了一方山水。至于老百姓,获得的好处微乎其微。如果地方政府没有洞察力,管理不力,将来治污的钱,很可能远远超出目前对地方财政的这点贡献。这样的例子不少。”

“这种少数人靠掠夺资源、靠垄断发财，而多数人只能挣血汗钱的日子，在南华是再也不能继续了。”

“你们再不下决心，省政府也不会答应，我想这儿的群众也不会答应，”王省长神色严峻地说，“前不久李副总理来省里视察，他有句话我非常赞同：我们宁可骑自行车，喝着清水，也不愿开着汽车，喝着污水。我国江河，百分之八十被污染，一大半湖泊出现富营养化，一半以上城市的地下水严重污染。全国660多个中等以上城市，有400多个缺水，有100多个是严重缺水，即使长江流域，也有60多个城市缺水。化工、造纸、机械、有色金属、化纤纺织等行业，几乎都面临治污不力的问题，而各种矿山，多数都为掠夺型的毁坏性开发。我们这一代官员，肩上的担子重得很呀！”

“所以我们必须一手抓发展，一手抓环境治理与保护。”

“你们这里还有一个特殊之处，那就是这条鹳江。南华上游，鹳江多在山中奔腾，污染不大，到了南华，却是遍体鳞伤，饱受玷污。可是南华及其下游，尚有上千万人靠这条江提供饮水。污染，还有极端天气，像两把剑一样悬在我们头上，一旦污染超过警戒，或者干涸，后果不堪设想。你们要想得远一些、广一些，不要只盯着眼前，也不要只盯着南华。”

“省长放心，我们一定看好这条母亲河。不但要让它重现清澈，还要把上游的工作做好，让它有清水可流。”

王省长点点头，“除了环境，还有什么打算？”

“我想首先要让群众重塑对政府的信心，重新树立健康正派的社会风气，这是当务之急。其次，就是要抓紧发展经济。南华虽然有旅游这块招牌，但经济底子实际还很弱，多数群众还不富裕，所以工业必须抓起来。我听这儿的干部说起工业，总是抱怨地理位置不佳，基础薄，缺乏资源，这些固然都对，但并不是全部。从大的范围上来看，这里地处东西南北的交接地带，地理上实际并不偏僻，而且周边有很大的市场，劳动力便宜，还有一系列省政府对我们发展工业的优惠政策，加上现在高速公路通了，高铁也即将开通，交通不再是瓶颈，大力发展工业的基础已经具备。”

“是啊，无工不富，咱们这样的国家，目前还离不开工业，”王省长沉吟道，“你在这方面很有一套！前几年北边那个小市，交通、自然资源、人力资源比南华差得远，你们尚且搞得有声有色，现在的条件比几年前又好了许多，相信你们能尽快地把工业搞起来。我还是那句话，只有我们经营出一方乐土、热土，又能建立一套符合现代社会要求的运行制度，就一定有人来投资，就一定能快速发展。”

“正是。真正有眼光的商人企业，其实是很看重社会环境的。”

“南华这个地方，虽然号称南华市，可实际上，占大部的几个山区县，都还是传统的农业县，因此，农业和农村，是任何一种发展模式都要面临的首要问题。”

“农业是我们的根本。要走新型绿色农业的道路。我国许多地方都是人多地少，而南华的北部山区几县，现在是人少地多，种植、养殖、林业、生态旅游，其实大有可为。如果再佐以得当的工业产业布局，工农两手同时抓，一定能加快发展的步伐。”

“思路是对的，关键是尽快把干部队伍抓起来，打造一支有理想、有抱负、正派可信、有知识、修养过硬的干部队伍。干部的素质过了关，群众就能拥护，社会也就有了好的精气神，就能干成事。这方面省里也会大力支持你们。这些天我一直在想，南华这个地方，自然资源、地理位置其实都不差，差的就是一直优秀的干部队伍。”王省长说。

两人越谈越兴奋，话题也越来越广，一直持续到深夜。西安泰担心影响省长休息，在十二点的时候离去了。

王省长推开窗户，看看不远处那灯火阑珊的鹳江，轻轻地舒了口气。

疫情带给李扼的压力刚刚有一点缓解，他又不得不承受另一个打击——他的朋友、以前在人民医院的同事鲁岱倒下了，他的领导和兄长肖云台，则在一天早晨去世了。李扼忽然间从斗士变成了受伤者，从强者变成了弱者，从带给他人希望、力量的医生变成了脆弱、需要安慰的病人家属。面对疫情，即使在它最凶恶的时候，李扼也雄心勃勃，绝不认输，可是面对朋友的倒下和离去，李扼却感到，自己作为男子汉的豪气荡然无存。

鲁岱一直是健康的，而且在整个抗击疫情的过程中，他都是李扼最值得信赖、最专业、最不知疲惫的一个助手、战友。他在所有的病房和手术台边都全身而退，却倒在自己的职责之外。那是一个晚上，他辖区的一个病人，经过整整一天的抢救后，去世了。这是一个重症患者，其毒性十分强烈，按照惯例，他的病房将会被封闭，进行整体消毒，然后，病房里所有的东西，从床单、被褥到病人的衣物全部密封包装，送到指定的地方进行火化。病房关闭之后，病人的家属忽然告诉医生们，死者牛仔裤的后兜里有一个钱包，里面有三千元的现金和一张银行卡。根据处理此类遗体的方法，在系列的消毒程序完成之后，遗体一直到送进火化炉，是不能再打开的，因为太过危险。在场的工作人员果断拒绝了病人家属的要求。病人家属却无论如何也不答应，他们说，要是医生不敢进去，就自己进去，一定要拿出那钱包,因为那对他们太过重要。

听到吵闹声,鲁岱出来见了病人家属。这家人的贫穷让他动容。死者是外来务工人员,在一个饭馆当司机,妻子是个清洁工,他们全部的一点财产,就是死者裤兜里那一点现金和卡上的一万多元。尽管所有的医生和护士都强烈反对,鲁岱却决定,要帮病人拿出那钱包。当然不可能让病人家属自己进去,那绝对是有去无回。也不能让别的医生、护士进去,因为在病人去世后的八个小时内,他的身上的毒细胞最为旺盛,也不能等到八小时以后再进去——死者必须尽快运走,然后再对病房进行消毒,不然,这间病房可能演变为又一个元凶。鲁岱穿了三层防护服,重新进入那病房,帮病人家属拿出了那个钱包。

出来后不到一个小时,鲁岱自己就住进了病房。身体上的每一个细小变化,都与他了如指掌这次疫情的发病过程没有二致。李扼闻讯,立刻赶了过去,随后,火努努也赶来了。火努努一边责怪鲁岱鲁莽,同时,也为中国同行的大义感到由衷的敬佩。他亲自给鲁岱作了检察,制订了治疗方案。稍晚的时候,老中医戚培元先生也赶到了,他查看了鲁岱的情况,给他开了中药针剂和汤药,然后,他亲自到煎房,为鲁岱熬药。

在火努努和戚培元两位大医的亲自调理、医治下,鲁岱后来保住了性命,但他的肺部和呼吸道受到重创,留下了终生的后遗症。

清晨,李扼又得到消息,肖云台不行了。他赶过去的时候,肖云台已经闭上了双眼。

下午,处理完肖云台的后事,李扼忽然想回家。他让妻子带着儿子,一起到父母那里吃了一顿晚饭。他有很多天没有回家了。面对家人的嘘寒问暖,李扼总是寡言少语。家人以为他是太累了,其实,他一直在想着肖云台。因为疫情还没有结束,城市还在封闭之中，而且肖云台正是死于疫情——所有这样的患者去世后，都是不准举行告别仪式的，所以家里人都不知道肖云台出了事。李扼也不想把肖云台去世的消息告诉他们，因为他们都认识他。父母亲甚至还多次问到他。

除了伤心，李扼还有一个很大的困惑在困扰他：到了这个时候，他才发现，自己实际上完全不了解肖云台。在他们全家人的心中，肖云台都一直是个正人君子，是个儒雅之士。从举止、言谈到穿着，他都像人们心目中的君子。李扼上中学的时候，父母甚至把肖云台当做他的榜样。但是直到现在，李扼才知道，肖云台过的是跟自己完全不一样的生活。以前人们传说肖云台的风流韵事，李扼大都不信，可是现在他才知道，肖云台有好几个“女朋友”，从二十几岁的女孩到中年妇女。这是肖云台的妻子在火化场告诉李扼的。她似乎并没有因此而怨恨肖云台，相反，她对他已经漠然。如果不是因为他们还是法定上的夫妻，她需要在肖云台告别人世的时候出面办理一些手续，她很可能连面都不会照。李扼明白了，肖云台为什么那么热衷于吃吃喝喝、热衷于各种应酬、热衷于歌厅，那是因为他不愿意在下班后就回到家里。他不喜欢自己的妻子，更谈不上爱。李扼终于明白了，为什么那么多人热衷于离婚、背叛、演戏，因为他们都不爱对方。

李扼因此十分感谢上苍。上苍让他有一个他深爱着的妻子，还有儿子。此外，他还深爱着自己的父母、姐姐和鲁岱那样的朋友们。这时候他才感到，爱有多么的重要，要是没有爱，贫穷会让人彼此憎恨，富裕会让人彼此猜忌。没有爱，所有物质上的丰富都是徒劳，而有了爱和信仰，即使是面对物质上的亏欠，人也可以尊严地活在大地上。

加上肖云台，已经有七位医护人员在战斗中殉职，而整个南华市，到目前为止一共死了三百六十人。

不过，在经历了一番风雨飘摇之后，这个城市总算挺了过来。疫情在凶恶地泛滥近了一个月后，它那嚣张的气焰终于被摁下去了。天气冷了下来，又刮了几天北风，病毒已经失去了它最佳的生存温度和湿度，而省市两地一大批医护人员夜以继日的奋斗，阻断了病毒蔓延的渠道，将它堵在病房，堵在一个个病人的体内；在医院外面，无以计数的基层卫生人员、防疫人员和志愿者利用各种传统的驱毒方法、现代的公共卫生防疫手段，从源头上对病毒进行了一次清算，让它们难以藏身；从国外驰援的火努努医生，竭尽全力，在治疗手段、方法上画龙点睛；国家伸出的援手则更为强大有力——通过紧急协调，改良后的C8在北京进行生产，生产出来的药品被源源不断送往南华，同时，由卫生部组织专家紧急研制的针对此次疫情的抗病毒疫苗也已生产出来，被紧急批量空运至南华，几天之内，迅速覆盖了必要的接种人群，形成最牢固的一道防线。

除了疫情之外，整个南华市自新市长西安泰到任以后，短短数日，已是气象一新。关于市长新政的传闻很多，但和许多市民一样，李扼是在电视中看到新市长的。那天晚上他正在指挥部里审定当日的疫情通报，忽然一个人对他说："李主任，快看，新来的市长正在电视上聊天呢！"出于好奇，李扼便站在那里看了一会儿。

出于一种完全无法言传的直觉，李扼看了几眼就判定：新市长是一个少见的值得信任的人。这以后连着几天晚饭后，中央电视台的新闻联播和天气预报一结束，新市长都准时出现在南华电视台的第一频道中，跟他交谈的，除了一个记者，每次还都另有三五人，其中既有官员市民，也有农民、学生、商贩、学者，话题从经济、教育、旅游一直到市政、世风等，正好是当下南华市最主要的一些问题。新市长完全没有以前市里领导那些官话套话，既坦诚开明，又果敢仁惠，对所触及的问题，新市长是胸有成竹，应答对流。

不但是李扼，从这个时候起，南华市每天都有无数人在看这档节目，观众从开始的几万，到几十万，后来上升到几百万。市长之后，电视中一天一个局长，就自己管辖的问题，与百姓进行交流，现场直播。几乎南华市的每一个家庭都关注起这个城市来。从前，老百姓是不太关注这些问题的，因为没有人在乎他们想什么、怎么看。从前的南华电视台，也少有观众，因为它除了播一点本地新闻，大都是播一些打打杀杀、虚情假意的电影电视剧凑数，又尤以台港、韩国一带烂剧居多。不料新市长这一来，南华电视台重新有了观众。晚上，人们围坐在电视机前，白天，人们谈论市长新政。舆论普遍认为：没有足够的胆识、才智、信心，没有一颗坦诚的心，新市长绝对不敢把自己如此袒露在公众面前。这么看来，南华真的看到新希望了，老百姓重新有了热情和干劲。

市长并非只动嘴皮子。他结合疫情，号召市民反省生活中的陋习，追求健康环保的生活理念。这一次市民对政府号召的响应前所未有。人们开始崇尚简朴的生活观念，尽量减少浪费和生活垃圾。许多人开始不使用塑料袋，重新拾起了竹篮和布袋。饭馆尽管都还处于关门状态，但店老板纷纷站出来，有的甚至走上荧屏，表示要推出更人道环保的菜肴，那些浪费和带来污染的菜肴，比如火锅、水煮鱼、讲究排场的水席、满汉全席之类，他们表示要逐渐淘汰。人们更在意个人卫生。随意吐痰不但被认为不文明，还是对公共卫生的挑战。一天，几个中学生在街道斥责一个肆意吐痰的男子，这男子不但不认错悔过，反而辱骂那几个学生。两位过路的市民见了，将那男子痛殴一番。电视台记者正好路过，对此进行了报道，并引发市民热议。市民热议的结果是：陋习今后将视为市民的公敌，人人可以斥之责之，如果当事人不感到羞耻并立刻改正，任何市民都可以使用各种必要手段帮助他。

星期天的上午被市里定为开窗日，具体时间为十点到十二点。这个日子也征求了李扼他们的意见，他们对此完全赞同。因为近年居民生活改善，南华市的许多家庭都安装了空调，为保舒适，许多家庭的窗户常常在整个冬季都紧闭不开，而在以前，空调不兴，房屋也无现在这般高大坚固，人们即使在湿冷的冬天也是常开窗户的。流行病专家们指出，空气的流畅对预防疾病很是重要，所以市政府号召大家开窗透气。

这天天公作美，既有冬阳高照，又有轻风吹拂，在两个小时内，整个城市居民都换了一次气。根据火努努的建议，医院里除了危重病房，也都开窗纳气，一干医护人员，还借此对医疗垃圾进行了一次集中的清理，对几家医院都进行了消毒处理。换气的间隙，市民响应号召，纷纷走出屋外，或搞环境卫生，或健身疾走，整个市内一片生机。

“对，这正是我们濒危鸟类的心声！”一只白冠长尾雉也扑哧扑哧地从高处飞下来，大声说。这也是一只靓鸟儿。它的眼睑下方有一块白斑，一条紫黑色的绶带从前额一直延伸到脑后，尤其引人注目的是它那长长的、两倍于身体的羽毛，五彩斑斓，十分地华丽优雅。

第十章 《月光》

自从面对面地与人干了一仗并且得胜而归之后，动物们声威大振，群情亢奋，准备伺机对人类采取更大的行动。这天晚上，它们又聚焦在那个马鞍形的山坳里，商量下一步的行动。鸦王亮翅仍然居于显要的位置。会议的规模比前几次还要壮观，因为除了那些大的种群鸟类之外，一些散户也闻讯赶来。这几天，在森林里，野生动物攻打养殖场、继而直接攻打人的消息早就传得沸沸扬扬，如春风一般拂过所有的山岭，凡是受过人类的欺负，对人怀有怨恨的动物无不欢欣鼓舞。它们凑过来，希望继续来一次征讨。

见面之后，大家先是互致问候，然后就是雀跃、欢呼。亮翅比前几次主持会议时更从容了。它的神情更有领袖风范，连嗓音也变得更浑厚、更有号召力了。它甚至不总是呆一个地方，而是从一个枝丫跳到另外一个枝丫，时而向这一位问好，时而与那一位交谈，显得颇为轻松。眼看大伙儿自由交流得差不多了，它才登上高处，"呱呱"了扯了几嗓子，开口道：

"动物朋友们——老朋友和新朋友们，兄弟们，叔叔伯伯们，婶婶阿姨们，侄儿侄女们，就在前几天，咱们动物创造了历史，成功地解放了一个养殖场，解救了许多受苦受难的动物兄弟，然后，我们又乘胜追击，攻打了一个坏人的巢穴。那就是个罪恶的渊薮，人类野蛮、血腥和贪婪的展示场，我们一举拿下了它，驱逐了那伙坏人，将他们好好收拾了一番。可这还不够，我们要戒骄戒躁，有机会就战斗，让人知道我们不是好惹的。我提议，天下动物一家亲，两条腿的都是敌人——鸡鸭兄弟除外啊，咱们对自己人要像春天一般温暖，对敌人就要像严冬一般严酷，大家说可以吗？”

“可以！”动物们欢呼起来，此起彼伏地高喊，“天下动物一家亲，两条腿的都是敌人！”

“好，”鸦王说，“那咱们就继续申冤，诉说各自的苦恼，诉得差不多了咱们再找个地方去攻打一番。”

一只高大的渡鸦跳了出来，说“亮翅大哥，咱还讨论什么，趁着今晚动物多势也众，直接打下山去得了，逮着哪儿是哪儿，咱这气还没有出够呢！”

“是呀，是呀！”许多动物立刻随声附和起来。

“我来说两句，”一只寒鸦中的头儿跳了出来，说，“渡鸦兄弟说得很对，咱们就是要一鼓作气，趁热打铁，趁着动物多力量大，再跟人来几下子，让他们多尝尝我们动物的厉害。要知道，咱们寒鸦和渡鸦都是大老远飞来的，几千公里，可不能就这么草草收场。”

“不着急，寒鸦兄弟，”鸦王安慰它说，“这会儿山下到处灯火通明的，咱们先控诉一番，待气氛酝酿得差不多，人也睡得差不多了，再杀下山去不迟。谁来进行主题发言？”

“我来，我来！”下面无数动物争先恐后地说。争抢的动物太多，以至山谷中响成一片，就像暴雨来临时一样，什么也听不清。

鸦王“呱呱”地大叫几声，高叫道：“秩序！秩序！”

但是想要发言的动物仍就争吵着，乱成一团。

这时忽然响起低沉而巨大的“嗷嗷”声，许多动物听了，都禁不住背脊骨发凉,纷纷停止了聒噪。就在大伙儿惊惶失措之际,一只身形硕大的动物从树丛中跳了出来,站在鸦王前面的空地上。有见过世面的动物看过去,不禁发出惊呼:“老虎,天啦,老虎!”

老虎又吼了一声,在那空地上走了几步。它的身影在月亮下显得十分强悍美丽。它的尾巴拖着,尾尖却翘起来,形成一个半圆型的弯钩,表明它此刻肚子不饿,对其他动物没有恶意。

鸦王在树枝上跳了几跳,都不知道该说什么了。好在老乌鸦黑额尔见多识广,知道老虎在历史上与他们飞鸟并无过节,于是热情地打起了招呼,道:

“原来是虎大王啊!是哪阵风把老大您给吹来啦?”

老虎却没有理睬黑额尔。它跳上一块石头,对四周一班走兽说:“瞧瞧你们,一个个无组织无纪律的!开会就得有个开会的样子嘛,哪能吵成一锅粥似的?”

原来老虎也是会议的拥护者。鸦王这于是说:“虎大哥,你来得正好,咱们正讨论人的好坏呢,您啥态度?”

老虎说:“我和你们不一样,很少见到人,因为通常都是,他们躲着我,我也躲着他们。不过我一闻到火药的气味,看到绳子铁丝一类,我就知道人的歹心仍存,气就不打一处来。要是你们现在弄出一个人来,我马上就结果了他,弄来当夜宵好了。”

“别急,虎大哥,一会儿随咱们下山,你就能见到人了。”鸦王说。

“我要下山,只怕他们跑得比你们飞鸟还要快呢!”老虎说。

“哪您今晚就好好施展一下身手吧,大哥!”鸦王说。

“你啥辈份啊,叫我大哥?”老虎说,“我有名字。你们叫我‘吊睛白额’吧,那是我的书名。”

“咱们欢迎吊睛白额大哥入伙，咱们正需要这样的帮手呢！”鸦王说。

响起一片欢呼声。那些刚才纷纷往后躲避的走兽，这时见老虎其实很友好，不再躲了。一只果子狸，爬到老虎上方一棵皂荚树上，说：

“吊睛白额老哥子，一会儿冲锋的时候，我随时跟在你的身后。你兄弟我，不知道怎么被人当作美味，哥儿几个，大都被人捉去吃了，只剩下我一个，我要为它们报仇呢！”

“我看可以啊，”吊睛白额说，“你们都跟着我吧，野猪、獐子、兔子，你们这些朋友，我是很喜欢跟你们在一起的。我尤其喜欢闻到野猪朋友的气味。”

“还不如跟着我，”一只花斑岩豹在不远处说，“我们的血缘更近。”

鸦王见状，连忙插话说：“两位健将，现在不是开饭的时候。此刻咱们都是朋友呢！”

“啊，我倒忘了这个茬儿了！”吊睛白额说。它躺了下来，做出一副慈祥、准备倾听的样子。

“好，既然虎大王都也现身，咱们继续开会，”鸦王高声道，“哪一位来发言？”

一群麻雀飞了出来，停在果子狸上方的枝丫上，领头的麻雀说：“看看我们麻雀喂，看看我们这些弱势群体喂，想想从前，满世界都有我们的身影，现在呢？四十年前，人们仅在一个春天就消灭了我们的先雀几亿只，各位有力气的动物，快快打下山去，替我们出气喂！”

“你们哪有我们惨？”一只白鹇飞了下来，停在麻雀们的旁边。这是一只公鹇，头上长着一顶漂亮的黑色冠子，像顶帽子，羽毛上方一片洁白，下方却是蓝黑色，脸蛋儿却红彤彤的。它说:“麻雀表弟,你们虽然被人整得很狼狈,可你们繁殖能力强啊,再说你们个儿小,长得也不好看,不容易引起人的贪欲,我们呢,有这么一身漂亮的衣冠,身上又长着两斤肉,已经被人捕得快要绝种了。我们既不善飞,也不善斗,只好拜托各位替我们出气了。出发吧,乌鸦大哥,你们帮我们出气,我们呢,但逢森林里有什么活动,我们都来装点会场,增光添彩!”

“对,这正是我们濒危鸟类的心声!”一只白冠长尾雉也扑哧扑哧地从高处飞下来,大声说。这也是一只靓鸟儿。它的眼睑下方有一块白斑,一条紫黑色的绶带从前额一直延伸到脑后,尤其引人注目的是它那长长的、两倍于身体的羽毛,五彩斑斓,十分地华丽优雅。

黑额尔见到这只白冠长尾雉,立刻跳出来说:“动物同胞们,它漂亮不漂亮?”

“太漂亮了!”动物们回答说。

“可是我们再不奋起反击,如此漂亮的邻居就要彻底消失了,”黑额尔说,“这位白冠长尾雉兄弟,他们这一族就因为漂亮,也让人贪心大发,时至今日,一些国家的礼仪卫兵还将它祖先们的羽毛插在帽子上,作为珍贵的装饰。地球上的白冠长尾雉已经屈指可数了,就算为了美丽的白冠长尾雉兄弟,咱们也要拼一把!”

“拼一把! 战斗!”动物们齐声吆喝,响起一片。

猩猩非洲二哥趁机跳了出来,振臂一呼,道:“还等什么?老虎都入伙了,快他妈杀下山去!”

这时几只侦察鸦忽然飞上山来,向鸦王报告说:“报告大王,一支大军正在前来,它们有一个统一的称呼,叫做反战联盟,目的就是要阻止我们今晚的行动!”

“来者何人?”鸦王问。

“都是动物,有飞的,有走的,有爬的。”侦察鸦回答说。

“怪了,”鸦王说,“稍等,且看它们作何计较。”

只听见山谷中一阵窸窸窣窣,反战联盟的人马转眼就已驾到,规模十分壮观,果然是有飞的,有走的,有爬的。超级野猪大白牙和猴子满屯也在它们中间。其中竟然还有许多乌鸦。这些动物闹哄哄地赶来,并按照各自的习惯停住脚步,收拢翅膀,然后一起叫道:

“反战,反战,和平,和平,……”

等它们稍微安静,鸦王亮翅迫不及待地吼道:“我说,你们这些不知好歹的家伙,我们帮大伙儿出气,居然还有反对的,你们到底啥意思?”

反战联盟中一只老乌鸦跳出来说:“鸦王,如今山下的情况变了,你不能在错误的道路上越走越远了!”

“怎么个变法?难道是人发了善心不成?”鸦王问道。

“还真不骗你,山下的人忽然改邪归正了,”那只乌鸦说,“就在这几天,那些平常我们活动的草地上,那些秃岭斜坡,那些庄稼地的旁边,忽然出现了许多招鸟杆,而在一些树木上,忽然出现了一些鸟巢,从那玩意的工艺特点来看,显然是人做的,我进去试过,遮风避雨,抱窝孵蛋,那是一点问题没有。有的巢里还放了布头细纱,很是舒适呢!”

“是的!是的!”旁边几只乌鸦附合着说。

“幼稚啊,”黑额尔在鸦王旁边,插话道,“难道你就不担心,这是人诱捕我们的手段?我们鸟类历史上这样的悲剧有过许多回呢!”

“这次真的是变了天,黑额尔大哥,”那只老乌鸦说,“从人的眼神可以看出来,他们对我们忽然有了一些关注和怜爱。通常他们对孩子才有那种眼神。”

“我才不信呢,”亮翅说,然后它转头问其他那些早就聚焦在此的动物,“你们信吗?”

“不信,不信,……”那些动物回答着,声音此起彼伏。

“就是真的,就是真的……”那些刚从山下赶来的动物不甘示弱,也纷纷鸣叫起来。

“噢嗡!噢嗡!”老虎吊睛白额重新跳出来,咆哮着,吼道,“咋回事?咋回事?难道就不能讲个秩序?”

众动物见百兽之王生了气,都不敢再言语。吊睛白额于是继续道:“山下来的兄弟们,你们说说,山下到底是个啥情况?”

猴子满屯先跳出来,说:“这几天情况的确有了变化,比如我,以前人们见到我,都想捉了我,拿去换几个钱,有几个混蛋,甚至差点吃了我的猴脑,现在呢,人们是一百八十度转弯,没人朝我扔石块,倒是有人给我水果吃。此外我亲耳听到一个绝对有利于乌鸦兄弟们的消息——”

“什么消息?”鸦王连忙问。

“一些装着喇叭的车每天都在路上开来开去,里面说:乌鸦是我们的朋友,乌鸦是我们的朋友。有男人的声音,也有女人的声音。”

“真的吗,满屯兄弟?”鸦王问。

“那还能有假?”满屯说,“我现在说人话的水平,提高很快呢,他们很多话我都能听懂。”

“朋友,朋友,”鸦王叹道,“把我们乌鸦当朋友,这可是开天辟地头一遭呢!”

满屯的话也引起了其他乌鸦的广泛兴趣,它们互相传递着这个消息。

但是思想鸦黑额尔仍是满脸疑惑,它说:“我说满屯兄弟,对于人,可不能只听其言,要观其行才过硬呢! 有时候,他们说的比唱的都好听呢!”

“黑额尔老前辈,我觉得这次他们是动真格的了,做的比说的还要好,”满屯道,“我亲眼看到,他们推倒了许多高炉,这些炉子从前都是黑烟滚滚,成天跟排毒一样。那些往河里排放的污水,也忽然减少了,人们房前屋后的垃圾堆,也忽然被清扫干净了。”

“还是让文字来说话吧!”话音一落,超级野猪大白牙跳了出来。它的大嘴里居然叨着几张纸。它靠在一块石头上,两条后腿坐了下去,用两个前爪抓着那纸儿,说:“知道这是什么东西吗? 这叫报纸! 我学习好几遍了,里面全是保护野生动物的消息。我还看到了一些标语,有的刷在墙上,有的挂在空中。朋友们,我想与大家分享几句人话! 诸位请听——”

大白牙说到这里,站起身,向全场扫视一番,很有一些顾影自怜的样子。没有办法啊,这儿只有它会识人字。动物们也都认可它这个优势,满怀羡慕地看着它。

只有吊睛白额,打了个哈欠,不耐烦地说道:“不就认识了几个字吗? 瞧把你得瑟的,你就快说吧!”

“第一个词儿:狠抓。你们明白这是啥意思吗?”大白牙说。

“狠抓,这是什么意思呢?”一些动物茫然地问。

“就是狠狠地做,就像狠狠地抓住东西一样。”大白牙说。

“就像这样!”话音未落,一只金雕从一棵高高的杜英树上飞下来,落在一棵山核桃树上,它那一对尖利的大爪子,牢牢地抓那树杆,那树杆摇晃着,它却纹丝不动。

动物们于是明白了“狠抓”的意思。鸦王说:“要是拿出这个劲头来保护我们野生动物,的确是很值得期待呢!”

大白牙继续说:“看来金雕大伯很了解人啊! 第二个词儿:

落到实处。”

“这个我们明白，”思想鸦黑额尔抢着回答说，“落到实处，就是要准确及时地落到树干上，或者土地上，而不能落在树叶上，落到水面上。”

“回答正确！”大白牙兴奋地嚷道，“请听第三个词儿：从重从快打击贩卖食用野生动物的行为，请问：从重从快是啥意思？”

“自然就是鹰雕一般的速度和力量了。”金雕继续说。

“恭喜金雕大伯，这正是人的意思。”大白牙说。

“这么说来，人这回是动真格的了，那咱们还要不要跟他们干呢？”亮翅自言自语地说道，开始犹豫起来。其他动物也都显得有些茫然。

这时飞速冲过来三个动物，一个飞、一个小跑、一个快跑。等它们来到鸦王面前，众动物才看清楚，飞来的是朱鹮，小跑的是一只褐马鸡，快跑的是一只小熊猫。它们气喘吁吁，站成一排，显然是有话要说。

果然，朱鹮抢先开了口。它的嗓子比较粗，比乌鸦的“呱呱”声更厚重粗犷，与它修长洁白的身材很不般配。它对鸦王说：

“亮翅表弟，你们再也不能跟人对着干了！你们不能错上加错！”

乌鸦知道朱鹮一直生活在很远很远的北部山区，它如此风尘仆仆，一定是不远千里地赶过来的。鸦王颇有些意外，也有几份亲热，连忙问：

“朱鹮表哥，你怎么大老远地跑来了？自从上次在那晚霞下面的空中匆匆见过一面，咱们有两年没有见面了啊！”

"你还好意思说呢？要不是你们惹出这么一番大麻烦，你以为我会越过秦岭跑到这山旮旮里来吗？

"兄弟你有所不知，哪里有压迫，哪里就有反抗，我们也是被人逼的啊！"鸦王说，"不过眼下我正犯嘀咕，听说人现在改邪归正，要保护起我们来了，我也不知道要不要继续跟他们干。"

"南边的动物兄弟们，"朱鹮大声说，"我，这位褐马鸡兄弟，这只小熊猫兄弟，我们三位，代表受到人类保护的野生动物，急急赶来，就是要告诉你们：其实人类中绝大多数还是很好的！想必在座的各位也都知道，我们朱鹮一族、褐马鸡一族、小熊猫一族，如果不是人类这么多年持续不断的保护，地球上哪里还有我们的影子？"

一只穿山甲忽然钻了出来，尖声尖气地说："我们知道你们三族受到人的保护，可是大伙儿瞧瞧，你们三个多俊致啊！人保护你们，会不会保护我们这些长得不好看的动物呢？"

"山甲兄此言差矣，这茫茫大森林里，比我们朱鹮长得漂亮俊致的动物何止万千？"朱鹮说，"人保护我们，还是因为他们大多数人都具备的慈悲心肠。想当初，我们朱鹮家族总共只剩下七只，人费了多大的劲才让我们恢复到数千只啊！这一番心思，说起来也足以感天动地呢！山甲兄为什么敢肯定人就不喜欢你们穿山甲一族呢？"

"我们既没有好看的羽毛，也提供不了肉，可总被他们逮，这是为啥？"穿山甲说。

"山甲莫急，"超级野猪大白牙插话说，同时翻了翻它爪子中的报纸，"报纸上说了，有个人贩卖你亲戚的甲壳，被捉了投进大牢呢！"

穿山甲一听，连忙朝大白牙奔过去，准备看报纸。但它不识字，只好由大白牙念给它听。

褐马鸡“咯咯”地叫了两下，也讲起话来：“各位朋友，朱鹮的话你们要听啊，我们褐马鸡一族，还有我们的堂兄弟蓝马鸡一族，羽毛长得漂亮不说，还有几斤肉，但是却不善飞，人要捉我们，容易得很，可这三十多年，他们给我们划了好大几片保护区，我们才得以繁衍生息下来呢！咱说啥都得感谢人家。”

褐马鸡这番话说得在理，谁也没有反对。因为大多数动物都知道，它们的确生活在人划定的保护区里，许多动物在缺粮的季节，还到它们的地盘上蹭过饭。

小熊猫也开口了，说：“朋友们，大家都知道我们的表亲大熊猫过的日子，其实我们小熊猫，这些年也沾了不少人的恩泽呢！为了不打扰我们，他们腾出好多庄稼地，也不再砍树。咱们那地盘上，除了有个扛摄像机的人经常光顾外，几乎不见人的影子。我们现在过得很安逸呢！”

这会儿功夫，鸦王一直在听着大家的发言，看到小熊猫说完后，许多动物都流露出相信的神情，它显得进退维谷，半张着喙，嘀咕道：“这可怎么办呢？到底该听谁的呢？”

忽然，随着一阵“呱呱呱呱”的叫声，山梁后面飞出一群乌鸦来，黑压压的，约有数百只，落在几棵高山榕树上。一只领头的大鸦，在树枝上跳了跳，高声喝道：

“亮翅，你这个挨刀的，你要干什么？”

居然有鸟以这种方式招呼鸦王，挑战它的权威，大多数动物都没有想到。大家大眼瞪小眼，面面相觑。鸦王自己也有些气急败坏，不知道如何回应。黑额尔却附在它耳边，悄声说：“砸场子的来了。”

鸦王于是明白，考验自己的时候到了。自己做这个老大，虽说并无私利，可也难免有些狭隘顽悍之徒不服气。它问对方：

"你们是哪一部分的?"

"我们是城里来的,今天特地来找你!"那边回答说。

"城里来的又怎样?"鸦王应道。它想自己现在兵强马壮,本族浩大自不必说,又自恃有渡鸦、寒鸦等一帮鸦中猛将在此,非得给对方一点颜色不可。它飞了起来,到对方阵前一探虚实,正想怒斥发作,却忽然收了敌意,怯生生地叫了声:"三爷爷!"

原来,这伙乌鸦跟鸦王是一族,那只领头的老乌鸦,却是亮翅祖父的三弟。这老鸦威风凛凛,喙下一撮鸦须,已是斑白,见亮翅认祖归宗,它态度比刚才缓和了些,但并不准备就此罢休,仍在骂道:

"我们早就听说南边出了一伙动物,使尽损招,与人作对,却没想到是你!今天我要清理门户,好好把你修理一番!"

这老鸦话音一落,立刻飞起几只年轻健壮的公鸦来,扑过去便要朝鸦王下手。

这时空中忽然响起"喈噫,喈噫"的声音来。鸟类都熟悉这这声音,知是猛禽一类,那几只飞向亮翅的公鸦也都放缓速度,在空中盘旋起来。

原来这声音是金雕所发。它冲着这伙新来的乌鸦,厉声喝问:"你们这几块货,仗着是城市鸦,就想喧宾夺主,扰乱我们这会议不成?"

新来的乌鸦们,万万没有想到,树丫上还有这么一位王者。再顺着它的声音看过去,只见金雕那一对雕眼,如鸽蛋般大小,在夜色中闪着绿光。它那颈后的一片金黄色羽毛,像挺立的山峰一样,正是金雕的明显标志。

"原来是金雕老太爷在此,"那新鸦中领头的老乌鸦道,"俺们这厢有礼了。"

金雕道:“有道理可讲嘛,何必得势不饶人?再说亮翅明明已经理屈羞赧,你们难道要它死了谢罪不成?”

鸦王这下子回过神来了,回到了自己的栖枝上。它明白了,自己这位三爷爷率领的,是一伙城市鸦,一直居住在省城。几年前它们曾在一片杨树林里见过面。

“三爷爷,这几年城里人吃乌鸦成风,你们怎么得以活命?”鸦王道。

“你道南华这个地面儿上的人吃鸦,普天下的人都跟着犯傻吗?”那老乌鸦道,“再说我们乌鸦,已经有很多代都生活在村庄和城市和周边,人要果真都如此愚昧的话,我们乌鸦还有活路?”

“理是这个理啊,三爷爷,”鸦王叹道,“您以为亮翅我,愿意呆在这深山吗?这山中的生活,苦啊,只是这几年吃鸦风一起,离人近了,我们有灭族之忧,不得已退居深山啊!您呢,这几年跑到哪儿去了?”

“我正是要来告诉你等,这几年,我们不但没有远离人类,反而是生活到了他们的中间。”那老鸦道。

“您跑到人的地盘上了?危险啊!”一些山中的乌鸦道。

“各位,一开始我们也这样想,”那老乌鸦道,“可是人越多的地方,越好找食啊。我们与人的关系,可谓是得寸进尺,从乡镇到县城,现在到了省城。我们在省里安家好几年了。我们生活在火车站后面一条大街上,那儿有一排老槐,一排枫杨,一排红椿,棵棵古老,株株高耸入云,正是我们乌鸦的宜居之地。我们的队伍越来越大,树枝上住不下的,直接栖于一幢房屋的屋顶。那房子是个老办公楼,青石为墙,大理石为壁,屋顶那个平台十分辽阔。从前人们时常在那平台跳舞观景,自从我们鸦族入住以来,人们封了那楼梯口,不再打扰,只是冬天时放些干粮，盛几盆清水。我们把那地上搞得鸦屎片片，灿如白雪，人也不驱赶我们，而是改了道。试问各位，自从盘古开天辟地以来，人一向以自我为中心，什么时候对我们鸟雀如此谦让过?”

鸦王还没有回答，金雕抢先说：“这就对了嘛！讲事实摆道理，回到正确的路线上，会议才可以继续。”

鸦王听了它三爷爷这一番话，更是迷茫，顺水推舟地道：“那我们继续开会吧。”

这时又一阵喧哗。只见从反战联盟的队伍里又“扑哧扑哧”地飞出一些鸟来来，大伙儿定睛一看，原来是一只天鹅、两只鸳鸯、三只苍鹭、四只野鸭和五只鸽子。它们落在鸦王面前的空地上，排成一排。领头的是一只疣鼻天鹅，体型高大，有着修长美丽的脖子和一身洁白的羽毛，额上有一个狭长的疣突，就像皇冠一样。天鹅“呀呀”地试了试嗓子，语音宏亮，声震山谷。它说：

“山里的朋友们，此刻站在你们面前的是‘翠竹公园代表团’。要论人的好坏，我们比你们更有发方权，因为我们就生活在人类中间。你们知道翠竹公园在哪里吗？它在北边，比你们省城还大五倍的一个城里，东、南两侧都是宽广的马路，后面有个图书馆，西面是一些人的房子。那公园里每天人流如织，可是我们，就生活在人的眼皮下，终身感受他们的善意，接受他们的盛情。话说那一年，鹅历六千八百四十三年……，本姑娘迁徙途中，不幸遭受冰雹袭击，打伤了我的翅膀，我无奈紧急降落，到了翠竹公园的湖面上。开始几天我还担忧呢，将身子藏在那湖中心一个小岛上的芦苇丛中，可是很快我就发现，人对我们好得很，简直没得说，于是我就在那里安了家。”

鸳鸯两口子小声商议片刻，由公鸳鸯迈步上前，说：“我们只说一句：翠竹公园就是我们的家，我们在那儿生活十多代了，哪儿也不会去。看着人在湖边走我们心里就踏实。”

苍鹭中的一只说：“鹭、鹳之类的各位本家，别以为只有溪流田野里才能寻生活，公园里也很好呢！不缺吃的，水也干净，至于人嘛，看多了就习惯了，你就权当他们是鸟好了。你们日子不好过就跟我们走吧，翠竹公园欢迎您！”

“要说现在翠竹公园的好处，我们野鸭最有发主权，”野鸭中的头儿说，“想当初，我高祖的高祖夫妇俩迷了路，才落到翠竹公园的。一开始它们也是躲呀藏的，白天呆在湖心，晚上尽找那些堤缝、桥洞角栖身。冬天来了，湖面开始结冰，它们愁得要死，因为一旦整个湖面都冻上，它们就无处栖身，会被活活冻死，可是就在这时，奇迹出现了，人居然砸开坚冰，给它俩辟出一块水面。春天，它们要产卵了，正愁没有地方，又有人在湖心小岛上给它们搭了棚子，用稻草麦秸做了窝。最感动的还是孵化期，有几个老太太天天守在不远处，提醒人们绕道。一些群众还跑来问要不要捐钱捐物。那晚报和电视台还派了记者，架着长长的远焦镜头，向市民报道孵化的进展程度。有天来了只黄鼠狼，想要偷袭，结果满公园的人都追它，将它赶了出去。第一窝在公园里孵化的野鸭下水的时候，电视台开来转播车，又派出他们的当家名旦，打扮得花枝招展，手提话筒，直播了一场小野鸭下水仪式，真是盛况空前啊！这才有了我高祖它曾祖，然后才有了我们。现在我们野鸭一大家子就生活在公园里，过的是野鸭应该过的日子，却享受着人间的温暖，难道你们不羡慕吗？”

野鸭这一番话说完，众动物都交口称赞，一个劲地说：“看来人的确是可以信任的啊！……看来我们误会了人啊，还是好人多啊……”也有的说：“人真的有这么好吗？”

“咕咕，野生的同志们，咕咕，不要怀疑！”一只鸽子站出来说，“许多鸟都以为，我们鸽子没有了主人就不能生存，错矣！在翠竹公园，所有的人都是我们的主人。每天早晨，都有人为我们投食，逢单是小米，逢双是高粱，要赶上周六周日，还能有金黄的窝窝头尝尝鲜，几十代鸽子了，这日子从来没有改变过。”

“天天吃小米，世上还能有这样的好日子？”一只瘦楞楞的小麻雀跳出来，天真地问。

“那当然啦，”鸽子说着，伸开翅膀，亮出它那一身圆鼓鼓的肌肉，“你看咱这体格！”

“你们鸽子当然有这样的好运了，你们是人类的朋友嘛，又能帮它们送信什么的，可我们麻雀能赶上这样的好事吗？”一只满脸菜色的老麻雀跳出来，站到小麻雀的身边，问道。

“麻雀兄弟，真的不骗你，”鸽子说，“你们的亲戚，张麻雀它们一家，每天跟我们一起用餐。它那几个儿子，常常吃得飞不动了，傻傻的呆在路旁。”

“哟，飞不动还不会被人捉了去？”那老麻雀道。

“你不要以麻雀之心度人之腹，”鸽子说，“前面几位大哥大姐讲了这么半天，你还没听出人的好来吗？”

“看来那是个好地方啊，赶明儿咱也瞧瞧去。”老麻雀说着，带着那小麻雀飞开了。

鸽子这番话，鸦王听得津津有味。它问鸽子：“兄弟，照你们这么说，人对咱们鸟真不错呢，可他们对走兽们什么态度呢？咱这当领导的，不能只想着鸟啊。”

“放心吧，亮翅大哥，”鸽子说，“翠竹公园西北角，就有一伙流浪猫，每天都有几个老太太给它们喂食呢！那些老太太可好了，唤猫的时候，就像唤他们的孙子一样。连树上的松鼠，现在都敢下地，爬到人的身边去！”

“啊，看来这个世道真是变了呢！”鸦王感叹道。

“咪呀，咪呀，”忽然响起猫的叫声，众动物看过去，只见一只缅甸黑白猫，是只母猫，带着一只半大的小猫走了出来，到达鸦王面前。那母猫朗声说：

“鸦王，各位朋友，这世道的确是变了。老生我，原本也是一只不幸的流浪猫，自从被主人抛弃以来，风餐露宿，日子很不容易，对人满怀怨恨，可是半年前的一件事，却让我改变了对人的看法。那是一个仲春的夜晚，我这女儿，当时刚刚一个星期大，比麻雀大不了多少。黄昏时分，我将它放在一个院墙后的废砖缝里，与她一个半岁大的堂哥一块玩儿，就找吃的去了。等我回来的时候，已经是夜晚，月亮升起老高，女儿却不见了。我又是呼唤又是闻气味，终于在不远处的路边找到了它，原来，这孩子跑到马路边玩儿，也不知道是出于好奇呢，还是怕冷，居然钻进了一辆汽车的发动机里。我钻到那车底下，它却爬不出来，原来被卡在机器里了。我马上急出了一身冷汗，在那里抓腮挠脑的，毫无办法。我女儿的哭叫声却引来了几个人，是两位大妈和一位大爷。他们围着那汽车转了好半天，又去找那小区门口的保安说着什么。一会儿他们贴了一张纸条在汽车门上。我去请一只老猫帮我分析，它看了看情况，估计那纸上的字是提醒车的主人，让他出来开车时务必先救出小猫。可这时是深夜，那汽车的主人一直不见出来。那两个大妈走开了，不一会儿她们又拿着牛奶和小鱼儿出来，放到车底下，想引我那女儿出来。可这不行啊，她卡在里面了嘛。那两位大妈回去了。天快蒙蒙亮的时候，她们又来了，再次在汽车门上贴了纸条，老猫去看后分析说，那内容仍是提醒汽车主人的，而且注明了时间，让他知道我女儿在里面呆了多久。再后来天亮了，那两位大妈，还有那位大爷，还有两位保安，围着汽车一阵忙碌，就是找不到办法。我就在不远处的墙头看着他们。我女儿还活着，不时发出叫声，我的心啊，那个痛啊！太阳升起来的时候，这些人分成两组，一组在汽车旁守着，一组去找汽车的主人。后来来了一位先生，眉清目秀，彬彬有礼。他拿着一个钥匙按了一下，那汽车门就开了，他坐进车里，扯了一下什么，就把那汽车的发动机盖打开了，然后，他们一群人就站在那车头前，伸手掏、用布条提，想尽了办法，我女儿还是出不来。她的声音越来越微弱，我趴在那墙上，都快晕过去了。眼见那些人站在那里，什么也不干了，我心彻底凉了，心想我女儿肯定是活不成了。但不久就开过来另外一辆车，下来两位师傅，他们拿出两个小机器，把那卡住我女儿的汽车前部顶了起来，然后，一个师傅躺下去，很快就取出了我女儿。周围的人们见状，鼓掌庆贺。一位大妈已经准备好了一个纸盒，里面放着奶和猫粮。他们把我女儿放入纸盒里，送到墙下来——原来他们早已看到我这当妈的。他们走开后我就跳了下去，谢天谢地，我女儿啥事也没有，正睡觉呢！”

缅甸黑白猫讲完，全场毫无动静，原来大家都听入迷了。鸦王回过神来，说：“来，同志们，我们也鼓掌一回，感谢这些好心的人，感谢那位先生，感谢那两位师傅！”

“噼里啪啦”、“稀稀哗哗”，众动物各自用自己的方式鼓起掌来，山谷中一阵热闹。

这时又响起几下“汪汪”的叫声，走出来一只北方冠毛狗，也是一只母狗，说：“缅甸大娘，不单你们流浪猫，我们流浪狗也没少得人的关怀呢！我没有你那么好的口才，就长话短说吧。话说前年，我眼看就要坐月子了，却一直找不到合适的地方，后来看到路边有个废弃的小窝棚，没有主狗，就钻了进去，稍微修整一番，在那里生儿育女起来。开始有人路过，朝里面窥望时，我也提心吊胆，担心他们使坏。还好，没人攻击我。可是我饿啊！想出去找东西吃吧，我那几个崽儿又小，不允许我离开。这时有位小姐，却给我送来了吃的，不但有菜有饭，还有肉汤呢！那小姐年纪不大，像个中学生。她每天都给我送吃的，一直到我满月，带着崽儿们离开。我可真是感激得要命。现在我一看到穿浅红色格子短裙，背个书包的小姐，就要朝她摇尾巴，因为当年我那恩人，就是这样的穿束呢！”

“这个故事也很动人呢！”鸦王说，“我们再鼓掌一回吧！”

于是动物们又按照各自的方式鼓掌了一回。

这掌声尚未结束，又走出来三个动物，到鸦王前面的空地上集结站定。它们是那只金雕、一头黑熊和一匹狼。这可都是地道的野生动物。见到它们，那缅甸黑白猫和北方冠毛狗立刻走开了，将地盘腾给它们。鸦王却有些纳闷，不知道它们三位有何打算，当下便道：

“金雕大伯，还有黑熊大妹子、灰狼小帅哥，你们和我们一样，可都是地道的野生动物啊，想说点什么呢？”

金雕首先开了口，道：“各位，老夫刚才诠释那‘狠抓’二字的时候，想必大家已经看出点端倪来了，老金雕我，与人也是大有姻缘呢！”

“是什么姻缘呢？”鸦王问道。

“你们猜猜看好啦！”金雕笑眯眯地说。

一群年轻的乌鸦，正处于鸦生中好奇的年龄，又见到金雕老头儿少见的和蔼可亲，立刻七嘴八舌地猜了起来。

“你被人的弓箭射过。”

“不对。”

“你被人的弹弓弹过。”

“不对。”

“你被人的鸟枪打过。”

“不对。”

“你被人的鸟网网过。”

“不过。”

“你被人的毒药药过。”

“不对,不对,你们怎么尽往坏处想呢?”金雕正色说,“各位鸦侄,我被人救过!”

然后金雕向众动物环视一圈,说:“各位,你们都以为我们鹰类,乃是动物中的强者,万事不求人,可哪知道我们也有过落难的时候呢?仔细说起来,我这条命,就是人给的呢!”

“又是来给人说好话的,怎么回事?”鸦王道。

“话说当年,”金雕道,“我三岁,刚刚长大,正可谓是一表雕才,雄心万丈。我的翼展长达两米,俯冲的时候,时速能够达到三百公里,一爪可以击穿兔儿的头盖骨。一个秋天的下午,我正在空中奋飞,开拓疆域,忽然从山顶冲下来一只老雕,朝我袭来。这老雕唤做座山雕,十分霸道,一直不允许公雕靠近它那一片山岭。我血气方刚,哪里怕它呢?当即就展翅高飞,迎上前去。我们先是以闪电般的速度冲向对方,以尖刀般的尖喙和精钢一般的爪子互相攻击,大战了二十来个回合,继而又施展飞行绝技,你逃我追,我逃你追,犹如人类的超音速战斗机一般,在空中一番厮杀,又大战了三十多个回合。这时我俩都有点累了,于是进入了肉搏战,爪子抓住爪子,翻滚撕扯,在空中跳起双鹰舞来。寻常鸟儿不识得战争的残酷,以为这双鹰舞是件好玩的事,哪知道,这却是性命攸关的游戏。一时间,空中羽毛飘飞,凄厉的叫声传遍山野。这样又大战了五十多个回合。

我俩精疲力尽，从空中落下，掉到丛林里继续打斗撕咬，又战斗了七八十个回合。最后那座山雕认输了，用尽力气，往山外蹿飞而去，我不达胜利哪能罢休？一鼓翅膀就追了过去，谁知我已是满身伤痕，又鼓气太猛，飞着飞着，忽然眼前一黑，从空中栽了下去，落到一个村中的竹林里。我试了数次，再也飞不起来了，原来翅膀受伤很严重。我想这下是玩完了，肯定会落入人的虎口。他们要是将我杀了，把我的翅膀制成羽扇，被一个傻人摇着玩儿，那还不算最坏，要是将我拴了铁链，锁在笼里，那才能倒了八辈子霉呢！哎，虎落平阳，龙困浅滩，我可知道是啥滋味了……”

“别抒发感情了，快往下说啊！”年轻乌鸦们叫道。

“各位，”金雕叹道，“我在那竹林里，每天居然与公鸡争食，惭愧啊！公鸡一家老小七八口，就指着那竹林里的虫虫补充营养，日子原本就不容易，再加上我这一口，供应上立时就有了缺口。那是一只桃源丘陵公鸡。它几次对我说：老大，你换个地方嘛，你本事多大啊！……我何尝不想换地方，可是我飞得起来吗？俗话说，到什么山头唱什么歌，扒了毛的凤凰不如鸡，我可算领教了。开头几日，那公鸡一家对我还算客气，后来见我行动不便，胆子就大了，竟然欺负起我来，有时候明明是我先发现的一只虫子，却被它们娘儿母子飞快地抢了去，我只能干瞪眼，白生气。我越来越饿，浑身直冒虚汗，眼看就要支撑不住了。后来有一天，来了个男人，用块破布兜头一罩，就把我捉住了。我双眼一闭，听从命运的安排。”

“他把你捉到哪里去了？厨房吗？”年轻乌鸦们连忙问道。

“一开始我也这么想，可是这人把我捉到了他的后院，用一个竹笼子将我关起来。他拿来肉喂我，可我不吃，因为我也以为他会喂肥了把我宰掉。他又把我捉出来，由另外一个人抓着，用红药水清洗我的伤口，敷上药面儿。这让我感到好受多了，于是他再次喂我肉时，我就吃了。接连几天，这人都给我上药，可我伤得不轻，他那药不能令我痊愈。这人将我装入一只布袋中，骑上一个机器，将我送到了另外一个地方。那里有许多动物，有被枪打伤的，有被绳子套伤的，也有自己弄伤的。这下子我明白了，人是在救我们呢！那里的人仍然给我上药，用线缝我翅膀上的口子，喂给我一些药水，并用一个针管将药水注入我体内。说也奇怪，个把月后，我居然健康了，一鼓翅膀，可以重新飞起来了。一天，来了另外几个人，抽了我的血，在一个机器上查看一番，又给我量了体温，然后他们又把我装入一个笼子，放在一个机器上，将我运到了山中。他们打开那笼子，我跳了出来，呼吸几口新鲜的空气，飞向空中。我在空中转了好几圈，确信不是在做梦，才知道人的确是放我了。我飞回去感谢他们。他们还站在那儿，朝我招手呢！就这样，我重新成了一只自由鸟儿，翱翔蓝天。我今年十七岁了，儿孙满堂呢！人们救我的故事，在我们这方圆五百公里的雕中，广为流传呢！听说你们在与人作对，我特地赶来，现身说法，告诉你们，不能这样呢！"

"没想到啊，没想到，"年轻乌鸦们说，"你这天空的主宰，原来却是从人那里获得了新生！"

"你们要是不信，可以来看看我的左翅膀的底部，人为我缝合伤口的痕迹，仍然清晰可辨呢！"金雕说，"要不你们谁来看一看？"

"不看了，不看了，这事儿我信，"听得十分入神的鸦王说，"金雕的诚实和勇敢，我们从小就知道的。"

思想鸦黑额尔也说："你老人家飞得高，看得远，你的话，我们一向是信的。"

"那我就靠边了,由熊幺妹来讲述她的动人故事。"金雕说着,跳到一旁。

那只健硕的黑熊便开了口,道:"朋友们,我生在森林,却长在人间,一直到长大成熊了,才又重新回的森林。"

动物中一只地道的野生黑熊听到此,立刻远远地从一颗黄檀树的树杈上发问道:"本家妹子,咋回事儿?"

看到这儿居然有一只公熊,熊幺妹很感意外,也有些兴奋,脸颊上泛起几道红晕,道:"这位大哥,各位朋友,是这样的,我两个月大的时候,一天不知道咋搞的,我妈把我放到一棵女贞树的树洞里,就到山那边去了。下午我出来找她,就迷了路,到了一个沟里。两天过去了,我一直没有找到妈妈。一个老乡看到我,把我装入他的竹背篼里,背回了他家。这便是我的第一个主人,板栗盖杨大叔家。杨大叔前查后看,为我找到一个住处,就是他们家的鸡笼。这个鸡笼离地半尺,下面铺着一层柏木板,四周却是红椿木板,泛着清香,顶上,又是一层杉木板,做工相当精致。主人又为了我铺了稻草在里面,十分干爽舒服,比我从前住的那树洞岩坑,强了百倍。这里我还得插上一句:我得感谢杨大叔家的鸡。它们是彭州黄鸡,一家十四口,一只公鸡,四只母鸡,九只鸡娃儿。因为我占了它们的笼子,它们晚上要到楼下一只破旧的谷斗里栖身,但鸡一家对我都很客气,从来不欺生。我讲这个是想说:刚才金雕大伯对家鸡们是有偏见的。天下动物是一家嘛,只不过各有各的地盘习性,不要无端产生芥蒂。

"说话回来,我晚上住在鸡笼里,白天就跟这家人在一起,在那屋里屋外,吊脚楼上下,跑个不停,攀个不止。生活嘛,他们吃什么,我就吃什么,有时是米饭,有时是面条。因为我饭量大,中间也时常喂我些水果、萝卜什么的。看得出,这家人因地处深山，家境不富裕，可他们居然到镇上买来牛奶给我吃。他们家那两个姐姐，平时弄得一点方便面、火腿肠啥的，也都与我分享。他们叫我熊幺妹，放学后时常带着我到处遛达。他们下地我也下地，他们串门我也串门，他们走亲戚我也走亲戚，他们去喝喜酒我也去喝喜酒。傍晚，他们看电视我也看电视。他们那寨子里只有一台电视，还是黑白的，一吃过晚饭，乡亲们就纷纷赶到五公公家里，每人一个小板凳，安安稳稳地坐着。我当然也会分得一个小板凳。有时候五公公高兴了，拿出板栗花生的分给孩子们，我也照样分得一份。我越长越大，那该死的胃口也越来越大，眼看这杨大叔家就快撑不住了。为了让我吃饱喝足，杨大叔又想方来又设法，甚至到村子里找人借钱。后来有天，来了几个城里的人，将我装入笼子，要上车远走。我那个急啊，狠不得咬断铁笼，杨大叔一家呢，自然也是依依不舍，送了我一程又一程，那两个姐姐，则一直眼含热泪，我们的车都到了山下的大路上，她们还站在那院坝边上挥着手。”

“他们把你弄到哪里去了？”有动物问。

“后来我才知道，这几个人是森林公安。他们把我带到了派出所里。副所长老孟负责照顾我。我住在老孟的办公室，他办他的公，我玩我的，中午一起去他们的伙食团吃饭，困了就躺在他的沙发上。伙食团的老团长很关照我，不准人喂我剩饭剩菜，告诉我说那不卫生。晚上我跟老孟回家。他用自行车筐子装着我。老孟他们家有只狗儿，晚上我跟它住在纸箱里。不过冷的时候我也去找老孟，爬上他的床，躺在他身边。我成了派出所的明星，每个人都给过我东西吃。在这儿我吃到了蜂蜜、苹果、卤菜和肉干，还吃到了传说中的猪肉炖粉条。他们还给我照相。还带我去参加一个小学的班会，让孩子们认识野生动物。他们都称我为朋友，亲热地叫我幺妹、幺妹。一个月下来，老孟办公室的沙发和他们家的沙发都被我撕破了，床单也咬坏了好几张。”

“看来你除了不会说人话，过的纯粹就是人的生活啊！”猴子满屯说。

“是啊，猴哥，”熊幺妹接着说，“眼看我越长越大，一天，派出所的人专门为我开了一次会，会上，所长决定将我送到市里的动物园。走的那天，全所的干警都来送我呢！有的还喊来了家属和孩子，我很舍不得离开他们！老孟开着车，赶了一百多公里，将我送到市动物园，交给了饲养员老孙。老孙将我关在熊舍里。这儿倒也不错，可以学熊语，了解熊的生活习惯，可是住在这儿的南山熊姑婆一家，野性不改，经常合伙欺负我，我又喜欢人类，所以老孙经常把我们带出来，跟着他溜达。只是晚上，我仍然回熊山。南来北往的游客们都很喜欢我，跟我照相，教我喝饮料、吃面包。我尤其喜欢吃巧克力，只是那东西贵重，只有遇到富裕的游客，才享受得到。我练就了一手绝活儿，就是喝可乐和酸梅汤。我开瓶的技术炉火纯青，开一瓶喝一瓶，可以一口气喝十八瓶。我越长越高大，两岁的时候，体重二百五十斤，身高一米七五，比老孙还高些。我习惯了直立行走。我跟老孙走在一起的时候，游客们通常都以为是一个穿着道具的人，待到跟前，见是真熊，又见熟客们呼我‘幺妹’不断，无不大喜过望，再见我憨态可掬，除了不会说话，思想行为与人的孩童无异，人那久居都市的郁闷烦恼心情便一扫而光，迎来一个快乐的下午，正所谓皆大欢喜呢！”

“那你怎么又回到了森林，干吗不就在城里安了家呢？”鸦王问。

“这正是人的了不起啊，”熊幺妹继续说，“好人都知道，像我们这样的动物，森林才是真正的家，所以每年都要择优录取，挑选一批无病无灾、适应能力强的动物，放归山林。我身心俱健，顺利入选第七批‘达标动物回归计划’，于前年回到了山中老家。托各位的福，更是托人的洪福，幺妹我喜结良缘，识得一头德才兼备的公熊，很快就要做新娘了呢！”

“你那么喜欢人，难道就离得开他们吗？”鸦王又问。

“问得好，”熊幺妹道，“像我这样的体格，城里是不适合去了，只是我那深山里的第一个主人，板栗盖杨大叔家，我回去过几次，但每近村子，那些村里的狗儿猫儿便疑我歹心，吠叫不止，我也担心村人不识得我，吓着他们，便止了脚步。我蹲在山坡上，遥遥望去，见村子里这几年得益于政府的富民政策，大搞新农村建设，已经是面貌一新。杨大叔家，也已经是鸟枪换炮，丰衣足食，楼顶架着卫星电视天线，楼前停着汽车，那幢老吊脚楼，躬逢盛世，在那霞光照耀之下，端的是美轮美奂，比从前我在时堂皇富丽不少。炊烟袅袅之下，看到他们一家人其乐融融，享受着幸福生活，幺妹我这心里啊，乐开了花似的，无比的欣慰呢！”

“这么说，人还真的很有爱心呢！”鸦王说。再看其他动物，大都入了神，似乎是沉浸在幺妹讲的那故事中去了。

熊幺妹讲完，刚一让开，那只大灰狼又站了出来。这是一只十分健壮的年轻公狼，一双眼睛像两颗明亮的星星，闪着深幽幽的绿光。它朝天“啊，啊”地长嗥两声，又摆摆脑袋，开口道：

“各位，幺妹姐姐身世动人，口才出众，大灰狼我，口才虽说差些，身世却也离奇，同样是大大的受了人的恩情呢！”

“人啥时候还跟你们狼交上了朋友呢？”鸦王问。

“是这样的，”大灰狼说，“我身世的前半段，也跟幺妹姐姐差不多，不知道怎么就跟母亲失去了联系。后来我经过人们的手，三转两转，到了城里，我主人的家里。他们把我养了起来。这一家人对我是疼爱有加，饮食起居，照料得无微不至。他们家境富裕，有老人，有孩子，十分孝和。男主人是个生意人，平时早出晚归，很是忙碌，但一旦得空，都要带我出去溜达，在小区的花园里，与那些邻居家的狗儿玩一通扑飞碟、捉迷藏之类的游戏。各位，直到此时，所有的人还都把我当做一只狗儿呢！我自己呢，当然也不知啥叫狼，啥叫狗，直到有一天，家里来了一位林业局的干部，此人甫一见我，立即惊叫：这是狼崽！并建议他们马上将我送出家门。我那主人家却没听他的，仍将我细心抚养。果然没多久，我的狼性就显露出来了，先是喜欢夜晚在阳台上对月长嗥，继而冷落了狗粮，喜食生肉。就是如此，主人一家也没有对我另眼相看，只是出门时将一条皮带系在我脖子上，以防我一旦冲动，扑咬其他狗儿猫儿。待到我八个月大的时候，小区的居委会主任、治安队长、人民调解员纷纷上门，劝说我主人将我送到市动物园。主人一家在开了一个家庭会后，又对我宣讲了半天政策，然后，为我举办了一个饯行晚宴，于第二天将我送到了动物园。我待在狼笼里，看着笼外的主人一家要离我而去，立刻朝笼子飞扑上去，无奈，那笼子高如危崖，我不得登顶。此时我最羡慕的就是鸟类了。我那主人一家见状，也不忍离去，小主人更是泪眼涟涟。站立良久，他们又求管理员开了铁笼，复入笼中与我厮守相会，说了半天好话来哄我。我永远也没有适应那笼中的生活，常常不思茶饭，一个月下来，就瘦了三斤。只有星期天的下午，我最为高兴快意，因为我那主人一家，必定去看我。我那小主人，一个十分漂亮的小姑娘，为此甚至放弃了奥数的学习，入笼中喂我吃饭，帮我梳理毛发。人身上的气味虽然十分微弱，不像我们动物那般容易分辨，但我主人一家的气味，管他是在闹市还是游人如织的动物园，我五百米外就能辨出，所以常常是他们一走进动物园的大门，我就翘首以待。去年，我入选了留学归国人才刘研究员的‘动物园犬科野化课题’，获得专项基金支持，经训练后回到了山中。现在我已经成为一只标准的山中狼了。啊……啊……，这就是我，一只大灰狼的人间奇遇！”

大灰狼讲完，众动物先是沉默，继而爆发出雷鸣般的欢呼。鸦王也禁不住跟着手舞足蹈，直到感情宣泄得差不多了，它才总结说：

“同志们，刚才金雕大伯、熊幺妹和灰狼小帅哥这一番发言，虽然很长，听得我们有些累——”它环视一圈，“甚至有个别动物不合时宜地睡着了，但是总的来讲，这三个故事无比感人、无比具有启发意义、无比发动物深省，因为它们三位，都是最地道、最纯粹、最真资格的野生动物，像灰狼帅哥儿一族，还长期与人互作敌营，如今倒好了，人可以养育一头狼，原来他们是愿意看到野生动物们自在生活的。狼既得存，鸦又何忧？鸡又何忧？鸟又何忧？希望大家好好学习、领会刚才三位的讲话，对照自己的思想进行检查，重新评判动物与人的关系，为今后的工作找出方向。下面休会一顿饭的工夫！”

山谷中于是再次热闹起来，动物们借着月色，有的寻找野果，有的寻找嫩叶，有的寻找种子，有的寻找昆虫，有的则直接寻找适口活物儿，各自用了一回餐。肚子不饿的，则趁机拜会亲戚，交流感情，也有年轻的动物，寻找起自己的意中动物来。

这一番吵嚷却惊扰了老虎吊睛白额。它和雄狮一样，属于猛兽中的嗜睡者，通常吃饱喝足之后，就呼呼大睡。一觉醒来，见周围还有那么多的动物，便问道：

“伙计们，还在忙乎啥呢？”

鸦王知道老虎的意见在森林中很重要，便回道：“虎哥，我们还在讨论人的好坏呢！您啥态度？”

“这还用问吗？”吊睛白额说，“就是因为人的毒手，我们老虎快要绝种了。”

“您的意思是，与他们为敌？”鸦王问。

“肯定啊，”吊睛白额说，“你们咋的，露怯了？我可告诉你，我是从来不手软啊，前不久，我还吃了一个人，只是，那味道实在不咋的。”

“吊睛白额！小吊！”金雕却在树上喊起吊睛白额来，“你这山中之王，可不能没有立场啊！前不久你还跟我说过，现在森林里的日子比从前你爹它们那会儿好多了，说人在变好，怎么又翻起那些成芝麻烂谷子的旧账来了呢？”

“我说过么？”吊睛白额问。

“你告诉我，这些年森林茂密起来了，动物也多起来了，人不像传说中那么坏，等等。”金雕说。

吊睛白额想了想，说：“的确也是啊，在北边，我们长年生活的那疙瘩，原来有很多兽夹子，我二大爷就曾经被夹住，丧了性命，可是有一天，我亲眼看到很多人在取那些夹子，一个不剩，自那以后，我就敢纵情奔跑了，以前却不敢，是一步一小心的，生怕着了那夹子的道儿。”

“这说明啥呢？”金雕问。

“说明啥呢？说明人怕我？”吊睛白额反问。

“人会怕你？你喝了迷魂汤不成？”金雕反问。

“是啊，”吊睛白额琢磨片刻，“要说怕，是我们老虎怕人才对。只能说明现在的人开始善待我们老虎了。”

超级野猪大白牙一直关注着老虎的态度。根据它们野猪一族的古老智慧，森林中保持适当的食肉动物是有益的，不然，食草动物过度繁殖,势必会破坏森林中的平衡。看到老虎态度不明,它很担心它去招惹人类,哪天被人类除去,那样一来本地森林将重新回到没有老虎的岁月。它觉得自己既然已经识字,很有必要向老虎宣传一下人类现今的政策,于是叼了一张报纸,踱到离吊睛白额不远处的一块石头上,开口道:

“吊睛白额老师,你可知道武松这个人?”大白牙知道,在本地动物的语言中,“老师”一词乃是尊称,便借用了这词儿。

吊睛白额听懂了,回答道:“咋不知道呢?他那条哨棒和那一对拳头,我们老虎是领教过了的。怎么了,他又回来了吗?”

“请听一条新闻,”大白牙说着,把报纸铺在地上,看着上面的字念了起来,“本报景阳岗消息:自从兴起动物保护运动以来,本地野生动物的数量持续增加,打虎英雄武松的后代本是世代打猎为生,而他的三十三代孙武国强,现在却是一名森林警察,长期致力于保护老虎,去年就因为抓捕过两名偷猎者而荣立三等功。”

“这么说他现在是朋友了?”吊睛白额问。

“对啊,化干戈为玉帛了。”大白牙说。

“那敢情好啊,谁也不招惹谁,”吊睛白额说着,忽然有了新的想法,“所以我说啊,野生的伙计们,大家各占各的地盘,他们人在人的地盘上谋生活,我老虎在老虎的地盘上谋生活,这样我也不会吃他们,他们也不会伤害我。就这么说定了啊!野猪大妹子,麻烦你再碰到人的时候,转告一下。”

吊睛白额说着,踏上一条上山的小径,悠哉游哉地去了。

“吊睛白额老师,你要走了吗?慢走啊!”大白牙客气地说。

“难道你还想留它吗?”黑额尔说,“虎大王一向独来独往,开会这样的活动,原本是很难请到的,它今天能在这儿呆这么久,也是给了我们大大的面子,由它去吧!”

“它去得对，去得好，”大白牙连忙说，“说实在的，它老人家身上那股味儿，我们闻着还瘆得慌呢！”

鸦王看着吊睛白额的身影，直到它那斑驳的米黄色消失在山梁上，才站上枝头，说：“牛大爷马大叔，你们一干家畜家禽都出来吧，虎大王远去了。”

鸦王话音一落，只见山脚边枝叶晃动，从里面走出来一群家畜家禽来，其中有黄牛、奶牛、马、家鸡，还有鸬鹚，黄牛背上还站着一只八哥。

一匹马先走上前来，打了两个响鼻，然后说：“山里的亲戚朋友们，你们搞的这个活动——老马我实话实说，不咋的！人固然有这样那样的不是，可有一样，咱们动物就是再学上一万年也未必学得会呢，那就是感情。其实刚才金雕先生、熊幺妹和大灰狼的故事，已经说明了这一点。老马我帮人干了大半辈子活儿，现在干不动了，可人没有抛弃我，马棚里燕麦、苜蓿和清水照样足额供应，要是在野外，能有这待遇吗？说不定我老马早就喝西北风了呢！”

说完这段话，老马就走开了。它这段话虽说平平淡淡，但言真意切，众动物很受感染，静静地回味着，有的动物还露出羡慕之色。

这时一头花奶牛又走了出来，瓮声瓮气地说：“乡亲们，它马大爷这几句话很在理呢！我们其实早就习惯与人生活在一起了。你们非要让我上山来开这个劳什子的会议，这山中小路如此崎岖，我这蹄子早已经十分酸痛。咱不说别的，单问：动物中谁有挤奶的本事？我这两大袋乳房的奶，已经涨得不行，你们谁能帮我解决一下？”

众动物面面相觑，的确，面对如此高超的技术，它们中没有一个动物敢站出来。就是非洲二哥和满屯那样的灵长类动物，见到鸦王向它们示意，也都摇头摆爪。

“所以说，”奶牛继续道，“地球上的人和动物本是一家，互相体贴包容，生命才得以延续。拜拜了各位，你们慢慢聊，我们可是要回家了。”

说着，奶牛和那老马果然一前一后，寻着路径下山去了。

这时一对鸬鹚走上前来，开口道：“水禽兄弟们，承蒙各位还记着我们这样的远亲，通知我们来到山上，可我们夫妇俩从来没有离开人这么久，得马上回家去了。主人老王说不定正找我们呢！我们鸬鹚是家里的主要劳动力，明儿早还得下湖里打渔呢！你们也早点歇着吧！”

说完，这两只鸬鹚迈着方步，跳进那溪里，往山下游去了。

鸬鹚夫妇身后，是一只家鸡高脚黄，带着三只母鸡，当下话也不讲，只“咕咕”地朝众动物打了个招呼，算是礼节，然后寻了小路，准备要下山。

一只从深山里赶来参加会议的红原鸡说：“大表弟，再呆会儿呗！咱俩还没有唠嗑呢！”

“不行啊，”高脚黄看看天色，“我再不回去，会误了打鸣的。”

“人都有钟表了，还在乎你们公鸡打鸣吗？”黑额尔接过话茬问。

“咋不在乎？再好的钟表，横竖都只是机器，哪有我那打鸣那种特殊的效果和意境？”高脚黄道。

它身后的二母鸡对黑额尔的问题很有些不屑，似乎觉得有思想的动物不应该提出如此幼稚的问题，于是插话道：“只听说过一唱雄鸡天下白，还没听说过一敲钟表天下白的呢！”

黑额尔无言以对，其他动物也都不作声，于是，在众动物的关注下，高脚黄一家子，三只母鸡在前，公鸡在后，叽叽咕咕的，十分恩爱地下山去了。

那空地上只剩下一头黄牛和牛背上的一只八哥了。黄牛却不说话，众动物见那八哥在牛背上蹦跳着，心想肯定是它要说话了。

果然，八哥开口了，只是它甫一开口就让众动物注意力高度集中起来，原来，它的声音竟然酷似人的声音。有些没有注意观看的动物，听到那声音，竟然以为是有人上山了，警惕地东张西望起来。

“不要怕，同志们，我也是动物，”八哥说，“我来到山上，是想告诉大家，人类固然也有些毛病，可是人类的伟大，我们动物不但没有领教过，甚至一无所知呢！不信的话，你们谁总结出来我听一听。”

听到这话，众动物谁也不吭声。鸦王见无动物接话，只好答道：“说到人的伟大，我们乌鸦也略知一二，比方说，他们造的那个铁鸟，就不得了。”

“亮翅，那叫飞机。”黑额尔连忙提醒它说。

“对，飞机，”鸦王说，“多大的东西啊，像座小山似的，便是今晚我们所有在座的动物都钻进去，恐怕都装得下。可那么大一个东西，偏偏飞得还贼快。有天我正在后山的玉皇顶上，看到它从上面飞过，就带了几只年轻善飞的公鸦去追它，还没等我们看清楚，它就飞过山那边去了。”

“哈哈哈哈！”金雕听后，在那树梢上笑得前仰后合，“哈哈哈哈！快笑死我了……”

“金雕大伯，您笑什么？”鸦王问。

“那东西追风逐电，日行万里，你居然想去撵它，真是天大的笑话！”金雕说。

“哎,实在是因为,这人的本领,咱们当鸟的,想都想不到。”黑额尔为鸦王打起了圆场。

“鸦兄雀弟们,你们落后了!”金雕收起笑容,正色道,“亮翅兄弟你说的这个,叫做客机,还不算快的,那个叫战斗机的玩意儿,那才叫快呢!”

“战斗机?有多快啊?”鸟儿们连忙问道。

“那家伙,”金雕说,“像光一样,‘嗖’的一下,从这边的天空就飞到那边的天空去了,疾如闪电!另外它那个外形,优美雄健之极,连我们鹰雕之辈,都自愧不如,真不知道人是如何设计出这般神物的。它虽然比客机小了很多,就像麻雀与我们金雕一般悬殊,可它发出的呼啸之声,赛过雷霆,从高空掠过,却能令地动山摇。你们是没见过啊,这会儿它要是从山顶飞过,那呼啸声肯定吓得你们纷纷钻洞,可是你们肯定钻不进去,因为它太快了,等你听到声音的时候,它已经远去,哎!”

金雕绘声绘色,众动物情知不假,纷纷面露惊讶。不料八哥却说:“金雕公公,人的伟大,还不只在这机器和科学的神奇呢!”

“那还有什么?”金雕问。

“人最伟大的,在于他们创造的精神产品,比方说艺术。八哥我不才,朗诵两首诗给你们听听如何?”

“诗?快念来听听。”众动物说。

八哥清清嗓子,开口诵道:“独怜幽草涧边生,上有黄鹂深树鸣,春潮带雨晚来急,野渡无人舟自横。”

众动物一边听,一边琢磨,待到领会明白,一齐鼓噪,道:“好诗!好诗!太好了!太好了!”

八哥又诵道:“霜落熊升树,林空鹿饮溪。”

“好诗!绝对!”

“鸡声茅店月,人迹板桥霜。”

“天啦,何等的意境!”

“枯藤老树昏鸦,小桥流水人家,古道西风瘦马,夕阳西下哎——”八哥入情地停顿片刻,再道,“那断肠人,在——天——涯!”

“好啊！绝了!”众动物群起惊叹,都找不到合适的形容词了。

一只橙翅噪鹛又补充道:“虽说这昏鸦二字,对鸦大哥们有些不敬,可那毕竟是古人写的,想是对鸟类认识不足,今人是断断不会犯这样的错误了。”

黑额尔更是入神,喃喃叹道:“只有人类才能写出如此伟大的文字啊!”

“既然你们都觉得好,八哥我就要下山了。记住:人的伟大深邃永非我等所能达到,要敬重他们才对呢!”

鸦王却问道:“八哥兄弟,你能学到如此美妙的东西,定是与人朝夕相处吧,可你怎么能上得山来呢？难道你是跟人请了假不成?”

“不错,我是在笼子里生活,可我那笼子,主人是不锁的,我进出自由。要是换了那些成天只能呆在笼子里的八哥、鹦鹉、百灵、鹩哥儿之辈,虽然也会说人话,却大都限于‘你好’、‘吃饭没’、‘再见’这类简单用语。去年有只鹩哥儿,能背诵‘春晓’一诗,就获得南华市鸟类吟诗比赛的冠军。我呢,自然就不止这个数量了。”

“您能背多少首诗?”金雕问道。

“唐诗三十首上下吧,”八哥说,“人的标准是三百首,咱们鸟嘛,学得十分之一就很了不起了。行了,不跟你们聊了,我要下山了。老黄明早还要下地犁土呢!”

老黄无疑就是八哥下面的黄牛了。它“哞哞”地叫了两声，转过身子，往山下走去。众动物都知道黄牛忠厚老实，加之白天耕耘，很是辛苦，所以它不说话，大家也都可以理解。

它们还没走几步，几只白鹭却翩翩地飞过来，嘴里喊着：“等等，等等！”然后落到了那牛背上。

“你们也要下山了吗？”鸦王问。

“走了，亮翅首领，后会有期！”白鹭答道。原来数千年以来，白鹭多在稻田溪边活动，与黄牛水牛很是莫逆，常常栖身于牛背之上，因此又称“牛背鹭”，当时见了黄牛，便想搭个顺风车，上了牛背。

这一牛数鸟缓缓地走下山去。八哥给白鹭们腾了地方。它站在牛背前面脖颈上方的那块隆起的厚肉上，看着那天空中已经高升的半轮新月，仍在吟道：

“明月几时有，把酒问青天……”

鸦王看着它们的背影，众动物也都看着，各自默不作声。眼看着与人有过接触的动物都在为人类说好话，大伙儿的心里，早就七上八下，正思忖着，这动物史上最漫长的一次会议也该结束了，看鸦王那样子，也似乎要宣布散会了。可就在此时，一种声音却低缓地响了起来，它情深意切，每一个音节都饱含感情，立刻紧紧攥住了众动物的心。山谷中寂静无声，连山风都暂时停止了吹拂，众动物屏声敛气，静静地听着。随着这声音，一时间，山谷中弥漫起一股淡淡的哀愁。

待到余音飘尽，众动物循着声音看过去，才发现猴子满屯蹲在鸦王面前的空地上，正专心地在操作一个机器。原来这是一个人类的放音机，是满屯前不久刚刚在山下弄到的。它长期跟人在一起跑码头，所以识得这机器，也会操弄。

“这是什么声音啊,满屯兄弟?”鸦王问。

“告诉你们吧,这叫音乐,是人类特有的。”满屯说。

“这个音乐真好听啊,叫什么名字?”鸦王继续问。

满屯从机器里出取一张圆圆的碟片,说:“我只知道它好听,却不识得名字。”

“大白牙呢? 快叫它来。”鸦王道。

大白牙正在一棵橡果树下嚼着橡果,听到点名,立刻走上前来,看了看那碟片,照着上面的字念道:“《月光》,作者:贝多芬。”

“啊,贝多芬,这个人了不得,他太了解咱们动物的感情了!”鸦王说。

“这是雄性动物感情达到极致的时候才可能写出的弦律,真是足以催鸟泪下!”黑额尔说。

“听了这音乐,我觉得人生活得也很不容易啊!”鸦王说。

“是呢,”黑额尔接着说,“人由于感情比我们动物丰富,经常有思想的苦恼。此外他们还要承受疾病、痛失亲人和朋友的折磨。他们还要忧虑地球的前途。他们还要随时与他们与生俱来的自私、贪婪、虚荣心作斗争,也怪可怜的呢! 不比我们动物,全凭本能,只要吃饱喝足就万事大吉。”

“可是这些东西咱们以前都不了解啊!”鸦王感叹道,“多亏今晚这个会,才让咱们了解了人,原来他们非但只是强大,也有点可爱呢!”

然后鸦王登高一呼,道:“各位鸦兄雀弟,今晚这个大会,是一次团结的大会,胜利的大会,它让我们澄清了一些错误认识,悬崖勒马,重新回到与人的正确关系上。咱们这就散伙吧,记住啊,咱们以后得与人为善,和谐相处,共同看护好这个星球。”

“散了，散了……”众动物应和着，鼓动翅膀，迈动脚步，开始陆续散去。有些动物特地来到鸦王之前，与它告别，有些则在空中呼啸两声，算是打了招呼。

鸦王一边应酬着，一边派鸦将满屯、大白牙和非洲二哥叫到跟前。在这场与人的瓜葛中，几位干将有缘相识，鸦王想自己作为地主，理应礼数周全，对它们几位道声珍重。正交谈之间，一大群野猪集结在路上，呼叫大白牙，鸦王跳到大白牙背上，亲自将它送入野猪队伍，又用喙帮它理了理它颈项上那一列秀美的鬃毛，才正式分别。

鸦王看非洲二哥骑坐在一截粗大的朽木桩上，身上仍背着那只坤包，而它的爪子里，却拿着一个人的打火机，在“扑哧扑哧”地打着火苗儿。鸦王道：“二哥，注意身体啊，香烟那个东西，叼在你的嘴里虽说潇洒，可毕竟对身体有害啊！”

非洲二哥却很不买账，站起身，朝鸦王瞪了几眼，“噌”地跳到一棵树上，飞向另一棵树，下山去了。鸦王情知非洲二哥素来脾气暴躁，也不计较，仍在后面“呱呱”地关照它慢走。

只剩下满屯一个动物还在跟前，鸦王道：“满屯兄弟，你还不下山吗？”

“我以后就在山中生活了。”满屯说。

“哟，那你能习惯吗？”

“习惯，我已经入了山中猴子的伙。”满屯说，

“你说的是山黛沟那伙猴子吗？咱这附近方圆几百公里，只有它们那一伙猴子的。可是我听说它们这些年猴群发展迅速，生活很困难呢！”

“情况改变了，鸦王，”满屯说，“前几年，它们是不够吃，经常去偷人的庄稼，玉米、红薯、花生啥的，没少糟蹋，可从去年开始，它们日子好过了，吃上了人给的劳保。”

“啥叫劳保?”

“就是公粮,”满屯说,“每到星期六,就有一个人——猴儿们管他叫草帽大哥,划着木船从那沟里进来,将一袋粮食扛到山脚,洒在石板上,全是黄灿灿的玉米,百多口猴,敞开肚皮吃,还能有余粮。”

“还能有这样的美事?羡慕死本鸟了!”鸦王道。

“亮翅大哥,”满屯道,“你们要是觉得口粮不够吃,就去那沟里吧,那细小些的玉米粒,你们乌鸦吃起来,怕正是适口呢!”

“哟,听兄弟你这么一说,冬天里我们还真可能过去叨扰几回。每年下雪的时候,我们的粮食就十分紧缺,为裹腹,时常要远飞到平原上。下次就去山黛沟好了。”

“去吧,去吧,有草帽大哥在,饿不着你们。”满屯说。它又压低了些嗓音,凑近鸦王说道:“这两天我看非洲二哥,很不对劲,像是病了,不时哮喘,出的气还有些臭,而刚才大伙儿谈到人的种种好处的时候,它都是一副不屑不信的样子,我担心它会还去找人的麻烦,再引发些无谓的争端来呢!可它那脾气,咱们又拿不出阻止的办法,真不知如何是好。”

鸦王沉吟一番,道:“它既然下了山,人自然会想办法的。人的能耐多大啊!病了他们会给它医,捣乱他们能擒住它,你就放心吧。它要在山上病了才麻烦呢,免不得传染给别的动物。”

“听你这么说我就放心了,那好,亮翅兄弟,咱们再见了!”

“再见,满屯兄弟!”

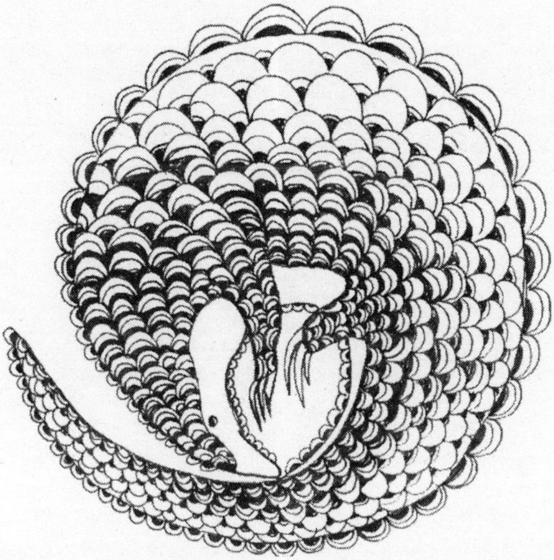

“是呢，”黑额尔接着说，“人由于感情比我们动物丰富，经常有思想的苦恼。此外他们还要承受疾病、痛失亲人和朋友的折磨。他们还要忧虑地球的前途。他们还要随时与他们与生俱来的自私、贪婪、虚荣心作斗争，也怪可怜的呢！不比我们动物，全凭本能，只要吃饱喝足就万事大吉。”

第十一章　和

疫情终于被彻底控制住了，接连几天，再也没有新增的病例，而在医院的病人，重症患者病情基本都保持稳定，普通患者的治愈率则稳步提升，病愈出院的人数，也一天多似一天。抗击疫情的人们，从省里来的专家一直到南华市的医护人员，都感到离胜利不远了。大家紧锁多日的眉头，也慢慢舒展开了。

王省长从来没有像这次这样，在一个市里呆得如此之久。省里还有一大堆的公务在等着他赶回去处理，既然南华可以暂时放手了，他必须马上赶回去。不过走之前，他决定亲自到南华市的郊区考察一番，看看这次疫情与人们的生活环境到底有多大的关系。火努努非常赞同省长的决定，之前，在东欧、墨西哥和英国，每次处理完完一次突发的疫情之后，他都在当地人们的生存环境中，找到了与疾病紧密相连的蛛丝马迹。他告诉王省长，如果要从源头上控制疾病，必须改变人们的生活方式，全世界都如此。

上午，李扼接到了通知，让他下午陪同考察。省长的意思是，李扼是本地人，了解周边情况，而且在今后更为深入、广泛的新生活方式宣传推广中，像他这样的基层疾病预防中心主任，将肩负十分重要的责任。这一批人的素质如何，他们工作的成效，将在很大程度上决定当地人民的公共卫生素养，构筑起第一道对付公共卫生危机的防线。新市长西安泰等人要陪同前往，王省长却未准许，只让市政府一个秘书协调引路，同时点了南华市卫生、环保、农林、畜牧、土地、质监、科协、政研室等部门的负责人同行。

午饭之后，一行人同坐了一辆面包车出发了。汽车很快离开了城市，沿着鹳江向上游驶去。南华市同行的一众官员，初时还有些局促紧张，后来见王省长并非独自坐在前排，而是不时侧转身子，与他们询问交谈，慢慢地都放松了。他们大都陪同过上级领导，但却从来没有与省长这样的高官同坐在一辆车上。

上行不久，汽车来到一个岔路口。市政府的程秘书，请示一下王省长，让汽车离了主道，从一座桥上穿过鹳江，到了河谷北边。从这儿起，沿着河谷往上，约莫两三公里，是南华市主要的养殖基地，有养猪场、奶牛场、养鸡场，还有一些皮毛类动物养殖场。程秘书找了个稍稍宽敞的地方，让车停下，带着省长下了车。从这儿开始，一行人接连看了五家养殖场。这几家养殖场，规模稍大一些的，通常还设有一个大门，有门卫守在那里，小一些的，则只是拴条恶犬守门。但凡有人守门的养殖场，程秘书走上前去，亮出工作证，也都能顺利进入。大家看到，几家养殖场的卫生、通风、排泄物处理都十分地粗放随意，甚至谈不上任何的环保措施。其中有一家大型的肉牛养殖场，人一进去就感到臭气熏天，难以深入，放眼望去，牛粪堆得像小山一样高。王省长倒也不在意，每到一地，都跟养殖场的人进行交谈，不问收成经营，只问环境卫生和如何处理污物。几乎所有的人对这些问题都没有准备，也不知道眼前到底是一个多大的官员。有一个奶牛场的老板，甚至回答说："牲口嘛，干净不干净顶个啥用？能产奶卖钱就得了。"

这一路看来，王省长眉头紧锁，除了询问老板们，并不作评论。后面，南华市一众官员也都小心谨慎，不敢妄加评说。火努努最为忙碌，每到一个养殖场，都忙着拍照摄像，众人也不解其意。

回到大路上，站在汽车边，王省长并不急着上车，而是看着路下那一片起伏的大大小小的养殖场，对众人说："同志们，刚才大家都看到了，我们平时吃的那些肉、蛋、奶，等等，就是这么个环境生产出来的。动物不干净，人又如何能保健康呢？"

众人这才明白省长带领大家参观这些养殖场的用意，纷纷唏嘘。王省长又道："这种现状，当然也不能责怪某一个部门，而且也并非我们南华所独有，但是我们不能不面对啊！火努努医生，是这方面的专家，他走遍了全球几大洲数十个国家，很了解疾病与环境的关系。"

"很简单，"火努努说，"动物和人一样，也需要干净的环境，也需要干净的空气和水、食物。刚才那个老板的话不对，动物不是牲口。我们的研究表明，现在新型的重度传染病，百分之九十九都与动物有关，而其中大多数又源于我们对动物卫生的漠视。"

众人都知道火努努此次为南华抗击疫情立了大功，对他的话一致点头称是。火努努继续道："其实也不独南华，不独中国，环境污染已经是全世界的公敌。在南美、非洲和东南亚，普遍存在公共卫生和食品安全隐患。欧洲的黑海、地中海沿岸，工业污染十分严重。以家禽家畜的养殖而言，发达国家和地区，主要表现在为了追求产量和瘦肉率，随意使用添加剂，而落后国家和地区，主要表现为养殖环境卫生状况没有保证，病菌丛生。"

"其实除了滋生病菌，传染疾病的威胁之外，禽畜养殖污染本身的问题，也已经是火烧眉毛，迫切需要我们拿出对策了。

有资料表明,我国目前地表水的主要污染源是农业污染,而农业污染源中,养殖污染又占了大头。”王省长说。

见众人只顾听,无人回应,王省长又道:“哪位是南华的环保局长？你们有没有什么应对养殖污染的方案。”

立刻走过来一位瘦高的戴着眼睛的中年人,站到省长面前,恭恭敬敬地说:“省长,我们也作过研究,目前像这类集中的,或者更大规模的工业化养殖,最好的办法就是把动物粪便集中起来,经生物处理后制成有机肥,然后还田,可谓一举两得。我们也曾找过市内一家从事有机肥推广的公司,他们在技术上没有问题,但一测算,没有利润,就没干。这需要政策扶持,进行补贴。”

“你们可以深入研究一下,看看需要什么样的政策支持。最好由市政府出点钱,进行一下试点。”王省长说。

火努努却说:“这个问题可不只是处理粪便那么简单。现在很多养殖场,为了畜牲快速出栏添加合成饲料,为防病而注射抗生素,使动物粪便中的重金属等严重超标,即使处理后还田,仍可能给土壤带来重金属的二次污染,其中氯化钠还容易造成土壤盐渍化。”

“两难啊！何时才能找到既有效益又环保的养殖方法?”王省长叹道。

众人都在思索,却没有人接话。李扼见状,说:“我不久前曾听我一个同学说,北京有一家从事饲料添加剂研究的民营企业,以农科院和中药所的一批专家为核心,正在进行一项研究,就是从中药材中提取成分,添加到饲料中,既能有效地防病防疫,其副作用和残留物又能控制在很小的范围内,据说已经进行过养殖试验,效果很好,技术也已经成熟。”

王省长听后,觉得眼前一亮,道:“这倒是个很好的思路,中药材毕竟是植物,应该不会带来类似抗生素的问题。”

火努努对这个信息也很感兴趣,道:“只是不知道他们是采用什么样的方式,中药毕竟药味很浓,添加到饲料中,会不会影响家禽家畜的采食呢?”

“据说他们采取的不是通常的直接添加药品药材的办法,而是采集药材的叶、茎或根,风干粉碎后按比例添加到饲料中,已经解决了家畜家禽的适口性问题。”

“李扼提供这个信息很重要,”王省长对一众随员说,“更重要的是,能够去关注本职工作以外的一些社会问题,进行思考,这正是知识分子可贵的地方,也是我们今天的干部应该具备的素养。这个信息,请环保、农业等部门的同志抽空汇总研究一下,如果真正可行,市场前景不可估量,咱们这儿就可以参与嘛!南华山区的几个县,非常适宜发展中药材,可以建基地,提供原料,或者参与整个产业链嘛!”

环保局长等人点头称是,并纷纷在随带的小本上记录着。

火努努又道:“这样的技术如果可行,对全世界的养殖业都不啻是一场革命!因为滥用添加剂、抗生素,已经是世界性的问题。”

“这样的问题是到了应该解决的时候了,”王省长说,“走,咱们再看看人居环境。”

一行人于是继续驱车,沿着公路前行。约莫二十分钟后,两旁房屋逐渐稠密起来,前方出现一个镇子。汽车再往前走,很快进了镇子。只见路上人头攒动,来来往往的人们,肩挑背扛,带着各种农副产品,显然是正在赶集。眼看车越往前走越困难,省长让车停下,对众人说:“今天咱们也赶一回集,看看群众生活。”程秘书指示司机,让他把车从外围开过去,到前方一个桥头等候。

众人下了车，跟随省长信步走着。王省长边走边看，顺着公路了进了镇子。镇子不大，也就万余人的样子，街上熙熙攘攘，很是热闹。初时还可畅步而行，即到进了镇子，道路却堵塞得十分厉害，过往客车、卡车，还有一些农村常见的农用车、小面包挤在一起，喇叭鸣成一片，很难前行。还有许多小三轮，要么在缝隙中穿来穿去，要么堵在中间。王省长看大路不通，走到边路，从店铺前面往前穿行，余人紧紧跟上。

王省长边走边看，但见这一个接一个的临街店铺，虽说都有人光顾，却大都卖的是一些日常用品，交易不丰。又有一些小吃摊，也不过是本地米豆腐、面条包子之类。居民穿着，与南华市内很有差距，多为廉价产品，不时也有几位农民，穿的衣服外面已经很难见到，十分老旧，有的甚至显得褴褛。再看两旁建筑，几乎都是同样的钢筋水泥，式样及外墙很是单调。屋前楼下，一些来自附近的农民，守着地摊在等待交易，地下商品，不外是蔬菜粮食，或者农具旱烟之类。省长缓行慢走，也不时与两旁摊主交谈几句，了解商品行情、家中生活。看到这些纯朴的农民在这里坐等半日所得却十分有限，省长心情沉重，不时对身后的随员叹道："这一带的群众，看来还很穷啊！平坝尚且如此，可想山中更是困顿。"

路边居民，也有眼尖的，看到省长气宇不凡，身后跟着一串官员模样的人，还有个外国人，便知道这是个大领导。有些人便停住手中生意，看着他们。王省长察觉，不时挥手微笑，向乡亲们问好致意。

程秘书走在前面，一边走，一边查看道路，终于找到一条斜街，从那里绕到了镇子的后面。这里有一条后街。但见这条后街，建筑零乱无序，垃圾随处倾倒，下面一条小河，已经是浑浊不堪，纸屑、塑料、煤渣、果皮散布边坡，几个靠近居民点的洼坡，更是直接成了垃圾倾倒场，尽管时值初冬，也是臭气袭人。王省长面色沉重，掩鼻而过。余人也不吭声，快步跟上。火努努仍是落在后面，不时拍照。

这一路上行，约莫走了一公里，所见略同。来到一座桥上，王省长站住，回身看看来路，叫过程秘书，道："这里没有垃圾处理场吗？"

程秘书回答说："没有。街面上的垃圾，每天倒也有人清扫收拾，统一运出去填埋，但散居的这些居民，因为市政力量不够，生活垃圾多是自行处理了。"

"下水道是否齐全？"王省长再问。

"像这样的小镇，通常只有几条主街有下水道。"

"那就是说还有不少散居居民的泔水粪便等，也是随意排放、自行处理喽？"

程秘书犹豫一下，道："是。"

"同志们，这可是我们的家园啊！"王省长叹道，"这样的家园能让人心安吗？"

众人面面相觑，不知如何回答。这时环保局长凑过来，对王省长说："目前咱们镇级以下的居民点，多数都没有垃圾处理设施，就是区县和市里的垃圾，也没有百分之百的处理。"

"我知道，都缺钱，"王省长道，"可是难道上级不拨款下来，咱们就等着让垃圾包围吗？"

"这个，这个，"环保局长道，"咱们是得赶快想办法了！"

"这也不全是环保一家的事，"王省长道，"目前我国大中城市的垃圾污染已经非常严重，90%的垃圾，都是填埋、堆放，而且许多堆放都是非常随意无序的，仅以省城而论，周边就有大大小小的300多个垃圾场。全国露天堆放的垃圾，据说已经达

60 亿吨。现在看来，不仅仅是大中城市，连这样的小镇子，垃圾的处理也已经成了一个大问题，威胁着我们的生存。每个居民都有义务和责任来爱护我们生活的环境，我们当干部的，更是责无旁贷。要群策群力，想出办法。”

众人应和着，更进一步明白了省长此行的用意。

“这小镇的环境是这样的，村子里又如何呢？”王省长问程秘书。

程秘书走上前来，对周围地理作了介绍。省长听后，决定沿着前面一条小路步行，穿过田野，去往国道，而让车从公路上开到前面等待。众人一致表示同意，于是由程秘书领路，从桥头上行，上了小路。

这一路过去，道路两旁时而是菜地，时而是冬闲的稻田，三三两两的农舍散布其间。这些农舍既有传统的木房，多显破败，也有新修的水泥房，式样大都不甚讲究。王省长边走边看，内心很是焦急，因为，这一带的人口虽然不似镇里那般稠密，但河边沟里，房前屋后，仍然随处可见垃圾。不少村民，直接把垃圾和污水倾倒在房前院坝边上。路过一条小河时，省长站立岸边，但见河水呈黄褐色，而且几乎没有流动。

“这哪里还像河流啊！”王省长叹口气，道。

“上游有几个小皮革厂，也曾治过，但不彻底。”在一旁的环保局长说。

“庄稼灌溉，也用这河水吗？”王省长又问。

“本地平坝农村，多靠雨水灌溉，逢天旱时，也取河水，”水利局长站过来说，“此时正值枯水期，河中水少，一到春夏雨季，河里的水还是流动的。”

“但污物却不会减少，对吧？”王省长道。

见无人回答，王省长又道：“这一带的村民，饮用水怎么解决?”

立刻走过来农业局长,回答说:“集镇周边,多有自来水,这一带,多靠打地下水。”

“水质如何?”

“不好,”农业局长道,“我们组织过检测,严格地说,许多地方的地下水,已经不适合饮用。”

这时火努努却走向路边一块白菜地。众人不知道他要干什么,随了过去。火努努翻开一株白菜的菜叶,露出菜帮,说:

“这样的白菜,菜帮已经鼓得裂开了口子,说明什么呢?说明化肥施得过足了。”

“是啊,菜农追求产量,化肥下得过多。”

“这样产量是高了,可菜完全变了品质,没有菜味。这也是现在很多人觉得蔬菜不如从前好吃的原因。”火努努说。“更重要的是,长此以往,土质也会变坏。”

“最后地下水也会受污染。”王省长说。

一行人继续前行。不一会儿,便来到了国道上。这儿是一个山坡的突出部,公路在这里拐了个弯,有块荒地,堆着一些石子。李扼一看,居然来到了遇真观前面。道观就在前面不远处的山腰上。

汽车已经停在路边。众人以为,省长会登车回城,不料省长却站上那石子堆,回望路下刚才走过这一片村庄,对众人说:“看来农村的污染,并不比城里差,尤其是这平原上,城镇周边的村子。有些地方,虽然生活是改善了,大都解决了温饱,可环境却越来越差,农村不像农村,城市不像城市,让人高兴不起来啊!”

众人纷纷点头称是。王省长又对火努努说:“你走南闯北,到过许多国家,有关农村的环境保护方面,还麻烦你多留意一下，给我们提供些好的借鉴。”

“农村的环境污染，也不独中国有，”火努努说，“不过也的确有些国家，在这方面做得不错，过段时间，我整理出一份东西给你们。但是中国的情况比较特殊，主要是人口太多，发展和保护环境，是道两难之题。”

“是啊，”王省长道，“我们国家，虽然号称960万平方公里，可刨去戈壁沙漠、高寒荒地，能耕宜居者，其实所剩不多。我国各省，面积与欧洲诸国相当，但人口密集得多，比如我国的安徽，与欧洲的英国、法国、意大利人口相当，都是6 000万左右，而安徽是14万平方公里，英、法、意分别是24万、55万、30万平方公里；我国的贵州，与西班牙人口相当，都是4 000万上下，贵州是18万平方公里，西班牙是50万平方公里；我国的重庆，与奥地利面积相当，都是8万平方公里，可奥地利是800多万人，而重庆是3 000多万人；欧洲的人口大国德国，8 200多万人，35万平方公里，我国的人口大省河南、山东，都在一亿人上下，面积分别是17万和16万平方公里。所以同志们，环境保护，珍惜每一寸土地，是刻不容缓啊！”

省长忽然冒出来的这一串数字，使在场的人听了都觉得诧异。有几位还拿着小本子，一边听，一边记着。

王省长继续说：“今天把大家叫上，转上这么一圈，尽管是走马观花，可是生存环境的状况，想必大家已经是了然于胸了。现在我们往往着眼于大城市、大江大河和大工业的污染，对于农村和基层，关注考虑得不够啊！”

“这一带的农村，以前烧柴和秸秆一类，寻常垃圾，可入灶燃烧，现在一些经济条件较好的，多用了液化气做饭，所以垃圾就随处扔了。”程秘书道。

“其实村民散户，处理通常的生活垃圾，是有办法的，”李扼见众人不吭声，插话说，“前面的遇真观，就有一套简便易行的办法。”

“是吗？”王省长对李扼提供这个情况十分看重，连忙问道，“他们有什么办法？”

众人见省长发问，也都纷纷看着李扼。李扼说：“具体做法我还真说不清楚，我只知道，这道观既不填埋，也不倾倒垃圾。周边可以说是一点污染都没有。”

“果真？”王省长似乎很感兴趣。

“省长，遇真观就在前面那山腰上！”有人指着前方，向王省长介绍道。王省长顺着他指的方向看过去，只见前面山腰，树丛之中，一片古建筑显露出来，灰墙青瓦，显然是道观的模样。

王省长忽然想起一件事，问李扼：“那个给我们抗击疫情开了方子的胡道长，是不是就在这观里？”

“正是胡道长主持的遇真观。”李扼说。

“走，咱们看看去！”王省长说。

一行人登上汽车，很快来到观前。李扼正想指挥汽车驶上那条通往道观的公路，王省长却让车停下，走下车来。他见这儿有条小路盘上山去，问李扼，知是从前上山的小路，便提议走上去。原来省长见南华这一众官员，虽然年纪都不过四十岁上下，却大都虚胖，刚才从那田野上走过来，居然很显乏力，只是不敢声张，便有意要考验一下他们的体力耐性。

众人哪敢说不？争先恐后地随了省长，沿着那条小路往道观走去。说是小路，其实全是青石砌成的梯步，很是宽敞。石头表面，被经年累月的踩踏，已经溜光水滑。

台阶越来越高，下面的景色也越发清晰起来，众人回身望去，不禁感叹道观这地势的优越。从这里放眼出去，是无尽的平畴，两旁青山如黛，中间一条鹳江，如玉带般逶迤飘去，更远处，烟岚四合，水天一色。再看这道路两旁，时而斜坡，时而梯土，左边是茶园，一片碧绿，随山势起伏，蜿蜒而去，右边，种的却是中药材。火努努开始以为这是苗圃，后来看出是药材，但不识得，于是请教李扼，李扼只好一边走，一边给他介绍。好在这些药材也算普通，不外昌蒲、黄芪、茯苓、甘草、麦冬、泽泻、覆盆子、地黄、远志之类，李扼多半识得。南华市一众官员，听着火努努与李扼两人一问一答，再看着那些错落有致、管理得十分精细的中药材，也不禁暗暗称奇。

再往上走，遥见道观，两旁却换成了果木菜蔬。此时已是初冬，多数果木，都是飘尽树叶，只剩下光秃秃的枝条，只有一大丛本地特产冰糖柑，仍然是硕果累累，那小杯般大小的柑子，密密麻麻，挂满枝头，土坎上又有几株高大的柚子树，挂着碗口般大小的柚子。王省长停住脚步，将那柚子细看了一回，问李扼：

“柑桔是有早熟晚熟的，但本省的柚子，大都过了采收时节，这儿如何还挂在树上？”

李扼回答说：“我们这一带把柚子叫做橙子，这是本地的特产，因为那果肉是浅红色的，叫做红橙，属于晚熟品种。”

“为什么这一路走来，山下的村子里却不见此果？”王省长再问。

“这红橙树对阳光土质都有要求，生长期很慢，还要精心侍弄，种不好就易酸，而且每年都要经霜一段时间，才能采摘，所以不容易见到。”李扼说。

“你吃过吗？”王省长又问。

“我小的时候，市面上还有卖的，家里买来吃过。这些年，却只在胡道长这儿吃过。”

王省长点点头，说："看来好东西往往都养在深闺呢！"

火努努看到这些景致，很是兴奋。他见小路两旁的果园菜地，初看之下，与山下村民的果园菜地也无大区别，可细看之下，却大有讲究，不但没有蓬蒿杂草，那搭配布局，依山顺势，竟然如公园一般精致，果蔬的种类，也十分丰富，简直就像个小博物馆，所以他拿着相机，边走边拍。

又过两畦平垄，一丛林檎树下，居然有一群鸡，正在那里游走争食。火努努连忙问道：

"李扼，道士们不是吃素吗？怎么还养了鸡？"

"您有所不知，这是道观里的一个传统，鸡蛋活鸡卖了，可以补贴资用。"李扼说。"以前他们还养鸭子呢，每天清晨，都有一个道人，将观里的鸭子赶到山下田中。道观里的鸭子都点了颜色作为记号，附近村民都认得，有鸭子走丢了，他们还将它送回来。"

"这等小钱，古代还可以派点用场，现在是微不足道了。偌大一个道观，经济上靠什么支撑？"火努努又问。

"据说从前的道观，还有许多田地，佃人耕种，现在大多怕是没有了。现在一般的道观，收入主要靠庙会、香火、法事和捐赠。"

"都是些什么样的庙会呢？"

"正月初九为玉皇大帝生日，二月二十五为道君老子生日，五月十三为武圣关羽生日，另外，春节、清明、端午、中秋、重阳，观中也都有相应活动。前不久的重阳节，城中还有不少人到这儿赏玩菊花、佩戴茱萸、赛书法、比登山，很是热闹呢！"

"法事又有哪些呢？"

"下山祁福避灾、超度亡灵，如此等等。"

"捐赠又是怎么回事？是否因为这位胡道长医术高超，给

人治了病,病人来感谢他?"火努努又问。作为一个外国人,他对这些事务似乎尤其感兴趣。李扼也不见怪,耐心给他解释:

"道长平时治病,大多用的是观中自制材药,常常分文不取,病人也大都是附近村民,即使来感谢他,也不过送些粮食蔬菜、竹木土产等,怕是算不上捐赠。真正的捐赠,主要来自一些山下的居士、信士。偶或也有大富之人,受过道长点化,施行捐赠,那就是大钱了。"

"照你这么说来,这位胡道长,的确很不简单呢!"火努努说。

这时路旁现出一块大些的菜地来,篮球场般大小,绿油油的,种的全是胡萝卜。两个道人,五十开外年纪,正在收获,已经挖了一片,堆成一堆。火努努见那新挖出来的胡萝卜,上绿下红,甚是可爱,拿了相机走到跟前去拍照。李扼一直想给观中打个电话,将省长一行上山的消息告诉胡道长,但一直没腾出空来,此时正好跟了过去,与两个道人打了招呼。那两个道人见李扼带着一大群人走上山来,也感好奇,扶了锄头看着。李扼悄悄对其中一个道人说:"您快去告诉胡道长,说省里王省长带人视察道观来了。"

那道人拍拍手上的土,大步流星穿过菜地,从路上回观里去了。

众人随着山路,且走且停,不一会儿,爬上几级台阶,来到一大块平地上。但见这儿古木参天,松涛阵阵,一片古树,除了几株国槐、雪松,多为柏树。这些柏树枝干遒劲,少说也在四五百年上下。又见古树下,立着许多石碑,各自刻着文字。众人信步上前观看,原来是古时名士书家在此留下的诗文墨宝,也有几座从前真人、祖师的陵寝。经李扼介绍,众人才知道,这地方的名字就叫碑林。

众人欣赏了一番碑林中的碑刻书法，再上一个台阶，来到道观前的小广场上。这里原来是观中道士们做功练拳的地方，很是宽敞，现在东西两侧均已扩大，作为停车场，只有道观大门前面那一片，仍是原样。众人的眼光首先落到道观大门前面不远处一块大石头上。那是一块两米见方的石头，下端是石头本身的形状，不甚规则，上方却修成圆形，但圆面却呈斜倾，面向东方的天空。众人走过去，才见这斜倾的石面上，刻着道家的“遁甲式盘”图，从里到外，四个圆圈，分别是神盘、天盘、人盘和地盘，中间标着九宫八卦和二十八星宿。从刻痕和字迹看，很有些历史了。

众人看完图盘，再看道观，只见在一堵两米多高的砖墙后面，雕梁画栋，苍松翠柏从那墙头显现出来，大门正中，一块匾额，书着苍劲古朴的三个大字——遇真观。恰在此时，胡道长匆匆从里面走了出来，李扼连忙走过来居中作介绍。

胡道长见王省长亭亭华表，轶类超群，连忙拱手行礼，道：“不知省长驾临，贫道有失远迎，恕罪恕罪！”

“哪里哪里，我等贸然拜访，打扰道长清修，还望海涵！”王省长也连忙伸出双手，迎上前去。他见胡道长仙风道骨，眉若横波，眼如秋水，一对眸子澄澈深邃，便知是位高人。

两人叙礼完毕，省长又叫过从人，将主要的几位介绍给了道长。然后他特地拉过火努努，对道长说：“这位火努努先生，联合国的特别医务官，此次不远万里，专门前来支援我们抗击疫情，立了大功！”

“原来是我们的恩人，贫道有礼了！”胡道长说着，认真向火努努行了礼。

火努努自道长出来，一直看着他。他先是惊异道长那道袍道冠，这时见道长站在他面前，却被道长那神色吸引住了。他觉得,道长那笑眯眯的面容仿佛一下子把他整个人都包裹住了,说不出的温馨踏实,而道长那一对眸子,更是仿佛一下子把什么都看明白了。他对中国文化沉迷了二十多年,而此刻,看到胡道长,他才觉得自己真正触到了这种文化的内核。

火努努很喜欢眼前这个有别常人的老头儿,立刻掏出一盒名片,取了一张,双手递给道长。道长接过来一看,名片上是汉语,他看了看,轻声道:“原来这位先生还是位博士。”

王省长等道长收了火努努的名片,说:“听说贵观生活很是环保,我等特地前来参观学习,不知道方便否?”

胡道长看了一眼李扼,笑道:“定是这位李主任向省长美言粉饰了。观中一切,悉听省长视察,只是这小小一方道观,学习二字却是万不敢当。”

“道长不要谦虚,听说遇真观数年没有一点垃圾,仅此一条,就很值得学习推广,不知道长是如何做到这一点的。”王省长道。

“本观处理生活垃圾,的确有些粗浅的经验,不过都是些土办法,恐怕会令省长失望。”道长说。

“您这观中现有多少人?”王省长问。

“本观道人,加上时常在此帮忙的工匠,修道的友人,共有七十余位。此外就是游客,每天少则百十人,多则数百上千人。”道长回答道。

“那得扔弃不少垃圾呢,贵观是如何处理的呢?”

胡道长初时只道王省长是随便一问,便想客套一番应付过去。在他看来,省长不会对如此细小的事情感兴趣。这时见省长问到了具体的人数,知道他是诚心打探,便认真答道:

“垃圾这个东西,既知不好,就要尽量减少它的产生。仔细论起来,本教崇尚自然,清心寡欲,柔弱不争,世代道人,皆乐与林泉为伍,天生反感垃圾。譬如那污染环境的塑料袋,本观数十年来,坚持不用。日常用具,多为竹木藤草制成,且为道人自行造制。日常生活垃圾,观中每日收集后,并不倾倒,而是送至灶房,用灶时与柴禾一并燃烧。"

"观中还用传统的柴灶吗?"王省长问。

"省长放心,我们并不砍伐树木,"胡道长笑道,"这后面山上的树林,镇政府一直委托道观照料,林中的枯木枯枝,加上需要间伐的杂薪苇草,供应本观,绰绰有余。又因为观中数十道人,吃饭烧水,都是大灶,所以内中夹杂一些废料杂物,并不影响火力,也不会产生浓烟。泔水剩饭之类,因为观中皆是素餐,道人也都知道粮食的珍贵,从不浪费,所以每餐很少剩下,也无油腻,更不肮脏。偶有剩菜剩饭,一桶半桶,在观中帮忙的工友傍晚下班后,挑回寨中喂猪,也算是一举两得。至于粪便之类,观中历来是送入土中作为肥料。近年修了一口沼气池,沼液沼渣也是如法处理。"

火努努听得十分仔细,这时插话道:"污水呢? 观中洗澡洗衣,难道不会产生一些污水?"

"本观清洗衣服被褥,多在里侧溪中,不用洗衣粉,只用肥皂。至于洗澡,本观装有太阳能热水器,排出的污水,先是经过几个小塘,内置河中细沙,再流入下面一个池塘,中间多植水葫芦、莲藕、灯芯草,再流出时,便是清水。至于塘中淤泥,两三年翻挖一次,挑出送入土中,还是肥料呢!"胡道长道。

火努努听后,点头称是。王省长听后,沉吟道:"听道长这么说来,这套法子,倒的确是易行管用,"他又转身对身旁一众随员道,"胡道长讲的这套办法,在广大农村,如能借鉴推广,意义很大呢! 各位以为如何?"

众人点头称是。南华市相关的几名干部,当即提出,希望到观中灶房实地参观一番，王省长见状，对胡道长道：“他们想参观灶房重地，道长是否准允？”

“那有何不可？只是本观厨房，很是粗陋，不要说城中那讲究的装潢，便是砖石泥木，也是就地取材，由道人们自己砌制，各位领导不要见笑罢了！”胡道长笑道。

“那就有劳道长带路，让我们的干部接受一下传统教育！”王省长也笑道。

这时下面的碑林里忽然传来一阵喧哗，好像是有什么紧急情况。程秘书立刻疾步走了过去，随即又返身走了回来，对王省长说：

“省长，请您到道观里休息片刻，那边出现了一点情况。”

“什么情况？”王省长问。

“是一只猩猩，据说是从一个经营不善的私立动物园跑出来的，已经在外面流浪许久，近日又蹿至山中，正是鸦毒蔓延之地，市卫生防疫站的人怀疑它感染了城中的病毒，一路追捕，刚刚从山那边追过来。”程秘书答到。

“追捕一只猩猩？”王省长有点好奇，信步走到不远处的矮墙边，朝下看去。众人也随着跟了过去。只见几个人正围着一棵雪松，朝上观望着。雪松这树，原本多在北国，南方少见，不知此地何故生有一棵。树高二十余米，亭亭玉立，像一座宝塔。

李扼也连忙跟了过去。站在树前的几个人，他认得，其中有三位卫生防疫站的工作人员，还有两位警察，都戴着口罩，很有些紧张。在不远处，还有两个工友模样的人，守着一只铁笼。李扼连忙下了台阶，朝他们走去。内中一人见是李扼，知道他是这次抗击疫情的副总指挥，赶忙迎了过来。原来是防疫站的一个副站长。他说：

“李主任，没想到在这儿见到你，太好了，正想向你汇报呢！这只猩猩，通过我们观察，携带城中病毒，如果不能抓回去，整日在外面游荡，十分危险，可我们追它半天，一路到此，居然擒它不得。”

李扼抬眼望去，果然看到一只硕大的黑猩猩，正蹲在雪松上的一条大枝上，双眼血红，流着鼻涕口涎，身子微微抖动，一副病状。令李扼惊讶的是，它居然抓着一支烟卷，正一口口抽着，只是人抽烟是两指夹着，顺势送到嘴边，它却是用整个爪子捏着，像往嘴里塞食物一般。此外，它肩上还斜背着一只袋子，李扼定睛一看，居然是一只女式坤包，而且是LV的牌子，只是不知道真假。

“真是邪了门了！”李扼叫道。

“它一直是这打扮，我们也十分不解。”防疫站的人说。

“用麻醉枪射它啊！”李扼道。

“射好几次了，它狡猾得很，看见针头射去，一闪就躲开了。”

“靠近些啊！”李扼道。

这时另一个防疫站的工作人员提着麻醉枪走来，说：“李主任，请你让开，我们要再射了，小心猩猩情急之下跳下来。”

李扼后退几步。只见那人往旁边闪了闪，到了猩猩的侧面，将枪瞄了准，射出针去。那猩猩似乎多长了一只眼睛似的，将头一转，伸出它的爪子，竟然将那针头稳稳地接了，朝吹者掷了下来。众人齐声惊呼，好在那人躲闪及时，针头没有伤着他。

“完了，完了，这可是最后一支针头！”副站长叫道。

李扼再次看看那猩猩，见它呲牙咧嘴，正抓着那只坤包，不停地抽打着树干，同时嘴里一阵乱叫，很是狂暴。

这时从左边小道又走过来一位警察，后面跟着七八位年轻道人，各自提着棍棒。原来警察一共是三位，刚刚出现这位是找人去了。这一干道人正在果园里干活儿，听说需要他们帮助擒住一只猩猩，为民除害，无不自告奋勇，捡了棍棒就随了过来。

胡道长一直在那小广场的墙边，看着下面，这时眼见众人要动粗，连忙喝道："等等，不要胡来！"

道长说完，三步并着两步，下到碑林，来到那棵雪松前面。南华市随同省长考察的一干官员，有几位年轻力壮的，一来因为省长在此，不愿退缩，二来也担心下面人手不够，需要帮忙，也都挽起袖子，来到下面。顿时，这雪松四周，围了一圈人墙。

胡道长刚才听了介绍，已经明白大概，这时又向李扼问明了详情，便止住众人道："猩猩这物，力气惊人，你等这番捉法，一旦出现闪失，伤了人，岂还了得？"

副站长听后，对李扼说："李主任，你既然跟道长认识，麻烦他多派些道人出来，一定将它围住，可不能再让它跑了。"

李扼此时断定这猩猩染了病毒，点点头。这时候程秘书站到李扼身边，对他说："李主任，要不我给公安局打电话，让他们火速调来一个狙击手，抓不住就将它击毙算了。"

李扼沉吟着，胡道长却说："要是把它活捉呢？还有没有医好的可能？毕竟也是一条命呢！"

"那是再好不过，"李扼说，"猩猩的基因，与人类最为接近，而且它十有八九感染了此次祸害我市的克鲁弗兹病毒，如果能活捉，对医学将是一个大贡献。"

"那就不要轻易动枪，我想法试试。"道长说着，唤过两名道人，吩咐道，"你，快去拿些水果之类的东西来，你，快去把春生叫来！"

这两名道人得到指示，飞也似的向观中跑去，不一会儿，一名道人拿了一些苹果、香蕉回来，在手中晃了晃，朝猩猩扔去。那猩猩开始还躲闪拍打，后来似乎看出人没有恶意，居然伸出爪子，接了一只苹果，啃了起来。再扔香蕉上去时，扔一只它接一只，十分准确，毫不失手，而且慢慢剥了皮，咬了嚼着。一时吃不完的，它竟然放入肩上那个小包中。

不一会儿春生也跑了下来。他头戴混元巾，一身白色紧身道褂，下穿圆口青布鞋，高筒白布袜，似乎是正在练功。道长唤过他，朝他一阵比划，春生一边轻声地叽叽哇哇，一边点头。吩咐完毕，道长又让人将那备好的铁笼抬了过来。全场鸦雀无声，所有的人都看着道长和他的徒儿。

那朝树上扔水果的道人，仍旧小心地朝树上扔着水果。春生观察一番，慢慢移动脚步，到了猩猩的后面。忽然，只见白光一闪，春生"嗖"的一下蹿出，借着雪松那几根交错的枝丫，左踩右踏，转瞬间飘到树上，双臂齐出，将那猩猩擒住，飞身而下。那猩猩虽然力大，被春生一手捏着后颈，一手拿住尾脊，身体已然动弹不得，只有四肢徒劳地乱抓一气。下面的人见状，迅速推过笼子，将那猩猩囚了。

众人全都屏声敛气，直到那猩猩进了笼子，才回过神来，一阵鼓掌欢呼，向春生投以惊羡的目光。同时一名防疫站的工作人员，拿着喷雾消毒器，将春生的双手衣服消了毒。春生初时很是纳闷，经李扼比划几下，方才接受。

王省长和火努努站在高处，也看到了这一幕。王省长很是惊异。他觉得年轻道人这一手功夫十分了得，恐怕是当世罕有。这更让他觉得胡道长这人非同等闲。火努努更是目瞪口呆，他觉得刚才这一幕，简直就如看电影一般，而眼前这道人，似乎正是传说中的侠客。他不顾矜持，一溜烟跑了下去，到达道长师徒身边，迫不及待地问春生道：

“小师傅,您这是什么功夫?”

春生见一个外国人站在面前,连比带划,叽哇一阵,火努努这才知道,他是个哑巴。他又转向道长,问:“道长,他这是什么功夫?”

“区区小技,何足挂齿!”胡道长微微一笑,道。

见火努努一脸的遗憾,李扼对他说:“这位小兄弟是道长的高徒,名叫春生,他五岁时道长就教他习武,近二十年了,练的是道家内功。”

“真是匪夷所思!猩猩这样的猛兽,寻常男人,三五个也未必制服得了它,还不要说是徒手,可这位师傅,居然跟捉一只猫似的。”火努努嘴里叹着,手脚却在比划,似乎仍在回味。

这时候王省长也走了下来,伸手握住胡道长的手,说:“这只流窜患病的猩猩,如不捕获,祸害无穷,今天道长师徒将它擒住,为我们这次抗击疫情除了一个大隐患呢!此外,道长徒弟这一手功夫,俊秀刚健,让人叹为观止,实在是可喜可贺!”

“省长过奖了,过奖了。”胡道长连忙回道。他见王省长仍在盯着春生打量,很是爱怜赏识,便做了个手势。春生见状,也不言语,走到省长面前,向省长躹躬行礼。

这时王省长才知道,春生是个哑巴,很是惋惜,又听道长简单介绍了春生的身世,内心对道长更是敬重。

这时防疫站的汽车开到了停车场上,几人抬着那铁笼,将猩猩送到车上,汽车随即驶回城中。

随后,王省长一行,在胡道长亲自带领下,参观了遇真观的灶房、斋堂、寝房等生活设施。果如道长所说,道观生活,很动心思,十分清雅洁净,道人们的穿着,也与别处有异,统是干干净净。参观完毕,胡道长邀请众人到客堂饮茶,王省长却止住道："道长的美意，大家领了，只是今天实在人多，不便打扰，"他又转向一干属下，"时候不早了，你们先回去，我稍后即回，晚上九点的会议，准时进行。"

南华市一班官员听了省长指示，恭恭敬敬地别了胡道长，退了下去。随行的车辆，早已开到观外停车场待命。王省长带了火努努，让李扼陪着，随道长进到观中，绕过牌坊，过了钟楼，再过三清阁、玉皇殿、财神殿、真武殿、山房、吕祖殿，边走边看，走走停停，最后进了胡道长的书房。

王省长落了座，对胡道长道："下官此次得遇道长，足已快慰平生！我们正在尝试寻找一种新的生活和居住方式，不料道长这里，竟然是一个现成的样板，这些优良的传统，朴素易行的生活方式，让我们大开眼界，很受启发！"

胡道长坐在省长对面，笑道："省长过奖了！本观生活，实是寻常之至。"

"道长不必谦虚，下官说的是实情真话，"王省长道，"道长如若不弃，今后可能还会有我们政府的人来您这儿参观。当然了，您这是清修雅地，尽量少来打扰。不知道长意下如何？"

"如果真有一点用处，王省长但派人来不妨。本观虽偏僻渺小，也是社会一份子嘛！"胡道长道。

"还有一事，就是本次疫情，现在已经成功控制，基本取得胜利。道长在疫情之初，就对症下药，开出两张颇有疗效的方子，下官要代表南华百姓，向道长致以特别的感谢！待到此事了结，南华市政府还要专程登门向您致谢！"

胡道长道："说实话，那时若是别人前来，贫道还不敢开那方子，以免让人以为这是卖弄，也正是李扼父子，与我交厚多年，贫道才毛遂自荐。至于说感谢，贫道实不敢当。本教道化万物，怜惜苍生，能为社会做一点事情，原是求之不得呢！"

"观中生活事务,若有困难,您可找这里新来的市长西安泰。这是个有抱负、有才识的人,律己很严,却也很是知情达性。"王省长又道。

"有这样的人才,那是南华百姓的福份啊!"胡道长说。"本观虽然坐隐山林,也是希望做官长的,清正廉明,才韬兼备,毕竟,这一方百姓,许多人的生活还很不易呢!"

王省长点点头,以示赞许。李扼却向他介绍说:"最近这些年,胡道长非但没有向政府伸手,几次市里的慈善活动,他们观里还捐钱捐物呢!"

"道长德高道深,令人敬慕!"王省长叹道。道长听罢,再次谦虚地摆摆手,并责怪李扼多嘴。

这时一个年轻道人端了茶盘进来,里面放着一只大茶壶和四只碗。道人将四只碗摆好,拎起茶壶,倒入茶水,一一敬献给客人,最后一碗给了道长。道长端起碗,说:"请用茶。"

王省长走了半天,很有些口渴,见那瓷碗洁净清新,茶汤浅黄,随着热气,飘出一股清香,用嘴一试,不是很烫,便喝了一口。随即他又喝了一口,品味片刻,脱口道:

"道长这茶,很不一般呢!"

"哪里哪里,"道长说,"以省长地位之尊崇,什么样的好茶没有喝过?贫道这里,自产粗茶罢了。"

火努努也喝了两口,道:"的确是好茶,连我这老外都能喝出来。"

王省长又慢慢啜了几口,说:"道长不必谦虚,这茶清香四溢,沁人肺腑,绝对非寻常的所谓好茶能够相比,可否就是观前山下茶园里的茶叶?"

"实不相瞒,山下那片茶园,虽然也有一百多年的历史,所产茶叶也算不错,但这壶茶水,茶叶却产自道观后山,"胡道长说,“这片茶园不过两三亩,也有一百多年的历史,只是阳光、土质、地块的倾斜度都极佳,所以茶也与众不同。另外就是泡茶的水,取的是道观后面的泉水,用铜壶盛了,干枯的松枝烧开。”

王省长频频点头,道:“难怪。”

火努努却提出一个问题:“为什么不用杯子而用碗来喝茶?”

“这个却没什么讲究,只是习惯。”道长笑道。

王省长却端详着那碗,道:“一只碗,既用来喝茶喝水,也用来吃饭喝汤,这正是环保的生活呢!比之现在风行的繁琐奢华,这种简朴更值得推崇。”

这时一个清瘦的中年道人走了进来,到胡道长身边小声耳语了几句。胡道长听后,朝王省长笑道:“这位温管事,观中的伙食主管,进来问您是否在观里用餐,我却不敢作主。”

“问我们是否在您这儿吃晚饭?”王省长也有些意外,反问道长。

胡道长让那管事先退出去,道:“是呢,他不知道您的来头,只道是李扼带来的寻常客人。因李扼是我这儿的常客,也时常在观中吃饭,所以他才有此一问。”

李扼也不好答话,看着王省长。不料王省长却爽快地回答说:“只要不添麻烦,下官,还有这位火努努先生,很愿意在道长这儿体味一下仙餐呢!”

胡道长见王省长不是戏言,立刻起身唤进那位温管事,吩咐道:“今天来的是贵客,快去准备晚饭,色色俱要美好!”

火努努听说要在观中吃晚饭,也是大喜过望,说:“鄙人汉语学了二十多年,中国也来了十多次,道观中的伙食,却是头一回享用呢!道长雅量热情,努努真是三生有幸!”

“哪里,哪里,博士不远万里,到我们这偏僻小地除灾抗疫,可谓功德无量,能在鄙观用餐,那是本观的荣幸呢！只是素餐土菜,更无酒饮,还望博士见谅。”胡道长道。

“道长,您以为那天天大酒大肉的日子,好过吗?”火努努却道,“最近这几日,疫情基本控制,南华市这些好客的朋友,便轮番请客,各种风味酒肉,虽是美味,却让我这肠胃大吃不消。”

王省长一听,对李扼道:“你们拿出对付本地人这一套对付火医生来了？他是个实在人,不善推辞,这本地的烈酒,他能抗过几杯？难怪我说他这两日气色不佳呢!”

火努努连忙说:“这可不能怪李主任,几次酒宴,都是省、市两级一些部门领导相请,李扼却是天天守在值班室,一次也没有随同。”

李扼也解释说:“我以为让火努努医生出去体会一下本地风物,可以放松休息一下,还请人民医院的曹院长作陪,没想到他们劝他酒饭,的确是考虑欠周。”

“危险尚未完全过去,这些人就松了精神,甚是可忧。不过,恐怕他们也未必就全是陪努努体验,自己要顺便放纵一番呢!”王省长叹道。

“他们再请我,我真要禀告省长了,酒桌上盘旋,动辄三五小时,身体吃不消了。”火努努说。

“我观博士,可能完全未服本地水土,当以淡食静养为宜。”胡道长说。

“道长神眼,努努这两天的确颇不舒服,今天起来即略微头痛,中午还服了几片 VC 银翘片。”火努努说。他看看道长,又道,“道长如何看出努努身体不适的呢?”

“你忘了中医的望、闻、问、切?”王省长道,“道长可是通晓医道啊!”

火努努来了兴趣，乘兴道："努努了也曾听省里来的戚老先生称道道长医术，道长可否利用中医为努努诊断一二？"

"博士见笑了，"道长说，"您是世界闻名的医学专家，些许小恙，何劳贫道诊断？"

"努努虽然也谬称专家，行使的却是西医那一套方法，久闻中医高明，却未曾亲身体会，道长若能展示仙术，努努倍感荣幸！"

道长沉吟着，不置可否，王省长却说："道长若不嫌我等冒昧，不妨给他瞧瞧，也算是两种医学的交流了。"

"好吧，贫道就献丑了，博士请坐过来。"胡道长说着，自己退到书桌边坐了，却让火努努坐在旁边另外一张椅子上。他让火努努伸出手，卷了袖子，给他把起脉来。

王省长虽不通医学，但一看道长那动作神态，便知他于中医一道十分精熟。李扼却不动声色，微笑着看着道长。很小的时候，他就看着道长坐在这儿给病人把脉。这场景他十分熟悉。

道长凝神片刻，松了手，对火努努说："博士小感风寒，又有些消化不畅，加之休息不足，是以虚火上蹿，所以头痛。好在博士身体强健，尚能支撑，换了寻常人，怕是没有这般精神的。"

火努努看着道长，不住地点着头。

"小毛病，不碍事，吃点药就好了，"道长说，"不过博士脉中燥热，应是血热所至。"

"道长如何知道我血热？"火努努问。

"这个却无法言喻，只是凭经验判断。现代人得此症者很多，往往营养过剩，体中阳气不足，便易引发，也算是个富贵病。"

"道长如何知道我阳气不足呢？通常的朋友，都夸我阳气充足呢!”

“阳气亏否足否,全看是否平衡够用,与阴持平。一些人表面看起来身体并不雄健,却阴阳平衡,而有些人表面体强气壮,其实阳亏阴欠。个中原因,或天生阳亏,或耗用过度。博士中文如此流利,应该明白这个道理。”

“道长真是高见!”火努努赞叹道,“不过努努愚钝,仍有些不明白,这算病吗?”

“博士近年是否时感头昏头痛?”

“头昏是略有的,我常以为是休息不好,至于头痛,无故倒不至于,但饮酒稍过或者轻微感冒,很容易引起。”

“正是虚火上蹿,肝阳上亢所至。”

火努努沉默片刻,道:“努努的头,现在就有些昏沉疼痛。”

“疼痛的主要是哪个位置?”

火努努伸手揉了揉自己右眼上方眉棱骨,说:“就是此处,今晨起来便隐隐作痛,一直未消。”

“请博士伸出舌头。”

火努努伸出舌头。胡道长瞧了瞧,说:“博士脉大有力,舌苔黄燥,正是阳明性头痛。这阳明性头痛,多在前额或者眉棱内与眼睛之间。”

“道长神眼,”火努努道,“我这几年,一犯头疼,正是眉棱骨下方,不是右边,便是左边。道长可有医法?”

“见效最快的方法倒是有,首推针灸,博士敢试吗?”

“道长愿施妙手,努努求之不得呢！何言不敢呢?”火努努笑道。

“那好,博士坐好,我给你扎几针,再给你除除虚火。”胡道长说着,让火努努背靠书桌,直直坐好,拉开抽屉,从里面取出一个盒子,拿出酒精、棉球,在火努努头上擦拭一番,将一根根银针扎了进去。王省长虽然见闻广博,眼见那一根根针扎入努努脑袋,不过三五分钟,已扎数十针,如刺猬一般,也颇惊异。李扼是见过的,自然不感意外,一边给王省长续茶,一边给他介绍这些针扎下去的部位。原来这类头痛,下针多在印堂、合谷、阳白、上星、攒竹、解溪、风池、外关诸穴。王省长听着,频频点头。

火努努按照道长吩咐,微闭双眼,不发一言。直到胡道长说:“博士可以睁眼静坐了,只要不走动就可。”

“说话可以吗?”火努努道。

“当然,”道长笑道,“只要不大喊高叫就可。”

火努努于是说:“西医治疗头疼,多是以镇静剂之类药物,道长却说什么阳明性头疼,这是什么意思呢?”

“原来你是念念不忘本行。”王省长笑道。

胡道长听后,说:“按中医看来,头疼在理论上有风邪入脑、瘀阻脑络、肝经风火、肝阳上亢、痰浊上蒙、精血不足多种,从症状来看,又分少阳头疼、阳明头疼、太阳头疼、厥阴头疼等。如用药物,或疏风止疼、活血化瘀、清肝熄风、平肝潜阳,或豁痰开窍、补精益血等。至于用药用针,却要因病而论。”

火努努不住点着头,说:“这些理论,我虽然不能明了,但我相信它在理论上的缜密和完整。中医这一套古老的诊法,很多时候的辨证之准,是现代的CT、脑彩超、磁共振、脑电图所不能替代的。”

“博士请安静勿动,”道长说着,叫过李扼,让他将让努努衣服从腰部卷起,堆于肩部,用一根绳子系住固定。然后他打开柜子,拿出一些瓷瓶,点了药火,“啪”的吸于努努背上,不一会儿,已经如下棋般在努努背上吸上十余个瓶子。

“博士,你肌肉结实,灸火稍微足了些,可能有些吸痛,你忍住莫动啊,一会儿就好。”道长对努努说。

然后道长又对省长说："您稍坐片刻，贫道去去就来。"

说完，道长出门去了。王省长看着火努努，一边喝着茶，一边与他谈话，以免他苦忍难耐，李扼却站于火努努身后，看着那些瓶儿针儿。他虽不懂动手，却识得这治疗的过程，眼见努努额角小汗冒出，后背的瓶中，肌肉先是潮红，继续变紫变黑，说道："火医生体内果然火重，这团团黑色，正是虚火所侵。"

火努努听说背后有块块黑色，问道："这些疤不会留下吧？"

"放心吧，短则三五日，多则十日，自然恢复原状。"李扼说。

这时胡道长回来了。他将火努努头上那些银针，轻轻转动之后，次第取出，然后将背上那些瓷瓶也取了下来。王省长看到，火努努背上已经留下几排稍微鼓起的黑圈，知是刚才那瓷瓶吸力所至。他以为治疗就要结束了，不料胡道却拿出一个碗般大小的瓷罐，对火努努说：

"博士，趴下身子，我要放血了！"

说着，胡道长让火努努伏下身子，把头埋在书案上。然后他点了灸火，放入瓦罐中，然后将那瓦罐"啪"的一声吸到火努努背上。他左手把住那瓦罐底，左推右移，右手却捏着一个什么东西，不停地在火努努背上点着，每点一下，便在肌肉上留下一个小点，随着那瓦罐一吸，小点中迅速流出发乌的血珠来。

王省长很有些惊讶，原来道右手中捏着的，竟然是一小块尖利的瓷片，似乎是从破碗上敲下来的。他还从来没有见过这样的治疗方法。但看道长神情，又很是平静，所以他一言未发，专心看着。李扼站在道长旁边，手中拿着药棉，不时去擦拭火努努冒渗出来的血迹，不一会儿，垃圾框里就扔了一堆带血的棉花团。

约莫三分钟之后，胡道长将那大瓦罐和瓷片放在一边，从一个瓶中倒出一些灰色的粉末，在火努努背上一抹，便再也没有血珠冒出。他将火努努的衣服复了原,让他直起身,睁眼靠坐。

这时候一个道人端进来一碗冒着热气的浓汤,道长接过,说:“这碗汤中既有几味中药,也有红糖生姜,博士请趁热服下。”

火努努接过来,吹了吹,骨骨碌碌喝了下去,将空碗递与道人端了出去。

道长看看火努努,让他站起来,小走了两步,问道:“博士感觉如何?”

火努努容光焕发,道:“道长真是神人,这一番治疗,我不但神清气爽,身体也感觉轻了十斤,遍体通泰啊!”

王省长也在一旁夸道:“道长手到病除,正是妙手回春啊!”

“哪里哪里,些许小技,寻常中医都会。”道长道。

“可由脉问诊,却是大有玄妙啊,若非道长这般妙手,如何能判症精确?再说头部下针,轻了不济,重了伤人,这轻重分寸的把握,下针的深浅角度,不是医中高手,哪有道长这般从容熟稔?”

“省长所言正是,中医观病,最关键的莫过于对脉象的把握,脉象既准,病症便易确定了。至于下针,穴位手法确是分毫不能有差。”

火努努却一脸兴奋,仍然沉浸在这神奇的体验中。他在房中走了两步,问道长:“您是怎么在片刻之间就除了我这头中的昏沉疼痛呢?”

“人之头痛,若非肌体组织有变,多为浊气虚火寒毒侵扰所致,针刺穴位,引出邪气,脑中自然清爽。”道长道。

“可从西医的角度看,气这个东西无影无踪,如何捕捉?”

“这正是中医的的根本,也是我中华文化的源头,”胡道长正色道，“在我中华祖先看来，世间万物，统由气息构成。宇宙为气团，地球为气绕。气在物在，气亡物亡。气又分为阴阳。譬如人体，阴阳相宜，人体康健，阴阳不调，轻则气息不畅，重则肌体损坏，产生病变。”

“那您为什么要给我放血呢？”火努努又道。

“血为气生，浊气既散，针刺加热罐引出燥血，血管的压力小了，运转自然就会顺畅。”

“这么说来，中医是从源头着手，而西医则只能针对后来的病变了。”火努努道。

“倒也不绝对，”胡道长道，“中医重在理，西医重在治。人非铁石，如同器具一般，肌体使用到一到时候，病变损坏，原属自然，只不过知阴晓阳，善于生活者，常能避开一些无端的疾病，享受世间快乐，懵懂混沌者，免不了受病痛之苦。至于已经患病，中医西医却是各有其妙。比如这次山下的疫情，病毒飞扬，毒性顽劣，就需要像博士所擅长的血清疫苗那类药物，方才可以控制局势。”

“努努蒙道长点化，真是如服仙丹！再过上几年，等干完联合国这一趟公差，我想再来拜谒道长，朝夕请教，不知道道长可否开恩，收纳我这个俗人。”

“那可不行，”道长笑道，“博士才华盖世，我听说那诺贝尔医学奖都开始追寻博士呢！当下这个世界，奇疫怪病不绝，正需要博士这等人才大展身手，拯救万民，岂可到我这小小道观里虚掷光阴？便是博士的朋友王省长，怕也不会答应呢！”

王省长插话道：“努努若能追随道长几年，说不定在医学上会有更大突破，可以更大的造福人类呢！所以道长若是愿意收努努为徒，下官却以为是件大好事。”

“就是，”火努努也连忙道，“只要道长不嫌努努鄙陋，努努愿意拜道长为师！”说着，火努努面向道长，深深躹了一躬。

胡道长赶忙抢上一步，止住火努努，道：“快别如此！博士如想学习中医，我国广有高人，贫道充其量是略通医理而矣。”

火努努却已经躹完了躬。他说：“道长请别再叫我博士了。您叫我火努努，或者小火就可。”

“这是何故？”道长问。

“他这段时间在南华，一开始人们叫他火努努医生，后来熟悉了，有叫火老师、火大夫、火医生的，也有叫老火的。他不喜欢人家叫他博士。”李扼在一旁补充说。

胡道长仍是不解，道：“博士是多好的称呼啊！想当年，贵国有个基辛格博士，力排众议来与我国建交，那是何等的眼界？努努先生出自名校，且医道高深，叫声博士，名正言顺啊！”

李扼于是向道长解释说：“您有所不知，目前我国的博士教授太多了，是个人都能弄个博士教授的头衔，火大夫知道后，就不愿意让人称他博士了。”

“原来如此。”道长说着，很是疑惑不解。

李扼说完，才想起省长在此，顿时感到自己的言语唐突草率，有些后悔。不料王省长已经察觉，对道长补充说：“李扼所言不虚，当今社会，浮躁成风，确有不少欺世盗名之辈，名头弄得很响，实际上，胸中皆是些迂腐浅薄之学。这个现象，我们政府也有责任。还是道长这般生活，才真实可信呢！”

这时候一个道人敲门进来，对道长说：“道长，晚饭准备好了。”

道长点点头，对王省长说：“粗饭已经备好，请省长和努努先生赏光。不过吃饭之前，贫道还有个小小请求，却不知省长以为妥否。”

“但请道长吩咐。”王省长道。

“贫道有个习惯，就是凡来贵客，都希望能留下一点墨宝，作个纪念，贫道想念朋友知客，也好睹物思人。”说着，他打开身后一个柜子，从里面拿出一本宽大的册子，翻开，递给王省长。

王省长一看，原来都是访客留下的签名和纪念词语，其中既有方外隐士高人，也有尘间俗客，居然还有日本语。他立刻明白了道长的意思，道：“道长雅意，岂敢不遵？只是下官书法平常，道长莫要见笑！”

“省长是使钢笔还是毛笔？”道长问。

“这是宣纸，我看毛笔为佳。”

“好！”道长说着，接过那册子，放于桌上。李扼却揭开砚台盖，又从笔筒中取了一支大小适中的毛笔，抽了笔帽，递给省长。他常在道长这里进出，对这些器具颇为熟悉。

王省长蘸了墨，调好笔，略一沉吟，写下了四个字：清修如鹤。然后认真签上名字和日期。

胡道长笑眯眯地看着王省长，在他写下第一个字时，即双眼放光，等到王省长全部写完，他鼓掌相庆，道：“省长这一手书法，雅致端俨，哪里是平常啊！贫道今日，得此雅语俊字，真是如沐春风！”

“道长见笑了，”王省长连忙说，“下官这些年忙于公务，书艺生疏，真的是献丑了！”

李扼也一直在旁点头颔首。他于书法，也是情有独钟，见了省长这一手字，更是加倍敬仰。

王省长走出书桌，胡道长却看着火努努，道：“努努先生请！”

火努努连忙摆手，说：“我能认识汉字，已经费了九牛二虎之力，写出的字，却是相当粗鄙，万不敢在道长面前下笔。”

“努努先生不必过谦，你乃外国友人，不写汉字也罢。”道长说。

王省长也在一旁怂恿鼓励，说："你那字不差呢！咱们现在许多大学生，便是中文系的，也未必能写出你那一笔字呢，写吧，道长雅爱，不必拘于俗套。"

火努努眼见不好推辞，只得遵命。他同样用毛笔，先用中文写了四个字"四海一家"，然后在下面用英文写了同样的意思，并念给胡道长听。

"好，好，贵客既留墨宝，贫道也略表心意。"道长说着，打开另一只柜子，从里面取出两本小小的册子来，分别送与王省长和火努努。

王省长接过一看，原来是一册道家的《心印经》。王省长知道，这《心印经》又名《心印妙经》，是道士早晚必诵功课，它视精、气、神为药，呼清气吐浊气，持久修炼，能让人精气充盈，不残不凋，如松柏常青，普通人虽然难以登堂入室，修成正果，但持久修炼，也能大益身心，通悟妙理。他随手一翻，却发现这经书并非寻常的刻印本，乃是用楷书一字字抄成。这字中正庄严，遒劲中透着秀媚，算得上当世少有，不禁脱口称赞道：

"道长这一手书法，才真是妙品！下官得此宝书妙字，真是三生有幸！"

"省长过奖了，过奖了！"道长连忙道。

火努努闻之，知这册子不是凡物，小心收了，放入他随身的背包中。

胡道长这才说："请省长和努努先生到斋堂用餐！"

一行人出了书房，王省长在前，火努努随后，胡道长和李扼陪着，出了后门，往斋堂而去。

这书房后侧是一个小院子，沿窗长着一道�竹，院子中间，一棵桂花树，虽不甚高大，但那树干虬曲，似乎也有两三百年历史。树冠如盖，上面居然还缀满绿叶黄花，正透着暗香阵阵。王省长和火努努边走边看，感到心旷神怡。

出了这院子，绕过财神殿，便到了山房。胡道长将客人引入山房廊下，沿着一道木走廊前行。这走廊初时与地平行，再往里走，离地距离越来越高，原来是依地势而建，待到走一个房间，临窗一望，才知道这房子的半截，原来是以吊脚楼的形式，临空伫立。南面，一道宽阔的木楼梯接到地下，原来这便是道士们的斋堂。此时道人们用餐已毕，八九张圆桌，已经收拾干净，单单在北面靠窗前一张桌子上，摆着碗筷。那木窗外面，一大丛斑竹，蓬蓬勃勃，在夕阳中轻轻摇曳。几只红尾伯劳，正在枝间翻飞嬉戏。

胡道长请王省长在正首落座，王省长却不肯，让道长坐在正首，自己居左，火努努居右。李扼推说要张罗服务，欲从东边侧门走出，却被王省长叫住，坐到了他身旁。东边侧门处，早立有一个道人，原来是当班的执事，见客人落座，将门拉开，立时，便有两个道人，各自端着一张长方形的茶盘走了进来。茶盘中间，有盘有钵有碟，正是晚餐。两人站定，门边那执事道人走过来，将盘中菜肴，一一取下，放于桌上。那两个道人提了空茶盘走出去，随即又走了进来，一个道人抱着一个木甑，将那木甑放于侧桌，揭开上面屉布，原来却是一甑米饭；另一个道人却端着一个大瓷盆，里面半盆清汤，正冒着热气。执事道人取来空碗，盛了四碗米饭，各自放于客人面前。

胡道长看菜饭俱备，拿起筷子，道："请省长和努努先生用餐！"

王省长和火努努走了一下午，正有些饥饿，又想道长这儿，吃饭就是吃饭，并无劝酒祝辞之类的俗套，也就不再客气，端碗

吃起饭来。初时两人还信了道长的介绍，以为观中伙食，只是素餐，很是寻常，不料饭菜一入口，很是鲜美，禁不住食欲大开。原来这米饭，虽是本地籼米，但用木甑蒸来，清香扑鼻，至于菜蔬，定睛一看，也颇为讲究，王省长识得的，除了一小碟豆腐乳、一盘干炸小鱼、一钵黄花煮鸡蛋、一钵带菜的豆腐，其余的，居然叫不出名字。火努努就更不认得了。

“下官见识有限，这几样菜，还是头一回吃到呢！”王省长道。

“这也难怪，王省长乃外来大吏，这些小菜，却是本地土产，产量不多，不说省城，便是那南华市内的宾馆饭店，也不多见。”胡道长笑道。

“但却皆是美味呢！”王省长道。

“美味不敢妄称，干净自然却是有保证的，”胡道长道，“本观用菜，多为自产，也有少数购自后山村中，皆是传统土法种植，比那大棚中的商品菜，口味的确要纯正一些。”

火努努也停了筷子，问道长：“可否为我们介绍一番呢？”

“可以啊，”胡道长说，“李扼来介绍吧。这些菜他都认得。贫道这口普通话，终究还是有些生硬。”

李扼转动桌盘，指着菜，介绍道：“这个叫做牛皮菜，本省南部一带多有种植。这菜既可鲜食，春天也可入开水汆后制成干菜；这道菜叫天仙米，本地特有，秋冬吃叶，春天也能吃一阵子，不过一到晚春，叶子便长老，不能吃了，菜苗顶端会长出一种长穗，生出一种极小的米粒，便是天仙米。本地农家，常把这米粒晒干了，做糕点时粘于表面，很是香甜；这道菜叫洋禾。这菜外形如生姜，吃的却是根茎，其状如洋葱般层层包裹，却不是圆型，而是鸡蛋大小般椭圆形，呈紫色。此菜的收获季节是秋天，放在地窖中，却可放到来春；这道菜名灰萝卜，外形比通常白萝

卜圆大而短，呈菠萝形，不能生吃，炒肉最佳，粉中带甜，只是在道长这儿，只能素炒；这道酸菜，是用白萝卜的叶子腌成，是本地农家常吃的一种菜，佐以辣椒调料，很是下饭开胃。”

“你慢点，慢点！”火努努却插话道，同时拿出相机，一一拍起照来。

“你早拍啊，省得我们已经夹吃不少。”王省长笑道。

李扼继续介绍道：“这个豆腐乳，本地叫做霉豆腐，几乎家家都会做，但配料工艺有别，味道也就各不相同，这观中的霉豆腐，味道十分独特幽长，省长不妨尝尝。还有这道菜豆腐，也是这一带特有的一道家常菜，一点油腥都没有，是蘸了作料吃，省长也不妨尝尝。”

王省长各自尝了一点，道：“果然好味道！这豆腐乳，省城的乌衣巷里也有一家小作坊，专门生产，味道也很不错，比之观中的，却还差些。这个菜豆腐，我却头一回吃到，看这颜色，豆腐与菜交织相融，白中有绿，味道也鲜香爽嫩，是怎么制成的呢？”

李扼道：“这个菜在本地历史悠久，制法却不复杂。先是将黄豆泡了，用石磨磨成浆，然后以纱布过滤，下锅烧开，加入洗净切好的菜叶，等到煮熟后，点入酸汤，不一会儿，锅中自然泾渭分明，菜叶与豆腐凝成一体，而汤自清亮。用竹筛压入锅中，舀起清汤——我们这里唤作膏水，就可以盛出豆腐来吃了。”

王省长吃得津津有味，这时插话道：“膏水？哪两个字？”

“我也不知道写出来应该是哪两个字。”李扼说着，拿眼睛看着胡道长。

胡道长接过话茬来，道：“据贫道猜测，这个告字，可能是石膏的‘膏’，因为早期点豆腐，用的是石膏，后来才有卤水。本地卤水，正是将这舀出来的膏水，放于罐中密封，自然变酸，下次

点豆腐,即可使用,而罐中所欠,掺以新膏水补齐即可,如此循环。这膏水清香可口,略带一点甜味,饭后喝一碗,既清洁口腔,又十分有助消化。这膏水还有个功效,就是去油腥,所以吃不完的,还可洗涤碗碟,很是受用。"

"这些藏于民间的知识,原来也颇有智慧呢!"王省长叹道,"就说这道菜豆腐,材料简单,味道鲜美,又是素菜,非常符合环保的理念!"

"我对中国的豆腐,也是情有独钟,每次来中国,但凡有豆腐,都要一尝为快。可是各种做法,都不外豆腐豆花,却从没想到还有加菜做的豆腐,味道如此清香,更加上这一小碗蘸豆腐的作料,也是咸香得当,真想不到民间还有这样的吃法!"火努努也赞叹道。

"这碗作料调制讲究,有股特别的香味。"王省长又补充说。

李扼道:"通常菜豆腐的调料,不外辣椒、生姜、大蒜之类,这碗作料中,却有一样本地的特有香料,木姜子,不知道别处有没有。"

"木姜子? 什么样的?"火努努问。

"是一种树木,树很高大,夏秋时结一种玉米般大小的籽,本地许多小吃,都喜欢以这种籽研磨后作为调料。却不知道它的学名叫什么。"李扼道。

"照你这么说来,可能又是另一种本地特产了,我也是头一回吃到。"王省长道。

胡道长却将那钵黄花鸡蛋和干炸小鱼转到火努努面前,说:"努努先生今天受委屈了,满桌皆素,只这两道,勉强算是荤菜,不妨多吃一些。"

"道长这些菜,道道鲜美,哪里还在乎荤素之分?"火努努道。"鸡蛋鱼虾之类,道人们平时也可以吃吗?"

胡道长道:“道人饮食,以素为主。清修至极的,如全真一派,全部素食,不见荤腥,宽纵不拘的,如天师一派,除牛肉狗肉、乌鱼鸿雁外,其他肉食却不禁止。本派饮食,介于荤素之间,可以吃油,但只限植物油,且一直只吃山下榨房里的菜籽油,肉蛋却是不吃的。这盘小鱼,是后山一个水库的承包人送与本观的。他将鱼打了出售,一些小鱼小虾,卖不出价钱的,常常送些与本观,用来待客。鸡蛋一类,本观无客时也无此菜。”

“道长饮食清淡,难怪如此健康,”火努努道,“当今世界,人们对生活的误区越来越大,营养二字,被大大地曲解了!其实许多疾病,正是营养、热量过剩所致,尤其发达国家和像中国这类讲究饮食的国家。人的许多病症,野生动物大都没有,原因很简单,因为野生动物没有人那样的聪明能耐,所摄入热量,不过够用而已。”

“本教讲究清新寡欲,正是为了控制人的贪欲奢念,与天地同质,返璞归真。努努先生讲这道理,却也是异曲同工呢!”胡道长道。

“不单菜好,道长这米饭,也干香可口呢!”王省长说着,亮出了空碗,“下官平时所食,不过一小碗而已,道长这饭,竟然让人想吃两碗。”

“快添饭来!”道长叫一声。那执事道人见状,过来接过省长饭碗,给他盛上新饭,又见火努努和李扼的碗也即将要空,再给他两人也添上。

“木桶中蒸出来的饭,我是头一回吃到,真是特别,道长,这里面有什么讲究吗?”火努努边吃边道。

“这木甑蒸饭,略微有些麻烦,先要将大米浸泡一两个时辰,然后稍煮滤干,再上甑蒸熟。因为甑子多为柏木杉木所制,所以饭中有股清香。”

“难怪，”火努努道，“那电饭锅做出来的饭，是无论如何也不会有木头香味的。”

“电饭锅固然方便，但为了追求不沾，锅底涂抹了些特殊材料，贫道以为，入口之物，最好少接触这些新材料。其实传统铁锅做饭，也是个不错的法子，但铁锅必生锅巴，且投米太多，生熟不易掌握，难免造成浪费，所以人多食众处，木甑蒸饭，实是两全齐美。”道长道。

“看来这中国的民间，很有一些易行环保的好办法呢！”火努努叹道。

“你足迹遍布全球，见闻甚广，易行环保的好办法，许多国家都有，又岂止中国？只是现今这个世界，为求高效快捷，又被商业化所冲击，许多传统的好法子，都慢慢消失了，很值得我们深思反省呢！”王省长对火努努说。

“这的确是个问题，而且不是个小问题，”火努努道，“如果工业和全球化给我们带来的只是千篇一律，这样的工业化不要也罢。明年联合国教科文组织的‘世界生活方式遗产大会’上，我们要重重的向世界发出呼吁。”

主客几人边聊边吃，不一会儿，各自吃完了饭。王省长惦记着胡道长先前介绍的那做豆腐时滤出来的膏水，让执事盛过来一碗。那膏水还冒着热气，冷热正宜，王省长喝了一碗，果然清香可口，当即一饮而尽。

“果如道长所言，这个汤既无一点油腥，也无盐味，清香中带着一点甜味，很是好喝！这一碗下去，消食不说，这碗也干净了，十分环保！”

“贫道曾听说，我国以前的总理周恩来，吃完饭也是用汤把碗涮尽，然后喝掉，这是何等的品德！”道长应道。

火努努听说那汤味美，也要了一碗来喝，李扼自不必说，也

喝了一碗。至于胡道长,他早就喝过了。他每餐只食一碗,这饭桌上的后半段,其实是陪着客人说话。

王省长对胡道长说:"道长这顿饭,让我们吃出许多差点就要遗忘的东西。环保、和谐生活,其实常常存在于我们生活的一些细节之中。尘世中人,即使明白这些理念的,也常常是口号喊得多,实施者少之又少,而道长这里,虽然没有口号宣传,过的生活,却很是环保科学。我们是该好好地回望一下我们那些美好的传统了!"

"以省长地位之尊,尚且思量如此之精细,咱们这环境的恢复,很是可盼呢!"胡道长道,"又有火努努先生这等全球性的远见卓识,官民同心,四海合力,锦绣江山,不久定可重现。"

"多谢道长吉言。道长为我们抗击疫情出了大力,又赐饭我等,下官感激莫名!"王省长说着,看了看表,"一会儿,南华市的西市长就要在电视上宣布,本次抗击疫情已经取得决定性的胜利,南华民众生活,从明天起,一切如前。下官公务紧迫,明日便要回到省里了,欢迎道长抽空到省里做客!再次感谢道长!"

说着,王省长站起身,向胡道长躬身行礼。胡道长见状,连忙起身,还以道家礼节,道:"本观得省长光临,蓬荜生辉!唯望省长保重贵体,有缘再会!"

说罢,一行人仍沿旧路,穿廊过殿,且行且笑,出了山门。外面,程秘书调来迎接省长的一辆专车,已经在山门外的停车场里等候。两位观里的道人,奉了茶水,在这里陪司机说话。

此时,远处的南华市,忽然鞭炮声大作,满城欢腾。这里与城市虽相隔十余里,但那声音震天动地,仍是清晰可闻。原来就在几分钟之前,市长西安泰在电视中宣布了抗击疫情胜利的

消息。这意味着，肆虐近两月的毒魔终于远去，人们又进出自由，生活如常了。被毒魔压抑已久的整个南华市，终于可以喘口气，好好地直直腰杆了。由于无数人前赴后继、夜以继日地以热血和性命相搏，这座城市终于拨开阴霾，看到了阳光和希望。从这里望过去，那南华市在暮色之中，烟花升天，礼炮轰鸣，如同海市蜃楼一般。一道残阳从很远处的山峰下穿过云雾，投向南华，像一道引天接地的天梯，玄妙异常。

看着这幅场景，众人都停住了脚步。一干闻讯出来观望的道人、工友也站在那里欢呼雀跃，王省长、胡道长、火努努和李扼四人却不动声色，十分平静。其他人没有看到的未来，他们却一目了然。他们知道，如果人们不从此幡然醒悟，改变自己的生活方式，瘟疫随时可能卷土重来。仅仅像爱护自己的身体一样爱护自然都是不够的，得像爱护眼珠一样，因为无知、贪婪、愚昧和盲从已经像器官一样长在人的身上。

不过看到眼前的胜利，四个人还是感到欣慰，因为他们找到了同道和战友，即使有一天，不幸再次降临，他们仍然有信心和勇气去面对它，战胜它。瘟疫在地球上肆虐了许多次，但是人却始终挺立着，越来越光彩坚强。

暮霭之中，一行人别了道长，驱车驶下山去。

2009 年 10 月初稿

2010 年 2 月二稿

2010 年 4 月三稿

2010 年 6 月定稿

2011 年 4 月修订

2012 年 7 月再次修订

后记

我们生活在一个文学土壤极为肥沃的时代。一方面，积淀千年的传统被彻底地搅动了，波翻流涌，另一方面，国门大开，各种新奇玩意都涌了进来。生活在这样的时代，每一个流淌着想象力之血的人，都努力地瞪着双眼，想留下中国这个巨人的一个侧影、一个画面、一个神态和一段故事。

但现实太过纷繁、庞杂和诡谲，作者们能够留下的，往往只不过是只言片语。就本书而言，我抓到的，不过也只是中国这棵参天大树上的一小截树枝——丰衣足食的我们，却常常被以下一些问题搞得夜不能寐：环境污染、资源枯竭、人口爆炸、错误的生活方式……这不单是中国的，也是世界的。假如明天，淡水耗尽，我们将作何以对？争抢、厮杀还是互相投掷原子弹？

不知道生活在哪一刻或哪一个点上触动了我，我开始想写如前的这样一本小说。从最初的萌芽算起，已经是十多年前的事了。“非典”肆虐的2003年，我一个朋友曾对我说：你说的那本小说要是写出来，非典就被你预料到了。“预料”这样的字眼太神秘了，似乎并非我等所能为之，不过话说回来，这样的事情难道还需要预料吗？在《鼠疫》中，有一个帕纳卢神甫，面对着因为绝望而涌到教堂的人群，他登上祭坛，大声喊道：“兄弟们，你们在受苦，兄弟们，你们是罪有应得……跪下吧！”人群果然如受雷击一般,齐刷刷地跪下了。其实神甫也并非神人。对今天的世界和未来的世界,我们大多数人都心知肚明,因为我们都知道自己吃的是什么,呼吸的是什么样的空气,我们的邻居和街上的路人都打着什么样的算盘。

人类到了必须反省的时候了。

回到我这本小说,它既不探究哲学问题,也无关医学和疾病,它就是一件标准的文学作品,是当今社会的一幅幅生动的素描,是由许多有趣的小故事组成的一个大故事。我相信大家都熟悉那些人物,认识他们,包括那些形形色色的动物。我希望这本书能够让人度过一段愉快的时光,然后略有一些思索。我特别想做到的一点就是:您为了购买本书所花费的29.80元人民币是很值得、甚至是很划算的。

长篇小说的写作是一个体力活,有点像跑马拉松。小说写作的那段时间,我基本上都保持着锻炼的习惯。每天起床后,我走下楼,往南,拐过舞蹈学院,过国家图书馆,再往南进紫竹院公园。到了公园里,有时候还早,我就会到那个很老的餐厅里吃比较正宗的北京早点,要是过了早饭时间,我就瞎逛一气,查看一下荷花和莲叶的生长状况,或者观看那群著名的鸽子啄食小米。然后我会直到公园西北角,到竹林高处那个有些僻静的台基上,从西侧那棵老槐树下的一个砖缝中拿出一副跳绳(我藏在那里的),站在一个有阳光的地方,跳上一会儿。2009年的国庆前夕,有一天,临近中午,我正在跳绳,流着汗水,忽然从空中传来巨大的轰鸣声。那声音极为雄壮、威武,让人有地动山摇之感。我抬起头,看见在蓝天中,有四架战斗机,类似"苏-27"那种模样,雄姿英发,从东边呼啸着冲过来,远远地从西北方飞过来去了。原来这是准备参加国庆阅兵的飞机在训练。

后来，我把这番景象写到小说中去了。谈论战斗机的，是一只见多识广的金雕，这位空中的王者，它把战斗机称为“神物”。而让“张麻雀”母女俩羡慕的鸽子，也正是前面我提到的那群啄食小米的鸽子，如此等等。

我想说的是，这本小说中的人和动物，多数都有留在现实生活中的影子。有些来自我们亲眼所见，有些来自媒体，有些来自故事和传说。

最后想要说的是，无论是这部小说，还是我这么多年来的整个创作生涯，都有许多朋友给我提供过帮助和支持，我将在适当的时候，专门感谢他们。

石新民

2011年11月于北京